우리 한시를 읽다

우리 한시를 읽다

이종묵 지음

2009년 2월 10일 초판 1쇄 발행
2023년 9월 11일 초판 8쇄 발행

펴낸이 한철희 | 펴낸곳 주식회사 돌베개 | 등록 1979년 8월 25일 제406-2003-000018호.
주소 (10881) 경기도 파주시 회동길 77-20 (문발동)
전화 (031) 955-5020 | 팩스 (031) 955-5050
홈페이지 www.dolbegae.co.kr | 전자우편 book@dolbegae.co.kr

책임편집 이경아·이옥란 | 편집 조성웅·김희진·고경원·신귀영·한계영
표지디자인 민진기 | 본문디자인 이은정·박정영 | 마케팅 심찬식·고운성
제작·관리 윤국중·이수민 | 인쇄·제본 한영문화사

ISBN 978-89-7199-328-6 03810
책값은 뒤표지에 있습니다.

이 도서의 국립중앙도서관 출판시도서목록(CIP)은 e-CIP 홈페이지
(http://www.nl.go.kr/cip.php)에서 이용하실 수 있습니다.(CIP제어번호: CIP2009000321)

우리 한시를 읽다

◉
―

이종묵 지음

돌베개

한시는 구시대의 유물이다. 그러나 구시대의 유물이라 하더라도 가치가 없는 것은 아니다. 당대에 이미 세계 최고의 명품으로 인정되었던 고려청자는 구시대의 유물이지만 오늘날까지 사람들의 눈길을 사로잡는다. 이는 고려청자가 옛사람의 눈에도 아름다웠고 지금 사람의 눈에도 아름답기 때문이다. 우리의 한시는 어떠한가? 옛사람이 지은 한시 중에는 옛사람의 눈에 아름다워 길이 전송된 것이 많지만 지금 사람들은 이를 알지 못한다. 지금 사람들이 고려청자를 보고 아름답다고 여기는 것은 고려청자가 한시보다 잘 보이기 때문이다. 고려청자는 그 아름다움을 눈으로 보고 느끼면 되지만, 한시는 눈으로 본다고 해서 그 아름다움을 쉽게 느낄 수 없다. 한시는 눈으로만 보는 것이 아니기 때문이다.

사람들은 음악을 들으면 흥이 나기도 하고 슬퍼지기도 한다. 소설이나 영화, 드라마를 보면서 그 안에 빠져 흥분하기도 하고 눈물을 흘리기도 한다. 그래서 재미있다. 우리의 한시는 어떠한가? 옛사람은 뭐어난 한시를 읽고 마음이 맑아져 빙그레 웃음을 짓기도 하고, 가슴이 뛰어 눈물을 흘리거나 비분강개하기도 했다. 그러나 지금 사람들은 한시를 읽지 않는다. 읽더라도 마음의 움직임이 적다. 한시를 읽고 재미를 느끼는 사람은 많지 않다.

왜 그러한가? 우리 한시가 구시대의 유물이라 그러한가? 구시대의 유물이라 하더라도 지금 사람들이 그 아름다움을 알 수 있다면 그 재미를 알 수 있지 않을까? 한시는 눈으로 한 번 보아서 그 아름다움을 알 수 없다. 한시는 눈을 부릅뜨고 자세히 보아야 하고 귀를 기울여 작은 소리조차 들어야 한다. 냉철한 머리로 따져서 읽어야 하고 뜨거운 가슴을 열고 마음을 함께 하여야 한다. 그래야 한시의 아름다움이 보인다.

한시의 아름다움을 느끼기 위하여 한시를 읽은 지 20년이 넘었다. 이제 한시가 조금 보이는 듯도 하지만 한시의 아름다움이 머리와 가슴에 무젖은 경지에는 이르지 못했다. 도를 깨닫기 위해 평생을 수양하는 것처럼 꾸준히 한시를 읽어 나갈 뿐이지만, 약간이나마 느낀 우리 한시의 아름다움을 다른 사람과 나누어, 그 아름다움에 대해 남들이 공감할 수 있는지 알고 싶다. 그리하여 구시대의 유물에서 느낀 재미를 지금 사람들이 누릴 수 있다면, 이것이 한시를 연구하는 사람의 진정의 즐거움이리라.

2009년 1월
관악산 자하동에서 이종묵 쓰다

차례

시의 아름다움

문학은 아름다움을 생명으로 한다. 아름답지 않으면 문학이 아니다. 1791년 정조대왕은 주자의 『자치통감강목』을 읽고 의문이 나는 대목을 적어 성균관 유생 등에게 나누어 답하게 하고 이를 정리하여 『강목강의』를 편찬했다. 그중에 문학을 사랑하다 나라를 망하게 한 진陳 후주後主와 관련되는 대목에 대해 정조는 다음과 같은 질문을 던졌다.

해와 달과 별은 하늘의 문식이고 산천과 초목은 땅의 문식이다. 문학에도 문식이 있음이 또한 그러하다. 문학은 반드시 더러운 것을 씻어내 아름답게 윤색하여 환하게 빛나고 찬란하게 드러나게 한 뒤에야, 비로소 진리를 담으면 진리가 더욱 분명해지고 사실을 기록하면 사실이 더욱 구비되는 법이다. 그런데 지금 만약 문학의 화려함을 싫어하여 이를 일체 금지한다면, 이것은 구름 문양이 새겨진 아름다운 도자기가 막사발이 되지 못하였다고 탓한다거나, 수놓은 비단이 삼베옷이 되지 못한다고 탓하는 것과 무엇이 다르겠는가? 수隋의 문제文帝는 서리胥吏 출신으로 좋아하고 잘하는 것이 장부나 문서를 작성하는 일이었기 때문에 마침내 문학을 쓸모없는 것이라 여겨 배척한 것이 아니었던가? 『시경』詩經의 비比와 흥興으로 된 시는 대부분 음풍농월한 것에서 많이 가져왔지만 이 때문에 국풍國風과 아雅의 흠으로 여겼다는 말은 아직 들어보지 못하였노라.

정조는 문학의 생명은 아름다움이므로, 막사발이나 삼베옷이 아니라 고려청자나 임금의 화려하게 수놓은 비단옷이 바로 문학이라 했다. 아름다워야 진리를 담고 사실이 구비된다 했다. 정조는 몸을 수양하거나 나라를 다스리는 것과 무관해 보이는 음풍농월이 시의 본질이요, 그것이 흠이 되지 않는다 했다. 이처럼 문학은 아름다운 고려청자요, 임금이 입는 화려한 비단옷이다.

청각과 시각의 즐거움

아름다움이 시의 본질이라면, 한시에서 그 아름다움의 내용은 무엇인가? 한시의 아름다움은 먼저 소리에서 찾을 수 있다. 한시의 소리는 외부의 소리와 내부의 소리로 나눌 수 있다. 외부의 소리는 낭송했을 때의 효과다. 지금 우리말은 소리의 높낮이가 없어졌지만 조선 초기까지는 뚜렷하게 존재했다. 한자는 현대 중국어의 사성四聲과 정확히 대응되지 않지만 높은 소리와 낮은 소리가 나는 글자로 구분된다.

한시는 높은 소리와 낮은 소리가 일정한 규칙에 의하여 배열되므로, 한시를 읽으면 절로 가락이 생긴다. 예전 시를 짓는 사람들은 글자 소리의 높낮이를 외웠기 때문에 시를 읽으면 가락을 느꼈다. 혹 중국어를 아는 사람이 중국어의 성조에 따라 한시를 읽는다면 높고 낮은 가락을 느낄 수 있을 것이다. 그렇다고 우리 한시를 지금의 중국 음으로 읽을 필요는 없다. 옛사람들이 중국 음으로 우리 한시를 읽지 않았거니와, 특히 고려 중엽 이전의 한자음은 현대 중국 음과 매우 다르고 오히려 지금의 우리 한자음과 유사하기 때문이다.

한시를 읽을 때의 아름다움을 구현하기 위하여 글자 소리의 높낮이뿐만 아니라 부드러운 소리와 거친 소리를 적절하게 배열하는 것도 중요하다. 어떤 시는 낭송해 보면 발음이 어려워 잘 읽히지 않거나 침이 튈 정도로 거친 소리가 나는 것도 있고, 소리가 부드러워 입안에 침이 고이는 것도 있다. 또 한 작품 안에서도 한 구절이 거친 소리를 중심으로 한 것이 있는가 하면 부드러운 소리로 한 구를 구성하기도 한다. 거친 소리와 부드러운 소리가 교체되면서 강약의 리듬을 형성함으로써 시를 소리 내어 읽을 때의 즐거움을 선사한다. 특히 같은 경치를 묘사하더라도 봄날의 흥취를 노래하는 즐거운 분위기의 시는 부드러운 글자나 소리가 비슷한 글자를 나란히 둘 때가 많지만, 시인의 울분이 들어 있을 때는 거친 소리의 글자를 자주 구사한다. 또 당나라 시풍을 좋아하는 시인은 부드러운 소리를 자주 쓰고, 송나라 시풍을 좋아하는 사람은 거친 소리를 자주 쓴다. 당나라 시풍은 소리의 울림을 중시하지만, 송나라 시풍은 소리의 기세를 중시하기 때문이다.

한시에는 낭송할 때의 소리만 있는 것이 아니라 작품 안에 여러 가지 소리가 담겨 있다. 자연을 노래한 시에서는 바람 소리, 개울물 소리, 비오는 소리, 낙엽 지는 소리 등 다양한 소리를 들을 수 있다. 시는 자연만을 다루는 것은 아니니, 사람이 사는 곳이라면 도란도란 사람들의 말소리도 있고 어디선가 들려오는 목동의 피리소리도 있으며, 한스럽게 부르는 여인의 노랫가락도 있어 이러한 여러 소리들이 두루 실린다. 시를 짓는 사람은 이러한 음향효과에 세심한 배려를 하므로 시를 읽는 사람도 작품 내부에서 들려오는 이러한 소리에 귀를 기울여야 시를 읽는 즐거움을 더 잘 느낄 수 있다. 여기에서 더 나아가 한시를 읽을 때는 후각도 사용해야 한다. 문향聞香이라는 말이 있다. 향기를 맡는 것을 이렇게 표현한다. 아름다운 꽃향기를 묘사한 구절에서는 그 꽃의 향기를 상상으로 맡아야 한다.

사람에게 가장 중요한 감각은 역시 시각이다. 자신의 뜻을 일관되게 써서 좋은 평가를 받은 작품도 있지만 음풍농월의 대상인 자연을 노래한 대부분의 한시에는 아름다운 그림이 들어가 있다. 작품 속에 묘사된 풍경을 그림으로 그린다면 어떠한 그림이 될지 머릿속에 그려본다면 한시의 아름다움과 재미에 좀 더 쉽게 다가갈 수 있다.

한시에 담긴 소리와 향기, 그림을 두루 즐기기 위해서는 모든 감각기관을 활짝 열어야 한다. 감각기관을 열어서 보고 듣고 맡노라면 절로 상상력이 발동된다. 한시는 현실 공간에서 볼 수 없는 것을 보게 하고 들을 수 없는 것을 듣게 한다. 그러면 방 안에 앉아서 대자연을 마주할 수 있고 정다운 고향으로 돌아갈 수 있으며, 그리운 사람을 만날 수 있다. 감각기관을 열고 상상력을 발휘하여 시를 읽는 즐거움을 함께 누릴 수 있게 하고자 한다.

머리로 읽는 시

감각기관을 열고 상상력으로 시를 읽는 즐거움은 가슴의 몫이다. 시라 하면 가슴으로 읽는 것처럼 생각하기 쉽지만 머리로 읽어야 하는 한시도 많다. 고소설을 보면 뛰어난 인물은 일필휘지 선장先場하여 장원급제를 한다. 과연 예전에 다 그러했을까? 당연히 그런 사람은 매우 드물었다. 한시는 규칙이 매우 복잡하여 좋은 시상이 떠오른다 하더라도 바로 작품을 완성할 수 없다. 시상이 떠오르면 대략적으로 시를 읽어 놓고 조용한 방에 혼자 앉아 시구를 이리저리 배열해 보고 또 이 글자 저 글자 바꾸어가며 퇴고를 하는 것이 일반적이었다.

조용히 앉아 한시를 짓거나 다듬을 때 가장 중요한 요소는 시상을 어떻게 배열할 것인가 하는 문제다. 한시, 특히 율시는 시상의 전개가 매우 중요하다. 주제를 제시하고 이를 발전 혹은 변화시킨 다음 시적 종결에 이르는 과정에 다양한 방식이 있을 수 있다. 또 흥을 돋우는 경치를 먼저 묘사한 다음 자신의 뜻을 표방할 수도 있으며, 뜻을 먼저 적은 다음 경치를 묘사할 수도 있다. 시인이 시상을 어떻게 안배하는가를 살피는 일이 시의 아름다움을 확인하는 중요한 절차다.

퇴고라는 말은 당나라의 시인 가도賈島가 "스님이 달빛 아래 문을 두드린다"(僧敲月下門)라는 구절을 얻고 혼자 손짓을 해대면서 '고敲'가 좋을지 '퇴推'로 바꾸는 것이 좋을지 고민했다는 데서 나왔다. '고'라고 하면 두드리는 것이니 문을 두드리는 청각적 이미지를 중시한 것이요, '퇴'라고 하면 소리보다는 밝은 달빛에 어우러져 문을 미는 시각적 이미지를 중시한 것이다. 어느 것이 더 나은지는 알기 어렵지만, 예전 시인들은 이처럼 더 좋은 시를 만들기 위하여 수염을 꼬아가며 고민을 했다. 시의 눈, 시안詩眼이라는 말도 이렇게 하여 나온 것이다. 하나의 글자로 한 구 전체의 이미지가 확 달라지므로 글자 하나가 화룡점정의 효과를 낼 수 있다. 그러므로 한시를 읽을 때 시인이 왜 그 글자를 썼을까 고민해야 한다.

시인이 어떻게 시상을 배열하고 글자를 가다듬었는가를 살펴야 하므로, 시는 머리로도 읽어야 한다고 한 것이다. 이와 함께 한시는 현대적인 서정시처럼 시인의 감정만을 드러내지는 않는다. 철학적 깨달음을 시로 드러내기도 하고, 사회적 모순을 시로 첨예하게 고발하기도 한다. 현대시에 낭만적인 주정주의主情主義 계열의 시가 있는가 하면 감정을 절제한 이성적인 주지주의主知主義 계열의 시도 있는 것처럼, 한시 역시 마찬가지다. 시인의 감정 대신 이성만을 제시하는 시도 많다. 이러한 시는 냉철한 머리로 읽어야 그 즐거움을 알 수 있다. 이 책은 시인이 냉철한 머리로 어떻게 시를 제작했는가라는 창작 방법을 이해함으로써 시를 읽는 즐거움을 누릴 수 있게 하고자 한다.

삼라만상을 담는 시

한시는 옛사람에게 다반사茶飯事, 곧 차를 마시고 밥을 먹는 일과 같은 일상이었다. 한시는 생활의 일부였다. 그래서 꽃이 피면 시를 지어 즐거워하고 꽃이 지면 가는 봄을 슬퍼했다. 무더운 여름과 추운 겨울에는 그 괴로움을 노래했다. 낮잠을 자고 나면 시를 짓고 낮잠을 방해하는 파리와 밤잠을 설치게 하는 모기를 두고도 시를 지었다. 먹고 마시는 음식이나 생활 주변의 사소한 기물을 두고도 시를 지었다. 주변 사람에게 축하할 일이 있어도 슬퍼할 일이 있어도 편지를 겸하여 시를 지어 보냈다. 사람을 만나면 시를 짓고 헤어질 때 시로 전송했다. 길을 가다 무엇이 눈에 띄면 시를 지었다.

시마詩魔라는 귀신은 시인에게 붙어 떨어지지 않고 시를 짓게 했다. 고려의 대문호 이규보가 「시마를 쫓는 글」(驅詩魔文)을 지어, "구름과 노을이 피어나고, 달과 이슬이 맑고, 벌레와 물고기가 기이하고, 새와 짐승이 희한하고, 새싹과 꽃받침, 초목과 화훼가 천태만상으로 천지에 변화하고 있는 것을 너는 거침없이 취하여 하나도 남김없이 보는 대로 읊는다"라고 시마를 꾸짖어 쫓았다. 이 때문에 시인은 삼라만상을 시로 노래한다. 시인은 이러한 사람이다.

시는 삼라만상을 담는 그릇이다. 이때 시인이 삼라만상을 시에 담는 방식 역시 삼라만상만큼 다양하다. 시인의 개성에 따라 삼라만상을 담는 방식이 다르고, 담고자 하는 대상에 따라서도 담는 방식이 다르다. 그리고 시대의 유행에 따라 또 다른 방식이 끊임없이 나타난다. 이 달라지는 방식을 살피는 것도 시의 아름다움을 이해하는 중요한 길이다. 그 시를 읽을 때 삼라만상을 담는 방식에 따라 한여름 우물물을 마시는 듯 시원한 아름다움을 느낄 수도 있고, 한겨울 숭늉을 마시는 듯 훈훈한 아름다움을 느낄 수도 있다. 우물에서 숭늉을 찾을 수 없다. 삼라만상을 시에 담는 방법을 이해해야 시를 읽는 즐거움을 누릴 수 있다.

이 책은 삼라만상을 다룬 한시 중에서 특히 사랑과 우정, 죽음, 자연, 여행, 일상과 현실 등 우리 한시의 가장 보편적인 소재를 다룬 작품을 통하여, 이러한 소재가 어떻게 묘미 있게 표현되는가를 살핀다. 이 역시 한시를 읽는 즐거움의 하나리라.

새로움을 추구하는 시의 역사

시는 예술의 하나이기에 끊임없이 새로움을 추구한다. 한시사는 진부함을 극복하고 새로움으로 나아가는 역사다.

적어도 고려 말 성리학이 이 땅에 유입되기 이전에는 한시는 음풍농월吟風弄月이 주를 이루었다. 글자 그대로 바람을 노래하고 달빛을 희롱하는 것이 바로 문학이었다. 정조 역시 정전正典의 지위를 누린 『시경』조차 음풍농월에서 벗어나지 않는다 했으니 음풍농월이 시의 본령인 것은 분명하다.

시는 음풍농월이다. 『논어』를 보면, 공자가 제자들의 뜻을 물었을 때 증점曾點이 "기수沂水에서 목욕하고 무우舞雩에서 바람을 쐬다가 노래를 읊조리면서 돌아오고 싶습니다"라 했다 한다. 바람을 쐬다가 노래를 읊조리면서 돌아오는 것 그것이 바로 음풍농월의 근원이다. 조선의 이념을 떠받든 성리학에서 주자와 함께 추앙받는 정명도程明道가 「춘일우성」春日偶成에서 "엷은 구름에 산들바람 정오가 가까운 때, 꽃 찾고 버들 따라 앞개울을 건너노라"(雲淡風輕近午天, 傍花隨柳過前川)라 했듯이 꽃을 찾고 버들을 따르는 일이 곧 음풍농월의 전형적인 모습이다. 『명유학안』明儒學案(권54)에 따르면 명明의 학자 여곤呂坤은 "천욕天欲이 있고 인욕人欲이 있으니, 음풍농월하면서 꽃을 찾고 버들을 따르는 일은 천욕이다. 천욕은 없어서는 아니 되니 없으면 적막하고, 인욕은 있어서는 아니 되니 있으면 더러워진다"라고 했다. 천욕을 따라 음풍농월하는 것이 바로 문학의 본령이다.

고려 말 성리학이 문인의 공적인 의식 세계에 군림하기 이전의 시는 대부분 글자 그대로 음풍농월이었다. 시로 명성을 날린 문인들은 피는 꽃을 보고 기뻐하고 지는 꽃을 보고 눈물지었다. 이러한 시를 가지고 교제를 하고 벼슬을 했다. 아무도 음풍농월을 탓하지 않았다. 우리나라에서는 한시가 본격적으로 생산되는 신라 말에서 고려 초까지 당나라 말기의 시를 배워 바람과 구름을 노래하면서 영원한 자연에 대비되는 유한한 인생의 비애를 노래하는 것이 유행했다.

그러다가 고려 중기에 이르면 이러한 시풍은 낡은 것으로 치부되어 서서히 문단의 뒷전으로 밀려난다. 소식蘇軾으로 대표되는 송나라의 시를 배워 때로는 활달한 기상을 노래하거나 사물을 기발하고 교묘하게 표현하는 일이 유행했다. 음풍농월이라는 점에서는 크게 다르지 않았지만, 표현의 방식에서 새로움을 찾았다.

다시 고려 말 이래 성리학이 유입되어 정착하면서 문인들은 서서히 시가 음풍농월 이상의 것을 위해 복무해야 한다고 생각했다. 시는 내면을 바르게 하는 성정 수양의 한 도구가 되어야 한다는 움직임이 일어났다. 공자나 정명도의 음풍농월도 성정을 수양하는 방편으로 해석되었다. 이황이 「도산십이곡발」陶山十二曲跋(『퇴계집』 권43)에서 '탕척비린'蕩滌鄙吝, 곧 마음의 더러운 찌꺼기를 씻어 없애는 것이 시의 기능이라 한 것이 단적인 예다. 학자들은 마음의 수양을 거쳐 나온 맑은 정신을 닮은 시를 짓고자 노력했다. 시인이기만 한 데서 벗어나 정치가적인 면모가 강했던 문인들은 개인적인 정감을 넘어 사회적인 현실을 적극적으로 시에 담아내기도 했다. 그리고 관풍찰속觀風察俗, 곧 풍속을 관찰하여 시에 담는다는 말을 자주 사용했다.

그러나 대세는 음풍농월이었다. 성리학으로 삶의 자세를 다잡은 학자들도 한시가 일상의 하나인지라 생활 주변에 놓인 꽃과 새를 노래하는 시의 본령을 외면하지는 않았다. 아름다움과 새로움을 생명으로 하는 시를 사랑하는 시인은 낡은 시풍을 무너뜨리고 새로운 유행을 일으켰다. 조선 초기에는 기본적으로 송나라 시풍을 견지하면서도 황정견黃廷堅 등의 시를 배워 조직적으로 시상을 안배하고 글자의 조탁에 힘을 쏟으면서 비극적인 세계관을 시에 담았다. 조직이 아름다운 시를 쓰느라 고심하는 사이 이들의 시는 난삽하여 시다운 흥취가 사라지는 병폐를 드러냈다.

이에 16세기 무렵, 다시 세월을 거슬러 당나라의 모범적인 시를 배워야 한다는 움직임이 크게 일었다. 소리가 부드럽고 흥이 있어 머리로 읽는 것이 아니라 가슴으로 느끼는 시를 써서 문단의 풍상을 완전히 바꾸어 놓았다. 그렇지만 이들 역시 신라 말 고려 초 시인들이 드러냈던 유약함에서 벗어나지 못했다. 그래서 당나라 때보다 더 이전의 시를 읽어 이를 보완하고자 했고 또 제법 성과를 거두었다.

18세기 무렵부터 문단의 분위기는 다시 크게 바뀌었다. 개성에 바탕을 둔 새로움이 문학의 본질임을 깨달은 문인들은 새로움을 넘어 아예 기이함으로까지 나아갔다. 여기에 더하여 중국적인 것이 아닌 조선적인 무엇을 담아야 진정한 시라는 각성이 일어났다. 조선의 경물과 풍속을 시에 담아내기도 하고, 아예 우리말 어휘를 시어로 사용하기에 이르렀다. 그러한 움직임이 활발하게 일어나던 중 내부적인 모순에 서양의 충격이 더해지고, 서양을 먼저 배운 일본에 의하여 조선이 멸망하면서 한시의 생명은 끝이 났다.

이 책에서 필자는 우리 한시가 끊임없이 추구한 새로움이 무엇인지 보이고자 했다. 우리 한시가 시대에 따라 새로워진 면모를 살피는 것이 시를 읽는 큰 즐거움이다. 이와 함께 한 시대의 명편으로 평가된 작품을 시대순으로 다루어 우리 한시가 어떤 길을 걸어왔는가를 보인다. 그리고 한시의 종착역에서 우리 한시가 중국과 다른 점이 무엇인지도 따져보았다. 우리 한시가 걸어온 모습을 돌아보는 것도 즐거운 일이 아니겠는가?

시를
소리 내어
읽는 맛

1.

흔히 고운孤雲 최치원崔致遠(857~?)을 한국 한문학의 비조라 부른다. 을지문덕이 수나라 장수 우중문에게 "신이한 책략은 천문을 꿰뚫었고, 오묘한 계산은 지리를 통달하였네. 싸움에 이겨 공이 이미 높으니, 만족을 알아 멈추는 것이 어떻겠소"(神策究天文, 妙算窮地理. 戰勝功旣高, 知足願云止)라는 시를 보내 화를 돋우고 실수로 유인해서 대군을 몰살시켰다는 기사가 『삼국사기』에 실려 있어 그 높은 기상이 오래 칭송을 받았다. 더욱이 조금 후에 정법사定法師가 지은 「외로운 바위를 노래하다」(詠孤石)가 당시 중국의 어떠한 한시와 비교해도 모자람이 없는 것을 보면, 이미 삼국시대에 뛰어난 시인이 있었던 것은 사실이다. 그러나 문집을 남길 만큼 풍부하게 한시를 제작하여 작가로서의 면모를 분명하게 드러낸 사람은 통일신라 말기 최치원이 처음이기에, 한국 한문학의 비조로 칭송을 받고 있는 것이다.

최치원은 12세 되던 868년 아버지 견일肩逸의 '10년 안에 과거에 급제하지 못하면 아들이 아니다'라는 강한 권려의 말을 뒤로하고, 세계 제국 당으로 유학을 떠났다. 출세를 위해서 유학하는 것은 예나 지금이나 마찬가지다. 신라 말에는 당나라로, 고려 말에는 원나라로, 조선 말기와 근세에는 일본과 미국으로 유학을 떠났다. 그리고 이들 유학생이 귀국하여 고려와 조선, 대한민국의 새로운 지배층이 되었다. 최치원이 당나라로 유학을 떠난 것도 귀족 신분이 아니었던 그가 행세하기 위해서는 '선진국'의 후광이 필요했기 때문이다.

부친의 기대대로 최치원은 유학한 지 7년 만인 874년 18세 나이로 외국인을 위한 과거인 빈공과에 급제하고, 879년 종사관으로 고변高騈의 막부에 들어갔다. 황소가 그의 글에 압도되어 걸상에서 굴러떨어졌다는 그 유명한 「격황소서」檄黃巢書를 지었으며, 당나라 황제가 자금어대紫金魚袋를 하사할 정도로 문명을 떨쳤다. 동년同年의 중국 벗 고운顧雲은 「유선가」儒仙歌에서 "열두 살 때 배를 타고 바다를 건너와, 문장이 중국을 감동시켰네"(十二乘船過海來, 文章感動中華國)라 한 바 있다. 그러나 외국인으로서 더 이상은 무리였다. 이규보는 이 사실을 참으로 안타까워하여 「당서에 최치원의 열전을 두지 않은 것에 대한 의론」(唐書不立崔致遠列傳議, 『동국이상국집』 권22)을 지어, 『당서』에 최치원의 저술만 간단히 언급되고 열전에는 실리지 않은 것이 중국인의 시샘 때문이라 한 바 있다. 실제 『신당서』新唐書에는 『사륙집』四六集, 『계원필경』桂苑筆耕 등 그의 저술만 간략하게 소개되어 있다.

최치원은 이방인의 한계를 절감하고 28세의 나이로 귀국했다. 한림학사의 벼슬을 받아 경세의 뜻을 펼치려 했지만 재주 있는 사람을 시기하는 것은 예나 지금이나 같은지라, 5년여의 경주 생활을 청산하고 태인, 함양, 서산 등의 태수로 전전했다. 894년 「시무책」時務策을 올려 아찬의 벼슬을 받았지만, 그가 올린 건의는 시행되지 못했다. 이미 신라는 청운의 큰 뜻을 펼치기에는 너무 늙은 나라였다. 이 때문에 최치원은 마흔 살이 채 되기 전에 은거를 결심했다. 그의 대표작으로 널리 애송되는 다음 작품이 이 시기 최치원의 비애를 말한 것으로 추정된다.

가을바람에 시나 괴롭게 읊조릴 뿐
온 세상에 나를 알아줄 이 없구나.
창 밖에는 한밤 추적추적 내리는 비
등불 앞에는 만 리를 달리는 마음.

秋風惟苦吟 擧世少知音
窓外三更雨 燈前萬里心

_최치원, 「가을 밤 비 내리는데」(秋夜雨中), 『동문선』 권19

'등불 앞에는 만 리를 달리는 마음'에 끌려 당나라에서 고향을 그리워한 작품으로 알려져 있으나, 당나라에서의 저술을 모은 『계원필경』에는 실려 있지 않다. '만리심'은 만 리 먼 곳을 그리워한다는 뜻이 아니라 마음이 만 리 먼 곳으로 떠돈다는 뜻이다. 후대 최치원이 신라로 돌아온 이후의 작품까지 모은 『고운집』孤雲集에는 '만고심'萬古心으로 되어 있는데 이때는 천고千古의 역사를 생각한다는 뜻이 된다.

우리 한시사의 모두를 장식하는 이 작품을 통해 먼저 한시의 형식을 알아볼 필요가 있다. 한시는 크게 고시古詩와 근체시近體詩로 분류

된다. 근체시는 당나라 초기에 형식이 정비된 것으로, 한 구의 글자수가 다섯 자, 혹은 일곱 자로 고정되는 기본적인 조건 외에, 압운押韻과 평측平仄이 바르게 되어야 한다. 모든 중국의 한자는 소리의 높낮이에 따라 평성平聲, 상성上聲, 거성去聲, 입성入聲의 사성四聲으로 나뉘고, 이들은 각기 중성과 종성이 유사한 글자끼리 묶어 모두 106개의 운목韻目으로 분류된다. 모든 한자는 106개의 운목에 속하며, 예전 자전은 운목에 따라 배열되었다. 근체시의 압운은 같은 운목에 속해 있는 글자인 운자韻字를 짝수구 마지막 글자에 두어야 하는데, 칠언시의 경우에는 첫 번째 구에도 운자를 둘 때가 많다. 위의 시에서 음音과 심心은 침侵으로 대표되는 운목에 들어 있다. 1구의 마지막 글자 음吟 역시 같은 운목에 속하는데 오언시에서는 드물기는 하지만 가끔 이러한 압운법을 볼 수 있다. 최치원의 시를 길게 뽑아 읽으면 운자 '음' '음' '심' 대목에서 '신음'하는 듯한 효과를 느낄 수 있으니 운자에서도 소리의 울림을 확인할 수도 있다.

사성은 다시 높낮이에 따라 크게 평성平聲과 측성仄聲으로 나뉘는데, 평성을 제외한 상성, 거성, 입성이 모두 측성이다. 평성과 측성을 규칙적으로 배열해야 하는데 가장 모범적인 평측은 다음과 같은 두 가지 방식이 있다. 괄호를 친 것은 칠언시일 경우다.

(측측)평평측측평 (평평)측측측평평
(평평)측측평평측 (측측)평평측측평

(평평)측측측평평 (측측)평평측측평

(측측)평평평측측 (평평)측측측평평

　예전에는 평성을 낮은 소리, 측성을 높은 소리라 했다. 위에서 보는 것처럼 높은 소리와 낮은 소리가 일정한 규칙을 가지고 반복되면서 운율을 형성하게 된다.

　규칙을 간단히 설명하면 이렇다. 절구나 율시는 운자가 반드시 평성이어야 하고 1구를 제외한 홀수구의 마지막 글자는 반드시 측성이어야 한다. 그리고 한 구 내에서 제2자와 제4자는 서로 평측이 달라야 하는데, 칠언시의 경우는 2, 4, 6자가 서로 평측이 달라야 한다. 예전에는 이를 '이사륙부동'二四六不同이라 했다. 또 1구와 2구의 제2자와 4자(칠언시는 2, 4, 6자)의 평측이 달라야 하는데 이를 대對라 한다. 2구와 3구는 제2자와 4자(칠언시는 2, 4, 6자)의 평측이 같아야 하는데 이를 점黏이라 한다. 3구와 4구는 다시 대를 이루어야 한다.

　그러나 이렇게만 평측이 배열되면 너무 단조로울 수가 있다. 그래서 특수한 경우가 아니면 제1자와 3자(칠언시는 1, 3, 5자)는 평측에 구애를 받지 않는데 이를 '일삼오불론'一三五不論이라 한다. 다만 평성이 3, 4, 5자에 나란히 나오는 것은 금기이므로 이때에는 제3자가 반드시 측성이어야 한다. 또 3, 4, 5자가 '측평측'으로 되는 것도 금기인데 이에 따라 이때에는 제3자가 반드시 평성이어야 한다.[1] 이제 위에서 든 최치원 작품의 평측을 보자.

　　평평평측평 측측측평평
　　평측평평측 평평측측평

규범적인 평측법에 비하면 1구의 제3자, 3구의 제1자가 다르지만 '일삼오불론'에 의하여 용인된다. 최치원의 작품은 지나치게 단조롭지 않으면서 높고 낮은 소리가 규칙적으로 배열되어 있음을 확인할 수 있다. 예전에는 시창詩唱이라 하여 한시를 노래처럼 길게 뽑아 읊조렸다. 여기에 더하여, 현대의 우리말에는 높낮이가 없어 이 작품을 소리 내어 읽을 때 고저에 따른 율조를 느끼기 어렵지만, 예전 사람들은 높낮이를 두고 읽었으므로 더욱 노래처럼 들리게 되어 있다.

2.

다시 최치원 이야기로 돌아간다. 최치원은 세상 어디에도 자신을 알아주는 이가 없었기에 국사에 있어야 할 마음이 만 리 먼 곳 어디론가로 떠나 버린 것이다. 그의 호 고운孤雲은 그 유명한 이백李白의 「홀로 경정산에 앉아서」(獨坐敬亭山)에서 "새들은 다 날아가 버리고, 외로운 구름은 홀로 감이 한가롭다"(衆鳥高飛盡, 孤雲獨去輕)라 한 것처럼 하늘에 외로이 떠도는 구름에 자신의 모습을 투영한 것일 수도 있고, 도연명의 「가난한 선비를 노래하다」(詠貧士)에서 "모든 사람 각기 의탁할 바 있지만, 외로운 구름은 홀로 의지할 바 없구나"(萬族各有託, 孤雲獨無依)라고 한 것처럼 빈한한 선비로 살아가겠다는 의지를 표상한 것인지도 모른다.[2]

최치원은 삶의 궤적과 시편을 삼천리 강산에 흩으면서 떠돌다가 마흔 살 되던 896년 온 가족을 이끌고 가야산에 은거하게 된다. 『동국여지승람』에 고려 태조가 일어나는 것을 알고 "계림은 지는 잎이요,

곡령은 푸른 솔이다"라는 말을 남겼다고 한 것으로 보아 신라의 운명을 미리 알았던 듯하다. 후세 김일손이 이 산을 두고 "기氣가 빼어나 속세를 끊고 있어 선일자仙逸者가 머물 만하다"라고 했으니, 최치원이 은거하기에 적합했을 것이다. 다음은 바로 그가 은거의 집으로 정한 가야산 독서당에 부친 작품이다.

> 겹겹 바위틈을 미친 듯 달려 봉우리를 울리니
> 사람의 말소리를 지척서도 분간하기 어렵구나.
> 늘 시비하는 소리가 귀에 이를까 꺼려서
> 짐짓 흐르는 물로 산을 다 두르게 하였다네.
> 狂奔疊石吼重巒　人語難分咫尺間
> 常恐是非聲到耳　故教流水盡籠山
>
> _최치원, 「가야산 독서당에 쓰다」(題伽耶山讀書堂), 『동문선』 권19

　이 시는 홍류동 계곡 바위에 새겨져 오늘날까지 남아 있다. 홍류동 바위는 최치원 시를 지은 바위라 하여 최공제시석崔公題詩石, 줄여서 제시석, 시석이라 불렸고, 그의 이름을 따서 치원대라고도 한다. 고려 중기 이인로의 『파한집』破閑集에 '최공제시석'이 보이니 그 유래가 무척 오래되었다고 하겠다. 그러나 오늘날 바위에 새겨진 글씨는 최치원의 것은 아니다. 16세기에 이미 거센 물결로 글씨가 마모되어 읽어내기 어려웠다고 한다. 오늘날에 볼 수 있는 글씨는 17세기 송시열의 것이다.
　이 작품은 칠언절구다. 간間, 산山을 운자로 했다. 1구의 만巒은

간, 산과 정확히 같은 운목에 속해 있지는 않지만 비슷한 운목의 글자인데 이 무렵 한시의 한 유행이었다. 또 이 시는 "평평측측측평평, 평측평평측측평. 평측평평평측측, 측평평측측평평"으로 되어 있어 높낮이가 조화를 잘 이루고 있음을 확인할 수 있다.

이러한 소리의 높낮이에 더하여 한시의 소리에 강약이 있을 수 있다. 위의 시를 소리 내어 읽을 때 1구에서 '첩석후'疊石吼는 '광분'狂奔에 비하여 구강 내에서 마찰이 심하다. '광분'은 낮은 소리로 되어 있고 '첩석후'는 높은 소리로 되어 있어 강한 기세를 느끼게 한다. 그런 다음 '인어난분'人語難分으로 낮고 약한 소리가 이어지며, '지척'咫尺에서 다시 강하고 높은 소리가 울리게 된다. 이 시를 소리 내어 읽을 때 1구가 입놀림이 어려운 반면 2구는 입놀림이 매우 쉬운 데서 이러한 점이 확인된다. '첩석'은 소리가 외부로 퍼지지 않아 강한 음을 내고, '인어난분'은 받침이 없거나 유음이어서 부드럽게 읽힌다. 3구에서 'ㅇ' 받침이 연속되어 발음이 억색한 것과 마지막 구의 글자가 받침이 없거나 유음으로 되어 있는 것을 비교하면 소리의 강약을 느끼기가 그리 어렵지는 않을 것이다.

옛날의 한시도 현대 중국어로 읽어야 제맛이 난다고 하고 그렇게 읽어야 한다는 사람들이 있다. 이 말이 전적으로 옳지는 않다. 소리의 울림이 가장 아름답다고 하는 당나라 때 시를 지금 중국어로 읽는 것은 맞지 않다. 당나라 때의 한자음이 현대 중국어의 음과 다르고 오히려 지금의 우리 한자음과 유사하기 때문이다. 중국 고대의 중고음中古音은 당송의 과도기를 거쳐 원나라 때 근대음近代音으로 정착되었으므로 당나라 때의 한자음과 지금의 한자음은 그 거리가 매우 멀다. 그에 비해 우리 한자음은 중고음이 기반을 이루고 있어 당나라 때의 음과 그리 다르지 않다.

한시가 제작된 시대의 음으로 읽어야 한다면 옳다. 그러나 그것이 쉽지 않다. 중국에서도 시대에 따른 한자음이 정확하게 밝혀져 있지 않다. 최치원이 살다 간 통일신라 시대의 한자음이 본격적으로 한자가 유입된 시기의 것을 따랐는지, 당시 당나라의 것을 따랐는지 정확하게 말하기는 어렵지만, 당나라와 크게 다른 음으로 읽었을 것으로는 보이지 않는다. 고려 후기에 이르러서야 중국과 크게 달라졌을 것으로 보는 것이 통설이다. 이때 훈민정음 창제 직후에 나온 『동국정운』東國正韻에 실린 한자음대로 위의 시를 읽는 것이 더 당시의 음에 가까울 것이다. 『동국정운』은 중성과 종성의 경우 15세기 당시 현실음을 반영했지만, 초성은 중고음을 반영하고 있는 『홍무정운』洪武正韻의 그것을 따랐으므로 『동국정운』의 한자음대로 읽는 것이 더 바람직할 것이다. 최치원의 작품을 『동국정운』 방식대로 읽으면 '꽝분뗩셕후뚱롼, 신어난분지쳑간. 샹콩씨비셩도시, 고교류쉬진롱산'이다. 초성이 현대와 다소 다르고, 그 밖에 만▦이 '롼'으로 발음되어 성운이 다르다는 점을 확인할 수 있을 뿐, 소리 내어 읽을 때의 효과가 크게 달라지지 않는다.

특히 소리가 바깥으로 퍼지지 않는 입성이 사라진 현대 중국어로 읽는 것보다는 당나라 때 시일지라도 지금 우리 음으로 읽는 것이 더 시의 맛을 잘 느끼게 한다고 할 수 있다. 다만 지금 우리말은 소리의 높낮이가 귀에 들어오지 않으므로, 비록 한시를 지을 당시의 사성이 현대 중국어의 사성과 달라졌다 하더라도, 참고삼아 가끔은 현대 중국어로 우리 시를 읽어 볼 필요는 있다. 높낮이에 의한 율동감은 현대 중국어로 읽어도 잘 느낄 수 있기 때문이다.

고저와 강약은 시의 의미와도 연결되어 있다. 이 작품은 분노의 목소리를 담은 것이다. 가야산에는 주봉인 상왕봉을 뒤로하고 천년 고찰 해인사가 자리하고 있으며 그 아래로 오랜 세월 기암괴석을 침식하며 홍류동 계곡이 생겨났다. 금강산의 옥류천과 병칭되는 아름다운 곳이다. '홍류'는 봄이면 철쭉과 진달래가 붉게 타오르고 가을이면 단풍이 빨갛게 물들기 때문에 이른 것이지만, 붉은 꽃잎과 단풍잎이 물결에 떠내려 온다고 해야 더욱 시적 운치가 있다. 홍류동은, 15세기 후반 김종직이 이곳에 들러 쓴 「홍류동」紅流洞에서 "아홉 굽이 나는 물결 성난 우레처럼 부딪히는데, 무수히 떨어진 꽃잎이 물결 따라 오네" (九曲飛流激怒雷, 落紅無數逐波來)라 읊은 대로, 그 성난 듯한 강한 물소리가 인상적인 곳이었다.

이 때문에 최치원은 가야산 홍류동 계곡을 미친 듯이 달리는 물결이 기암괴석의 봉우리를 울리며 달리니, 바로 옆에 있는 사람의 말소리조차 알아들을 수 없다 했다. 1구의 '분'奔이 '분'噴으로 된 데도 있는데, 이 역시 좋다. '분'奔이라 했을 때는 미친 듯이 물이 급하게 달리는 역동성이 돋보이지만, '분'噴이라 하면 바위에 부딪친 물결이 포말을 이루어 휘날리는 시각적 심상이 더욱 구체성을 띠게 된다. 이어 '후중만'吼重巒의 청각적 심상을 나란히 두어 홍류동 계곡을 눈으로 보고 귀로 듣게 하고 있다.

시에는 내부의 소리가 있고 외부의 소리가 있다. 내부의 소리는 작품의 의미에 의해 형성되는 소리고 외부의 소리는 소리 내어 읽을 때 드러나는 소리다. 1구에서 내부의 소리는 홍류동 계곡을 울리면서 흐르는 강한 물소리다. 또 1구를 소리 내어 읽을 때 강하고 높은 소리가 울리는 것은 외부의 소리다. 그러나 외부의 소리는 물소리만이 아니라 최치원의 분노성憤怒聲이기도 하다. 거센 물소리는 외부의 소리로 읽을 수 있지만, 동시에 최치원이 거센 물결을 바라보고 고함치는 세상에 대한 분노성이기도 하다. 시인의 분노성이 거센 물소리와 함께 울려 퍼지게 되는 것이 1구의 묘미다.

그러나 시인의 분노성은 결국 홍류동의 거대한 물소리에 파묻힌다. 홍류동 물소리가 시끄러워 사람들의 말소리가 지척에서도 들리지 않는다 했으니, 최치원에 대해 세상 사람들이 시비하는 소리가 물소리에 파묻힌다는 뜻이지만, 동시에 이에 대한 자신의 분노성 역시 홍류동 물소리에 묻힌 것을 의미한다. 결국 세상 사람들의 시비성是非聲이나 자신의 분노성이 홍류동 물소리 앞에서는 의미가 없어지는 것이다. 이에 이르면 사실 이 시에서 할 말은 모두 한 셈이다.

분노성은 홍류동 물소리에 묻을 수 있지만, 시비성은 물소리가 멀어지면 다시 이를 수 있다. 최치원은 이것이 겁난다 했다. 그래서 마지막 구절에서 홍류동 계곡을 돌려 자신의 집을 두르게 했다고 한 것이다. 시인은 말로 자연을 바꾼다. 독서당을 물이 굽어 도는 그곳에 지어 놓았지만, 시인은 움직일 수 없는 물결조차 자신의 의지에 따라 그의 거처를 휘돌아 나가게 한 것이다. '농'籠을 '농'聾이라 한 곳도 있는데 1구의 물소리에 지나치게 끌려 산을 귀머거리로 만들었다고 본 것이지만, 시의詩意에 어울리지 않는다. 홍류동 거센 물소리 때문에 자신이 사는 산의 귀가 먹게 되었다는 것은 천박하다. 홍류동의 거센 물결로 자신의 집을 감싸 시비성이 절대 이르지 못하게 하겠다고 하는 것이 자연스럽다.

최치원의 표현이 멋이 있기에, 후대 홍유손洪裕孫은 「강가의 바위에 쓰다」(題江石)에서 "하늘이 파도를 일으켜 늘 귀에 시끄럽게 하여서, 허다한 인간만사 듣지 못하게 하는구나"(天敎風浪長喧耳, 不聞人間萬事多)라 하여 흉내를 내어 보았지만, 홍만종洪萬宗이 『소화시평』小華詩評에서 이른 대로 최치원의 표현에 미치지 못한다.[3]

3.

세상사가 뜻과 같은 이는 그 시를 읽을 때 부드럽다. 이에 비하여 세상에 대한 분노를 담은 시는 소리가 거칠다. 다음의 작품에서 그 점을 확인할 수 있다.

시의 재주 우뚝 솟아 무리 중에 뛰어난데
벼슬길 이지러졌으니 너무나도 기구해라.
모든 일 인생은 각기 운명이 있나니
많고 많은 세상사는 편안히 보시게나.
詩才突兀行間出 宦路蹉跎分外奇
摠是人生各有命 悠悠餘外且安之

_황정욱, 「사람을 수안군에 보내면서」(送人赴遂安郡), 『지천집』 권1

황정욱黃廷彧(1532~1607)은 조선 중기를 대표하는 시인이다. 본관은 장수, 자는 경문景文, 호는 지천芝川이다. 젊은 시절 엘리트 코스를 밟아 나가 판서와 대제학 등 청직과 요직을 두루 역임했으며, 손녀가 선조의 아들 순화군과 혼인하여 외척으로서 권력까지 누릴 수 있었다. 그러다 임진왜란이 일어나자 순화군을 모시고 함경도로 피신했는데 이때 국경인鞠景仁이 왜적과 내통하는 바람에 포로가 되어 안변의 토굴에 감금되었다. 왜장 가토 기요마사加藤淸正는 왕자를 죽이겠다고 협박하면서 항복 권유문을 쓰도록 강요했다. 황정욱은 처음에는 거절했지만 어쩔 수 없어 아들에게 거짓으로 항복의 글을 쓰게 하는 한편 이것이 진심이 아니라는 것과 함께 왕자를 탈출시키겠다는 뜻의 한글 편지를 몰래 선조에게 보냈다. 하지만 때마침 퍼부은 폭우로 한글 편지는 소실되고 항복의 글만 전해지게 되었다. 이에 임진왜란이 끝난 후 황정욱은 그 죄를 입어 함경도 길주에 유배되었다. 선조는 그의 충정을 기려 유배에서 풀어 주려 했지만, 조정 신하의 뜻을 꺾을 수는 없었다. 곡절 끝에 황정욱은 길주의 유배지에서 풀려났지만 도성으로는 돌아가지 못하여 도성 근교인 노량진 근처에 살아야 했다.

좌절과 울분의 세월을 보내던 1604년, 좌천되어 수안군수로 부임하는 허균許筠을 보내면서 이 시를 지었다. 허균 역시 명문가의 후손인데다 뛰어난 재주를 지녔지만 지나친 방달함으로 인해 거듭 탄핵을 받아 벼슬길이 순탄하지 않았다. 여러 차례 파직을 거듭한 끝에 겨우 받은 벼슬이 수안군수였다. 황정욱에게는 그의 처지가 자신의 불우와 다르지 않았다. 그러기에 분노의 함성이 시에 담겨 있다.

먼저 허균의 뛰어난 재능을 말하고, 그럼에도 불구하고 능력에 맞지 않게 외직으로 나가야 하는 기구한 현실을 말했다. 3구와 4구에서는 이러한 것이 모두 인생의 운명이니 하고많은 세상사에 편안히 대처하라는 당부의 말을 붙였다. 시의 필수 요건처럼 운위되는 이미지라 할 것이 이 작품에는 전혀 없다. 경물의 묘사와 감정의 표출이라는 절구의 전형적인 장법章法이 여기에서는 애초부터 고려되지 않았다. 모든 것이 산문적 진술일 뿐이다. 그러면서 이 시를 소리 내어 읽어 보면 침이 튈 정도로 소리가 거세다.

이처럼 분노의 함성은 시의 소리를 거칠게 한다. 최치원이 가야산에서 지은 시 역시 그러하다. 가야산 해인사를 찾는 사람들에게 권한다. 홍류동 계곡 거센 물줄기 앞에 서서 최치원이 독서당에 부친 시를 읽으면서 큰 뜻을 품고도 쓰이지 못한 불우한 천재의 분노를 느껴 보고, 또 스스로 세상과 자신에 대한 울분을 토해 보라.

잘 빚은
항아리와
잘 짜인 시

1.

한시에는 비교적 자유롭게 쓰는 고시古詩가 있는가 하면 까다로운 형식을 준수하면서도 그 안에서 시상을 치밀하게 짜야 하는 율시律詩가 있다. 율시는 글자 그대로 법에 맞는 시다. 율시는 절구처럼 압운을 하고 평측을 고르는 한편, 2연과 3연은 반드시 대對를 해야 한다.

율시의 이러한 규정이 완비된 것은 당나라 초엽이고, 율시와 비슷한 형태가 나타난 것은 4세기 말엽 무렵부터다. 우리나라의 율시 중에는 8세기 김지장金地藏의 「하산하는 동자를 보내며」(送童子下山)가 가장 이른 것이지만 그보다 앞선 6세기 무렵 고구려의 승려 정법사의 다음 작품은 율시에 매우 근접해 있다. 서구의 신비평에서는 좋은 시를 두고 '잘 빚은 항아리'라 했다. 항아리를 빚는 틀도 완비되기 전에 제작되었지만 이 작품은 참으로 잘 빚은 항아리다.

높은 바위 하늘에 곧추 솟아 있는데

잔잔한 호수는 사방으로 트여 있네.

바윗부리는 언제나 물결에 씻기고

나뭇가지는 늘 바람에 흔들리네.

물에 누우니 도리어 그림자가 잠기고

노을로 들어가니 다시 붉은 빛을 올렸네.

홀로 우뚝 뭇 봉우리 밖에 솟아

외로이 흰 구름 속에 빼어나네.

逈石直生空　平湖四望通

巖根恒灑浪　樹杪鎭搖風

偃流還漬影　侵霞更上紅

獨拔群峰外　孤秀白雲中

_정법사, 「외로운 바위를 노래하다」(詠孤石), 『고시기』

정법사定法師(생몰년 미상)가 어떤 사람인지는 분명하지 않다. 이 시가 16세기 중국에서 편찬된 『고시기』古詩紀에 남조 진陳(557~589)의 시로 선발되어 있으며, 그가 고구려 사람이라 했으므로, 6세기 무렵 진에 유학했던 고구려의 승려로 추정된다. 최근의 연구에 따르면 고석孤石은 중국 강서성의 파양호에 있는 바위산이라 한다.[4]

중국에서 율시가 형식을 정비해 가던 시기에 제작된 이 시는, 비슷한 시기의 중국 시에 비해 형식이나 표현이 훨씬 정련되어 있다. 먼저 근체시의 율격에 근접하고 있다는 점에서 주목된다. 평성平聲 동운同韻의 글자인 공空, 통通, 풍風, 홍紅, 중中으로 정확하게 압운하고 있다. 또 1연과 2연의 평측도 근체시의 율격에 전혀 문제가 없다. 다만 5구에서 '류'流가 평성이고 '지'漬가 측성인데, 6구에서 '하'霞가 평성, '상'上이 측성이어서 5구와 대를 이루지 못하고 있으며, 7구에서 '발'拔이 측성, '봉'峰이 평성이어서 염簾이 맞지 않고, 8구의 '수'秀가 측성, '운'雲이 평성이어서 7구와 대를 이루지 못하고 있다. 이처럼 비록 부분적으로 평측이 고르지 못한 한계는 있지만 율시에 상당히 근접해 있음을 확인할 수 있다.

이와 함께 경물 묘사가 대단히 정치하다. 1연에서는 높은 바위가 허공에 솟아 있는데 그 아래 평평한 호수가 일망무제로 펼쳐진 모습을 제시했다. 1구의 수직적인 움직임과 2구의 수평적인 움직임을 대비한 점이 탁월하다. 2연에서는 바위의 모습을 묘사하는데, 바위의 뿌리가 출렁이는 물에 씻겨 깨끗하고 바위 꼭대기의 나무가 늘 바람에 흔들린다고 했다. 이어 3연에서 물에 비친 바위 그림자가 일렁이는 모습, 노을이 붉게 비친 나무의 모습을 그린 대목의 묘사 수법이 매우 뛰어나다. 특히 6구에서 나무가 노을 속으로 쳐들어가서 붉은 빛을 위에 올렸다 한 것은 마치 나무가 붉은 꽃을 피운 듯하다는 뜻이니 말을 지어내는 솜씨가 비상하다.

작자는 수면으로 공간을 양분한 후 1연에서 3연까지 교묘하게 호응시킨다. 1구의 허공으로 솟은 바위는 4구의 그 바위 위에서 바람에 흔들리는 나뭇가지와 6구의 노을 속에 들어가 있어 꽃을 피운 듯한 나뭇가지로 호응했으며, 2구의 일망무제로 전개되는 호수는 3구의 바위의 아랫부분에서 찰랑이는 물결과 5구의 수면에 비쳐 흔들리는 바위의 그림자로 호응하고 있다. 이처럼 율시에서 경물 묘사가 서로 호응하도록 배치하는 것은 당나라 두보杜甫의 율시에서 볼 수 있는 수사법

사인암 _ 김홍도, 삼성미술관 리움 소장.

이다. 정법사는 시대를 앞서 가서 이와 같은 정치한 시상의 전개 방식을 구사한 것이다.

율시의 제1연을 파제破題라 하는데 제목을 풀이하여 일차적으로 주제를 제시한다는 의미다. 이 시는 '외로운 바위'라는 제목을 풀이하여 1구에서 '석'石을 말하고 2구에서 '고'孤를 드러냈다. 율시는 2연과 3연에서 반드시 대를 하면서, 한편으로 경물을 묘사하거나 이에 대한 시인의 정감을 적어 1연에서 제시된 주제를 발전시킨다. 2연과 3연이 모두 경물을 묘사하기도 하고 모두 정감을 적기도 하며, 혹은 경물과 정감을 나누어 표현하기도 한다. 이 시에서는 경물만으로 주제를 발전시켰다. 1연의 '외로운 바위'라는 주제를 2연과 3연에서 '고고한 정신세계를 표상하는 바위'로 발전시켰다. 마지막 4연은 발전된 주제를 다시 확인하거나 새로운 주제로 나아가면서 시상을 종결하는데, 이 시에서는 3연까지의 주제를 종합하여 '고고한 정신세계를 표상하는 바위'라는 주제를 명시적으로 드러냈다. 이렇게 시상을 전개하여 주제를 드러냄으로써 외로운 바위가 고고한 정신세계를 지닌 정법사 자신의 모습으로 투영된다. 이것이 이 시의 묘미다.

양의 주초朱超와 진의 혜표惠標라는 문인이 비슷한 시기에 「외로운 바위를 노래하다」(詠孤石)라는 같은 제목으로 지은 시 역시 『고시기』에 전한다. 그러나 정법사가 빚은 항아리에는 미치지 못한다.

2.

정법사의 시는 『고시기』 외에도 한시를 선발한 중국의 여러 책자에 수록되어 있을 정도로 뛰어난 작품이다. 우리나라에서 거의 한시가 처음 제작되었을 무렵, 그 능력이 본토인 중국에 비해 손색이 없었다는 것을 여기서 확인할 수 있다. 물론 본격적인 율시가 다수 제작된 것은 역시 최치원, 최광유, 최승우, 박인범 등이 당나라로 유학하면서부터다.

이들은 당나라의 문인들과 교유하면서 자유자재로 시를 썼고 그 수준 역시 그들에 못지않았다. 특히 이른 시기 우리 한시의 뛰어남을 중국에 알린 것은 9세기 후반의 최치원, 박인범, 그리고 11세기의 박인량이 사찰에 올라서 쓴 시다. 고려의 대문호 이규보는 『백운소설』에서 최치원이 윤주 자화사에서 지은 시, 박인범이 경주 용삭사에서 지은 시, 박인량이 사주 구산사에서 지은 시를 나란히 들고 "우리나라가 시로 중국을 울린 것은 이상 세 사람에서 시작됐다"라고 선언한 바 있다.[5]

기암괴석이 겹쳐 산을 이루었는데
그 위에 절이 있어 물이 사방으로 둘렀네.
탑 그림자 강에 거꾸러져 물결 아래 일렁이고
풍경 소리 달빛에 흔들려 구름 가로 떨어진다.
문 앞 나그네 배엔 큰 파도가 급한데
대 아래 스님의 바둑은 한낮에 한가롭다.
한 번 사신의 명 받들고 왔다가 석별함에
시 한 수 남겨 두어 다시 오르길 기약하네.

巉岩怪石疊成山　上有蓮坊水四環

塔影倒江飜浪底 磬聲搖月落雲間

門前客棹洪濤疾 竹下僧碁白日閑

一奉皇華堪惜別 更留詩句約重攀

_박인량, 「송나라로 사신 가면서 사주 구산사에 들러」(使宋過泗州龜山寺), 『동문선』
권12

    박인량朴寅亮(?~1096)은 고려 초기의 이름난 문인으로, 본관은 평
산, 자는 대천代天이다. 요遼의 임금에게 올린 「진정표」陳情表로 문명
을 떨쳤다. 1080년 예부시랑으로 사은사가 되어 송나라에 갔는데 중
국인들이 그의 시를 높게 평가하여 함께 갔던 김근金覲의 시문과 함께
『소화집』小華集이라는 문집을 간행한 바 있다. 『문창잡록』文昌雜錄, 『석
림연어』石林燕語, 『유설』類說, 『사실유원』事實類苑 등 송대에 편찬된 여
러 서적에 소개되고 있으니, 그의 시명이 국제적이었음을 짐작할 수
있다. 『고금록』古今錄, 『수이전』殊異傳 등을 저술했다고 하지만 지금은
전하지 않는다. 위의 작품은 1080년 사신 갔을 때 구산사에 들러 지
은 것이다. 구산사는 중국 강소성 우이현에 있던 사찰이다.

    사찰이나 누정을 노래한 율시는 1연에서 절이나 누정의 위치를
설명하면서 제목을 풀이할 때가 많다. 이때 절과 누정이 얼마나 높은
곳에 있는지를 잘 드러내야 한다. 박인범이 「경주 용삭사의 전각에서
운서상인에게 겸하여 보내다」(涇州龍朔寺閣兼束雲栖上人)에서 "날 듯한
선각이 푸른 하늘에 솟아 있어, 월궁의 피리 소리가 역력히 들릴 듯"
(翬飛仙閣在青冥, 月殿笙歌歷歷聽)이라 과장한 것도 절이 그만큼 높은 곳
에 있다는 표현이다. 또 고려 중기의 시인 정지상이 「개성사의 작은

방에서」(開聖寺八尺房)에서 "백 보에 아홉 번 돌아 높은 산에 올랐더니, 허공에 두세 칸 집이 떠 있네"(百步九折登巉岏, 家在半空唯數間)라고 하며 구절양장 험한 길을 오르니 몇 칸의 절이 허공에 있다고 한 것 역시 마찬가지다. 정지상의 또 다른 작품 「변산 소래사에서 짓다」(題邊山蘇來寺)에서도 "묵은 길이 적막하여 솔뿌리 얽혔는데, 하늘이 가까워 별을 만질 수 있을 듯"(古徑寂寞縈松根, 天近斗牛聊可捫)이라 하여 별을 만질 수 있을 만큼 높은 곳에 절이 있다 하였다. 물론 과장이다. 변산에 있는 내소사(소래사의 현재 명칭)에 가보면 높은 곳에 올랐다는 느낌은 들지 않는다.[6]

그래도 시에서는 절이나 누각이 높은 곳에 위치해 있다고 해야 묘미가 있다. 박인량은 기암괴석이 포개진 석산 위에 절이 있다 했다. 또 절이 산 정상 절벽에 있어 사방에 강물이 두르고 있다며 과장한다. 이렇게 1연에서 허공에 매달린 듯한 구산사의 모습을 전체적으로 조망하였다.

2연과 3연은 대를 이루어 경물을 묘사하거나 정감을 토로하는데 때에 따라서 경물만 묘사할 때도 있다. 경물 묘사로 2연을 구성하면 자칫 단조로울 수 있으므로 같은 경물 묘사라도 변화를 주어야 한다. 위의 작품은 그런 변화를 잘 보여준다. 카메라로 말하자면, 2연은 탑과 경쇠를 확대하여 촬영한 것이요, 3연은 줌을 멀리 하여 강물과 대숲을 촬영하여 변화를 준 것이다. 그러면서 1연의 주제를 발전시킨다. 3구에서 탑 그림자가 강 물결 아래 거꾸러져 일렁인다고 한 것은 절마당의 탑 그림자가 강물에 비친다는 뜻이므로, 1연에서 절의 사방이 물이라고 한 뜻을 이은 것이다. 4구에서 경쇠 소리가 달빛을 흔들고 구름 사이에 떨어진다고 한 것은 1연에서 절이 높은 곳에 위치해 있다는 것과 호응을 이룬다. 이 구절은 서양의 시학에서 이르는 공감각적인 표현의 극치라 할 만하다. 눈에 보이지 않는 경쇠 소리와 달빛을 충돌하게 하고 다시 구름에 떨어뜨렸으니, 청각과 시각이 복합되어 묘한 이미지를 만들어 낸다.

앞서 본 정법사의 시가 경물 묘사에서 내부적으로 긴밀한 호응을 이룬다고 했는데 이 작품 역시 그러하다. 산을 중심으로 하여 1구에서는 산의 윗부분을 그리고, 4구에서 산 위쪽의 허공으로 호응시켰다면, 2구에서는 산 아래의 강물을 그리고 3구에서 강물에 비친 탑 그림자로 호응시켰다. 이러한 호응은 3연에도 이어진다. 2구와 3구를 이어 4구에서 절벽 아래 바로 물이 흐르기에 문 앞에 배가 있다 했고, 1구의 산, 4구의 하늘을 이어 6구에서 다시 대숲이 우거진 산으로 호응시켰다. 아름다운 율시는 이처럼 경물 묘사 사이에도 내적으로 긴밀한 호응 관계를 유지하면서 주제를 발전시켜 나간다.

2연과 3연에서 1연의 뜻을 발전시키는데 특히 3연에서는 시상을 전환하는 동시에 작품 전체의 뜻이 담긴 4연에 대한 복선을 깐다. 2연을 순수한 경물만으로 구성했다면 3연에는 배를 타거나 바둑을 두는 인간을 함께 넣었다. 절간에서 강물을 보니 사람들은 물결을 따라 급하게 배를 저어 가고, 대숲을 보니 스님이 대낮에 한가하게 바둑을 두고 있다. 급하게 사는 사람과 한가하게 사는 스님, 두 인간 유형을 대비한 것이다. 사람이 보이는 풍경이지만 그 안에는 시인의 뜻이 들어 있다. 세속에 얽매인 시인이 급하게 배를 타고 절에 와 보니, 스님은 한가하게 바둑을 두고 있어 참으로 부럽다는 뜻이다. 이처럼 2연과 3

연이 모두 경물을 묘사했으나 3연에는 시인의 정감이 투영되어 있다. 그래야 4연의 주제를 예비할 수 있기 때문이다. 4연에서는 이를 이어 주제를 말한다. 사신 가는 길에 잠시 들렀으니 대숲의 스님처럼 한가하게 지낼 수 없어 강물에 급히 배를 띄우고 가야 한다. 그러나 한가한 삶에 대한 꿈은 버릴 수 없기에 이렇게 시를 써서 훗날을 기약한다고 하였다.

3.

　율시는 이처럼 짜임이 중요하다. 긴축된 시어를 구사하여 흐트러짐 없이 시상을 전개해야 잘 빚은 항아리가 만들어진다. 앞서 본 박인량의 작품과 함께 이규보가 중국을 울린 작품이라 한 최치원의 다음 작품 역시 참으로 잘 빚어진 항아리여서, 이른 시기 우리 한시의 수준을 잘 보여준다.

　　산에 올라 잠시나마 세상사를 멀리하니
　　흥망을 읊조리자 한이 더욱 새롭구나.
　　뿔피리 소리 아침저녁 일렁이는 물결
　　푸른 산 그림자 속 고금의 사라진 사람들.
　　서리가 옥수를 꺾어 꽃은 임자 없어졌는데
　　바람이 금릉에 따스하여 풀은 절로 봄이라.
　　사씨 집안의 좋은 경지 남아 있어
　　길이 시인의 정신을 맑게 해 주네.

登臨暫隔路岐塵 吟想興亡恨益新

畵角聲中朝暮浪 靑山影裏古今人

霜摧玉樹花無主 風暖金陵草自春

賴有謝家餘境在 長敎詩客爽精神

_최치원, 「윤주 자화사에 올라 절방에서 짓다」(登潤州慈和寺上房), 『동문선』 권12

최치원은 당나라에서 빈공과에 급제한 후 876년 선주의 율수표위
가 되었다. 자화사는 그 인근의 윤주에 있던 절이다. 앞서 본 박인량
의 작품과는 달리 1연에서 절의 위치를 말하지 않고 바로 '한'(恨)이라
는 주제를 드러냈다. 이어 2연과 3연에서 경물 묘사를 통해 주제를 발
전시킨 다음, 4연에서 '상'(爽)이라는 주제로 전환하였다. 이 작품 역시
경물의 묘사와 어우러진 시상의 전개가 매우 치밀하다.

2연과 3연에서는 1연의 주제인 '한'을 시각적으로 보여준다. 먼저
3구에서 어디선가 뿔피리 소리가 들려오는 가운데 아침저녁으로 물
결이 치는 모습을 그렸다. 뿔피리 소리가 청각적인 이미지인데 반해
아침저녁 치는 물결은 시각적인 이미지다. 아침에 해가 뜨고 물결이
치고 다시 저녁에 해가 질 때 다시 물결이 이는 모습을 연속적인 화면
으로 구성하여 눈으로 보게 하고, 다시 귀로는 처연한 뿔피리 소리를
듣게 했다. 물결이 아침저녁 일렁인다는 것은 세월이 흘러가는 것을
가리킨다. 영화에서 꽃 피고 비 오고 단풍 들고 눈 내리는 것으로 1년
의 경과를 암시하는 것처럼, 아침에 해가 뜰 때 물결이 치고 저녁에
해가 질 때 물결이 다시 치는 모습을 보임으로써 세월이 흐르는 것을
시각화한 것이다. 4구 역시 또 다른 연속 화면이다. 푸른 산 속에 사람

들이 나타났다 사라지는 모습을 보여준다. 젊은이가 노인이 되고 다시 또 다른 사람이 나타났다 사라지는 모습이 슬라이드 필름처럼 제시된다.

2연에서 이러한 화면을 보여준 것은 인생의 무상함을 절로 느끼게 하기 위함이다. 물결이나 산은 영원한 자연이다. 자연 앞에 설 때 인간은 절로 왜소하고 무상해지는 법이다. 아침저녁 치는 물결이나 푸른 산은 오랜 세월에도 변함이 없지만 그 속에 살아가는 인간은 절로 허무한 것이다. 무상한 인간사를 드러내는 '화각'畵角과 '고금인'古今人이 호응을 이루고, 영원한 자연의 표상인 '조모랑'朝暮浪과 '청산'青山이 긴밀하게 호응을 이룬다. 이렇게 하여 영원한 자연 앞에 선 초라한 인간의 모습을 돌아보게 한다. '화각'은 채색 그림을 넣은 고대의 악기인데 군중軍中에서 시각을 알리거나 사기를 진작하는 데 쓰였다. 전쟁과 관련된 것이어서 윤주가 전쟁이 많았던 곳임을 은근하게 말하고 있다. 이 때문에 부귀영화도 영원한 물과 산 앞에서는 절로 의미가 없어진다. 더욱이 청산은 묘지를 가리킬 때가 많다. 이 구절을 자화사 인근의 공동묘지를 묘사한 것으로 보면 인생의 허무함이 더욱 강조된다.

절이나 누각에 올라서 쓴 작품은 이 구절에서 보는 바와 같이 영원한 자연에 대비되는 인간의 무상함을 자주 드러낸다. 박인범이 「경주 용삭사의 전각에서 운서상인에게 겸하여 보내다」에서 "인생은 흐르는 저 물을 따라 머무는 적이 없는데, 대나무는 찬 산을 둘러 만고에 푸르네"(人隨流水何時盡, 竹帶寒山萬古青), 김부식이 「관란사의 누」(觀瀾寺樓)에서 "산 모습 물빛은 고금이 한가지인데, 세간 사정 사람 정은 달라짐이 많구나"(山容水色無今古, 俗態人情有異同), 승려 혜문이 「보현원」普賢院에서 "문 밖에 길이 멀어 사람은 남북으로 흩어지는데, 바위 틈에 소나무는 늙어도 달은 고금에 한가지라"(路長門外人南北, 松老巖邊月古今) 한 것도 그러한 예다.

이처럼 2연은 1연에서 제시한 '한'을 이미지로 처리했다. 2연에 묘사한 경물이 원경이라면 3연에 묘사한 경물은 근경이다. 가을날 서리에 시든 꽃나무와 봄을 맞아 새로 돋은 고운 풀로 카메라의 줌을 확대한 것이다. 한 연에서 가을과 봄이 병치되는 것은 자연스럽지 못하다. 그런 점에서 이 연은 현재의 눈에 비친 풍광이 아니라 상상의 눈에 비친 모습을 동시에 말한 것이라 할 수 있다. 깊은 가을 아름다운 꽃나무는 서리에 꺾여 보아주는 사람이 없다는 부분은 더 깊은 의미를 지니고 있다. 옥수玉樹는 '옥수후정화'玉樹後庭花로 망국 진陳의 후주後主가 만든 음악이다. 한시에는 역사적인 사건이나 옛 글귀를 끌어들여 새롭고 확장된 의미를 창출하는 수사법이 많이 구사된다. 이 구절은 서리를 맞아 시든 꽃나무의 모습을 그린 것인데 그 이면에 임금이 방탕하게 유흥을 즐기다가 나라를 잃어 폐허가 된 모습을 동시에 보여준다. 윤주는 양자강 남쪽에 있던 고을로 진陳의 중심 지역이었기에 과거의 역사를 끌어들인 것이다. 율시는 2연과 3연이 정확하게 대를 이루어야 하는데 6구의 '금릉'金陵이 육조시대 남방의 대도회지 이름이므로 '옥수' 역시 고유명사로 풀이해야 하고 그 때문에 '옥수'는 '옥수후정화'라는 곡조 이름으로 해석해야 한다.

6구는 나라가 망하여 금릉의 궁궐은 폐허가 되었지만 봄이 되자 다시 고운 풀이 돋아나는 모습을 그렸다. 인간이 만든 궁궐은 폐허가

되었지만 자연은 영원하여 봄이 되면 다시 새싹을 틔운다고 했으니, 여기서도 영원한 자연과 그 앞에 선 왜소한 인간의 모습을 대조한 것이다. 그러면서 앞서 본 박인량의 작품처럼 묘사되고 있는 경물이 서로 치밀하게 호응을 이루게 되어 있다. 무상한 인간사를 말한 '고금인'에 이어 인간이 만든 옥수의 꽃을 말하고, 영원한 자연인 '조모랑'에 이어 금릉의 풀을 말한 것이다. 표면적으로 사찰 주위에 가꾸는 이 없는 꽃들이 서리에 꺾여 있고, 따스한 봄바람이 불어 절로 봄빛이 완연한 모습을 그렸지만, 전고典故를 활용하여 이렇게 인생의 '한'을 투영한 것이다. 경물 묘사에 감정이 투영되어 있기에 무한한 비애가 서린 분위기를 형성하게 된다.

묘사된 경물이 이처럼 치밀하게 내부적으로 연결되면서 그 속에 1연에서 제시한 '한'이라는 주제를 구체화하고 이어 마지막 연에서 발전된 주제를 제시한다. '사가'謝家는 문학으로 명성을 날렸던 사령운, 사혜련, 사조를 낳은 육조시대 명가가 윤주에 있었기에 이른 말이다. 조비曹丕가 문장을 두고 불후의 성사盛事라 했거니와, 아름다운 문학은 자연처럼 영원할 수 있기에, 인간사의 무상함을 극복할 수 있다고 한 것이다.

율시의 4연은 3연까지의 주제를 종합하여 제시하기도 하고, 이처럼 새로운 주제로 발전시키기도 한다. 2연과 3연에서 인생의 무상함과 자연의 영원함을 대비한 것이 1연의 '한'을 구체화한 것이라면, 4연에서는 시상을 전환하면서 '상'爽으로 분위기를 바꾼다. 이러한 분위기의 전환에는 6구가 중요한 구실을 한다. 곧 5구의 서리에 꺾인 꽃이라는 침울한 분위기가 6구에서 봄날 새로 돋아나는 풀을 통해 밝은 분위기로 전환된다. 이러한 복선이 있기에, 자연스럽게 4연에서 '상'이라는 주제로 발전시킬 수 있었던 것이다.

전체적으로 말하면 1연에서 '한'이라는 일차적인 주제를 제시하고, 2연에서 '한'을 구체화한 다음, 3연의 바깥구에서 '한'이 다른 감정으로 바뀔 것이라는 예기감을 주었다. 4연에서는 이를 이어 '상'의 주제가 최종적으로 표출된다. 이처럼 이 작품은 조직에서도 치밀한 조탁이 가해져 있음을 볼 수 있다. 당나라의 이름난 시인 장호張祜가 같은 곳에서 지은 「가을밤 윤주 자화사 상방에 올라」(秋夜登潤州慈和寺上方)와 비교하면 최치원의 것이 결코 뒤지지 않는다. 그만큼 이 작품은 잘 빚은 항아리라 하겠다.

시 속에
울려 퍼지는
노랫가락

1.

우리나라 역대 한시 작가 중에서 가장 널리 알려진 사람은 정지상
鄭知常(?~1135)일 것이다. 정지상이 언제 태어났는지에 대한 정확한 기
록은 없다. 이 이름은 노년에 바꾼 것이고, 젊은 시절에는 정지원鄭之
元으로 통했다. 일찍 부친을 여의고 홀어머니 밑에서 성장했으며, 그
다지 명망 있는 집안은 아니었지만 스스로의 노력으로 장원급제를 하
여 한림원에서 여러 벼슬을 거쳤다. 그러나 잘 알려진 대로 묘청 등과
더불어 평양으로 천도할 것을 주장했으나 그 뜻이 실현되지 못했고,
묘청이 평양에서 모반을 일으키자 반대파였던 김부식에 의해 토벌당
함에 앞서 먼저 처형당했다. 이로써 삶은 끝났지만, 그의 시명詩名은
천고의 세월이 지나도록 아름답게 드리워져 있다.

그가 역대 최고의 시인이 될 수 있었던 것은 너무나 잘 알려진 「임
을 보내며」(送人)라는 작품 때문이다. 이 작품이 널리 애창되었기에 조
선 시대 평양 최고의 누각인 대동강가 부벽루에 걸렸다. 중국 사신들

이 오면 부벽루에서 연회를 벌였는데, 그들의 눈에 차지 않을까 하여 조선의 관원들이 웬만한 작품을 모두 철거했으나, 그래도 남겨 둔 몇 안 되는 작품 중 하나가 이 시였다. 중국에 내놓더라도 부끄러움이 없었기 때문이요, 오히려 우리의 문운文運이 중국에 견주어도 손색이 없음을 과시한 것이기도 하다. 그 시는 이러하다.

> 비 개인 긴 둑에 풀빛 짙어지는데
> 남포에서 임 보내니 슬픈 노래 일렁인다.
> "대동강 저 물은 언제나 다하랴?
> 해마다 이별의 눈물이 푸른 물결 보태는 것을."
> 雨歇長堤草色多 送君南浦動悲歌
> 大同江水何時盡 別淚年年添綠波
>
> _정지상, 「임을 보내며」(送人), 『동문선』권19

봄비가 그친 대동강 강가에 풀빛이 짙어진다. 이별은 봄날에 가장 극적인 효과를 불러일으킨다. 화려한 봄볕에 대조되어 가고 없는 사람에 대한 아쉬운 마음이 더욱 커진다. 죽었던 만물조차 소생하는데 멀쩡하게 잘 있던 사람이 떠나가면 더욱 슬픈 것이다. 그러한 이치로 2구에서 봄날 남포의 이별은 더욱 서럽다.

남포는 평양 감영에서 남쪽으로 10리 떨어진 거피문 바깥 대동강 하류에 있던 포구다. 남포는 중국에도 있었다. 5세기경 중국에서 활동했던 강엄江淹은 「별부」別賦에서 "봄풀은 푸른 빛, 봄강은 푸른 물결. 그대 남포에서 보내니, 그 슬픔 어찌할까"(春草碧色, 春水綠波. 送君南浦,

傷如之何)라 했다. 이 작품이 『문선』文選에 실려 있으니 정지상이 익히
보고 그것을 바꾸어 이러한 표현을 만들어 낸 것이라 하겠다.

　이어 이별의 눈물이 푸른 물결을 더하므로 대동강 물이 마를 날이
없을 것이라 했다. 고급 독자들은 이 구절이 다소간 유치하다는 느낌
을 감출 수 없을 것이다. 옛 시구를 적당히 바꾸고 유치한 구절을 덧
붙여 놓았으니 좋은 작품이라 하기 어렵다. 그러나 이 작품은 역대 최
고의 절창絶唱으로 평가되었다. 그 이유는 무엇일까.

　2구에서 '동'動은 노랫가락이 봄바람에 울려 퍼지는 것을 나타냄
과 동시에 사람의 마음을 울렁거리게 하는 것이다. 울려 퍼지는 그 노
래의 내용이 바로 3구와 4구다. 3구와 4구는 임과 헤어지는 여인이
부르는 이별가인 것이다. 작품의 시적 화자가 여성이므로 3, 4구는 이
여성의 노랫가락이다. 사랑하는 이를 보내면서 부르는 노래로 이해된
다. 이 이별가가 울려 퍼져 이 시는 절창이 될 수 있었다.

　시적 화자인 여성의 노래를 끌어와 3구와 4구를 구성했으니 내용
이 유치한 것은 당연한 일이다. 사랑하는 이와 헤어진 여성이 세련된
가사의 노래를 부르면 오히려 어색하다. 여인이 부르는 노래는 민가民
歌요, 당시의 유행가다. 민가를 흉내 내어 지은 시는 소박한 것이 특징
이다.

　지금은 전하지 않지만 대동강에는 이별의 노래가 많았을 것이다.
남공철南公轍은 「배따라기 노래」(船離謠)에서 16세기 무렵부터 평안도
에 퍼져 있던 배따라기 노래의 내용을 "포 소리 울리고 배 떠나가네.
이제 가면 언제 돌아오려나. 만경창파는 갔다가 돌아오는데"(礮擧兮船
離, 此時去兮何時來, 萬頃滄波去似廻)라 소개한 바 있다. 18세기 조선의 문

호 박지원도 『열하일기』(「막북행정록」)에 같은 배따라기 노래를 소개하면서 평안도 지역에서 유행하던 이 배따라기는 배가 떠난다는 뜻으로 그 곡조가 매우 슬퍼 애를 끊을 듯하다고 한 바 있다. 근대 김동인의 소설 「배따라기」에서는 이와 또 다른 배따라기를 기생이 노래하고 있다. 이러한 전통을 생각할 때 정지상의 시대에도 대동강을 소재로 한 이별의 노래가 있었을 것이고, 그 노래 내용이 바로 이 시의 3구와 4구였을 것으로 추정할 수 있다.

정지상의 이 작품을 읽을 때 우리는 넘실거리는 대동강 봄 물결, 짙어 가는 남포의 풀빛, 이를 배경으로 하여 사랑하는 남녀가 이별을 하는 광경을 머릿속에 그려 볼 수 있다. 동시에 우리의 귓가에는 "대동강 저 물은 언제나 다하랴, 해마다 이별의 눈물이 푸른 물결 보태는 것을"이라 외치는 노랫가락이 맴돈다. 마치 영화관에서 영화를 볼 때, 아름다운 스크린이 눈앞에 펼쳐지는데 스피커에서는 처절한 이별가가 울려 퍼지는 것과 같다. 이 시가 아름다운 것은 바로 이 때문이다.

2.

이처럼 한시 속에 우리말 노래가 울려 퍼지면 중국 한시에서 느낄 수 없는 아름다움이 두드러진다. 이와 같은 창작 방법은 역대 절창으로 평가된 한시 작품에서 공통적으로 드러난다. 조선 중기 최고의 시인으로 평가되는 권필의 다음 작품 역시 그러하다.

빈 산 나뭇잎 지고 비는 부슬부슬

재상의 풍류가 이렇게 적막하네.

슬프다 술 한 잔 다시 내기 어려우니

지난날 그 노래가 오늘 아침 일이라.

空山木落雨蕭蕭 相國風流此寂寥

惆悵一盃難更進 昔年歌曲卽今朝

_권필, 「정송강의 묘를 지나면서 느낌이 있어」(過鄭松江墓有感), 『석주집』 권7

권필權韠(1569~1612)은 조선 중기의 시인으로 조선 시대 전체를 대표한다고 할 만큼 시에 뛰어났다. 본관은 안동, 자는 여장汝章, 호는 석주石洲다. 부친 습재習齋 권벽權擘 역시 시로 이름이 높았다. 정철鄭澈의 문인으로 성격이 자유분방하고 구속받기 싫어하여 벼슬길에 나아가지 않았지만, 시재가 워낙 뛰어나 중국 사신과의 수창을 위해 제술관에 임명된 바 있다. 광해군의 권신 유희분을 풍자하여 「궁류시」宮柳詩를 지었다가 이로 인하여 곤장을 맞고 귀양을 나서던 중, 동대문 바깥에서 객사했다.

이 작품은 권필이 스승 정철의 무덤을 지나면서 지난날 그의 풍류를 생각하여 읊은 것이다. 가을비 추적추적 내리는데 나뭇잎은 다 떨어졌다. 스산한 정철의 묘를 이렇게 묘사하고 장탄식을 한다. 술 잘하고 노래 잘하던 스승의 풍류는 어디에 갔는가? 이제 스승이 가고 없으니 다시 술 한 잔 권하기 어렵구나. 그 옛날 스승이 「장진주사」將進酒辭에서 노래한 것이 오늘 아침을 예견한 것 같다. 시의 내용은 이처럼 지극히 단순하다. 그럼에도 이 작품은 절창으로 칭도되었다. 그 이유는 무엇인가? 『호곡시화』壺谷詩話에서는 허균許筠의 말을 인용하여 이렇게 적고 있다.

> 권필의 '빈 산 나뭇잎 지고 비는 부슬부슬', 이안눌의 '강 언덕에
> 서 누가 미인곡을 노래하는가'는 모두 정송강을 위해 만든 것인데 다
> 절창으로 세상에서 경중을 따지지 못한다. 권필의 첫구는 옹문금 소
> 리가 홀연 귀를 놀라게 하여 사람으로 하여금 눈물을 흘리도록 하지
> 않음이 없다. 이안눌의 끝구는 적벽에서의 피리 소리가 실처럼 끊임
> 없어 오히려 무한한 뜻을 내포하고 있다. 우열을 따지기는 어렵지만
> 격조는 권필이 낫다.

여기서 허균은 권필의 작품이 1구가 특히 아름다워 사람으로 하
여금 눈물을 흘리도록 한다고 했다. 1구 "빈 산 나뭇잎 지고 비는 부
슬부슬"은 바로 정철의 「장진주사」 "한 잔 먹세 그려 또 한 잔 먹세 그
려. 꽃 꺾어 산算 놓고 무진무진 먹세 그려. 이 몸 죽은 후면 지게 위
에 거적 덮어 줄 이어 메고 가나 유소보장流蘇寶帳에 만인이 울어예나.
억새 속새 덥가나무 백양 숲에 가기만 가면, 누른 해 흰 달 가는 비 회
오리바람 불 제 뉘 한 잔 먹자 할꼬. 하물며 무덤 위에 잔나비 휘파람
불 제 뉘우친들 어쩌리"에서 밑줄 친 부분을 축약한 것이다. 여기에
권필 작품의 아름다움이 있다.

이 시의 1구를 읽으면 쓸쓸한 늦가을, 낙엽 지고 비가 흩뿌리는
정철의 무덤이 떠오른다. 그와 동시에 배경음악으로 기생이 목놓아
부르는 정철의 「장진주사」가 처량하게 울려 퍼진다. 이러한 시각적,
청각적 효과로 인해 시를 읽는 순간 인생의 무상함에 눈물을 흘리게

된다. 3구에서 "슬프다 술 한 잔 다시 내기 어려우니"라 한 것은 "뉘 한 잔 먹자 할꼬"를 염두에 둔 표현인데, 이 구절에서도 처연한 「장진 주사」를 배경으로 그 옛날 호탕하게 술을 마시던 정철의 모습과 이제 는 스산한 그의 묘에 권필이 술잔을 올리는 모습이 포개져 나온다.

권필의 시와 함께 우열을 따지기 힘들다고 한 이안눌의 작품 역시 그 미학이 유사하다.

강 언덕에 누가 미인곡을 노래하나
정히 강 언덕에 달이 지는 이때에.
슬프다 임 그리는 끝없는 뜻은
세상에서 오직 여인네만 아는구나.
江頭誰唱美人辭 正是江頭月落時
惆悵戀君無限意 世間唯有女郎知
_이안눌, 「용산 달밤에 가기 고 인성 정상공의 사미인곡을 부르는 것을 듣고 바로 시 를 읊어 조지세 형제에게 주다」(龍山月夜聞歌姬唱故寅城鄭相公思美人曲率爾口 占示趙持世昆季), 『동악집』 「속집」

이안눌李安訥(1571~1637)은 권필과 함께 조선 중기를 대표하는 시 인이다. 본관은 덕수, 자는 자민子敏, 호는 동악東岳이다. 뛰어난 문장 가 이식李植이 그의 종질로 대제학을 역임한 바 있다. 두보의 시를 만 번 읽었다는 일화가 널리 알려져 있다. 임진왜란의 참상을 그린 「사월 십오일」四月十五日이 시로 쓴 역사인 시사詩史로 평가된다.

이 작품은 정철이 죽은 후 가기歌妓가 정철의 「속미인곡」續美人曲

을 부르는 것을 듣고 쓴 것이다. 1구에서 바로 「속미인곡」을 작품 속으로 끌어들였다. 가기가 부르는 「속미인곡」이 한강의 달밤에 울려 퍼진다. 달밤이라 하였기에 「속미인곡」에서 "차라리 스러지어 낙월落月이나 되어 있어 임 계신 창 안에 번듯이 비추리라"라 한 마지막 대목이 연상된다. 노래를 부르는 가기는 차마 「속미인곡」을 마저 부르지 못하고 목이 멘다. 1구에서 울려 퍼지던 「속미인곡」이 3구에 이르면 목이 메어 더 이상 울려 퍼지지 않고 가는 흐느낌으로 바뀐다.

이 작품 역시 미학의 근저가 배경음악으로서 존재하는 「속미인곡」에 있다. 「속미인곡」을 배경으로 하여 밝은 달빛 아래 기생이 처연하게 노래를 부르는 모습이 시를 읽는 이로 하여금 더욱 비감에 젖게 하는 것이다.

한시에 노랫가락을 넣어 노래가 연상될 수 있도록 하여, 한시 자체에서 노래가 울려 퍼지도록 하는 것, 이것이 한시의 중요한 창작 방법 중 하나다. 특히 당시唐詩 스타일로 시를 쓰고자 한 시인들이 이러한 창작 방법을 좋아했다. 백광훈, 이달과 함께 삼당시인三唐詩人으로 일컬어진 최경창이 「평양에서 백평사의 별곡을 듣고」(箕城聞白評事別曲)에서 "금수산의 노을은 옛 모습과 같은데, 능라도의 고운 풀은 지금도 봄이라. 신선이 떠난 후 소식이 없기에, 관서별곡 한 곡조에 눈물이 수건에 가득하다"(錦繡烟霞依舊色, 綾羅芳草至今春. 仙郎去後無消息, 一曲關西淚滿巾)라 한 것은 당시 기방에서 널리 가창되던 백광훈의 형 백광홍白光弘의 「관서별곡」의 가사 "능라도 방초芳草와 금수산 연화煙花는 봄빛을 자랑한다"[7]를 끌어들여, 한시 속에 기생이 부르는 「관서별곡」이 울려 퍼지도록 한 것이다.

3.

옛 시인들은 우리말 노래를 한시에 삽입하여 귀에 울려 퍼지는 음악적 효과를 만들어 냈다. 이때 적절한 우리말 노랫가락이 없으면 중국의 전래 가요를 넣기도 했다. 조선 중기 당시 스타일의 시를 짓는 데 탁월한 솜씨를 보였던 이달은 「양양의 노래」(襄陽曲)에서 "넓은 물가 큰 제방 서쪽으로 해가 지는데, 꽃 아래 노닐던 이는 술에 취해 어쩔하네. 다시 남쪽 길로 기생집을 나서니, 골목마다 백동시 노랫가락" (平湖日落大堤西, 花下遊人醉欲迷. 更出敎坊南畔路, 家家門巷白銅鞮)이라 했다. 이 작품에서는 골목마다 길게 울려 퍼지는 「백동시」라는 중국 노래의 울림을 들을 수 있다. 그런데 「백동시」는 악부제樂府題로 중국 양양 지방을 소재로 한 이별의 노래다. 이달의 「양양의 노래」가 아름답기는 하지만, 「백동시」가 중국 노래이므로 우리말 노랫가락을 삽입했을 때보다 실감 있는 음악적 효과가 약하다. 「백동시」의 가사가 전하기는 하지만 우리나라에서 노래하지도 않았고 또 그 가사 자체가 널리 알려지지도 않았기에 이달의 「양양의 노래」를 읽을 때 「백동시」 노랫가락이 구체적으로 전달되지 않는다.

이보다는 다음 임제의 작품에서 보는 것처럼, 존재하지 않지만 내용이 분명한 노랫가락을 만들어 넣는 것이 더욱 묘미가 있다.

대동강의 계집아이 봄볕에 거니노라니
강물 위의 수양버들에 애간장이 끊어지네.
"끝없는 아지랑이로 베를 짤 수 있다면
임을 위해 춤출 옷을 짓고 싶네요."

浿江兒女踏春陽 江上垂楊政斷腸

無限煙絲若可織 爲君裁作舞衣裳

_임제, 「대동강의 노래」(浿江歌), 『임백호집』 권2

임제林悌(1549~1587)는 본관이 나주, 자가 자순子順이며, 호는 백호白湖가 널리 알려져 있다. 자유분방하여 시속에 얽매임이 없었지만 세사가 뜻과 같지 못하여 시와 술로 울분을 달래었다. 젊은 나이에 숨을 거두면서 아들에게 "천하의 여러 나라에 제왕을 일컫지 않은 나라가 없었는데, 오직 우리나라만은 끝내 제왕을 일컫지 못하였으니, 이같이 못난 나라에 태어나서 죽는 것이 무엇이 아깝겠느냐. 너희들은 조금도 슬퍼할 것이 없느니라"라 한 유언이 널리 알려져 있다. 『수성지』愁城誌, 『원생몽유록』元生夢遊錄 등 문학사에 길이 남을 소설의 작가이며, 황진이의 무덤에서 지었다는 시조도 유명하다.

이 작품은 1583년 임제가 평안도 도사로 있던 시절 대동강에 나가 놀면서 지은 것으로 추정된다. 1구와 2구는 3인칭 시점으로 대동강가에 봄나들이 나온 처녀들의 춘심春心을 잘 묘사하고 있다. 이어 무엇인가 좋은 계기가 있으면 가연을 맺고 싶은 처녀들의 마음을 3구와 4구에서 노랫말로 대신했다. 이러한 가사의 노래가 실제 대동강 일대에서 가창되었는지는 알 수 없다. 물론 임제가 꾸며 낸 것일 가능성도 있다. 대동강으로 나들이 나온 처녀라면 이런 노래를 부르지 않았을까 하여 노랫말을 만들어 넣었을 수 있다. 다분히 악부풍을 염두에 두고 쓴 작품임을 감안한다면 후자일 가능성이 더욱 높다.

어떠한 경우든, 수양버들이 축축 늘어진 대동강, 끝없이 펼쳐진

아지랑이에 봄나들이 나온 처녀들은 마음이 들떠 좋은 인연을 맺고 싶기에, 남정네를 유혹이나 하려는 듯이 이런 노래를 부른다. 그런 내용의 노랫가락이 배경음악으로 울려 퍼져 놀이 나온 처녀들의 마음이 더욱 잘 전달될 수 있다. 가락은 모르되 내용은 알 수 있는 노래를 배경으로 한 것이 더욱 시의 맛을 높게 한 것이다. 물론 가사를 허구적으로 만들어 낸 노래는 당대인들에게 널리 알려진 노래보다야 그 음향효과의 측면에서는 못할 것이다.[8]

4.

정지상의 「임을 보내며」는 그 울려 퍼지는 노랫가락으로 인하여 절창이 되었다. 아름다운 시는 노랫가락은 아니라도 애달픈 소리가 있어야 멋이 생긴다. 정지상은 대동강 이별가를 하나 더 시에 담았다.

뜰 앞에 나뭇잎 하나 지자
침상 아래 온갖 벌레 우네.
훌쩍 가시는 임 잡을 수 없는데
유유히 어디로 가시나요.
산 끝난 곳까지 따라가던 마음
달 밝은 밤 홀로 꾸는 꿈.
남포의 봄 물결 푸를 때
임이여 훗날의 기약 어기지 마소.
庭前一葉落 床下百蟲悲

忽忽不可止 悠悠何所之

片心山盡處 孤夢月明時

南浦春波綠 君休負後期

_정지상, 「임을 보내며」(送人), 『동문선』권9

뜰 앞에 떨어진 나뭇잎은 오동잎이다. 오동잎이 한 번 떨어지니 천하에 가을이 온 것을 안다는 말이 있다. 커다란 오동잎 하나 툭 하고 떨어지니 기다렸다는 듯이 온갖 풀벌레들이 울어대기 시작한다. 오동잎은 마당에 떨어졌지만 동시에 임을 보낸 여인의 마음에도 떨어졌고, 풀벌레만 우는 것이 아니라 임을 보낸 여인도 오열한다. 가는 임을 잡고 싶지만 훌훌 떠나니 어찌할 수 없다. 가는 임의 뒷모습이 더 이상 보이지 않을 때까지 물끄러미 바라본다. 산모롱이를 돌아가면 이제 길도 임도 보이지 않는다. 그리고 다시 침상으로 돌아온다. 이제 사랑하는 이를 만날 수 있는 것은 꿈길밖에 없다. 그러고는 훤한 임의 얼굴 같은 달을 보고 운다.

이렇게 임을 보낸 여인의 모습을 그리고는 마지막에 여인의 간절한 외침을 넣었다. 남포에 봄이 와서 언 대동강이 풀려 푸르게 되면, 그때 다시 온다고 한 약속을 어기지 말라는 간절한 외침이 울려 퍼지는 가운데 시는 종결에 이른다. 시는 끝이 나도 여인의 외침은 끝나지 않는다. 특히 4구에서 "유유히 어디로 가시나요"라는 말과 호응하여 전체가 한 편의 노래처럼 울려 퍼진다. 시적 여운은 시각적인 심상만으로 존재하는 것이 아니다. 울려 퍼지는 노랫가락이 오히려 더욱 긴 시적 여운을 남길 수 있다.[9]

재창조의
시학

1.

전남 담양에서 죽제품이 많이 생산되는데, 그곳에서 온 필통에 "산 모습은 가을에 더욱 좋고, 강물 빛은 밤에 오히려 밝네"(山形秋更好, 江色夜猶明)라는 시구가 적혀 있다. 무심결에 지나치기 쉬운 이 구절을 만든 이는 김부식이다.

김부식金富軾(1075~1151)은 본관이 경주, 자가 입지立之, 호가 뇌천雷川이다. 서긍徐兢의 『선화봉사고려도경』宣和奉使高麗圖經에는 그가 살이 찌고 체구가 크며, 검은 얼굴에 눈이 튀어나온 것으로 표현되어 있다. 김부식은 과거에 오른 후 직한림원, 우사간, 중서사인 등을 역임하고 1122년 보문각대제, 1124년 예부시랑 등에 올랐다. 당시 인종의 외조부였던 이자겸이 지나친 예우를 받는 것을 비판하며 이자겸 일당과 권력 다툼을 벌인 이래, 1134년부터는 묘청 등의 서경 귀족 세력과 대립했고 그들을 진압하는 일을 맡아 정치적, 문학적 라이벌이었던 정지상을 함께 제거했다. 또 윤관과 그의 아들 윤언이 일파와

도 권력을 두고 편치 못했다. 김부식의 인생은 피비린내 나는 정쟁의 연속이었다.[10]

노년에 접어든 김부식은 인생의 무상함을 느끼고 수도 개성 외곽으로 흐르는 예성강의 서호西湖 나들이를 자주 했다. 공문空門의 벗 시승 혜소惠素(慧素로 된 데도 있다)가 서호에 있는 강서사江西寺(견불사라고도 한다)에 살고 있었다. 시중 벼슬을 끝으로 물러난 김부식은 자주 나귀를 타고 혜소를 찾아가 밤새도록 이야기를 나누고 시를 수창했는데, 이를 들은 사람들이 여기에 화운한 시가 천여 수에 이르렀다 한다. 혜소는 의천義天의 제자로, 의천의 행장 10권을 쓴 인물이다. 유교와 불교의 경전에 두루 밝았으며, 시와 글씨에도 능했다 하니 김부식의 시우詩友가 되기에 부족함이 없었을 것이다.

김부식의 문집은 불행히 전하지 않는다. 다만 현전하는 그의 작품 중에 최고의 걸작이 바로, 감로사에서 혜소의 시에 차운하여 쓴 것이며, 그 시가 워낙 세상에서 이름을 얻었기에 그중 한 연이 담양의 대나무 필통에 적혀 전승되어 온 것이다. 다음이 바로 그 작품이다.

속된 나그네 이르지 못하는 곳
올라 보니 마음이 맑아지네.
산 모습은 가을에 더욱 좋고
강물 빛은 밤에 오히려 밝네.
흰 새는 높이 날아가 사라지는데
외로운 배는 홀로 가벼이 가네.
부끄럽구나, 달팽이 뿔 위에서

반생을 공명이나 찾았다니.

俗客不到處 登臨意思淸

山形秋更好 江色夜猶明

白鳥高飛盡 孤帆獨去輕

自慙蝸角上 半世覓功名

_김부식, 「감로사에서 혜소의 시에 차운하다」(甘露寺次惠素韻), 『동문선』 권9

    조선 시대 500년 동안 도성에 살던 문사들이 강하江河에서 노닐
고자 할 때 한강을 즐겨 찾았듯이, 고려 시대 귀족 출신의 문사들은
예성강에서 시주詩酒를 즐겼다. 예성강은 물자가 풍성한 상업 지역이
었다. 이곳에는 예부터 이런 이야기가 전해 온다. 중국의 상인 하두강
賀頭江이 바둑을 잘 두었는데, 예성강에 사는 어떤 사람의 부인을 보고
그 아름다움에 반하여 그녀를 뺏고자 내기 장기를 두어 이기고, 그 처
를 빼앗아 배에 싣고 달아났다. 나중에야 남편이 이를 뉘우치고 「예성
강곡」을 노래했으나 어쩔 수 없었다. 잡혀간 부인이 겁탈당하지 않으
려고 많은 옷을 겹쳐 입고 항거하니, 하두강도 배에서 범접하지 못했
다. 게다가 배가 바다 가운데서부터 더 이상 나아가지 않게 되었다.
하두강이 점을 치니 여인의 절개에 용왕이 감동하여 그러한 것임을
알고 부인을 돌려보냈다고 한다.

    그러한 사연을 품은 예성강에서, 가장 이름난 절이 견불산 강서사
였다. 그 앞을 당시에 서호라 불렀다. 서호에서 개성 쪽에 전포錢浦가
있고 그 북쪽 오봉산 마답촌에 감로사가 있었다. 오봉산은 백두대간
의 한 줄기가 뻗어 내려 성거산, 천마산을 거쳐 힘이 다한 곳에 위치

하고 있다.

감로사는 이자연李子淵이 지은 절이다. 이자연이 중국에 사신으로 가서 윤주潤州의 감로사를 구경하고 매우 즐거워하여, 돌아와 그 형세와 비슷한 데를 찾았는데, 여섯 번의 겨울, 여섯 번의 여름을 지나서야 비로소 이곳을 얻었다. 이에 기뻐서 법당을 짓고 이름을 그대로 붙여서 도량으로 만들었다 한다.

예성강 서호의 청정 도량 감로사에 올라서 김부식은 이 시를 지었다. 이 한 편의 노래는 김부식으로 하여금 피비린내 나는 정쟁 속에서 아귀다툼을 하던 사람이 아니라 선경에서 노니는 신선이나 은자가 되게 했다. 고려 말의 뛰어난 학자이면서 문인인 이제현은 「동방의 네 가지 일을 노래하다」(東國四詠)를 지으면서 「시중 김부식이 노새를 타고 강서의 혜소상인을 찾아가다」(金侍中富軾騎驟訪江西惠素上人)를 제일 앞에 두어 그의 풍류를 칭송했고, 또 문하생들에게도 이에 답하여 노래하게 한 바 있다.[11] 이로써 김부식이 감로사를 찾아간 일이 동방의 가장 아름다운 풍류의 하나로 기려지게 되었다.

2.

이 작품이 길이 후대에 회자된 까닭은 문예미가 뛰어났기 때문이다. 작품의 문예미는 범상치 않은 운율에서 먼저 찾을 수 있다. 한시는 높은 소리(측성)와 낮은 소리(평성)가 규칙적으로 배열되는데 이 작품의 제1구는 소리가 높은 글자로만 되어 있다. 율시에서 높은 소리와 낮은 소리를 교차시켜 변화를 주는 것을 평측법平仄法이라 한다. 일반적인 오언율시라면 제1구가 높은 소리 두 번, 낮은 소리 세 번으로 되어야 하나, 여기서는 그렇게 하지 않고 높은 글자만 다섯을 두었다. 이러한 것을 두고 한시를 짓고 읽던 예전 사람들은 오측체五仄體라 불렀다. 이 구절은 높은 소리가 연속하여 그 자체로 기세가 드센 데다, 처음 두 글자는 소리가 입 바깥으로 터져 나가지 않는 촉급한 입성入聲이어서 더욱 강한 기세를 느끼게 한다.

1연의 문장 구조를 뜯어 보면 앞구가 뒷구의 부사구로 되어 있는 점도 독특하다. 1연은 열 글자가 합쳐야 비로소 하나의 의미 있는 문장이 된다. 이러한 것을 연면구聯綿句라 한다. 1연은 연면구로 되어 있어 꿈에 그리던 감로사가 있는 오봉산을 한달음에 오르는 시인의 마음을 드러냈다.

이어 2연과 3연에 절에서 본 경치를 묘사했다. 1연의 주제어 '청'淸의 내용을 경물로 형상화한 것이다. 2연에서 산은 사시사철 좋지만 가을이 되니 더욱 좋고, 강물 빛이 밤인지라 컴컴해야 하겠으나, 달이 떠서 흰하다 했다. 이 구절은 특히 허자虛字의 단련이 놀랍다. '갱'更이라는 한 글자로 오봉산이 사시사철 아름답지만 가을이 되니 더욱 아름답다고 말한다. 단풍을 뜻하는 글자를 두지는 않았지만, 울긋불긋한 모습을 읽을 수 있는 것은 바로 '갱' 자 때문이다. '유'猶 역시 공교롭다. 강물 빛이 밤이라 마땅히 어두워야 하지만, 달이 휘영청 떠 있어 강물 빛이 하얗게 빛나더라는 뜻이다. 역시 달을 뜻하는 글자가 없지만 '유'에서 달빛을 느낄 수 있게 한 것이다. 언외言外의 뜻이 있어야 여운이 생기고, 여운이 있어야 좋은 시가 된다. 이 시의 여운은 이러한 허자를 통해 느끼게 된다.

이 구절은 이처럼 정련되어 숙독을 할수록 시의 깊은 맛이 느껴진다. 흔히 송나라 시풍은 경물의 구체적 모습을 잘 그려 내는 것을 좋게 여겼다. 그에 비하여 당나라 시풍은 경물의 모습은 대충 그린 듯하지만, 여러 번 읽으면 정련된 자구 속에 흥감이 일게 되는 특징이 있다. 감로사에 가 본 독자라면 이 구절을 읽을 때 자신이 직접 눈에 본 단풍과 달빛 등의 경물을 머릿속에 떠올리게 되므로 흥감이 일게 되는 것이요, 가 보지 못한 사람이라도 가을 단풍이 붉게 물들거나 밝은 달빛이 훤한 산하는 우리나라 어디든 있기에 쉽게 상상할 수 있으므로, 절로 흥감을 느끼게 될 것이다.

3연에서는 하늘을 바라보니 푸른 하늘에 흰 새 한 마리가 너울너울 날아가 하늘가에 사라지고, 강물을 바라보니 배 한 척 바람을 받아 쏜살처럼 달리고 있다 했다. 3연에는 2연을 이어 감로사에서 본 경치를 그렸다. 율시에서는 2연과 3연 모두 경물만 묘사되면 단조롭기 쉽다. 이 때문에 2연에서 다소간 추상적이고 거시적인 경관을 두고, 3연에서 푸른 하늘로 가물가물 사라지는 새와 파란 강물에 떠가는 작은 배를 부각하여 구체적인 장면으로 변화를 주어 단조로움이 느껴지지 않게 했다. 흰 새가 푸른 하늘로 천천히 사라지는 유장한 느낌이, 파란 강물로 경쾌하게 떠가는 배의 속도감과 대비를 이루는 것도 경물 묘사의 변화를 꾀한 것이다. 또 앞구가 새가 시야에서 천천히 사라지는 정적인 심상이라면, 뒷구는 배가 경쾌히 떠가는 동적인 심상이어서 그 대비가 시적 형상화의 수준을 높인다.

2연과 3연의 경물이 내부적으로 호응하도록 한 것도 단조로움을 극복하는 데 기여했다. 이 작품에서 2연은 각기 산의 모습과 강의 모습을 그렸는데, 3연에서는 앞구가 다시 2연 앞구에서 말한 산 위의 하늘 모습을, 뒷구에서는 2연 뒷구에서 말한 강물에 떠 있는 배를 그렸다. 이처럼 2연과 3연이 정치하게 호응 관계를 유지하고 있다.

이와 함께 3연의 경물은 순수한 자연물이지만, 그 속에 인간의 감정이 깃들어 있다. 즉 너울너울 날아가는 흰 새와 바람에 경쾌하게 달리는 배의 모습에서 속세의 속박에서 벗어나고 싶은 시인의 의지를 읽어 낼 수 있다. 이 구절에서 새는 절로 날고, 배는 절로 떠가니, 그를 보고 절로 부귀공명에 아등바등하는 인생사를 반추하게 되는 것이다.

이렇게 경물 속에 시인의 감정을 투영한 다음, 4연에서 발전된 주제를 자연스럽게 드러낼 수 있었다. 4연은 1연에서 제시한 '청'淸을 '참'慘이라는 주제로 발전시켰다. 1연의 '속객'俗客이 '와각'蝸角, 혹은 '공명'功名과 밀접한 호응 관계를 이루고 있는 점도 공교롭다. 와각은 『장자』莊子(「則陽」)에 달팽이 왼쪽 촉각에 있는 촉씨觸氏라는 나라와 오른쪽 촉각에 있는 만씨蠻氏라는 나라가 서로 땅을 다투며 싸웠다고 하는 우언寓言을 끌어들인 것이다. 높은 절에 올라서 내려다보니, 자신이 살던 으리으리한 큰 집도 성냥갑처럼 조그마하다. 달팽이 촉각 위에서 다툰 것이나 조금 더 큰 집을 얻기 위해 정적들과 다툰 것이 다르지 않다. 백년 인생도 긴 역사에서 보면 하룻밤 묵어가는 나그네일 뿐이요, 구중궁궐도 우주에서 보면 개미굴보다 작은 법이다.

이처럼 과거의 일이나 사건, 곧 전고를 작품 속에 끌어들이는 것을 용사用事라 한다. 특히 옛사람의 말을 끌어들이는 것은 점화點化라 하여 구분하기도 하고, 용사에 점화까지 포괄하여 쓰는 사람도 있다. 관료 생활에서 벗어나 고향으로 돌아가려 할 때는 도연명陶淵明을 가

져오고, 매화를 노래할 때는 매처학자梅妻鶴子의 고사를 낳은 임포林逋를 끌어들이며, 술에 취하면 스스로 유령劉伶임을 자부하고, 인생이 무상하다고 할 때는 남가일몽南柯一夢의 고사를 끌어들이는 것이 바로 용사다. 용사는 한시에서는 옛일과 현재의 일이 서로 포개지도록 하는 기능을 한다. 김부식은 '와각'이라는 말을 씀으로써 『장자』의 우언에 그려진 전쟁을 오버랩한다. 이것이 용사의 묘미다.

3.

이 작품이 아름답기는 하지만, 김부식의 독창적인 발상만으로 이루어진 것은 아니다. 한시는 독창적인 발상만을 중시하지 않는다. 이 작품은 여러 곳에서 표절의 혐의가 있다. 특히 3연이 그러하다. 이백은 「홀로 경정산에 앉아서」에서 "새들은 다 날아가 버리고, 외로운 구름은 홀로 감이 한가롭다. 서로 보아 지겹지 않은 것은, 그저 경정산만 있다네"(衆鳥高飛盡, 孤雲獨去閑. 相看兩不厭, 只有敬亭山)라 노래한 바 있는데, 1, 2구가 김부식의 시 3연과 몇 글자만 다르다. 이백의 이 시로 말미암아 '경정산'은 아무리 보아도 지겹지 않은 존재를 상징하는 말이 되었다. 조선 후기 불우한 위항委巷의 가객들이 자신들의 노래 서클을 경정산가단敬亭山歌壇이라 한 것도 이 시에 근원을 두고 있다. 이렇게 유명한 시를, 그것도 두 구절이나 김부식은 아무렇지도 않게 따왔다. 이와 같은 차용이 흠이 되지 않는 것으로 생각했기 때문이다. 앞선 시인들의 명구를 자신의 낯선 텍스트 속에 넣어 새로운 미감을 발휘할 수 있다면, 이 정도의 작은 '도둑질'은 문제가 되지 않는다.

김부식은 익히 알려진 이백의 표현을 빌려와, 더욱 아름다운 뜻으로 발전시켰다. 새 떼가 높이 날아 사라지는 평면적인 풍광을, 새 한 마리가 푸른 하늘을 높이 날아 시야에 가물가물 사라지는 모습으로 바꾸었으며, 외로운 구름이 홀로 한가로이 떠가는 풍광을, 외로운 배 한 척이 쏜살같이 강물에 떠가는 모습으로 변용했다. 이백의 시에서는 분명하지 않았던 색채 감각도 한 글자를 바꾸어 강화했다. 새를 흰 새로 바꾸자, 색채가 없던 하늘이 푸른빛으로 선명하게 바뀌었다. 뒷구의 정적인 심상을 경쾌하고 역동적인 심상으로 바꾸어, 앞구의 느리고 정적인 심상과 대조함으로써 더욱 조화롭게 만들었다.

2연 역시 백거이白居易의 「백화정」百花亭 중 "산의 모습은 현산을 닮았는데 강물 빛은 동려산과 같구나"(山形如峴首, 江色似桐廬)와 구법이 흡사하다. 그러나 백거이의 시와 완전히 맛이 다름은 한눈에 알아볼 수 있다.

김부식은 이 시에서 이백이나 백거이의 시를 이용했지만 그에 못지않은 새로운 뜻을 만들어 냈다. 이것이 앞서 말한 점화다. 점화는 점철성금點鐵成金과 같은 말로, 고철로 금을 만들어 내는 연금술을 이르는 말인데, 중국 송나라 때 앞선 사람의 시구를 재조직하여 자신의 시구를 만드는 문학 이론을 가리키는 용어로 사용하기 시작했다. 도가에서는 사람의 골격을 신선의 골격으로 바꾼다는 뜻의 환골탈태換骨奪胎라는 말을 쓰는데, 시학에서 이를 빌려와 점화와 같은 뜻으로 사용하기도 한다. 이미 이전 사람들이 만들어 놓은 글귀를 이용하여 더욱 멋진 표현을 재창출함을 이르는 말이기에, 점화는 포스트모더니즘에서 이르는 혼성모방과 유사하다. 모더니즘 이후 포스트모더니즘은

근년 문단을 시끄럽게 했지만, 한시의 세계에서 점화는 천 년도 더 전에 보편화되었던 상식적인 창작 방법이다.

　김부식이 이백의 시를 이용하여 재창조의 시학을 보여준 것처럼, 김부식의 시 역시 그 뒤의 시인에게 재창조의 대상이 되었다. 조선 중기 송나라 시풍으로 문단의 우이를 잡았던 정사룡이 「회포를 적다」(紀懷)라는 작품에서 "비 기운이 노을을 눌러 산이 갑자기 어둑하더니, 강물이 달빛을 받아서 밤인데도 오히려 밝구나"(雨氣壓霞山忽暝, 川華受月夜猶明)라 했는데 뒷구절은 바로 「감로사」 제4구에 달빛 두 글자만 더하여 또 다른 창조의 시학을 보여준 예다. 특히 김부식의 「감로사」는 1연에서 시상을 여는 방식에 있어 후대에 큰 영향을 끼쳤다. 김부식의 아들 김돈중金敦中이 바로 이를 응용하여 다음과 같은 시를 지었다.

　　우연히 산기슭의 절에 이르니
　　향 연기 자욱한 방 하나 솟아 있네.
　　숲은 깊어 대나무와 잣나무뿐
　　땅은 고요하여 티끌 하나 없네.
　　속인의 귀로 스님 말씀 듣고
　　시름겨운 창자에 술을 들이킨다.
　　고요하여 이미 맑고 깨끗한데
　　거기다가 달빛까지 와서 비추네.
　　偶到山邊寺　香煙一室開
　　林深惟竹栢　境靜絶塵埃
　　俗耳聞僧語　愁腸得酒盃

蕭然已淸爽 況有月華來

_김돈중, 「낙안군의 선원에서 자면서」(宿樂安郡禪院), 『동문선』 권9

김부식의 아들인 김돈중의 이 작품 역시 『동문선』이나 『대동시선』大東詩選 등 역대 이름난 한시 선집에 실려 있으니 뛰어난 작품으로 평가되었음을 알 수 있다. 낙안군의 선원은 곧 징광사澄光寺를 이른다.

1연의 구법 자체가 김부식의 작품에서 온 것임을 한눈에 알아볼 수 있다. 맑은 빛의 절 징광사에 오르니 세속과 절연을 상징하는 듯 향 연기가 자욱한 절간이 갑자기 눈앞에 나타난다. 절을 에워싼 나무는 청절의 상징인 대나무와 잣나무로만 구성되어 있어 더욱 속세와 멀게 느껴진다. 스님의 텅 빈 마음에서 우러나는 말을 들으니 권력과 돈을 따지느라 귀가 더럽혀진 자신이 부끄럽다. 마치 김부식이 감로사에 올라 전쟁터를 회상했을 때처럼. 그러한 시름을 잊기 위해 김돈중은 술을 마신다. 술을 마시고 시원한 바람을 쐬고 보니 절로 마음이 맑아진다. 게다가 훤한 달까지 떴다. 어느새 신선이 된 듯하다. 부친으로부터 권력과 부귀를 이어받고 시법까지 이어받아 시가 절로 시원하다. 상쾌함 하나로만 본다면 김부식의 시를 넘어선다.

4.

물론 시가 개성의 표현이라고 생각한 사람들은, 비록 들키지 않는다 하더라도 점화가 '도둑질'임에 틀림없으므로, 이러한 재창조의 시학이 문제가 있다고 주장했다. 역대 가장 개성적인 시를 쓴 것으로 평가되고, 스스로도 절대 '도둑질'을 하지 않겠다고 공언한 이규보가 그러한 사람들 중에 대표적인 인물이다.

그러나 "시의詩意는 무궁한데 사람의 재주는 유한하므로, 유한한 재주로 무궁한 뜻을 추구하려니 비록 도연명과 두보라 하더라도 공교로울 수가 없다"라 한 중국 송대의 시화서인 『냉재시화』冷齋詩話의 기록대로, 아무리 천재적인 시인이라도 늘 새로운 표현을 만들어 내는 것은 가능하지 않다. 스스로 남의 글을 도둑질하지 않겠다고 호언장담한 이규보도 마찬가지다. 조선 초기의 뛰어난 비평가 서거정徐居正은 『동인시화』東人詩話에서 이규보가 평생 스스로 말하기를 "진부한 말에서 벗어나 교묘한 시상이 절로 나오게 해야 한다. 옛말을 훔쳐 내는 일은 죽어도 하지 않을 것이다"라 했지만, 실제로 그의 시에서 옛사람의 구절에서 가져온 것이 상당수 있음을 적시한 바 있다. 다음 작품에서도 이규보 역시 재창조의 시학을 따르고 있음을 확인할 수 있다.

속박이 이르지 않는 곳이라
흰 구름 속의 스님 절로 한가하다.
안개는 황혼의 나무를 시름겹게 하는데
소나무 푸른빛은 가을 산을 보호하네.
지는 해에 추운 매미는 요란히 우는데
긴 하늘에 지친 새는 둥지로 돌아가네.
병들어 손님을 크게 두려워하기에
대낮에도 솔문을 닫아걸고 계시네.
羈紲不到處 白雲僧自閑

烟光愁暮樹 松色護秋山

落日寒蟬噪 長天倦鳥還

病中深畏客 白日鎖松關

_이규보, 「16일에 중용자의 시에 차운하다」(十六日次中庸子詩韻), 『동국이상국집』 권6

이규보李奎報(1168~1241)는 고려를 대표하는 문인이다. 초명은 인 저仁氐였다. 본관은 황려, 자는 춘경春卿, 호는 백운거사白雲居士가 널 리 알려져 있다. 1196년 아직 본격적인 벼슬에 나아가지 못하고 있을 때 모친을 뵙기 위해 상주에 갔는데, 그때 낙동강을 따라 유람하면서 많은 시를 제작했다. 이 시도 그때 지은 것이다. 『동문선』에는 「용암 사에서 묵다」(寓龍巖寺)라는 제목으로 되어 있는데, 용암사는 상주 만 악산 아래 있던 절이다.

이 작품에서 시상을 여는 첫구가 바로 김부식이 「감로사」에서 이 른 "속된 나그네 이르지 못하는 곳"(俗客不到處)과 같은 뜻이니 그 영향 관계를 짐작할 수 있다. 2구는 이백이 「산중의 문답」(山中問答)에서 "내 게 무슨 마음으로 푸른 산에 사느냐 묻기에, 웃으면서 답하지 않으니 마음이 절로 한가롭다"(問余何意棲碧山, 笑而不答心自閑)에서 뜻을 취하 여 스님의 한가한 마음을 드러냈다. 김부식과 이백의 익숙한 시를 재 창조한 것이라 하겠다.

2연은 어디에서 시상을 빌려온 것이라기보다 이규보의 개성적인 창의성이 돋보인다. 저녁이라 안개가 숲을 뒤덮고 있으니 그 음산한 분위기에 절로 시름이 인다는 뜻으로, 안개가 저녁 숲을 시름겹게 한 다고 하고, 가을이라 온 산이 붉게 단풍으로 물들었지만 소나무만은 푸른빛을 잃지 않았다는 뜻으로, 푸른 솔빛이 가을 산을 보호하고 있다고 한 것이다. 김부식이 이른 "산 모습은 가을에 더욱 좋고"(山形秋更好)의 단풍의 붉은빛에 소나무의 푸른빛을 더했으니, 점철성금이라 할 만하다. 스님의 절조를 이렇게 은근하게 말한 것이기도 하다.

3연에서 해가 서산에 걸리자 가을을 슬퍼하는 매미 소리 요란하다고 한 것은 자신과 같은 세속의 나그네, 세속의 영리에 얽매인 사람을 비유한 것이라 할 수 있다. 지친 새가 저녁이 되어 둥지로 돌아간다고 한 것은 그 유명한 도연명의 「귀거래사」歸去來辭에 "구름은 무심하게 산봉우리로 나오는데, 새는 날기에 지쳐 돌아갈 줄 안다"(雲無心而出岫, 鳥倦飛而知還)라고 한 구절에서 온 것임을 한눈에 알아볼 수 있다. 이는 세속의 명예와 부귀를 좇는 삶에서 벗어나 한가하게 살고 싶다는 뜻을 말한 것이기도 하다. 그리하여 마지막에 병든 스님이 손님을 싫어하여 늘 문을 닫아걸었다고 하여, 그러한 삶에 대한 부러운 뜻을 부쳤다.

개성적이고 창조적인 뜻을 만드는 것을 강조했던 이규보 역시 앞사람의 표현과 뜻을 적절하게 이용하여 새로움을 창조했다. 김부식, 김돈중, 이규보, 정사룡 어느 누구의 작품도 뛰어나지 않은 것으로 평가된 적은 없다. 아무도 그 원천을 두고 문제 삼지는 않았다. 요는 점철성금, 곧 과연 쇳덩이를 금덩어리로 바꾸었는가에 달려 있을 뿐이다. 뛰어난 시인들이 옛 시에서 표현을 빌려와 자신의 개성 속에 녹이는 것은 흔한 일이었다.

원숙과
참신의
시학

1.

뛰어난 두 인물이 한 시대를 나란히 살게 되면 역사의 라이벌이 된다. 라이벌이었던 김부식과 정지상은 서로를 죽음으로까지 내몰았다.

김부식이 정지상과 함께 산사로 놀러 나갔는데 정지상이 "절집에 범패 소리 그치자, 하늘빛은 유리알처럼 맑구나"(琳宮梵語罷, 天色淨琉璃)라 시를 지었다. 김부식이 이 구절을 좋아하여 자신에게 달라고 했으나 정지상이 거절했다. 이에 앙심을 품은 김부식이 묘청의 난에 얽어 넣어 정지상을 죽였다는 이야기가 전한다. 훗날 김부식이 봄날 "버들은 천 가닥으로 푸르고, 복사꽃은 만 점으로 붉다"(楊柳千絲綠, 桃花萬點紅)라 시를 짓자, 귀신이 된 정지상이 나타나 김부식의 뺨을 치고는 "천 가닥의 버들과 만 점의 꽃은 누가 헤아려 보았던가? '버들은 실실이 푸르고, 복사꽃은 점점이 붉더라'(楊柳絲絲綠, 桃花點點紅)라 하지 않는가?" 했다. 이에 김부식은 그를 더욱 미워하게 되었다.

또 한번은 김부식이 어떤 절간에서 측간에 갔는데 정지상 귀신이 따라가 불알을 잡고는 "술도 마시지 않았는데 얼굴이 어찌 붉은가?" 물었다. 김부식은 느릿느릿 "건너편 벼랑의 단풍이 낯을 비추어 붉게 하네"(隔岸丹楓照面紅)라 답했다. 정지상 귀신이 그의 불알을 더욱 세게 잡고서는 "무슨 놈의 가죽 주머니인가?" 하자 김부식이 "네 아비는 불알이 쇠로 되었더냐?" 했다. 김부식이 이렇게 태연하자 정지상이 손에 힘을 주어 김부식을 마침내 측간에서 죽게 했다 한다. 이규보의 글을 후대인이 편집한 『백운소설』白雲小說에 나오는 이야기다.

김부식과 정지상처럼 죽음에까지 이르지는 않았지만, 이규보와 이인로 역시 문학적인 라이벌이었다. 이규보는 「전리지에게 문학을 논한 답장」(答全履之論文書)이라는 편지에서 자신은 '새로운 뜻을 창출하고 시어를 만들어 낸다'(新意造語)고 하면서 남들처럼 널리 독서를 하지 못하여 부득이 새로운 말을 만들 수밖에 없다고 했다. 옛사람들은 시의 뜻은 새롭게 하지만 시어 자체를 새롭게 만들지 않는데, 자신은 시의 뜻도 새롭게 하고 시어도 만들어 냈다고 하였다. 그러면서 시로 이름을 날리는 사람들이 모두 남의 것을 베껴 먹었다고 비판하였다. 아무리 도둑질을 잘해 들키지 않는다 하더라도 도둑질 자체가 정당화될 수는 없다고 하였다.

이규보가 도둑으로 내몬 사람은 선배 이인로李仁老(1152~1220)였던 듯하다. 이인로는 본관이 경원慶源(仁州, 仁川이라고도 한다)으로 무신란 이전 3대 문벌의 하나였다. 그러나 이인로 당대에 이미 귀족으로서의 위치가 흔들렸거니와, 일찍 부모 없는 고아로 승려에게 양육되었다. 1170년, 그의 나이 19세에 정중부의 난이 일어나 불문佛門으로 피신했다가 환속하여 1180년에 진사시에 급제하고 특히 한림원에서

14년간 소칙詔勅을 작성하면서 문명을 드날려 복고腹藁, '뱃속에 원고를 담아 둔 사람'이라는 별명을 얻었다. 이 명성은 임춘林椿, 오세재吳世才 등과 어울려 만든 죽림고회竹林高會로 이어졌다. 이에 비하여 이규보의 집안은 여주驪州의 향리 가문으로 그 부친 대에 비로소 벼슬을 시작했으니 한미하다 하겠다. 16세 연하인 이규보가 20대에 본격적으로 문필 활동을 시작할 무렵 문단의 우이는 이인로 등의 선배가 잡고 있었다.

이규보는 이인로 등의 휘하에 들어가고자 하지 않았다. 이규보의 문명이 높아지자, 죽림고회의 멤버들은 먼저 죽어 한 사람이 빠진 자리를 그에게 권했다. 이에 이규보는 "칠현七賢이 어찌 조정의 벼슬이라고 빈자리를 채운단 말인가?"라 하면서 매몰차게 거절했다. 스스로 이인로 등 선배들과 분명한 선을 그은 것이다. 이인로와 이규보의 차이는 다시 한 세대 후배인 최자崔滋가 『보한집』에서 분명하게 말한 바 있다.

학사 이인로가 말하였다. "나는 문을 닫고 황정견黃庭堅과 소식蘇軾의 문집을 읽고 난 후에야 말이 힘이 있고 시운詩韻이 유창하여 시의 깊은 맛을 알게 되었다." 문순공文順公 이규보는 말하였다. "나는 옛사람의 말을 답습하지 않고 새로운 뜻을 창출한다." 요즘 사람들이 이 말을 듣고 두 사람이 들어선 경지가 다르다고 여기는데 잘못이다. 그 깊이는 다르지만 들어선 곳은 같은 문이다. 왜 그런가? 배우는 사람들은 경사백가를 읽을 때 뜻을 알아서 그 도리를 전하는 데 그치는 것이 아니라, 장차 그 말을 익히고 그 체를 본받아 마음에 거듭하고 공교로움에 익숙해지도록 하여서 짓고 읊조릴 때에 마음과 입이 상응하여 말로 내면 바로 문장이 되도록 하므로 시로 써도 생경하고 난삽한 말이 없다. 옛사람의 말을 답습하지 않고 스스로 참신한 것을 낸다는 것은 오직 시상을 구성하여 문식을 가하는 것일 뿐이다. 두 사람이 다르다고 한 것은 아마 이것일 뿐이리라.

이 글에서 최자는 이인로가 다른 사람의 시를 열심히 읽어 이를 바탕으로 시를 지었고 이규보는 독창적인 시어를 만들어 시를 지었다고 비교했다. 그러나 창작 방법론의 차이에도 불구하고 두 사람의 귀결처는 하나다. 그 귀결처는 '신의'新意 곧 '새로운 뜻'을 만들어 내는 것이다. 시인이라면 누구나 '새로운 뜻'을 만들고 싶어한다. 이규보가 거듭하여 '신의'를 주장했거니와, 이인로 역시 '신의'가 시인의 궁극적인 목적임을 밝힌 바 있다. 이인로는 『파한집』破閑集에서 황정견의 이른바 환골탈태換骨奪胎를 해석하여 "뜻을 바꾸지 않고 그 시어를 만드는 것을 환골이라 하고, 고인의 뜻을 모방해서 비슷하게 하는 것을 탈태라 한다" 하고는 이것은 비록 있는 그대로 가져다 쓰는 것에 비하면 하늘과 땅처럼 차이가 많은 것이지만, 도둑질한 것으로 공교로움을 삼은 것에 지나지 않는다고 비판했다. 또 환골탈태가 신의를 창출하는 것과 거리가 있다고 했다. 결국 이인로와 이규보 모두 시학에서 가장 중요한 것은 '새로운 뜻'이며 도둑질은 곤란하다 한 것이다.[12]

2.

이인로와 이규보는 '새로운 뜻'을 추구했다는 점에서는 같지만, 그 방법과 그에 따른 미감은 달랐다. 이인로의 시는 새롭지만 시어는 낯설지 않다. 당시唐詩 어디엔가 나올 법한 그런 익숙한 시다.

봄은 가도 꽃은 아직 남아 있고
날은 개어도 골짜기는 절로 침침하네.
대낮에 소쩍새가 우는 것을 보니
비로소 알겠네 내 사는 곳 으슥함을.
春去花猶在 天晴谷自陰
杜鵑啼白晝 始覺卜居深

_이인로, 「산에 살며」(山居), 『동문선』 권19

봄이 이미 지난 절기지만 자신이 사는 곳은 궁벽하여 꽃이 아직 피어 있다는 뜻이다. 첫 번째 구절은 당나라 말기의 시인 이상은李商隱의 「만청」晚晴 중 "깊은 거처에서 양쪽의 성을 바라보니, 봄은 가도 여름이 시원하네"(深居俯夾城, 春去夏猶淸)에서 가져왔으니, '도둑질'을 한 셈이다. 그러나 이인로는 원래의 재료를 갈고 다듬어 새로운 표현으로 만들었다. 허자虛字인 '유'猶를 절묘하게 구사하여 봄이 가면 꽃이 지는 것은 당연한 이치지만, 제목에서 말한 대로 '산거'山居인지라, 깊은 산속의 집이기 때문에 꽃이 아직 지지 않았다고 했다. 또 대낮이라 훤해야 하지만 자신이 사는 곳이 골짜기라 나무가 무성하여 낮에도 저절로 어둡다는 뜻을 '자'自에 담았다. 소쩍새는 시의 원문에 두견새로 되어 있다. 그러나 우리나라에는 두견새가 없다. 옛날 사람들은 소쩍새를 보고 두견새라 했다. 소쩍새는 밤에 운다. 그러나 자신이 사는 곳이 외지기 때문에 밤인 줄 알고 우는 것이다. 그런 다음 이러한 세 구절의 뜻을 합하여 자신이 사는 곳이 으슥하다는 것을 비로소 알았다고 했다. 마지막 구절의 뜻을 말하기 위해 1구에서 3구까지 지극히 억제되고 정제된 표현을 사용한 것이다. 3구까지의 긴장을 4구에 이르러 풀어 주는 것이 이 시의 묘미다. 이에 대해 조선 후기의 비평가 홍만종은 『소화시평』에서 당시唐詩와 흡사하다고 평했다. 꾸밈이라고는 찾아볼 수 없고 담박한 자연 속의 삶이 녹아 있어, 오언절구가 이를 수 있는 최고의 수준이라 하겠다.

　이규보는 이렇게 시를 쓰지 않는다. 기발한 착상과 표현이 있어야 시가 된다고 생각했다. 비슷한 소재를 다룬 다음 작품에서도 그의 개성을 읽을 수 있다.

　　가벼운 적삼 작은 댓자리 깔고 난간에 누웠다가
　　꾀꼬리 울음 두세 소리에 꿈에서 깨어났네.
　　짙은 나뭇잎에 가리어 꽃은 봄 뒤에도 남아 있는데
　　엷은 구름에 해가 새어 나와 비가 와도 훤하네.
　　輕衫小簟臥風櫺　夢斷啼鸎三兩聲
　　密葉翳花春後在　薄雲漏日雨中明

_이규보, 「여름날」(夏日卽事), 『동국이상국집』 권2

이인로가 자신의 거처가 으슥하여 여름이 되어도 봄꽃이 남아 있다는 뜻을 '유'猶에 담아 여유와 홍취를 더했다면, 이규보는 왜 꽃이 아직 남아 있는지를 구체적으로 설명한다. 빽빽한 나뭇잎 사이 응달에 있어 꽃이 여름까지 피어 있다고 했다. 이인로가 꽃이 남아 있는 이유를 독자 스스로 깨치도록 했다면, 이규보는 독자의 깨우침을 기다리지 못하고 바로 이유를 설명해 주고 있는 것이다. 여우비가 내리는 것을 두고도, 햇살이 엷은 구름을 뚫고 내려와 비가 오는데도 날이 훤하다고 일일이 설명을 가한다.

3.

이러한 차이에 주목하여 이인로의 시는 '약'略이요, 이규보의 시는 '상'詳이라 평가한 것은 탁월한 해석이다.[13] 묘사의 상과 약, 이것은 한시에서 당풍唐風과 송풍宋風의 차이를 규정하는 것이기도 하다. 한시사에서 당풍과 송풍은 한 시대의 시풍을 대변하는 용어인 동시에 서구 문예사조의 낭만주의나 현실주의처럼 시학의 기본적인 경향을 지적하는 것이기도 하다. 감성적인 것이 당풍이라면 이지적인 것이 송풍이다. 감성적인 당풍에서는 홍취를 중요하게 생각하여 묘사를 자세하게 하지 않는다. 독자의 상상력을 자극할 뿐이다. 이지적인 송풍은 논리를 중시하여 묘사를 단계적이고 정치하게 한다. 독자의 상상력을 자극하는 묘사는 구체성을 띠지 않는다.

이인로의 시는 당풍에 가깝다. 이인로는 봄이 가도 꽃이 남아 있다고만 하여, 독자들로 하여금 그들이 겪은 홍을 이끌어 낸다. 꽃이 잎에 가려 봄이 가도 꽃이 남아 있다고 하여 독자에게 구체적인 모습을 상상하게 만든다. 이인로는 「만흥」漫興이라는 시에서 "꽃빛은 두곡인 듯 어찔하고, 대 그림자는 성남과 비슷하네"(花光迷杜曲, 竹影似城南)라 했다. 두곡과 성남은 중국 땅이다. 당나라 때 장안에 있던 두곡과 성남에 가본 사람은 거의 없었을 것이다. 가보지 않은 사람에게 두곡과 성남은 무슨 의미인가? 이 시에서는 두곡과 성남이 중요하지 않다. 두곡과 성남이 아닌들 아무 상관이 없다. 그저 세상에서 가장 아름다운 꽃이 핀 곳이요, 대 그림자가 가장 아름다운 곳을 상상하면 그뿐이다. 이처럼 독자의 체험을 끌어들여 흥으로 연결하는 것이 이인로의 묘사법이다.

이규보는 이렇게 대충 묘사하는 것을 좋아하지 않는다. 「감로사」甘露寺에서는 "해 비친 서리꽃 가을 이슬 더하고, 바다 기운 구름 찔러 저녁노을 흩어 버리네"(霜華炤日添秋露, 海氣干雲散夕霏)라 했고, 「부령포구에서」(扶寧浦口)에서는 "강물은 맑아 한가운데 달을 묘하게 찍어 놓았고, 포구는 넓어 들어오는 바닷물을 탐욕스럽게 삼킨다"(湖淸巧印當心月, 浦濶貪吞入口潮)라 했다. 이렇게 기발하게 묘사하는 것이 이규보의 시다.

지는 해에 석 잔 술로 취하여
맑은 바람에 베개 베고 자네.
대나무 속 빈 것은 나그네의 마음
소나무 늙은 것은 스님과 한동갑일세.
들판 시냇물에는 파란 이끼 낀 돌이 흔들흔들
마을 밭둑길에는 푸른 산봉우리가 둘러 있네.

저녁 무렵 산빛이 더욱 아름다우니

시상이 샘물처럼 솟아나네.

落日三杯醉 淸風一枕眠

竹虛同客性 松老等僧年

野水搖蒼石 村畦繞翠巓

晩來山更好 詩思湧如泉

_이규보, 「덕연원에 묵으며」(和宿德淵院), 『동국이상국집』 권7

 1198년 2월 박환고朴還古라는 사람이 한양으로 떠날 때 이규보가 전송하며 시를 지어 주었는데 박환고가 답시를 짓지 못하다가 한참 후에 화답시와 10여 수의 시를 지어 보냈다. 이에 이규보가 다시 답하여 지은 시다. 이 시는 첫 번째 연부터 대를 했다. 한시 작법에서 이를 투춘체偸春體라 한다. 매화가 봄이 오기 전에 먼저 피는 것에 비유한 말이다. 대를 해야 할 2연보다 앞서 1연에서 대를 했다는 뜻이다. 원래 투춘체는 2연에서는 대를 하지 않는 것이 정상이다. 1연부터 3연까지 내리 대를 하면 자칫 시상이 단조롭고 가벼워 보이기 때문이다. 이규보의 이 작품도 단조롭고 가벼운 흠이 있지만, 그럼에도 표현의 기발함이 그 단점을 상쇄한다. 그러면서 1연은 통사 구조에서 대를 이루지만, 엄밀하게 말하면 1구가 2구의 원인이 되어 전체가 하나의 센텐스처럼 읽는다. 이처럼 10글자가 하나의 센텐스가 되는 것을 십자구十字句라고 한다. 덕분에 시상이 시원하게 열릴 수 있었다.

 특히 2연은 후대의 비평가들이 기발하다고 거듭 칭찬을 아끼지 않은 구절이다. 대나무의 속이 빈 것을 자신이 세사에 관심을 두지 않은 것에 연결하고, 창창한 노송을 노승과 동갑내기라 했으니, 이규보가 아니면 만들기 어려운 표현이다. 3연 역시 치밀한 묘사가 돋보인다. 물이 졸졸 흘러가니 물 아래 비친 이끼 낀 돌들이 흔들거리는 것처럼 보인다. 시골 길에 파란 빛이 서리는데, 사방을 에워싸고 있는 산빛 때문이라 했다. 감각적인 표현이 시의 내용만큼이나 시원하다.

이인로의 시는 읽노라면 절로 여유가 있고 익숙하여 사람의 눈길을 끌지 않는다. 이규보의 시는 그 표현이 발랄하고 참신하지만 씹는 맛이 길지 않다. 조형예술로 말하자면, 이인로는 매끈하게 갈고 다듬은 석조물이라면, 이규보의 시는 삐죽삐죽 붙여 놓은 철조물이다. 이인로는 원만함을 지향하고, 이규보는 참신함을 지향한다. 주제의 측면에서도 이인로는 익숙한 것으로 돌아가지만 이규보는 새로운 뜻을 말하려 한다.

가난한
시인의
말

1.

　시인은 가난하다. 왜 가난한가? 시가 사람을 가난하게 만들기 때문이다. 옛사람도 "시가 사람을 궁하게 한다"(詩能窮人)고 했다. 고려 때 이규보는 이 때문에 「시마를 쫓는 글」(驅詩魔文)을 지었다. 그는 시마詩魔의 폐해를 다섯 가지로 나열하는데, 마지막에 "네가 사람에게 붙으면 염병에 걸린 듯 몸이 더러워지고 머리가 봉두난발이 되며 수염이 빠지고 외모가 초췌해진다. 너는 사람의 소리를 괴롭게 하고 사람의 이마를 찌푸리게 하며 사람의 정신을 소모시키고 사람의 가슴을 여위게 하니, 환란의 매개요 평화의 도적이다"라 했다. 유사 이래 뛰어난 시인 중에 과연 부귀한 자가 있었던가? 시인으로 일컬어지는 사람치고 부귀와 장수를 누린 이는 참으로 드물다. 끼니를 잇지 못할 정도로 고생하다가 요절하는 것이 시인의 팔자다. 예전에도 그러하고 지금도 그러하니, 시는 참으로 사람을 가난하게 만드는 모양이다.

　그런데 시는 가난한 사람이 잘 쓴다. 중국의 구양수歐陽修는 가난

86

했던 시인 매성유梅聖兪의 시집에 서문을 쓰면서, 세상에 전해지는 시들은 대개 곤궁한 사람의 입에서 나온 것이며 곤궁함이 심할수록 시가 더욱 아름답다 했다. 가난한 시인의 시가 아름다운 것은 가난 때문이다. 양반이 아닌 역관譯官으로 가난을 호소했던 18세기의 시인 홍세태洪世泰는,「설초시집서」雪蕉詩集序에서 시는 하나의 작은 기술이지만 명예와 이익을 벗어나 마음에 얽매임이 없는 자가 아니면 할 수 없다고 말했다. 또 예부터 시에 뛰어난 선비들을 두루 볼 때 산림山林에서 나온 자가 많았고, 부귀하고 권세 있는 자들은 시에 능한 적이 없었다고 했다.

우리 문학사에는 시를 좋아하여 가난했지만 가난 때문에 아름다운 시를 썼던 시인들이 많았다. 고려 시대의 김극기金克己가 그러하다. 김극기는 본관이 광주廣州이며, 호는 노봉老峰이다. 1150년 무렵 출생하여 예순 무렵에 죽었다는 것은 추정할 수 있지만, 자세한 삶의 궤적은 알기 어렵다. 1170년 정중부가 난을 일으켜 문신들을 살육하자, 갓을 쓴 유자儒者들은 산림으로 숨어들었다. 비록 가난했으나 귀족 출신이었던 김극기는 이십대 젊은 시절, 산천에 숨어 떠돌아야 했다. 서른 남짓 되어서야 과거에 급제했으나 높은 지위까지는 이르지 못했다. 슬하에 땔감을 마련해 줄 자식이 없고 알아주는 벗조차 없다고 탄식의 노래를 부르기도 했다. 죽은 후에도 세인들은 그에 대해 자세한 기록을 남기지 않았다. 그러나 문집『김거사집』金居士集은 무려 130여 권이었으며 3년 동안 지은 시가 천 편에 이르렀다 하니 대단한 시인이었음에는 틀림없다. 또 신라와 고려의 한시를 가려 뽑은『삼한시귀감』三韓詩龜鑑에는 고려의 대표 시인 이규보보다 그의 시가 더욱 많이 수록되어 있고, 『동국여지승람』東國輿地勝覽에 수록된 고려의 시 중에도 그의 시가 가장 많다. 『동문선』東文選이나 『청구풍아』青丘風雅 등 후대의 이름난 시 선집에도 그의 시가 매우 많이 선발되어 있다. 그럼에도 김극기의 문집은 조선 전기부터 점차 희귀해지다가 조선 후기에는 아예 사라져 버린 듯하다. 오늘날 여기저기 전하는 작품은 편구片句까지 합쳐도 300편에 미치지 못한다. 그러나 현재 전하는 시만으로도 그를 고려 최고의 시인으로 올려놓기에 부족함이 없다.

> 백 년 인생 나이는 쉰에 가까운데
> 기구한 세상사 나루로 통하는 길이 없네.
> 삼 년 동안 도성을 떠나 무슨 일을 이루었나?
> 만 리 먼 귀향길에 이 몸뚱아리뿐이로다.
> 숲 속의 새는 정을 품고 객을 향해 우짖는데
> 들꽃은 말없이 웃으며 가는 나를 붙드네.
> 시마가 가는 곳마다 나를 괴롭히니
> 곤궁함을 기다리지 않아도 시가 먼저 고달프네.
> 百歲浮生逼五旬 奇區世路少通津
> 三年去國成何事 萬里歸家只此身
> 林鳥有情啼向客 野花無語笑留人
> 詩魔觸處來相惱 不待窮愁已苦辛

_김극기, 「고원역에서」(高原驛), 『동문선』 권13

나그네로 떠돌던 시인이 고원역에서 묵으며 지은 작품이다. '통진'通津은 『논어』(「微子」)의 "자로로 하여금 나루를 묻게 하였다"(使子路問津焉)는 데서 나온 말로 학문이나 처세의 방도를 가리키는 말이지만, 신라 말이나 고려의 가난한 시인들은 벼슬길로 나아갈 방도가 없다는 의미로 이 말을 사용했다. 최치원처럼 중국으로 유학했지만 과거에 오르지 못하여 가난에 찌든 최광유崔匡裕는 「장안의 봄날 느낌이 있어서」(長安春日有感)에서 "어스름 달빛 아래 조각배를 타고 바다로 뜨고 싶은데, 변방에서 파리한 말로 나루를 묻기도 지쳤노라"(扁舟煙月思浮海, 羸馬關河倦問津)라 했고, 김극기와 비슷한 시대에 살았고 역시 벼슬길에 나아가지 못했던 또 다른 가난한 시인 임춘林椿은 「벗의 시에 차운하다」(次友人韻)에서 "나루를 물으려 해도 길이 멀어 배로 이르기 어려운데, 단약을 달이는 일 늦어 솥도 아직 열지 못하였네"(問津路遠槎難到, 燒藥功遲鼎不開)라 탄식한 바 있다.

김극기는 북방의 변방에서 낮은 벼슬을 했다. 3년 동안 도성을 떠나 변방을 떠돌았지만 이룬 일은 아무것도 없다. 이제 임기를 끝내고 돌아가는데 몸뚱아리 하나뿐이다. 그러나 외롭지 않다. 사람들이 시인을 알아주지 않아도, 아름다운 자연은 시인을 보고 반긴다. 숲 속의 새는 시인을 보고 반갑다고 울고, 들판의 꽃은 시인을 위해 활짝 웃음꽃을 피웠다. 잠시 새와 꽃을 보고 마음의 위안을 찾았지만, 그 다음의 발걸음은 절로 무겁기만 하다. 게다가 시라는 귀신은 가난한 시인의 곁을 떠나지 않는다. 시마는 시인을 가난하게 만들고 나서도 놓아주지 않는다. 끊임없이 시를 짓도록 강요한다. 그러니 시인의 입에서 나오는 말은 당연히 쓰기만 하다.

2.

사람이 가난하면 눈에 보이는 자연도 고단한 법이다. 김극기는 꽃과 새만은 자신을 알아주어 반갑게 웃는다고 했지만, 고달픈 시인의 눈에는 꽃과 새가 아름다울 리 없다. 아니, 꽃도 피지 않고 새도 울지 않는 법이다.

> 땅이 궁벽져 가을이 끝나려 하는데
> 산이 차서 아직 국화꽃은 피지 않았네.
> 병이 드니 시 짓기 더욱 고달프고
> 가난하니 술 사먹기가 쉽지 않구나.
> 들길에는 하늘이 커다랗고
> 마을에는 햇발이 비꼈네.
> 나그네 회포 풀 길이 없는데
> 어둑한 저녁 농가를 지나네.
> 地僻秋將盡　山寒菊未花
> 病知詩愈苦　貧覺酒難賖
> 野路天容大　村墟日脚斜
> 客懷無以遣　薄暮過田家

_정포, 「계미년 중양절에 쓰다」(癸未重九), 『동문선』 권9

원래부터 가난한 사람도 있지만 정포鄭誧(1309~1345)는 그렇지 않았다. 정포는 자를 중부仲孚, 호를 설곡雪谷이라 했다. 청주 정씨 명문가의 후예로 태어난 그는 충숙왕의 총애를 받았으나, 모함을 받아 유배형에 처해졌다. 한때 권력을 누렸지만 이제는 귀양 온 불쌍한 신세다. 경제적으로는 부유했을지 모르지만, 마음은 가난했으리라.

물질뿐만 아니라 정신이 가난한 자의 눈에는 꽃이 보이지 않는다. 따뜻한 남쪽 고을 울산이니 중양절에 국화가 피지 않았을 리 없지만, 가을이 가도 국화가 피지 않는다고 했다. 마음이 가난한 시인의 눈에는 피지 않은 꽃만 보인다. 조선 초기의 대가 박은朴誾이 벗 이행李荇에게 보낸 시「다시 택지의 시에 화답하다」(再和擇之)에서 "하늘이 응당 나에게 곤궁한 팔자를 내렸으니, 국화도 또한 사람에게 좋은 낯빛이 없구나"(天應於我賦窮相, 菊亦與人無好顏)라 한 것도 같은 현상이다.

물질적으로나 정신적으로나 가난하면 병이 따른다. 가난에 병마까지 더했지만 그럴수록 시마의 재촉은 더욱 강하고, 그래서 나온 시는 고달프기만 하다. 김극기가 이른 대로 시마가 아니라도 시인의 말은 고달픈 법인데, 병마까지 더하니 더욱 고달프다. 이럴 때 술 한잔 마시면 좋으련만, 가난은 그조차 허용하지 않는다. 마음이 가난하니 바라보는 하늘도 더욱 휑하다. 그러한 시인을 비추는 햇살은 늘 석양이다. 휑한 들판길을 걷는 시인의 머리에 스산한 석양빛이 비춘다.

3.

가난은 시를 아름답게 만든다. 당대에는 시로 인해 가난하게 살았지만, 죽고 나서는 가난이 만든 아름다운 시 때문에 후세에 아름다운 이름이 전해진다. 그런 의미에서 시는 시인을 곤궁하게 하는 것이 아니라 시인을 영화롭게도 만든다. 그 때문에 가난한 시인은 영혼을 짜내어 시를 짓는다. 조선 중기의 문인 장유張維가 「시가 사람을 곤궁하게 만든다는 설에 대한 변론」(詩能窮人辯)에서 지적한 대로, 빈한하고 고단한 선비들은 애간장을 짜내어 날마다 달마다 다듬어 자구 사이에 정기精氣를 다하였다.

김극기가 "숲 속의 새는 정을 품고 객을 향해 우짖는데, 들꽃은 말없이 웃으며 가는 나를 붙드네"라 한 것이나, 박은이 "하늘이 응당 나에게 곤궁한 팔자를 내렸으니, 국화도 또한 사람에게 좋은 낯빛이 없구나"라 한 것은 명구 중의 명구라 할 만하다. 가난한 이의 영혼을 소진시켜 나온 표현이리라. 정포의 "들길에는 하늘이 커다랗고, 마을에는 햇발이 비꼈네"라는 표현은 범상해 보이지만 애간장을 짜서 다듬은 흔적이 있다. '하늘의 얼굴'(天容)에 '햇살의 발'(日脚)을 짝으로 만든 데서 예사롭지 않은 솜씨를 엿볼 수 있다.

그다지 이름이 높지 않았던 가난한 시인들은 더욱 좋은 표현을 만들어 후세에 이름을 남김으로써 정신적으로 영달하고자 했다. 한 예로 일세의 곤궁한 선비였던 조선 중기의 시인 성여학成汝學이 그러하다. 성여학은 서얼이라 신분이 미천하고 가난했다. 봉두난발로 다 떨어진 갓과 옷을 입고 훈장으로 한 칸 서재에서 아이들을 가르쳤다. 어릴 때부터 시벽詩癖이 있었지만, 예순이 되도록 벼슬에는 오르지 못했다. 그가 남긴 시 중에 후대에 일컬어지는 것으로 "얼굴은 벗만이 알아보는데, 먹을거리에 장부가 슬프구나"(面惟其友識, 食爲丈夫哀), "이슬 내린 풀숲에는 벌레 울음소리가 젖어 있고, 바람 부는 나무에는 새의 꿈이 위태롭다"(露草蟲聲濕, 風林鳥夢危), "비 기운은 그저 꿈속으로 파고드는데, 가을빛은 시를 물들이려 하네"(雨意偏侵夢, 秋光欲染詩)와 같

은 작품이 있다.[14]

첫 번째 구절에서 가난한 시인이 벗들의 도움을 자주 받아 낯이 알려져 있으니, 먹고사는 문제에 대장부가 고개를 숙이고 다녀야 하는 처지를 말하였다. 공교롭게 허자虛字로 대를 맞춘 솜씨가 예사롭지 않다. 두 번째 구절은 뜻이 더욱 교묘하다. 가을이 되어 풀이 이울려 하니 풀벌레 울음소리가 구슬픈데 그 소리가 이슬에 젖었다 하고, 이어 나무의 둥지에 집을 정한 새는 비록 잠시 잠이 들었지만 바람이 불어 둥지가 날려 갈까 언제나 불안하다고 했다. 풀벌레 울음소리가 젖는 것은 시인의 고달픈 눈물과 한가지요, 새가 꿈결에 놀라는 것은 정처없이 떠도는 시인의 불안한 마음과 다르지 않다. 세 번째 구절도 묘하다. 추적거리면서 내리는 빗소리에 시인의 비감이 어우러져 잠을 이루지 못하는데, 아름다운 풍광을 보면 시를 짓지 않을 수 없기에 아름다운 가을빛이 시를 재촉한다는 뜻을 이렇게 말한 것이다.

이정면李廷冕이라는 이름 없는 가난한 시인의 시도 공교로움에 있어서는 대가라도 따를 수 없을 정도다. "뜰의 진흙에는 끊어진 지렁이가 널브러져 있고, 벽에 비친 햇살에 추위에 떠는 파리가 모여 있네"(庭泥橫斷蚓, 壁日聚寒蠅)라 한 구절은 평범한 시인의 눈에는 들어오지 않을 궁상맞은 소재를 다루었거니와, 그 정교한 묘사가 돋보인다. 채진형蔡震亨이라는 사람이 지은 "뱀이 두려워 제비집을 보호해 주고, 나비를 아껴 거미줄을 부수었네"(畏蛇防燕壘, 憐蝶壞蛛絲), 성중엄成重淹이라는 사람이 지은 "지난 일은 봄 진흙에 기러기가 발자국을 남긴 듯하고, 뜬 인생은 푸른 바다에 빠뜨린 칼처럼 자취가 없구나"(往事春泥鴻着爪, 浮名滄海劍無痕)라는 구절 역시 그 공교로움에 있어서는 따를 만한 예를 찾기 쉽지 않다.

이러한 명구들은 『어우야담』, 『호곡시화』, 『지봉유설』 등 시화집에 실려 오늘에까지 전한다. 명구가 없었던들 성여학, 이정면, 채진형, 성중엄의 이름은 전해지지 못했을 것이니, 시가 사람을 영화롭게 만들었다 할 만하다. 그러나 옛사람들은 오히려 이러한 표현 때문에 인생이 고단하게 되었다고 말했다.

예전 사람들은 시를 보고 그 인생을 점쳤다. 맹자가 "그 시를 읊조리고 그 글을 읽으면서 그 사람을 알지 못한다면 되겠는가?"(頌其詩, 讀其書, 不知其人, 可乎?)라 했거니와, 시가 시인의 삶을 대변하기 때문이다. 유몽인은 『어우야담』에서 이정면이 이른 '뜰의 진흙 밭에 끊어져 널브러진 지렁이'(庭泥斷蚓)가 시인을 천하게 만들었고 '벽에 비친 햇살에 떠는 파리'(壁日寒蠅)가 시인을 단명하게 했다고 풀이한 바 있다.[15]

4.

시인은 가난하다. 가난한 시인의 말에는 죽음의 그림자가 드리울 때가 많고 그 때문에 일찍 죽는다. 「귀천」을 남기고 떠난 천상병 시인도 그러하다. 시 때문에 가난하게 사는 것도 원통한데 일찍 죽어서야 되겠는가? 가난한 시인들의 눈에는 꽃이 피는 모습은 보이지 않고 꽃이 지는 모습만 보인다. 윤계선尹繼善이라는 불우한 시인은 젊은 시절 "벼슬살이로 천리를 떠도느라 좋은 일은 다 지나고, 세상사 한바탕 봄처럼 꽃잎은 바삐 떨어지네"(宦遊千里蔗甘盡, 世事一春花落忙)라 했는데,

이 시를 짓고 얼마 지나지 않아서 죽었다. 꽃잎이 바삐 떨어졌다고 했기 때문이다. 또 홍명구洪命耇는 어릴 적에 "꽃이 지니 온 천지가 붉다"(花落天地紅)라 읊었다. 이 시를 본 할머니가 손자는 귀하게 될 것이지만 요절할 것 같다고 했다. "꽃이 피어 천지가 붉다"(花發天地紅)라 했으면 복록이 무궁했을 것인데 '피었다'고 하지 않고 '졌다'고 했기 때문이다. 과연 홍명구는 평양감사로 있다가 42세의 나이에 김화에서 전사했다.

꽃을 보고 어떻게 시를 지어야 하는가? 조선 중기 정태화鄭太和라는 사람은 다섯 번이나 영의정을 지냈는데 당시 조정의 의논이 자주 번복되어 여러 차례 위기를 맞았지만 끝내 영달을 누렸다. 이 때문에 후세의 역사가는 세상에서 벼슬살이를 잘한 사람 중에 그를 으뜸으로 쳤다. 그러한 정태화는 평양감사로 있을 때, "관서의 늙은 사또는 한가하게 일이 없어, 술에 취해 봄바람 맞으니 붉은 꽃잎이 아롱지네"(關西老伯閑無事, 醉倚春風點粉紅)라 시를 지었다. 임방任埅이라는 비평가는 『수촌만록』水村漫錄에서 40년 재상으로 누린 부귀영달이 이 시에 다 들어 있다는 평을 내린 바 있다. 물론 정태화는 뛰어난 정치가로 명성을 날렸지만 시인으로는 이름이 높지 않다.

시인이여, 가난하게 살 것인가? 가난하지 않게 살자면 꽃을 어떻게 노래해야 하겠는가?

꽃그늘에
어린 미련

1.

고려 후기의 시인 정포는 1342년 유배길에 올랐다. 18세에 과거
에 급제하여 벼슬길에 나아간 후 전도가 촉망되던 젊은이였다. 실력
을 인정받아 세계제국 원에 자주 오갔는데, 이 때문에 오히려 모함을
받았다. 그의 형제가 왕의 아우를 새로운 왕으로 추대하려 했다는 죄
목으로 울주蔚州(지금의 울산)에 유배되었던 것이다.

정포는 유배지 울산과 인근의 양산, 동래를 돌아다니면서 많은 작
품을 남겼다. 그중 양산은 이른 시기부터 고려 문인들의 발걸음을 머
무르게 했던 의미 있는 공간이다. 예전 양산 고을 관아는 천성산 자락
을 뒤로하고 앞으로 굽이 흐르는 황산강이 바라보이는 곳에 위치해
있었다. 황산강黃山江은 경상남도 양산과 김해 사이를 흐르는 낙동강
하류를 이르던 말이다. 고려 중기 최해崔瀣의 『보한집』에 따르면 이 일
대에 백성들의 집이 대나무 숲 사이에 가물가물 보이는데, 집집마다
남녀가 대나무로 그릇을 만들어 세금과 의식을 해결하는 가난한 마을

이었다고 적고 있다. 그러나 조물주는 인간사의 가난함을 대신하여 아름다운 강산을 주었고, 이에 따라 아름다운 황산강 일대에 누정이 일찍부터 발달했으며 시인들이 이곳을 찾아 많은 시를 남겼다.

송담서원松潭書院에서 강 쪽으로 있던 임경대臨鏡臺는 이미 신라 때부터 명성을 날렸다. 귀국 후 정처 없이 떠돌던 최치원이 어느 때인가 이곳에서 시를 지으며 신선이 되어 갔다. 임경대의 별호를 최공대崔公臺라 부르게 되었으니, 사람은 가도 자취는 남는 법이다. 최치원이 신선이 되어 간 후 양산 땅은 이규보와 이름을 나란히 한 김극기에 의하여 다시 한 번 아름다운 시 속에 그려졌다. 김극기는 최치원이 그러했던 것처럼 전국을 유랑하며 삶의 자취를 시와 함께 남겼다. 정중부가 난을 일으켜 문신들은 살육하자, 김극기도 이십대 젊은 시절 산천을 떠돌아야 했다. 인근의 통도사에서 지은 시에서 스스로를 탕유자蕩遊子라 하면서, 말처럼 문을 한번 나서면 만 리를 다닌다 한 것을 보면, 정처 없이 떠돌다 양산에 이른 것이리라. 양산을 찾은 김극기는 임경대를 찾아 최치원의 시운詩韻을 밟아 시를 지었고, 「황산강의 노래」(黃山江歌)로 양산의 아름다움을 노래했다. 그 후 김극기는 30여 세가 되어서야 급제하였으나 높은 지위에까지는 이르지 못하고 60세 무렵에 죽었으니 비운의 시인이라 하겠다.

최치원이 그러했고 김극기도 그러했거니와, 황산강을 찾은 시인들은 세사에 뜻을 얻지 못한 사람이 많았던 듯하다. 정포도 그러하다. 『고려사』에 따르면, 18세에 과거에 급제하여 예문수찬으로서 표表를 받들어 원에 갔는데 마침 고려로 돌아오던 충숙왕을 만나 알현하니, 왕이 그를 총애하여 시종케 하고 좌사左司의 벼슬을 내렸다. 충혜왕 때 전리총랑으로 좌사의대부가 되어 조칙詔勅의 좋지 못한 점을 공박하는데, 이때 당시의 실권자가 이를 미워하여 파직했다. 그 후 1342년 그의 형제가 원에 가서 왕의 아우를 추대하려 한다고 모함을 받아, 형 정오鄭䫨는 영해寧海에, 그 자신은 울주에 유배되었다.

정포는 유배지에서 좌절하지 않았다. 오히려 중원에 들어가 직접 벼슬할 뜻을 두기까지 했다. "대장부가 어찌 한구석에서 답답하게 지내리오?" 하고, 드디어 1344년 원나라로 들어갔다. 당시 원의 승상 별가불화別哥不花가 그를 아껴 황제에게 추천하고자 했다. 그러나 벼슬에 오르지 못하고 불행히 병으로 죽으니, 그때 나이 37세였다.

2.

정포가 중국으로 가기 전에 마음을 붙였던 곳이 울산과 양산, 동래다. 울산의 명승을 노래한 「울주의 여덟 가지 아름다운 경치」(蔚州八景), 동래의 풍물을 노래한 「동래잡시」東萊雜詩도 이때의 작품이다. 자신이 이태 후에 중국에서 객사할 줄 알았더라면 고생스럽게 중국행을 서두르지 않고 아름다운 이곳에서 뼈를 묻었을 터인데. 정포는 황산강의 인정물태를 이렇게 그렸다.

지나가는 비 부슬부슬 강 숲을 적시니
엷은 구름 하늘하늘 맑은 햇살 엉기네.
황산강은 깊어서 건널 수 없기에
돌아보니 백 리에 구름만 아득하네.

곱디고을손 강 언덕의 아낙네여
강물을 건너가려 물가에서 두리번거리네.
산비둘기와 제비 날아 봄날은 저무는데
지는 꽃 날리는 버들개지 봄바람에 향긋하다.
사공을 불러 어디서 오느냐 물었더니
돛을 걸고 어산장으로 내려간다 하네.
아낙에게 물어보니 나와 갈 길이 같다기에
마침내 배 한가운데 나란히 앉았다네.
그 아낙 나부처럼 서방이 있겠는데
웃고 떠드는 모습 어찌 그리 방정맞나.
황금 주어도 멍하니 돌아보지 않기에
강 건너 쌍쌍이 노는 원앙새만 바라보네.
사공아 배 저어라, 내 어이 머무르랴?
내 벗이 누런 억새 핀 황모강에서 기다릴지니.

過雨霏霏濕江樹　薄雲洩洩凝晴光
黃山江深不可渡　回望百里雲茫茫
江頭兒女美無度　臨流欲濟行彷徨
鳴鳩乳燕春日暮　落花飛絮春風香
招招舟子來何所　掛帆却下魚山莊
問之與我同去路　遂與共坐船中央
也知羅敷自有夫　怪底笑語何輕狂
藐然不顧黃金贈　目送江岸雙鴛鴦
君乎艤舟我豈留　我友政得黃茅岡

정포가 이른 황산강 나루에는 지나가는 비가 부슬부슬 내린 후 구름만 아스라한 가운데 아리따운 여인이 서 있었다. 산비둘기 울고 제비 날아 봄날이 저무는데, 바람에 꽃잎과 버들개지가 날려 그 향기가 코끝에 스민다. 봄날이 저무는 것은 청춘을 아쉬워함이요, 코끝에 스치는 꽃향기는 사실 풋풋한 여인의 냄새이리라. 마침 사공이 나타나 강을 건넌다. 여인과 행선지가 같아 배에 나란히 앉았다. 여인은 남편이 있지만, 춘심에 교태를 부린다. 헤픈 여인네 같아 돈을 슬쩍 건네 유혹해 보지만 넘어오지는 않는다. 머쓱하여 먼 곳을 바라보니 쌍쌍이 원앙새가 노닌다. 내 임이 황모강에 있다는 사실로 위안을 삼는다.

오랜 세월 황산강 일대는 번성을 누렸다. 황산강은 고려 시대 색향色鄕이었던 모양이다. 정포와 비슷한 시대를 살았던 이곡李穀도 정포의 이 작품에 차운하여 남녀의 정을 노래한바, 이곡은 지난날 황산강의 추억을 떠올리면서 이곳에서의 유흥이 가장 좋다 하고, 곱게 단장한 여인을 싣고 화려한 배에서 노니는 질탕한 분위기를 그렸다. 그리고 그로부터 거의 400년 가까운 세월이 흐른 후 이의현이 황산강을 지날 때도 여인네들이 정포의 이 시를 즐겨 노래하는 모습을 목격할 수 있었다.

양주에는 빼어난 경관도 많아라
쌍벽루에 올라 보고 절간도 찾노라.
게다가 황산강도 놀며 즐길 만하니

여인네들 아직도 정포의 노래 부르네.

良州勝觀亦云多　雙碧登來梵宇過

別是黃江遊可樂　女郞猶唱鄭誧歌

_이의현, 「내가 남쪽으로 내려온 지 몇 년이 지났는데 당시 재상의 배척을 받아 여러 번 글을 올려 면직을 요청하였기에 여러 고을을 순행할 수 없었다. 이제 벼슬이 갈려 돌아가게 되었기에 부질없이 칠언절구를 지어 도중의 산천과 풍속을 두루 읊조려 유람을 대신한다」(余來南經年, 而以時宰之斥, 連章乞免, 不得巡行列邑. 今將遞歸, 漫賦七絶, 歷叙一路山川風俗, 以替遊覽), 『도곡집』 권1

　　1712년 이의현李宜顯(1669~1745)이 우의정 조상우趙相愚에게 인사를 하지 않았다는 이유로 경상감사에 부임하지 못하고 파직되어 돌아오면서 지은 작품이다. 돌아오는 길에 경상도 일원을 두루 돌아다니다 황산강에 이르러 이 작품을 지었다. 황산강 일대에는 볼 곳이 많아 쌍벽루에 오르고 통도사에도 들렀다. 내친김에 황산강에 이르렀더니, 여인네들이 400년 가까이 지났음에도 불구하고 정포의 노래를 부르고 있었다.

　　비슷한 시기 남구만도 황산강을 건넜다. 그는 널리 전해진 정포의 시에 차운하여 조선 후기의 흥청대는 황산강 일대를 다음과 같이 노래 불렀다.

　　임경대 앞의 복사나무
　　점점이 날리는 꽃잎이 물빛에 어리네.
　　절세가인이 오래된 나루에 봄놀이를 나왔는데

홀로 짝이 없어 수심이 가득하다.

남북으로 오가는 장사치 이곳을 건널 때

이를 보고 그 누군들 서성대지 않으랴.

곱디고운 화장에 청춘이 저물지 않을 듯

나풀나풀 비단 소매 백옥 살갗에 향기가 나네.

스스로 말하기를, "소첩의 집은 어느 골목 몇 번째

당신은 누구 집을 찾아가시려나요?"

말을 채 끝내기 전에 내 떠나려 하니

그늘의 난초같이 여린 기운에 정이 끝이 없구나.

"너희 좋은 얼굴로 장부를 놀리지만

『시경』에 미친 사내 미친 짓을 꼬집지 않았던가?

내 주머니 뒤져도 줄 것이 없으니

강가의 원앙새를 배우지 말게나."

갈림길에서 헤어짐을 어찌 안타까워하리오?

채찍을 재촉하여 앞산마루를 지나가네.

臨鏡臺前桃李樹　點點飛花映波光

佳人拾翠古津渡　獨行無伴愁茫茫

南商北旅此中度　見此何人不彷徨

灼灼明粧春未暮　飄飄羅袂玉生香

自言奴家第幾所　君今欲往何人莊

含辭不盡且將去　氣若幽蘭情未央

爾好妖艷誤丈夫　國風有刺狂童狂

我探囊中無可贈　不學江波野鴛鴦

臨岐何用惜去留 催鞭忽過前山岡

_남구만, 「양산에서 정포의 황산가에 차운하다」(梁山次韻鄭誧黃山歌), 『약천집』 권1

남구만南九萬(1629~1711)은 본관이 의령이고 자는 운로雲路, 호는 약천藥泉, 혹은 미재美齋라 했다. 송준길의 문인이지만 노론과 소론이 분기되자 자형 박세당과 함께 소론의 영수로 당론을 이끌었다. 대제학과 영의정을 역임했으니, 명예와 권력을 모두 손에 쥐어 보았다 하겠다. 게다가 시와 글씨에도 뛰어났으며, 아들 남학명南鶴鳴과 손자 남극관南克寬 등도 문명이 높았다.

1662년 영남에 진휼어사賑恤御史로 나간 바 있는데 위의 작품은 아마 이 무렵 쓴 것인 듯하다. 비록 백성 구휼을 위해 진휼어사라는 직책으로 여러 곳을 다녔지만, 풍류를 좋아했던지라 양산의 황산강에서 정포의 시를 떠올리고 스스로 풍류의 주인이 되고자 하는 흥이 있었던 듯하다. 당시 양산에는 색주가가 있었던 모양이다. 그곳의 여인이 자신을 유혹하지만 남구만은 점잔을 떨면서 여인의 유혹을 물리치고 있다. 정포도 그러하거니와, 남구만이 정말 그러했는지는 알 수 없다. 후대 "약천 남 상공은, 누가 근력이 다했다 하였나? 나이 일흔셋에, 몸소 불수산을 달이는데"(藥泉老相公, 誰云筋力盡. 行年七十三, 親煎佛手散)라는 시가 인구에 회자될 만큼 노익장을 과시했기 때문이다. 일흔셋에 첩이 자식을 갖자 산모의 통증을 줄이기 위하여 불수산을 달였다고 하여 이런 시가 사람들의 입에 오르내렸던 것이다.

3.

다시 정포의 이야기로 돌아간다. 정포가 황산강을 건너면서 여인의 유혹을 물리친 것은 그에게 정인情人이 있었기 때문이다. 정포는 그 정인과 양산 객관에서 하루를 유숙하고 새벽에 헤어지게 되었다. 이때 제작한 것이 사랑을 노래한 우리나라 한시 중 가장 아름다운 다음 작품이다.

새벽녘 등불이 지워진 화장을 비추는데
이별을 말하고자 하니 애간장이 끊어지네.
지는 달빛 빈 뜰에 문을 밀고 나서니
살구꽃 성긴 그림자 옷에 가득하네.
五更燈影照殘粧 欲語別離先斷腸
落月半庭推戶出 杏花踈影滿衣裳

_정포, 「양주 객관의 벽에 쓰다」(題梁州客舍壁), 『동문선』 권21

정포는 양산에서 한 여인을 사랑했다. 그러나 객관에 두고 떠나야 했다. 이별의 전야에 여인은 성장盛粧을 했으리라. 그리고 두 사람은 지난날의 사랑을 말하느라 밤을 지새웠고 여인은 눈물을 쏟았다. 그 때문에 여인의 '성장'은 '잔장'殘粧으로 바뀌었다. 눈물로 화장이 지워진 것인데, '잔'殘이라는 한 글자에 이 모든 것을 담았다.

좋은 시는 눈물을 감춘다. 당나라의 시인으로 염정시艶情詩에 능했던 두목杜牧은 「이별하며 주다」(贈別)라는 시에서 눈물을 이렇게 감추었다. "다정하면서도 도리어 무정한 척 하고파서, 술잔 앞에 애써

웃음 짓지만 되지가 않네. 다정한 촛불만 이별을 아쉬워하나 보다, 사
람 대신 새벽까지 눈물을 흘리니"(多情却似總無情, 唯覺樽前笑不成. 臘燭有
心還惜別, 替人垂淚到天明)라 하였다. 쓰라린 마음이야 어찌 말로 하겠는
가만, 가는 이가 얄미워 무정한 척한다. 이별의 술잔을 마주하고 대범
한 척 웃음을 지어 보이려 하지만 되지 않는다. 절로 눈물이 흐르지만
이를 감추고 싶기에 밤새 촛농이 떨어진다고 했다.

다시 정포의 시로 돌아간다. 새벽이 되었다. 이제는 가야 할 시간
이기에 가겠노라 여인을 뿌리쳐야 할 것이지만 그렇게 하자니 애간장
이 녹는다. 우는 여인을 두고 방문을 나선다. 텅 빈 뜰에는 달빛이 쏟
아진다. 고운 달빛은 사람의 마음을 더욱 슬프게 한다. 사립문을 밀고
나서는데 문 곁의 살구나무가 이제 막 몇 송이 꽃을 피웠다. 훤한 달
빛 아래 살구나무 아래로 지나가니 살구꽃 그림자가 옷에 어른거린
다. 시인은 흰옷을 입었으리라. 그 때문에 옷 위에 놓이는 살구꽃 그
림자가 마치 가지 말라고 잡는 여인의 손길로 여겨진다.

두고 떠나는 여인에 대한 미련을 시인의 옷에 어른거리는 꽃 그림
자로 표현했다. 사랑하는 사람을 두고 떠난다면 이별의 눈물을 떨어
뜨리게 마련이요, 어쩔 수 없이 가야 하는 자신을 붙들어 주었으면 하
는 미련의 마음이 없을 수 없다. 이 작품은 이 모든 것을 드러내어 말
하지 않았다. 「아리랑」처럼 저주를 하지 않았고, 「진달래꽃」처럼 눈물
을 감추고 잘 가라고 위선의 꽃을 뿌리지도 않았다. 시는 말을 아끼고
사랑도 말을 아끼는 법이기 때문이다.

사랑을 노래하는 시는 미련을 잘 묘사해야 묘미가 있다. 정포와
같은 시대를 살았던 이제현은 고려 시대 민간의 노래를 짧은 절구 형

식으로 번역하여 「소악부」小樂府 여러 편을 제작했는데 그중 하나에 이런 구절이 있다.

수양버들 늘어진 개울가에서
흰 말 탄 임과 사랑을 속삭였지.
석 달 열흘 내리 처마에 떨어지는 빗물로도
손끝에 남은 향기 차마 씻을 수 있으랴.
浣紗溪上傍垂楊 執手論心白馬郞
縱有連簷三月雨 指頭何忍洗餘香

_이제현, 「소악부」小樂府, 『익재난고』권4

이제현李齊賢(1287~1367)은 원에 복속하던 시기에 고려를 대표하는 국제적인 지식인이었다. 본관은 경주이며, 자는 중사仲思, 호는 익재益齋가 널리 알려져 있으나, 역옹櫟翁이라고도 했다. 초명은 지공之公이다. 암울한 시대, 볼모로 심양에 억류된 충선왕을 모시고 원의 뛰어난 학자들과 교유하며 그들과 어깨를 나란히 한 바 있다. 원에서 성리학을 수용하여 이 땅에 성리학이 성황을 이루는 데 큰 역할을 했다. 문집 외에 『역옹패설』櫟翁稗說 등 문화사적으로 중요한 저술을 남겼으며, 고려 후기에 유행하던 민간의 노래를 칠언절구로 번역하여 이를 소악부라 했다.

수양버들 늘어진 개울가에서 훤칠하게 잘생긴 임과 손을 잡고 서로의 사랑을 맹세했다. 그러니 아무리 세월이 흘러도 그 사랑이 잊힐 리 없다. 맞잡은 손에 서리고 마음에 맺힌 정은 가시지 않는다. 손끝에 남은 임의 향기는 혹 그 임이 나를 버렸을지라도 나를 붙잡고 있다. 이것이 미련을 말하는 법이다. 두고 온 여인에 대한 미련은 꿈으로도 나타난다.

> 그치지 않는 새벽닭 소리 객사 동쪽에 들리는데
> 스러지는 별빛은 달과 짝하여 허공에 드리워져 있네.
> 말발굽 소리 삿갓 그림자 몽롱한 들판에
> 아낙네의 조각 꿈을 밟으며 가네.
> 不已霜鷄郡舍東 殘星配月耿垂空
> 蹄聲笠影朦朧野 行踏閨人片夢中
>
> _이덕무, 「새벽에 연안을 떠나며」(曉發延安), 『청장관전서』 권9

이덕무李德懋(1741~1793)는 본관이 전주로 왕족의 후손이나 서얼의 신분이어서 그 뜻을 크게 펼칠 수 없었지만 학문과 시에 매우 뛰어났다. 자는 무관懋官이며, 호는 형암炯庵, 아정雅亭, 청장관靑莊館, 영처嬰處 등 여러 가지를 썼다. 규장각의 검서관으로 정조를 보필하여 많은 책의 편찬에 관여했으며 『이목구심서』耳目口心書, 『사소절』士小節 등 문화사에 길이 남을 중요하고도 방대한 저술을 남겼다. 이와 함께 시에 특히 뛰어났으며, 18세기 감각적인 시풍을 주도하였다.

위의 작품을 보면, 이덕무의 손에서는 여인에 대한 미련도 감각적으로 묘사된다. 새벽닭의 울음은 시각을 알리는 것이지만, 시인으로 하여금 길을 재촉하게 하는 것이기도 하다. 방 안에 여인을 두고 밖으로 나서니 별빛이 총총하다. 총총한 별빛은 두고 온 여인의 맑은 눈망울이기도 하다. 정포의 시에서 옷에 어른거리던 꽃 그림자가 여기서는 맑은 별빛인 셈이다.

말에 올라 삿갓을 쓰고 새벽길을 떠난다. 어스름 달빛, 새벽 안개, 눈앞에 어른거리는 여인의 눈망울, 게다가 삿갓을 눌러 쓰고 있으니 모든 것이 몽롱하다. 말에 몸을 맡기고 스스로 눈을 감은 것인지도 모른다. 그저 귀에는 따각따각 말발굽 소리만 들릴 뿐이다.

몽롱한 상태에서 두고 온 여인을 생각한다. 여인도 지금쯤 시인을 보기 위하여 눈을 감았으리라. 달빛을 받으면서 희뿌연 안개 속으로 삿갓을 눌러 쓴 채 말을 타고 간다고 한 세 번째 구절이 여인의 꿈으로 변한다. 이제 시인은 여인의 꿈속으로 들어가 그 꿈을 밟으면서 떠나간다. 어쩌면 반대일지도 모른다. 오히려 삿갓을 눌러 쓴 채 말 위에서 시인이 꿈을 꾸는데, 그 꿈에 두고 온 여인이 어른거리기에 그 여인의 잔영을 밟고 간 것인지도 모른다. 몽롱하기에 자신의 꿈인지 여인의 꿈인지도 분간이 되지 않는다. 여인의 시인에 대한 그리움과 시인의 두고 온 여인에 대한 미련이 이렇게 몽롱하게 처리되어 있다.

5.
만나서 말이나 나누고 돌아온 이별은 그래도 나은 편이다. 말 한 마디 건네보지도 못하고 돌아서야 하는 발걸음은 그저 달 보고 눈물 지을 뿐이다. 16세기 후반 호탕한 삶을 살았던 임제의 정이 담뿍 담긴 다음 작품은 그러한 미련을 이렇게 대신 말한다.

열다섯 아리따운 아가씨

남부끄러워 말없이 헤어졌네.

돌아와 겹문을 닫아걸고

배꽃 같은 달을 보고 우네.

十五越溪女 羞人無語別

歸來掩重門 泣向梨花月

_임제, 「말없이 헤어지고」(無語別), 『임백호집』 권1

　　『조선채풍록』朝鮮採風錄을 통하여 청의 문인 왕사정王士禎이 『지북우담』池北偶談에 수록하여 중국에까지 전파된 작품이니,[16] 중국인의 안목으로도 공인된 것이라 하겠다. 열다섯 앳된 처녀가 마음에 두고 있던 사내를 길에서 만났지만 부끄러워 말 한마디 건네 보지도 못하고 돌아왔다. 그 사내는 물론 어느 누구도 처녀의 이 마음을 알 리 없건만 혼자 부끄러워 집으로 돌아와 문을 걸어 잠가 붉어진 얼굴을 가리려 한다. 하소연할 데라고는 하늘의 훤한 달밖에 없다. 어린 처녀의 속마음을 이처럼 곡진하게 대신 말한 작품이다. 말을 건네지 못한 미련이, 밝은 달빛과 흰 배꽃 아래 눈물짓는 처녀의 한숨으로 긴 여운이 되어 남는다.

　　차마 말하지 못한 여운이 꽃에만 있겠는가? 그림과 글씨에도 뛰어났던 강세황 역시 우연히 만난 여인에 대한 여운을 이렇게 시로 남겼다.

　　사뿐사뿐 비단 버선 신은 여인네

겹문으로 들어가자 자취가 묘연하여라.

오직 다정한 잔설만 남아 있어

신발 자국 또렷이 담장 가에 찍혀 있네.

凌波羅襪去翩翩 一入重門便杳然

惟有多情殘雪在 屐痕留印短墻邊

_강세황, 「길에서 본 것」(路上有見), 『대동시선』 권6

강세황姜世晃(1713~1791)은 18세기의 뛰어난 시인이요, 화가다. 본관은 진주이며, 자는 광지光之다. 호는 표암豹菴이 널리 알려져 있으며 홍엽상서紅葉尙書로 일컬어졌다. 그림에 뛰어난 시인이기에 이 작품 역시 그림처럼 흥과 여운이 묘하다.

한 여인이 나들이를 나섰다가 종종걸음으로 집으로 돌아갔다. 조선 시대 여인이 나들이를 할 때는 장옷을 걸쳐 얼굴을 가렸다. 치렁치렁한 치마 아래 비단 버선이 눈에 들어온다. 여인에 대한 궁금증이 생긴다. 여인을 다시 보고 싶은 마음에 대문 밖에서 한참 기다리지만, 끝내 여인은 다시 문밖으로 나서지 않는다. 그저 담장 곁에 또렷한 여인의 발자국만 남아 있을 뿐이다. 여인은 무정하게 사라졌지만, 잔설은 정이 있어 여인의 자취를 남겨두었다. 잔설이 정이 많다고 했지만, 사실은 시인의 마음에 정이 많은 것이다. 눈에 찍힌 발자국은 시인의 마음에 찍힌 발자국이기도 하다. 여인에 대한 미련을 묘하게 말한 것이다. 첫구의 버선이 마지막 구에서 발자국으로 호응하여 묘미를 더한다.

대동강
부벽루의
한시 기행

1.

손인호가 부른 흘러간 노래에 「한 많은 대동강」이라는 노래가 있다. "대동강 부벽루야 뱃노래가 그립구나. 귀에 익은 수심가를 다시 한 번 불러 본다. 편지 한 장 전할 길이 이다지도 없을쏘냐. 아아아, 썼다가 찢어 버린 한 많은 대동강아"라 절규하였다. 나훈아 역시 「대동강 편지」에서 "대동강아 내가 왔다, 부벽루야 내가 왔다. 주소 없는 겉봉투에 너의 얼굴 그리다가 눈보라 치던 밤 달도 없던 밤 울면서 떠난 길을 돌아왔다고. 못 본 체하네, 못 본 체하네. 반겨 주려마, 한 많은 대동강"이라 하여 실향민의 심금을 울렸다. 분단 이래 대동강과 부벽루는 실향민의 눈물이 어린 장소였다.

대동강은 남강, 무진천, 보통강, 순화강 등과 평양에서 합쳐져 대천을 이룬다. 고구려 때는 패수浿水, 왕성강王城江이라고도 부르다가 고려 때부터 대동강이라는 이름으로 정착되었다. 패수는 이두 표기로 '부루나'로 읽는데 곧 '벌내'로 벌과 강의 뜻이라 한다. 강과 들을 낀

왕이 사는 성이 대동강의 옛 이름인 셈이다. 또 물이 맑아 청류淸流, 혹은 옥류玉流라는 이름도 얻었다. 그 이름을 딴 호텔 청류관, 옥류관이 오늘날 대동강가에 세워져 있다.

대동강가의 평양은 구석기시대부터 사람이 산 흔적이 남아 있거니와, 특히 한반도에서 처음 세워진 고조선의 수도였다. 기원전 1세기 초에 세워진 고구려는 247년 2월 평양에 성을 쌓아 수도 국내성의 별도別都로서 기능을 하게 하였다. 고구려의 남방 진출 정책으로 평양의 중요성이 거듭 커졌다. 393년에는 평양에 아홉 개의 절을 세웠는데 영명사, 중흥사 등이 그것이다. 그 후 413년 장수왕이 즉위하여 평양으로의 천도를 본격화하면서 왕궁 안학궁을 건설하고 대성산성大成山城을 쌓았으며 이러한 준비를 거의 마친 427년 드디어 평양으로 수도를 옮기게 된다. 평양을 에워싸고 있는 성이 평양성인데 장안성長安城이라는 별칭도 있었지만, 조선 후기의 지도에는 평양성과 장안성이 따로 존재한다.

대동강 강물이 평양으로 들어서는 부분에 비단을 펼쳐놓은 듯 아름다운 능라도가 있고 능라도에서 꺾여 남으로 방향을 트는 곳 북안에 평양성이 있다. 평양성 동쪽문인 장경문 바깥쪽 대동강 북안 일대를 청류벽淸流壁이라 한다. 설씨薛氏 성을 가진 농부가 홍수 때문에 강물에서 밀려 나온 잉어를 구해 주었는데 용왕의 아들인 그 잉어의 보은으로 갑자기 병풍바위가 생겨 홍수를 막아 주었다 한다. 영명사는 바로 이곳에 있다. 부벽루는 청류벽에 있는 문루다.

영명사 안에 기린굴, 문무정 등의 유적지가 있다. 예전에는 동명왕의 행궁인 구제궁九梯宮도 이곳에 있었다 한다. 문정文井과 무정武井

은 모두 구제궁 터에 있는데 동명왕 때 판 것이라 한다. 또 청운교靑雲 橋와 백운교白雲橋도 있었는데 이 역시 동명왕 때 지은 것이다. 기린굴 은 부벽루 아래에 있다. 동명왕이 기린마를 타고 이 굴에 들어갔다 땅 속에서 조천석朝天石으로 솟아 나와 하늘로 올라갔는데, 그 말의 자취 가 이 돌 위에 있다 한다. 장경문 밖에 있는 조천석은 강물이 빠지면 그 모습이 다 드러났다고 한다. 동명왕은 평양에 온 적이 없지만 옛사 람들은 평양을 동명왕의 신화와 이렇게 연결하여 생각했다.

393년 영명사의 부속 건물로 지어졌던 부벽루의 원래 이름은 영 명루였다. 12세기 초 거울같이 맑고 푸른 물이 감돌아 청류벽 위에 둥 실 떠 있는 듯하다 하여 부벽浮璧이라 이름을 고쳤다. 고려 시대 〈예성 강도〉禮成江圖로 크게 이름을 얻은 이녕李寧이 단청을 꾸몄다고 한다. 12세기 초에 고쳐 지은 이 건물은 임진왜란 때 다시 불타 1614년에 중건하여 오늘에 이르고 있다.

영명사 뒤쪽에 야트막하게 솟은 진산이 모란봉으로도 불렸던 금 수산錦繡山이다. 금수산 정상이 을밀대乙密臺다. 을밀대는 6세기 중엽 에 평양성의 북장대北將臺로 세웠는데, 노구를 이끌고 죽음으로 평양 성을 지킨 을밀장군의 전설에서 온 이름이라 한다. 사방의 조망이 탁 트여 사허정四虛亭이라고도 불렀다. '을밀대의 봄구경'(乙密賞春)은 평 양팔경平壤八景의 하나였다. 지금 있는 건물은 1714년에 보수한 것이 라 한다.

을밀대를 나서면 그 동쪽에 기생들을 묻는 선연동嬋妍洞이 있다. 이름난 시인이라면 그 풍정을 노래하지 않은 사람이 없을 정도지만, 특히 조선 후기 박제가의 시가 크게 인구에 회자되었다.

봄날 성에는 꽃 지고 잔디는 파릇한데

예부터 고운 넋들 여기에 살고 있네.

인간들의 정겨운 말 어찌 끝이 있으랴만

죽더라도 완사계에 빠져 죽고 싶다 하네.

春城花落碧莎齊 終古芳魂此地棲

何限人間情勝語 死猶求溺浣紗溪

_박제가, 「평양잡절」平壤雜絕, 『전주사가시』 권3

박제가朴齊家(1750~1805)는 이덕무, 유득공 등과 함께 서얼이지만 당대 최고의 시인이요, 학자로 평가된다. 본관은 밀양, 자는 차수次修, 재선在先, 수기修其 등을 썼고, 호는 초정楚亭 혹은 정유貞蕤라 하였다. 1778년 사은사 채제공을 수행하여 이덕무와 함께 중국을 다녀와서 실학 사상의 정수를 보여주는 『북학의』北學議를 저술했다. 그의 시는 중국과 우리나라 변방의 풍물을 죽지사竹枝詞 풍으로 형상화하는 데 발군의 솜씨를 보였다고 평가된다. 특히 이 작품은 기생의 공동묘지 선연동을 풍정이 담뿍 담긴 어조로 노래한 것이다. 완사계는 미녀 서시西施가 비단을 빨았다는 개울이다. 기생이 살아 있을 때 뭇 남성의 애간장을 녹였기에, 풍류남아는 온갖 감언이설로 기생의 사랑을 얻고자 했다. 기생의 치마폭에 싸여 죽겠노라 한 말도 그중 하나다. 평양의 화려한 풍속이 이 시 한 편에 녹아 있다.

대동강을 끼고 있는 평양은 그야말로 누정의 도시다. 강을 따라 이름난 누정이 늘어서 있으니 연광정, 읍호루, 풍월루, 석조대, 봉황대 등이 그것이다. 연광정은 관서팔경關西八景의 하나로 칭도되었고 일대에 버들이 많아 아예 평양을 유경柳京이라 불리게 했다. 고구려 때 세워진 연광정은 산수정山水亭으로도 불렸다. 김황원金黃元이 이곳에 올라 고금의 제영을 보고 뜻에 차지 않아 다 불태우고 "긴 성 한쪽에는 굼실굼실 흐르는 물, 너른 들 동편에는 점점이 늘어선 산들"(長城一面溶溶水, 大野東頭點點山)이라는 한 연만 짓고 나서 뜻이 말라 통곡하고 떠났다는 고사는 너무나 유명하다. 시재詩才가 아름다운 경관을 따라가지 못한 것이다. 이곳에는 제일강산第一江山이라는 현판이 붙어 있는데, 송의 명필 미불米芾의 글씨에 '강江' 자를 보태어 새긴 것이다.

부벽루 일대의 옛 모습은 신숙주申叔舟와 성현成俔의 「부벽루기」浮碧樓記에 잘 드러난다. 그중 성현의 것을 일부 보인다. 1478년 부벽루의 풍광이다. 이를 읽으면 부벽루에 가지 않아도 누워서 즐길 수 있을 것이다.

서도의 빼어남은 해동에서 으뜸이요, 이 누대의 뛰어남은 또 서도에서 으뜸이다. 성을 나서 몇 리를 가면 금수산 모란봉 아래 벼랑에 붙여서 누각을 꾸며 노닐게 하였는데 이름을 부벽루라 한다. 이는 봉우리를 올려다보고 강물을 내려다보아 산빛과 물색이 파랗게 서로 어리어 허공 중에 떠다니기에 이른 것이다. 봉우리가 끊어져 벼랑이 되었는데 푸른 석벽이 우뚝하고 기암괴석이 늘어서 있다. 이리저리 뻗어나온 어지러운 칡넝쿨들이 남녘에 자라고 있다. 긴 성가퀴가 구름과 숲에 어른어른 보인다. 맑은 강 한 줄기가 누대 아래를 치며 흐른다. 강물이 제비꽁지처럼 둘로 나뉘고, 그 가운데 사람이 살 만한 곳이 있는데 능라도다. 몇 리 못 가서 다시 하나로 합쳐져 넘실넘실

흐른다. 하얀 무지개가 걸린 듯한 형상이다. 굽이굽이 성을 안고 흘러 남으로 푸른 바다에 이른다. 밀물과 썰물이 오간다. 이것이 부벽루가 가지고 있는 빼어난 산수다.

가까이로는 평평한 모래밭과 끊어진 벼랑에다. 마을이 이리저리 뻗어 있고 버들이 제방에 이어져 있으며 뽕나무가 길을 덮고 있다. 비를 맞는 배와 바람에 불룩한 돛이 물가의 물새와 함께 오르내리며 물에 잠길락 말락 한다. 이러한 모든 것이 바로 발아래 보인다. 멀리는 평평한 벌판이 아득한데 밭두둑이 이어지고 무성한 숲이 뻗어 있어 일망무제다. 아득한 봉우리는 머리를 세 갈래로 딴 듯도 하고 상투를 올린 듯도 하다. 점점이 아름다운데 반쯤 구름 속에 드러나 있다. 이러한 모든 것을 앉아서도 볼 수 있다. 가깝거나 멀거나 높거나 낮은 땅의 여러 장대하고 툭 트인 경관을 즐길 수 있으니 누각 동남쪽 풍광이 안계에서 숨는 것이 없다. 수풀의 꽃과 푸른 녹음, 높은 하늘의 흰 달, 하얗게 덮은 눈서리 등 사시 경치가 한결같지 않다. 구름과 안개가 끼었다 사라지고 해와 달이 떴다 지며 밝았다 어두워졌다 변화하여 광채가 현란하여 아침저녁 경치가 한결같지 않다. 이를 찾노라면 끝이 없고 찾아도 싫증이 나지 않는다. 지혜로운 자라 하더라도 그 형상을 다 그릴 수 없을 것이다. 술을 마신 자는 떠들고, 노래하는 자는 격렬하고, 시를 짓는 자는 근심하고, 활을 쏘는 자는 읍양한다. 이리저리 거닐며 떠날 수 없다. 비록 고금의 영웅호걸이 만나는 즐거움이 같지 않다 하더라도 눈으로 이를 보고 마음으로 이를 만나게 되면 제각기 그 맞는 바를 따를 것이다.

浮碧樓

부벽루 _ 작가 미상, 국립중앙박물관 소장.

2.

아름다운 강산을 끼고 있는 부벽루에는 예전부터 시인 묵객의 발길이 끊이지 않았다. 이미 고려 시대 호문好文의 군주 예종睿宗이 이곳에서 시를 지었다. 김부식, 김극기, 조간趙簡, 형군소邢君紹, 이혼李混 등의 시도 전하고 있다. 김극기는 부벽루의 아름다움을 "오색구름 속의 백옥루가, 지상으로 날아와 천상의 노니는 것과 한가지로구나" (五色雲中白玉樓, 飛來地上稱天遊)라고 한 바 있다. 그러나 부벽루에 걸렸던 최고의 걸작은 이색의 다음 작품이다.

어제 영명사를 지나다
잠시 부벽루에 올랐네.
한 조각 달빛 아래 성은 텅 비었는데
천년의 구름 아래 바위조차 늙었네.
기린마는 가서 돌아오지 않는데
동명왕은 어디에서 노니는가?
길게 휘파람 불며 바람 부는 돌길에 기대니
산은 푸르고 강은 절로 흐른다.
昨過永明寺 暫登浮碧樓
城空月一片 石老雲千秋
麟馬去不返 天孫何處遊
長嘯倚風磴 山靑江自流

_이색, 「부벽루에서」(浮碧樓), 『목은시고』 권2

고려의 대문호 이색李穡(1328~1396)은 자가 영숙穎叔, 호가 목은牧隱이며, 본관은 한산이다. 그 부친은 향리 출신으로 고려뿐만 아니라 원나라에서도 과거에 급제하면서 난세에 단숨에 재상의 지위까지 오른 이곡李穀이다. 이색은 이제현에게 글을 배웠고 그 문하에서 권근權近 등을 배출하여 조선 성리학의 맥을 열었다. 야은冶隱 김재吉再, 도은陶隱 이숭인李崇仁과 함께 삼은三隱으로 불린다. 시호는 문정文靖이다. 그는 55권 50만여 자의 시문을 남겼으며 그중 시는 6천 수에 육박한다.[17]

이색은 14세에 성균시에 급제하고 20여 세까지 성균관과 개성 인근의 산사에서 독서를 하다가 21세 때 원의 국자감에 입학, 국자감 생원이 된다. 부친 이곡이 원의 조관朝官이었기 때문에 가능했던 일이다. 24세 때 부친이 작고하자 정월에 귀국하여 과거를 봐서 고려 조정에서 다시 입신했다. 개혁적인 노선을 견지하면서 순탄한 관직 생활을 하였다. 이인임 일파가 제거된 후 우왕 14년에 판삼사사判三司事가 되고 위화도 회군으로 최영이 실각하자 수상인 문하시중에 올랐다. 그러나 창왕이 즉위할 때 전왕의 아들이 즉위해야 한다고 주장하다 탄핵을 당하여 유배 생활을 하다가 고려의 패망을 맞았다.

이 작품은 이색이 원나라에서 공부하던 중 23세 때 잠시 귀국하여 개성으로 가는 도중에 지은 것이다. 이 시는 1연에서 대를 했다. 율시는 대체로 2연과 3연은 대를 맞추지만 1연은 그렇게 하지 않는다. 1연마저 대를 하면 너무 작위적인 느낌이 강하여 가벼워진다. 그런데 의미상 대를 맞춘 것으로 인식되지 않는다. 일반적으로 대를 맞춘 연은 두 구가 서로 대등하게 연결되지만 이 연은 안짝과 바깥짝이

하나의 통사 구조로 읽히기 때문이다. 곧 십자구다. 이러한 수사법을 잘 이용하여 평소 보고 싶었던 부벽루를 단숨에 오르는 시인의 흥취를 드러냈다.

　1연에 영명사와 부벽루라는 고유명사를 시어로 구사했다. 옛 시인들은 우리나라의 지명이나 물명을 쓰는 것을 기피했다. 우리의 지명을 시어로 구사하면 자연스러운 성률을 이루기 어렵다고 생각했기 때문이다. 그러나 이색은 이러한 문사들의 얕은 생각을 따르지 않았다. 오히려 일반인들이 속된 것이라 생각하는 시어를 잘 단련하여 멋진 표현을 만들어 냈다.

　이렇게 먼저 1연에서 부벽루에 오르는 과정을 그렸다. 두보가 「악양루에 올라」(登岳陽樓)에서 "예전에 동정호를 들었더니, 이제 악양루에 올랐노라"(昔聞洞庭水, 今上岳陽樓)라 한 구법을 응용한 것이다. 이어 2연에서는 부벽루에서 바라본 경치를 그렸다. 고구려 전성기에 번성했을 평양성이 이제는 텅 비어 있고 그저 조각달만 이를 비추고 있으며, 고구려가 망한 뒤 오랜 세월이 흘러 바위조차 늙은 모습을 띠고 있다고 했다. 바위가 늙었다 한 것은 이끼가 낀 것을 두고 이른 것이리라. 흔히 역사를 돌아보는 시에서는 자연의 영원함과 인생의 유한함을 대비시키지만, 여기서는 오히려 자연조차 영원하지 못하다 했다. '성공'城空과 '월일'月一, '운천'雲千에서 비슷한 소리의 종성을 두어 묘한 소리의 호응을 일으키고 있으며, 비슷한 첫소리를 둔 '천추'千秋에서도 음향의 효과를 느끼게 한다. '운천추'雲千秋 세 글자가 모두 낮은 소리라 일상적인 율격에 맞지 않지만, 오히려 작은 파격이 음향의 효과를 배가했다. 정지상의 「개성사의 작은 방에서」(開聖寺八尺房)

의 "바위 위의 소나무는 한 조각 달빛 아래 늙었는데, 하늘 끝에 구름은 천 점 산에 나지막하다"(石頭松老一片月, 天末雲低千點山)에서 나온 것이지만 새로운 미감을 창출했다 할 만하다.

3연에서는 이에 대한 시인의 감회를 적었다. 그 옛날 기린마를 타고 만주 벌판까지 호령하던 동명왕의 자취를 이제 찾을 수 없다는 무상감을 말한 것이다. 2연에서 경물을 묘사하면서 그 속에 시인의 뜻을 깃들인 다음, 여기에 이르러 시인의 강개한 정을 목 놓아 발산한다.

4연에서는 이러한 감정의 발산을 거두어들여 더욱 이 작품의 높이를 더하였다. 3연에서의 강개를 길게 휘파람으로 풀어 버린 후, 다시 자연을 바라보니 산은 산이요, 물은 물이더라고 한 것이다. 이백이 「금릉의 봉황대에 올라」(登金陵鳳凰臺)에서 "봉황대 위에 봉황이 노닐더니, 봉황이 가고 나니 누대는 텅 비고 강물만 절로 흐르더라"(鳳凰臺上鳳凰遊, 鳳去臺空江自流)라 했던 표현을 빌린 것이다. 동명왕의 위업, 시인의 강개, 그 모든 인간의 일이 영원한 자연에 비하면 아무런 의미가 없다는 뜻이다. 이러한 뜻을 직설적으로 말하지 않고 푸른 산과 흐르는 강물이라는 객관적 상관물로 독자의 상상력에 던져두었다. 시를 다 짓고 나서도 강개하여 휘파람을 불며 자연을 굽어 살피는 이색의 모습이 긴 여운으로 전해진다. 부벽루를 떠나지 못하고 서성이는 이색처럼, 시를 다 읽은 독자도 작품에서 떠날 수 없다.

역대 이 작품만큼 찬사가 쏟아진 예는 많지 않다. 최고의 감식안을 가진 것으로 평가된 허균은, 이 작품이 꾸미지 않았는데 성률이 절로 맑아 읊조리노라면 신일神逸함을 느낄 수 있다 했다. 남용익南龍翼은 『호곡시화』壺谷詩話에서 칠언절구의 걸작으로 정지상의 「임을 보내며」

(送人)를, 오언율시의 걸작으로 바로 이 작품을 들었으니 최고의 명편이 모두 이 대동강 일대에서 나온 셈이다. 명승이 명시를 만드는 법이다.

이 시의 이름을 대외에 크게 알린 것은 중국 사신이었다. 조선 초기 중국 사신 예겸倪謙이 부벽루에 걸린 이 시를 보고 시인과 같은 시대에 있지 못하는 것을 한탄했다 한다. 중국 사신이 올 때 우리 쪽 접빈사들은 이 시를 자주 보여 조선을 깔보던 중국인들의 코를 납작하게 하였으니 민족의 자존을 높인 작품이기도 하다. 중국 사신 허국許國이 왔을 때 조정에서 종계宗系의 변무辨誣 문제를 해명하기 위해『목은집』牧隱集에 있는 이성계의 부친과 이인복李仁復의 묘지를 보여 서로 다른 이씨임을 알리고자 한 일이 있었다. 글을 본 사신이 시도 보고 싶다 하여, 홍순언이 이 시를 베껴 주자 "너희 나라에 어찌 이런 시가 있었는가?" 하고, 그 자신 부벽루에서 "문에는 아직 고려의 시가 걸렸으니, 당시에 이미 중국 문자 알고 있었네"(門端尙懸高麗詩, 當時已解中華字)라 읊기도 했다. 비록 조선을 깔본 것이지만 이색에게는 깊이 탄복한 것임에 틀림없다. 그는 부벽루의 경치가 중국 소주나 항주와 나란하다 하고, 중국의 것들은 화려함이 천하에 비할 데가 없지만 모두 인공人工인 데 비하여 부벽루는 맑은 강물과 절벽, 섬, 봉우리가 모두 자연에서 나온 것이라 부벽루가 더 낫다고까지 했다.『성수시화』,『지봉유설』등 역대 시화서에 자주 보이는 이야기다. 이와 같은 명성을 날린 작품이기에 후대 부벽루를 찾은 사람들은 이색의 이 시를 떠올렸다.

18세기를 대표하는 시인 신광수는 108수의「관서악부」關西樂府를 제작해 평양의 풍물을 낭만적으로 노래하여 우리 문학사를 크게 빛낸 바 있다. 다음은 그중 한 수다.

> 하늘에 오르던 그 옛일을 돌은 알겠지
> 고도는 상전벽해 되었건만 사물은 그대로니.
> 성 아래 온 강 가득 달빛 밝은 밤인데
> 어찌하여 기린마는 다시 오지 않는가?
> 朝天舊事石應知 故國滄桑物不移
> 城下滿江明月夜 豈無麟馬往來時

_신광수,「관서악부」關西樂府,『석북집』권10

신광수申光洙(1712~1775)는 18세기의 이름난 시인으로, 본관은 고령이며, 자는 성연聖淵, 호는 석북石北이다. 채제공, 이헌경 등과 함께 남인을 대표하는 문인이다. 특히 과시科詩에 능했는데 「등악양루탄관산융마」登岳陽樓歎關山戎馬는 창唱으로 널리 불리기까지 했다. 제주에 40여 일 머물면서 지은 『탐라록』耽羅錄도 의미가 큰 저술이다.

평양감사로 가는 채제공을 위해 제작한 이「관서악부」도 그의 명성을 높였다. 이 작품은 「관서악부」 중에서 65번째 것으로, 이색의 「부벽루」를 바탕에 깔고 제작한 것이다. 상전벽해를 겪은지라 고구려의 수도 평양의 옛 모습은 전혀 남은 것이 없지만, 조천석이 있어 그 옛날 영화를 기억할 것이라 한다. 이색이 「부벽루」에서 "천년의 구름 아래 바위도 늙었다" 했기에 이렇게 말한 것이다. 3연과 4연 역시 「부벽루」에서 이른 "한 조각 달빛 아래 성은 텅 비었는데"와 "기린마는 가서 돌아오지 않는데"라는 표현을 염두에 두고, 이렇게 달 밝은 밤이면 신선이 되어 간 동명왕이 혹 오지 않을까 상상해 본 것이다. 신광수는 이 작품에 이색의 「부벽루」와 자신의 흥감을 포개어 놓았다.

3.

부벽루에는 역대 대가의 아름다운 한시가 두루 걸려 있었지만, 이색의 작품과 함께 정지상의 시 「임을 보내며」가 가장 널리 애송되었다. 이 때문에 조선 시대 시인들이 부벽루에서 지은 시는 이 시의 운을 밟은 경우가 많다. 그중 이달의 시가 널리 인구에 회자되었다.

연잎은 들쭉날쭉 연밥도 많은데
연꽃을 사이에 두고 아가씨들 노래하네.
돌아갈 때 짝과 횡당 어구에서 만나기로 하고
애써 배를 저어 강물을 거슬러 오르네.
蓮葉參差蓮子多　蓮花相間女娘歌
來時約伴橫塘口　辛苦移舟逆上波
　_이달, 「채련곡, 대동강 누선의 시에 차운하여」(采蓮曲次大同樓船韻), 『손곡집』 권6

이달李達(1539~1612)은 본관이 신평, 자는 익지益之, 호는 손곡蓀谷으로 널리 알려져 있다. 허균이 그의 전기 「손곡산인전」蓀谷山人傳을 지어 자신이 그 제자라 하였다. 시에 뛰어났지만 모친이 홍주의 관기여서 서얼의 굴레에서 벗어나지 못하고 평생을 불우하게 지냈다. 일흔이 넘도록 자식도 없이 벗들에게 더부살이했다.

이 작품도 그러한 불우한 환경에서 제작된 것이지만, 풍류남아로서의 낭만적 필치가 잘 드러난다. 서익徐益이 대동찰방이 되고 최경창崔慶昌이 평양서윤으로 있을 때, 이들이 이달을 평양으로 불러 부벽루에 거처하게 하고 노래와 거문고를 잘하는 기생 10여 명을 뽑아 모시게 했다. 최경창은 매일 저녁 공무가 끝나면 서익과 함께 가마를 타고 부벽루에 올라 술을 마시며 시를 지었는데 임기가 끝날 때까지 그러했다 한다. 하루는 세 사람이 부벽루에 올라 시판에 쓰여 있던 정지상의 시에 차운하여 시재를 겨루었다. 고경명도 뒤따라 시를 지었다. 이때 지은 시 중에는 이달의 것이 가장 낫다는 평을 받았다. 신흠申欽의 『청창연담』晴窓軟談에 그렇게 되어 있다.

정지상은 잘 알려진 대로 "비 개인 긴 둑에 풀빛 짙어지는데, 남포에서 임 보내니 슬픈 노래 일렁인다. 대동강 저 물은 언제나 다하랴, 해마다 이별의 눈물이 푸른 물결 보태는 것을"이라 이별가를 불렀다. 400년이 훨씬 지나 이달은 이별 대신 사랑의 노래로 이같이 화답했다. 물론 이 노래는 당시 대동강의 풍광을 담은 것이 아니라, 흥청망청한 대동강의 뱃놀이에서 사대부와 기생들의 흥을 돋우기 위한 것이다.

비슷한 시기 백광홍白光弘은 우리말 노래 「관서별곡」關西別曲을 지어 평안도의 풍광을 담았는데, 대동강 대목을 보면 이달의 「채련곡」이 탄생한 부벽루의 풍광, 그리고 그곳에서의 풍류를 짐작할 수 있다.

감송정感松亭 돌아들어 대동강 바라보니
십 리에 뻗은 물빛과 만 겹 안개 속의 버들이 상하에 어리었다.
봄바람이 헌사하여 화선畫船을 비껴 보니

녹의홍상綠衣紅裳 비껴 앉아 섬섬옥수로 거문고를 뜯으며
호치단순晧齒丹脣으로 채련곡을 부르니
태을진인太乙眞人이 연엽주蓮葉舟 타고 옥하수玉河水로 내리는 듯
설마라 나랏일에 소홀할 수 없다 한들 풍경에 어이하리
연광정 돌아들어 부벽루에 올라가니
능라도 방초와 금수산 연화는 봄빛을 자랑한다.

10리에 뻗은 아스라한 대동강 물빛, 안개 자욱한 강가에는 버들
가지가 드리워져 있다. 화창한 날씨, 아름답게 꾸민 유람선에는 울긋
불긋하게 단장한 기생들이 봄빛과 고움을 다툰다. 섬섬옥수로 가야금
을 연주하고 채련가를 부른다. 이러니 태을이라는 신선이 연잎으로
만든 배를 타고 은하수에서 내려오는 듯하다. 아무리 국사가 급하더라
도 이럴 때는 잠시 머물러 봄빛을 보지 않을 수 없어 연광정과 부벽루에
오른 것이다. 이를 읽으면 상상 속에서 대동강의 봄놀이를 할 수 있다.

1.

흔히 아름다운 풍경을 보면 그림 같다고 한다. 또 시중유화詩中有畵라는 말이 있다. 소식이 왕유의 시를 칭찬하면서 이른 말로, 시 속에 그림이 있다는 뜻이요, 시의 뜻이 그림을 그려 놓은 듯하다는 말이다. 시에 그려진 아름다운 그림을 보자.

찬 구름 속의 고목
소나기 희뿌연 가을 산.
저물녘 강에 풍랑이 일어
어부가 급히 배를 돌리네.
古木寒雲裏 秋山白雨邊
暮江風浪起 漁子急回船

_김득신, 「용산에서」(龍山), 『백곡집』 1책

김득신金得臣(1604~1684)은 자는 자공子公, 호는 백곡栢谷이다. 본관이 안동으로 관찰사를 지낸 김치金緻의 아들이요, 임진왜란 때 진주성 전투로 이름이 높은 김시민金時敏의 손자로 명문가에서 태어났다. 그러나 김득신은 조선 시대 노둔한 사람의 대명사였다. 평생을 가난한 시인으로 살았거니와 바보 이야기의 주인공으로 자주 등장할 정도다. 실제로 그는 열 살이 되어서야 공부를 시작하여 『십구사략』十九史略을 배우는데, 첫번째 장 스물여섯 자를 두고 석 달이 되어서도 구두를 떼지 못했다 한다. 그를 가르치던 외숙 목서흠睦敍欽은 아예 공부를 그만두라고까지 했다. 그러나 김득신은 자신의 노둔한 자질을 부끄러워하지 않고 노력으로 극복했다. 자신이 좋아하던 『사기』史記의 「백이전」伯夷傳을 10만 번 이상 읽었고 웬만한 글은 모두 만 번을 넘겨 읽었다. 이 때문에 그는 뛰어난 시인이 될 수 있었다.

그가 얼마나 뛰어난 시인인가는 용산에서 바라본 한강의 모습을 그림처럼 묘사한 이 시에서 확인할 수 있다. 대궐의 조회에서 정선흥鄭善興이라는 문신이 이 시가 적힌 부채를 소매 속에 넣어 두고 자주 보았는데, 효종이 부채에 적힌 시를 보고 크게 칭찬하고, 그 부채를 어탑御榻에 올리게 하고 다른 부채를 그에게 내렸다 한다. 또 효종은 빈 병풍을 준비하여 김득신에게 이 시를 적게 하고 화원을 시켜 그 내용을 그림으로 그리게 했다고도 한다.

이 작품은 그림으로 그 내용을 그리게 할 만큼 아름다운 풍광을 담고 있다. 서늘한 구름이 떠 있는 하늘을 배경으로 고목이 서 있다. 단풍으로 붉게 타오르는 산에는 희뿌연 소나기가 내리고 있다. 산을 덮고 있는 소나기가 강으로 금방이라도 밀려들 기세다. 이 때문에 강

바람이 더욱 거세지고 풍랑은 사나워진다. 사공은 급히 배를 돌린다. 정말 그림 같은 풍경이다.

이 시는 실경을 보고 쓴 것이다. 그러나 후대 이 시를 선발한 시선집에는 제목을 '제화'題畫라 했다. 곧 그림에 붙인 시라는 뜻이니, 후대 사람들은 이 시가 그림을 보고 쓴 것이라 생각했다. 그림을 보고 쓴 것으로 생각할 만큼 풍경을 잘 그려 냈다는 말이다.[18]

2.

그림같이 아름다운 풍경도 그림으로는 그려 낼 수 없는 것이 있다. 다음과 같은 풍광을 그림으로 그릴 수 있을까?

> 강에는 해가 늦도록 돋지 않고
> 아득히 십 리에 안개가 자욱하네.
> 부드럽게 노 젓는 소리만 들릴 뿐
> 배 가는 곳은 보이지 않네.
> 江日晚未生 蒼茫十里霧
> 但聞柔櫓聲 不見舟行處
> _강극성,「강가의 정자에서 아침에 일어나 우연히 읊조리다」(湖亭朝起偶吟),『대동시선』권3

16세기에 활동한 강극성姜克誠(1526~1576)이라는 문인이 한강 동호東湖의 정자에서 제작한 작품이다. 강극성은 자가 백실伯實, 호는 취죽醉竹으로, 강희맹의 고손이며 김안국이 그의 외조부다. 문집이 전하지는 않지만, 당시에는 시로 이름이 높았다.

시를 보는 감식안이 높았던 조선 후기의 비평가 홍만종은 이 시를 『소화시평』에 수록하면서 이 시가 왜 좋은지 처음에는 알지 못했다고 한다. 그러다가 우연히 강가의 정자에 머물게 되었는데, 새벽에 일어나 보니 안개가 자욱하게 끼어 해조차 보이지 않는데 그저 삐걱대는 뱃소리만 들렸다. 그제서야 홍만종은 이 시가 진경眞景을 그린 것임을 알게 되었다고 한다. 눈에 본 것을 그림을 그리듯이 지은 작품이다.

청나라 때의 문인 심덕잠沈德潛은 『명시별재』明詩別裁를 편찬하면서 조선의 뛰어난 작품으로 이 시를 소개했다. "당나라 무명씨의 '안개 짙어 사람은 아니 보이고, 은은하게 노 젓는 소리만 들리네'(煙昏不見人, 隱隱數聲櫓)라는 구절이 있는데, 새벽 풍경을 표현한 것이 모두 그림으로는 능히 도달할 수 없는 수준이다"라 높게 평가하였다. 희뿌연 안개가 강을 에워싸고 있어 강도 보이지 않고 배도 보이지 않는다. 그림으로 그린다고 해도 그릴 것이 안개밖에 없다. 그러나 시는 보이지 않는 것도 그린다. 안개 너머에 있는 해를 그릴 수 있고, 그림으로는 표현할 수 없는 삐걱거리는 뱃소리도 그릴 수 있다. 이것이 그림과 다른 시의 묘미다.

시는 그림으로 설명할 수 없는 풍경의 의미까지 그려 낸다.

아스라한 세모의 하늘
첫눈이 산천을 뒤덮었네.
새들은 산속의 나무를 잃었고

스님은 돌 위의 샘물을 찾네.

굶주린 까마귀 들 밖에서 우짖는데

언 버드나무 시냇가에 누워 있네.

어디에 인가가 있는지

먼 숲에서 흰 연기 일어나네.

蒼茫歲暮天 新雪遍山川

鳥失山中木 僧尋石上泉

飢烏啼野外 凍柳臥溪邊

何處人家在 遠林生白煙

_이숭인, 「새로 내린 눈」(新雪), 『기아』 권5

　　고려 말의 문인으로 이른바 삼은의 한 사람인 이숭인李崇仁(1347~
1392)의 작품이다. 이숭인은 본관이 성주이고, 자는 자안子安, 호는 도
은陶隱이라 했다. 길재吉再 등과 함께 고려의 유신으로 남아 그 절개가
후대에 높은 평가를 받았지만, 그 이전에 뛰어난 시인이기도 하다. 그
는 아름다운 풍광을 산수화처럼 시에 담는 데 능했던 사람이다. 그의
한시는 그림과 연결해 보면 더욱 멋이 있다.

　　눈이 내려 온 천지가 다 하얗다. 산도 없고 물도 없이 모두 흰색일
뿐이다. 독자가 처음으로 맞이하는 화폭에는 아무것도 없이 흰 눈빛
만이 담겨 있다. 그러다가 허공에 검은 점 하나가 찍힌다. 그것이 새
다. 새가 눈을 맞고 다닐 리 없으니 허공에 있는 검은 점은 새로 해석
된다. 산중의 나무는 눈에 덮여 흰빛이지만, 그 위에 검은 점으로 그
려진 새가 있으니, 아래 부분은 자세히 보면 숲임을 알게 된다. 또 산

중의 나무를 확대해 보면 눈에 덮인 둥지도 찾을 수 있다.

다시 화폭의 아래쪽에 점이 둘 나타난다. 검은 점 하나는 온통 흰 빛인 눈 위를 걷는 승려다. 옛날의 승려들은 검은 옷을 입었다. 자세히 보니 검은 점 뒤로 모래알 같은 작은 점이 몇 찍혀 있다. 승려가 밟고 지나간 발자국이다. 그 앞에 있는 또 다른 검은 점은 돌샘이다. 아무리 눈이 많이 내려도 돌 위로 솟아나는 샘을 덮지는 못한다. 그래서 온통 흰빛 속에서도 돌샘만 검은 점이 될 수 있다. 이 대목을 그림으로 그린다면 들판에 점만 셋 찍었으리라. 그 점을 독자는 새와 스님과 돌샘으로 읽어야 한다.

이 시는 1연에서는 아무런 형상을 그리지 않고 흰 칠만 했다. 2연에 이르러 검은 점 몇을 두었다. 이로써 새와 승려와 샘물이 그려질 수 있었다. 흰 빛깔 속에서 희미한 숲의 새 둥지와 승려의 발자국도 볼 수 있다. 이제 3연이 되면 눈 속에 숨어 있던 사물들이 더욱 구체적으로 형상을 드러낸다. 2연의 새보다 훨씬 큰 까마귀가 먼 들판 너머로 날아가고 있다. 새는 왜 날아가는가? 배가 고파서다. 배가 고프지만 눈 덮인 들판에서 모이를 찾을 수 없다. 부득이 다른 곳으로 날아가는 것이다. 화폭의 다른 편도 이제 모습이 좀 더 선명해진다. 개울이 있고 그 곁에 눈 무게를 이기지 못한 버드나무가 둥치가 꺾인 채 넘어져 있다. 겨울의 버드나무는 껍질이 흉악하다. 추위에 살갗이 튼 것 같다. 깡깡 얼었기에 더욱 쉽게 부러져 버렸다.

춥다. 추운 것으로 끝내면, 이 그림을 보는 이도 버들처럼 춥고 까마귀처럼 배고플 것이다. 인정 많은 시인은 이렇게 시를 끝내지 않는다. 춥고 배고픈 사람이 가고 싶은 곳은 따뜻한 집이다. 그러나 이 그림에 집을 그려 놓았다고 해서 온기가 느껴지지는 않을 것이다. 눈 속에 파묻힌 초가는 더욱 사람을 춥고 배고프게 할 것이다. 그래서 시인은 숲 너머로 피어오르는 연기를 둔 것이다. 물론 그림에는 초가가 보이지 않는다. 숲 위로 피어나는 연기가 있으니 그곳에 인가를 숨겨 놓은 것이다. 그림은 감추는 것이 있는 법이다. 살구꽃 핀 그 너머에 푸른 깃발이 그려져 있으면 주점이 있다는 뜻이다. 숲 너머 연기는 인가가 있다는 뜻이다. 연기를 보니 이제 몸이 훈훈해진다.

그림은 많은 말을 할 수 있지만 말할 수 없는 것도 있다. 시는 그림이 말하지 못한 것을 말한다. 이 시의 내용을 그림으로 그려 놓았을 때, 다음과 같은 의문이 생길 수 있다. 왜 새가 숲 위를 선회하고 있는가? 까마귀는 들판 너머 어디로 날아가는가? 춥고 눈 내린 날 스님은 어디로 가고 있는가? 버드나무는 왜 넘어져 있는가? 숲 위로 피어나는 한 줄기 연기는 무엇인가? 그림에서는 답을 말해 주지 않는다. 그러나 시를 함께 읽는다면 그 뜻은 절로 분명해진다. 아름다운 산수화를 보고 시를 떠올리면 그림의 깊은 맛과 멋을 함께 느낄 수 있다. 시는 아름다운 산수를 그림으로 재현하여 보여준다. 더 나아가 그림이 말하지 못한 뜻을 넌지시 말해 준다.

시에서는 그림이 만들어 낼 수 없는 음향효과를 함께 느낄 수 있다. 위의 작품을 그린 산수화에는 아무런 소리가 들리지 않을 것이다. 그러나 위의 시를 읽을 때는 소리가 있다. 눈을 밟고 물을 길러 가는 스님의 발자국 소리, 돌 틈으로 샘솟는 물소리가 가늘게 들린다. 또 갑자기 '까악' 하고 울면서 날아가는 까마귀 울음소리가 들린다. 간밤에는 눈 때문에 버드나무가 부러지는 소리를 스님은 들었을 것이다.

이러한 여러 가지 소리를 시가 들려준다. 그림으로 전달할 수 없는 것을 시는 그림으로 보여주고 소리로 들려준다.

3.

특히 그림에 붙인 시는 이러한 기능을 더욱 중시한다. 청나라의 방훈方薰이 「산정거화론」山靜居畵論에서 "높고 심원한 뜻과 생각은 그림으로는 부족하므로 시로 써서 이를 편다"라 한 것은 이를 말한 것이다. 그림을 그려 놓고 여백에 붙인 시를 제화시題畵詩라 한다. 중국에서 제화시는 당나라에 이르러 두보와 이백에 의해 성행하기 시작했다. 소식蘇軾으로부터 '시중유화'詩中有畵, '화중유시'畵中有詩의 평을 받은 당 후기의 왕유王維에 이르러 시와 그림의 내면 관계가 밀접해지기 시작했다. 그 후 북송 시기 문인화가 발달하면서 제화시는 더욱 발전했으며 특히 원·명대에 성숙한 경지에 이른 것으로 평가되고 있다. 우리나라에서는 송대 문인화의 영향을 받기 시작한 고려 중엽부터 제화시가 보인다.

제화시는 그림의 일부다. 그림은 그래도 괜찮은데 시원찮은 글씨가 덧붙여져 품격을 떨어뜨리는 예가 요즘의 산수화 중에 간혹 보인다. 글씨도 아름다워야 하고 시의 내용 역시 맛과 멋이 있어야 한다.

한 줄기 맑은 물결 양쪽 언덕은 가을빛
바람이 가랑비를 불어 가는 배를 씻네.
밤 들어 강가 대숲에 배를 대노라니

잎새마다 찬 소리 모두 근심일레라.

一帶滄波兩岸秋　風吹細雨洒歸舟

夜來泊近江邊竹　葉葉寒聲摠是愁

_이인로, 「소상강의 밤비」(瀟湘夜雨), 『동문선』 권20

　　무인 정권 시절 이규보와 함께 고려의 문단을 대표하던 문인 이인로가 〈송적팔경도〉宋迪八景圖라는 그림에 붙인 여덟 편 연작시의 하나다. 송적의 팔경도는 곧 소상팔경도瀟湘八景圖를 이른다. 소상팔경은 중국 상강 일대의 여덟 가지 아름다운 풍광을 이르는 말인데, 고려나 조선, 그리고 오늘날 무슨무슨 팔경八景이라 하는 것이 여기에서 유래했다. 소상팔경은 그림의 소재로 애용되었으며, 「몽유도원도」夢遊桃園圖를 그린 조선 초의 대가 안견安堅 역시 소상팔경도를 그린 바 있다. 이인로의 이 작품이 안견의 그림 위에 안평대군安平大君의 뛰어난 붓솜씨로 적혔다고 한다. 물론 이인로의 시대에도 소상팔경도가 있었을 것이고, 이인로가 그 위에 이러한 시를 썼을 것이다.

　　이인로의 이 시를 읽으면 그림의 내용이 짐작된다. 강 양쪽 언덕은 붉은 단풍으로 물들어 있는데 그 사이로 파란 강물이 띠처럼 흘러내린다. 시에서 색채어를 쓰지 않았지만 절로 그 색이 선명하다. 바람에 날리는 부슬비가 배에 뿌려지고 있다. 이를 배경으로 하여 배가 대숲 근처에 정박되어 있다. 이것은 그림의 내용을 재현한 것이다. 그러나 이것으로 말면, 그림만 보면 되지 군이 시가 필요하지 않을 것이다. 핵심은 마지막 구절에 있다. 그림에는 강안에 정박한 배와 대나무는 있지만 아무런 소리가 없다. 그러나 시에서는 그림으로 말하지 못

소상야우 _ 안견, 국립중앙박물관 소장.

하는 밤비에 흔들리는 댓잎 소리를 들을 수 있게 한 것이다. 이 소리가 있어 시가 더욱 아름답다.

한 걸음 더 나아가 찬 댓잎 소리의 의미도 시를 통해 읽을 수 있다. 댓잎 소리는 여인의 한숨 소리다. 이 시의 배경이 되는 소상강은 요임금의 딸이자 순임금의 부인인 아황娥皇과 여영女英이 남편을 따라 죽은 곳이다. 아황과 여영이 토한 피가 어려 그곳의 대나무에는 홍반紅斑이 있다. 아마도 소상팔경도의 〈소상야우〉에 그려진 대나무에는 분명 붉은 점이 찍혀 있을 것이다. 붉은 점의 의미가 여기에 있다. 〈소상야우〉 그림을 보고 「소상강의 밤비」를 읽으면 아름다운 소상강의 풍광과 그곳에 어린 전설, 그리고 바람 소리, 빗소리, 여인의 한숨 소리가 어우러지게 된다. 이것이 그림과 시를 감상하는 비결이다.

갈대밭에 바람 불어 눈이 허공에 가득한데
술 사러 갔다 와서 작은 배를 매어 두었네.
비껴 부는 젓대 소리, 흰한 강물 위의 달빛
자던 새가 물가의 안개 속을 날아오르네.
蘆洲風颭雪漫空 沽酒歸來繫短篷
橫笛數聲江月白 宿禽飛起渚烟中

_고경명, 「고기잡이배 그림」(漁舟圖), 『제봉집』 속집

고경명高敬命(1533~1592)은 본관이 장흥, 자는 이순而順, 호는 제봉霽峰 혹은 태헌苔軒이다. 임진왜란 때 의병을 일으켜 금산에서 왜적과 싸우다 전사한 의병장으로 널리 알려져 있지만 그에 앞서 16세기를

대표하는 호남의 시인이었다. 이 점은 위의 그림 같은 작품에서 입증이 될 것이다.

고경명이 본 그림은 이러하리라. 원경은 하얀 눈으로 덮여 있고, 근경에는 바람에 몸이 꺾인 갈대가 늘어서 있다. 한 귀퉁이에 달이 있고 아래편 강물에는 그 달이 비쳐 있다. 그 곁에 배 한 척이 놓여 있다. 그림의 중간 부분은 안개로 처리되어 있고 그 안으로 새 한 마리가 날아간다.

그림에서 본 것을 이렇게만 재현한다면 시인 고경명의 재주를 높이 평가할 수 없다. 평면적인 그림을 생동감 있게 바꾸어 주는 것이 그림에 붙인 시다. 그림에서는 지금 눈발이 그치고 달이 뜬 모습을 그렸지만, 방금 전 몰아치던 눈보라의 모습은 그릴 수 없다. 시는 이 사실을 먼저 말한다. 이어 배의 의미를 말했다. 그림에는 그저 배가 한 척 귀퉁이에 그려져 있겠지만, 시에서 그 의미를 이렇게 풀이했다. 눈이 오면 흥이 인다. 흥이 일면 술이 필요하다. 그 배는 술을 사러 갔다가 막 돌아와 매어 둔 것이리라.

중국 고대의 명필 왕희지의 아들인 왕휘지王徽之가 산음山陰이라는 곳에 은거하고 있을 때 한밤에 눈이 내리다가 막 그치자 달빛이 매우 고왔다. 사방을 돌아보니 온통 흰빛이었다. 홀로 술을 따라 옛 시를 읊조리는데 문득 벗 대규戴逵(자는 安道)가 그리웠다. 늦은 밤이었지만 작은 배를 타고 그를 찾아갔는데 하룻밤이 지나서야 이를 수 있었다. 그러나 문 앞에 이른 왕휘지는 그냥 돌아왔다. 사람들이 물으니 이렇게 말했다. "흥이 일어 갔고 흥이 다하여 돌아왔을 뿐이다. 굳이 대안도를 보아야 하겠는가?"

고기잡이배를 몰고 나가 술은 산 이유는, 왕휘지와 같은 흥을 말한 것이다. 시에는 '흥'이라는 글자를 쓰지 않았다. 그러나 눈 온 밤 술을 사러 간 데서 그 흥은 다 전달될 수 있었다. 여기에 더하여 그림으로 그릴 수 없는 피리 소리를 넣었다. 그림에야 휘영청 밝은 달만 있겠지만 시를 통해 피리 소리를 들을 수 있게 함으로써 그 흥을 더한 것이다.

이와 함께 그림에는 새 한 마리가 안개 속에서 날아오르는 모습이 그려져 있었을 것이다. 그 의미는 무엇인가? 시를 함께 읽으면 알 수 있다. 그 답은 이렇다. 자던 새가 눈이 부시어 놀라 일어난 것이다. 눈도 희고 달빛도 희니, 밤이 대낮처럼 휘영청 밝다. 이 때문에 새가 놀라 일어난 것이다. 이처럼 그림에 쓴 시는 그림이 말하지 못하는 뜻을 읽게 하고 그림이 담을 수 없는 소리를 듣게 한다.

아름다운 산수화를 보되 시를 생각하고, 아름다운 산수시를 보되 그림을 생각해 보라. 그러면 그림도 더욱 멋이 있고 시도 더욱 맛이 있을 것이다.

시의 뜻을
호방하게
하는 법

1.

　시인이라면 스케일이 호방한 시를 쓰고 싶어한다. 시의 호방함은 어디에서 나오는가? 옛 비평가들은 호방함이 시인의 기상에서 나온다고 했다. 『맹자』(「萬章下」)에서 "그 시를 읊조리고 그 글을 읽으면서 그 사람을 알지 못한다면 되겠는가?"라 한 이래, 시의 격(詩格)은 곧 사람의 격(人格)이라 생각했다. 인격이 높아야 시격이 높다는 것이다.

　어떠한 사람이 인격이 높은가? 부귀를 가진 권력층의 입장에서는 부귀를 누린 자들이 인격이 높다고 생각한다. 조선 초기 자타가 인정한 최고의 문벌이었던 창녕 성씨 집안의 성현成俔도 그렇게 생각했다. 성현이 성종의 형 월산대군月山大君의 시집에 쓴 서문 「월산대군시집서」月山大君詩集序에 그런 생각이 잘 드러나 있다.

　　평범한 사람 중에서 배우는 자들은, 고생스럽게 노력하여 노심초사하고 근심 걱정을 실컷 하여 힘을 쏟은 다음에야 문장으로 드러나는데, 조탁한 것이 기이함에 힘을 썼지만 그 기상은 천근한 병폐가 있다. 왕족과 귀족은 그렇지 아니하여, 사는 곳이 기氣를 바꾸고 먹는 것이 몸을 바꾸어서, 그 거처한 곳이 높고 그 보는 것이 원대하므로, 배움에 힘쓰지 않아도 절로 넉넉하고 학업을 단련하지 않더라도 절로 정밀해져, 확 트여 힘이 남아도니 그 공功이 쉽게 이루어진다.

평범한 시인은 아무리 노력해도 신분적인 한계로 인해 기상이 높지 못하고 그렇기에 시도 좋지 못하다고 본 것이다. 성현의 글에 따르면 부귀를 누리는 자는 환경에 의하여 기상이 높아지니, 저절로 시도 뛰어나게 된다. 중국의 조비曹丕 같은 사람도 타고난 기질은 바꿀 수 없고 부모형제라 하더라도 기질을 물려줄 수 없다고 단언했다. 고려의 문인 이규보 역시 기질은 배워서 바뀔 수 있는 것이 아니라 했다. 참 불공평한 이야기다. 못사는 집에 태어난 것도 분한데, 그 때문에 좋은 시를 쓸 수 없다니. 가난한 사람으로서는 참으로 수긍하기 어렵다.
　과연 그런가? 이러한 논리라면 부귀의 정점에 있는 제왕의 기상이 가장 높고, 기상이 가장 높은 제왕의 시가 가장 호방해야 한다. 조선의 태조가 백악白嶽에 올라 지은 시와 태종이 부채를 두고 읊은 시를 보면 이 말이 그럴듯하다.[19]

우뚝 솟은 높은 봉이 북극성에 닿았고
한양의 빼어난 경관은 하늘이 절로 연 것이라.
산들은 넓은 들판을 발판 삼아 삼각산을 받들고
바다는 긴 강을 끌어 오대산에서 나왔다.

突兀高峯接斗魁 漢陽形勝自天開

山盤大野擎三角 海曳長江出五臺

바람 부는 의자에 기댈 때 밝은 달이 생각나고

달 비치는 난간에서 읊조릴 때 맑은 바람 그립네.

절로 대를 깎아 둥근 부채 만드니

밝은 달과 맑은 바람이 손바닥에 있구나.

風榻依時思朗月 月軒吟處想淸風

自從削竹成團扇 朗月淸風在掌中

두 작품 모두 왕위에 오르기 전에 지은 시다. 태조의 시 3구에서
한양의 들판 위에 삼각산이 높이 솟은 수직적 심상이, 오대산에서 발
원한 한강이 서해로 드는 수평적인 심상과 대조를 이룬 데서 호방함
을 과시한다. 과연 범상한 시인의 입에서 나오기 어려운 표현이다. 태
종의 시도 그렇다. 부채를 통하여 밝은 달빛과 맑은 바람을 손 안에
넣었다고 하는데, 산수간에서 시문을 읊조리는 풍월주인風月主人과는
그 스케일이 다르다.

이러니 호방한 시는 호방한 기상을 가진 사람만이 지을 수 있다는
말이 그럴듯하다. 사람의 기질은 타고나는 것이다. 호방한 기질을 타
고나지 않으면 이러한 시를 지을 수 없을 것이다.

그러나 사람의 기질은 환경에 의하여 변화하기도 한다. 선천적일
수도 있는 기질 자체가 그 집안의 환경적 내력이기도 하다. 더욱이 부
귀한 사람이 호방한 기상을 타고난다는 것은 사실이 아니다. 태조나

태종은 북방 태생이거니와 젊은 시절 전장을 누빈 경험이 그 기상을 높게 했다. 후대 구중궁궐에서 곱게 자란 왕들의 기상은 이들에 미치지 못한다. 태종의 고손이 성종, 그리고 그 아들이 연산군인데, 이들 부자는 역대 임금 중 가장 많은 시를 지었지만 그들의 시에서는 태조와 태종의 시에서 읽을 수 있는 기상이 보이지 않는다. 오히려 볼모로 잡혀 심양에서 대륙을 체험한 효종이라야, "나는 십만 군사를 멀리 몰아가서, 가을바람에 구련성에 웅장히 주둔하리. 호령하여 교만한 오랑캐를 짓밟고, 춤추고 노래하며 돌아와 옥경에 절하리라"(我欲長驅十萬兵, 秋風雄鎮九連城. 指揮蹴踏天驕子, 歌舞歸來拜玉京)라 할 수 있었다.

이로써 본다면 호방한 기상은 돈과 권력에서 나오는 것이 아니라, 오히려 변방의 체험에서 형성된 것이라 할 수 있다. 오히려 부귀와 사치는 타고난 호방한 기상을 손상시킨다. 그렇다면 어떻게 해야 호방한 기상을 기를 수 있고 또 호탕한 시를 지을 수 있는가? 그 방법은 '원유'遠遊, 즉 먼 곳으로 여행을 가는 것이다. 옛사람들은 한국과 중국 문학의 대표적 전범인 사마천司馬遷의 문장이 뛰어난 이유가 "먼 곳에 노닐어 그 기를 웅장하게 하였다"(遠遊以壯其氣)는 데서 찾았다. 고려의 문인 임춘林椿이 "명산대천을 두루 유람하여 천하의 기이하고 장대한 들을거리, 볼거리를 구한다"(周覽名山大川, 求天下之奇聞壯觀)라고 했듯이, 전통 시대 문인들은 웅장한 글을 짓기 위해 호연지기浩然之氣를 길러야 하고 이를 위해서는 먼 곳으로의 여행이 필수라고 생각했다. 옛사람들은 이를 '강산의 도움'(江山之助)이라 했다.

2.

　강산의 도움을 받기 위해 시인들은 산과 물을 찾아 여행을 떠난다. 산이 높고 물이 깊을수록 시인의 기상은 더욱 높아질 수 있다. 실제 산이 높고 물이 깊은 변방에서 제작된 한시 중에 호방한 시가 많다. 전운이 감도는 변방은 시인의 기상을 더욱 높게 한다. 호탕하기로 이름난 소식의 「적벽부」赤壁賦의 무대가 바로 삼국의 전장이 아니었던가? 이 때문에 소식이 조조의 일대 영웅으로서의 면모를 '창을 비껴 메고 시를 읊조린다'(橫槊賦詩)라는 말로 드러내지 않았던가?

　정몽주라 하면 일백 번 고쳐 죽어도 임 향한 일편단심을 바꾸지 않겠노라 하던 절의를 떠올린다. 또 조선 성리학의 비조로 알려져 있으니, 사람들은 그를 뜻이 굳은 학자로만 생각할 것이다. 그런데 정몽주는 그야말로 파란만장한 시대를 살았다. 중국과 일본을 오간 외교관이었고, 전장을 주름잡은 장군이었으며, 뛰어난 시인이기도 했다. 한마디로 스케일이 큰 삶을 살았고 스케일이 큰 시를 지은 사람이다.

> 정주에서 중양절 높은 곳에 오르니
> 국화꽃 예와 같이 눈앞에 환하네.
> 개펄은 남으로 선덕진에 이어졌고
> 산봉우리는 북으로 여진성에 기대었네.
> 백 년 끊임없는 싸움터 흥망의 일
> 만 리 원정 나온 사내의 강개로운 정.
> 술자리 파하고 대장군 부축 받아 말 위에 오르니
> 얕은 산 비낀 해가 깃발을 붉게 비추네.

定州重九登高處 依舊黃花照眼明

浦溆南連宣德鎭 峰巒北倚女眞城

百年戰國興亡事 萬里征夫慷慨情

酒罷元戎扶上馬 淺山斜日照紅旌

_정몽주, 「정주에서 중양절에 한 재상이 명하여 짓다」(定州重九韓相命賦), 『포은집』 권2

정몽주鄭夢周(1337~1392)는 본관이 영일, 초명은 몽란夢蘭, 또는 몽룡夢龍이었으며, 자는 달가達可, 호는 포은圃隱이라 했다. 경상도 영천군 우항리에서 태어나 개성으로 올라가 과거에 급제하고 26세의 나이에 예문검열藝文檢閱로 벼슬을 시작했다. 예문관은 조선이나 고려나 문재가 뛰어난 사람들이 벼슬하던 곳이다. 그러나 그의 무재武才 역시 얕지 않았기에 이듬해인 1363년 무관직인 낭장이 되고, 대장군 한방신韓方信의 종사관으로 여진을 정벌하기 위해 함경도 영흥에 가게 되었다. 이들이 함경도 정주에 들렀을 때 중양절이 되었다. 중양절은 높은 곳에 올라 국화주를 마시는 명절이기에, 정몽주는 대장군 한방신과 함께 높은 곳에 올라 술을 마시고 이 시를 지었다.

이 시를 읽노라면 절로 정몽주의 호방한 기상을 느낄 수 있다. 타고난 높은 기상에 변방으로의 '원유'가 더해져 시가 더욱 호방하다. 그런데 시학의 내부에서 볼 때 무엇이 시를 웅장하게 했을까? 호방한 기상을 가진 사람이니 이처럼 호방한 시를 지었다고 하면 그뿐이다. 그러나 호방하지 않은 사람도 호방한 시를 짓고 싶어한다. 혹 천부적으로 타고나지 못했다 하더라도, 호방한 기상을 가진 사람이 즐겨 쓰는 표현을 따라 하면 약간은 호방한 시가 되지 않을까? 그렇지 않으면 시는 아예 배움의 대상이 되지 못할지니.

여기서 정몽주의 시가 호방한 맛을 얻을 수 있게 된 요인을 따져 볼 필요가 있다. 먼저 1연을 보자. 앞서 정포의 「계미년 중양절에 쓰다」를 읽으며 중양절 가난한 사람에게는 국화가 보이지 않는 법이라 했다. 그러나 높은 기상을 가진 정몽주에게는 변방에서도 국화가 환하게 빛이 난다. 이어 높은 곳에 올라 보니 남으로 개펄이 아득히 뻗어내려 선덕진으로 이어지고, 고개를 돌려 북쪽으로 바라보니 산이 여진족이 사는 만주 벌판으로 뻗어 있다고 했다. 북쪽 변방에서 만주로 이어지는 땅은 예부터 전쟁이 그치지 않던 곳이 아니던가? 피비린내 나는 싸움이 끊이지 않아 흥망의 역사를 거듭했던 땅이다. 그러니 먼 곳으로 원정 나온 사람의 정이 강개롭지 않을 수 없다.

2연에 광활한 시각적인 심상을 드러냈다면 3연에서는 그곳에서의 감회를 적었다. 일반적으로 시각적인 심상인 경물을 그릴 때는 서술어의 사용을 억제한다. 2연에서는 서술어를 '연'連과 '의'倚 하나씩만 두었다. 시각적인 심상을 압축적으로 보이기 위한 문법적인 배려다. 일반적으로 감정을 적는 대목에서는 서술어를 많이 넣어 유장한 맛을 느끼게 한다. 그런데 이 시에서는 서술어를 사용하지 않았다. 이로써 감정을 토로하는 서정의 대목이 오히려 서경화된다. 화살이 허공에 가득한데 군사들의 함성이 메아리친다. 그러다가 전투가 끝난 전장은 적막하다. 시신들이 들판을 메우고 을씨년스러운 까마귀가 허공을 맴돈다. 이러한 일련의 전장의 모습을 '백년전국흥망사'로 파노라마처럼 보여준다. 또 이러한 장면을 배경으로 한 장수가 먼 곳을 바라보면서 강개에 빠지는 장면을 보여준다. 장수가 '전쟁이란 무엇인가?' '국가의 흥망은 무엇인가?' 등 여러 가지를 생각한다. 이로 인해 백 년의 역사가 이 구절에 다 담기게 된다. 3연은 이렇듯 서사적인 장면을 복합적으로 연출했다. 짧은 구절에 많은 내용을 압축해 담을 때 시의 뜻이 커진다.

어느새 해가 기운다. 술자리를 파하고, 대장군 한방신의 부축을 받아 말에 오른다. 높은 곳에 오른데다 다시 말안장에 앉아 대자연을 굽어보니, 강개함에 마신 술기운으로 호기가 하늘을 찌를 듯하다. 술을 마셔 불콰해진 얼굴에 붉은 햇살이 비친다. 호기 어린 눈에 북방의 높은 산도 나지막하고 해도 발아래 나지막할 뿐이다.

이 구절에서 얕은 산 비낀 해라 하여 산과 해를 시인의 눈보다 낮게 처리하고 있음을 주목할 필요가 있다. 오만한 사람의 눈에는 사물이 보이지 않는 법이다. '무시'하기 때문이다. '오만'은 호방함과 매우 가까이에 있다. 호방한 눈보다 높은 사물이 없어야 한다. 조선 중기의 시인 오상렴吳尙濂은 「죽령에 올라」(登竹嶺)에서 "달리는 물길이 골짜기를 물어뜯어 바람과 우레가 다투는 듯, 끊어진 협곡에는 허공에 해와 달이 낮다"(奔流嚙壑風霆鬪, 絶硤半空日月低)라 했는데, 죽령이 높아 해와 달을 낮게 만든 것이요, 시인의 호방한 눈에 그렇게 보인 것이기도 하다. 이로 인해 호방한 맛이 생기게 된다.

정몽주의 호방한 기상이 변방의 풍물과 어우러져 호방한 시를 만들었다. 이러한 점 때문에 조선 시대 최고의 감식안을 자랑했던 허균은 이 시에 성당盛唐의 풍격이 있다고 높이 평한 바 있다. 그런데 '성당'의 문제와 '정주' '선덕진' '여진성' 등과 같이 정몽주의 시에 빈번하게 나오는 고유명사의 문제를 연결하여 언급할 필요가 있다.

우리나라 한시사를 살필 때, 고려 중기에서 조선 초기까지는 이지적인 송시宋詩 스타일이 주류를 이루었으나, 16세기 후반에는 문단의 풍상이 크게 변하여 흥감과 리듬을 중시하는 당시唐詩 스타일이 크게 유행했다. 그런데 이 시기 당시를 추종한 문인들이 주로 배운 것이 만당晚唐의 시였으므로, 호방한 기상이 부족하다는 한계가 지적되었다. 이를 극복하기 위하여 성당의 호방한 시를 배워야 한다는 중국 명나라 복고파의 논리가 수용되었다. 명 복고파들은 두보의 호방하고 웅장한 시를 흉내 내려 했는데, 이때 가장 손쉬운 방안이 인명과 지명을 시어로 적극 차용하는 것이었다. 성당의 시인들은 지명의 구사를 즐겨해 시의 기상을 높였는데, 이를 성당의 시를 배우는 첩경으로 여긴 것이다.

한 예로 정두경鄭斗卿은 「마천령에 올라」(登磨天嶺)에서 "마천령에 말을 몰아 오르니, 층층 높은 봉우리가 구름 속에 들어 있네. 앞 숲에 대택이 있으니, 대개 북해라고 하더라"(驅馬磨天嶺, 層峯上入雲. 前林有大澤, 蓋乃北海云)라 했다. 『사기』의 「흉노전」匈奴傳에 엄찰奄蔡이라는 땅이 끝없는 대택大澤에 임해 있는데 곧 북해北海라고 한 말을 이용한 것으로, '개내북해운'蓋乃北海云이라는 시어 자체가 「흉노전」에서 그대로 가져온 것이다. 이렇게 하여 시의 기세를 높인 것이다.

정몽주는 이보다 몇 백 년을 앞서 호방한 두보 시의 미학을 자신의 작품 속에 구현했다. 선덕진, 여진성 등의 고유명사를 잘 구사한 것이 그러하다. 이와 함께 '백 년' '천 리'와 같은 스케일 큰 시어를 쓴 것이나, 술어의 사용을 억제한 명사구 형태를 활용한 것에서도 두보의 시를 읽는 듯한 느낌이 들게 한다. 이러한 것이 정몽주의 시가 호방함을 형성한 이유다. 정몽주의 또 다른 대표작 「전주 망경대에 올라서」에서도 이 점을 확인할 수 있다.

천 길 봉우리 위에 돌길이 뻗었는데
올라 보니 내 정을 이기지 못하게 하네.
푸른 산에 부여국은 아스라한데
누른 낙엽이 백제성에 어지럽다.
9월의 높은 바람이 나그네를 시름겹게 하는데
백 년 인생 호탕한 기개가 서생을 그르쳤네.
하늘 끝에 해가 져서 뜬 구름이 모였기에
쓸쓸하다, 서울을 바라볼 길이 없구나.

千仞岡頭石徑橫　登臨使我不勝情
青山隱約扶餘國　黃葉繽紛百濟城
九月高風愁客子　百年豪氣誤書生
天涯日沒浮雲合　惆悵無由望玉京

　　　_정몽주, 「전주 망경대에 올라서」(登全州望景臺), 『포은집』 권2

　　2연과 3연 역시 앞서 본 시와 미감이 유사하다. 부여국과 백제성이라는 고유명사를 거듭하여 쓰고 9월과 백 년이라는 숫자로 대구를 하면서 흥망의 역사를 되돌아보고, 그에 대한 나그네의 강개한 정을 말하고 있다. 이로써 정몽주의 호방한 기상이 더욱 잘 드러날 수 있게 되었다.

3.

정몽주는 역대 어떠한 문인에 비해서도 '원유'를 많이 한 사람이다. 1372년 서장관書狀官으로 명나라에 다녀오던 중 풍랑으로 배가 부서져 일행 열두 명이 익사했다. 정몽주는 13일 동안 사경을 헤매다가 구사일생으로 명나라 배에 의해 구조되어 이듬해 귀국할 수 있었다. 이러한 위험을 겪고도 다섯 차례나 더 중국에 다녀왔다. 또 1377년에는 당시 왜구들이 포로로 잡아간 사람들을 송환하기 위해 일본으로 사신을 다녀왔다. 전통 시대 중국과 일본을 모두 다녀온 인물은 극소수다. 이러한 해외 체험이 그의 시를 호방하게 한 것이리라.

수국에 봄빛이 일렁이는데
하늘가 나그네 돌아가지 못하네.
풀은 천 리에 이어져 푸른데
달은 두 고을에 함께 밝구나.
유세하느라 황금은 소진하였는데
돌아갈 생각에 백발만 돋아나네.
사방을 떠도는 남아의 큰 뜻은
공명을 위한 것만은 아니라네.
水國春光動 天涯客未行
草連千里綠 月共兩鄉明
遊說黃金盡 思歸白髮生
男兒四方志 不獨爲功名

평생 남과 북으로 떠다녀
심사가 점점 뒤틀리는 것을.
고국은 바다 서쪽에 있는데
외로운 배는 하늘가에 있다네.
매화 핀 창가에 봄빛이 이른데
판잣집에는 빗소리가 요란하다.
홀로 앉아 긴긴 날을 보내니
어찌 집 생각 괴롭지 않겠나?

平生南與北 心事轉蹉跎

故國海西岸 孤舟天一涯

梅窓春色早 板屋雨聲多

獨坐消長日 那堪苦憶家

_정몽주, 「홍무 정사년 일본으로 사신 가서 지은 작품」(洪武丁巳奉使日本作), 『포은
집』 권1

　　평소 정몽주와 사이가 나빴던 이인임 등의 권신이 정몽주를 위험
에 빠뜨리고자 일본 사신으로 추천했다. 이보다 앞서 나흥유羅興儒가
일본으로 가서 왜구를 근절시켜 달라 요청했으나, 오히려 오래 구금
되어 죽을 뻔한 일이 있었다. 그러한 사정이 있기에 이인임 등이 정몽
주로 하여금 구주九州의 패가대覇家臺에 가서 왜구의 단속을 요청하도
록 한 것이다. 사람들이 모두 이를 위태롭게 여겼으나, 정몽주는 조금
도 두려워하는 기색 없이 건너갔다. 그리고 우두머리를 감복시켜 후
한 대접을 받고 잡혀갔던 고려 백성 수백 명을 무사히 데려왔다. 일본

지식인 승려들이 정몽주에게 시를 써달라고 운집했다 하니 그 담대한
마음과 뛰어난 시재를 짐작할 수 있다.

　섬나라 일본에 봄빛이 짙어지는데도 여전히 고국으로 돌아가지
못하는 신세를 하소연했지만, 바로 천 리에 이어진 푸른 풀과 고향에
서처럼 밝은 달을 등장시켜 기상을 높였다. 다시 3연에서 왜인들을 설
득하느라 가지고 간 재물이 소진되고 고향 생각에 백발이 돋는다 하
며 강개한 다음, 4연에서 이처럼 먼 곳을 떠도는 이유가 단순한 개인
적 공명을 위한 것이 아니라 나라를 위한 것이라 하여 한 번 더 뜻을
높였다. 김종직은 『청구풍아』靑丘風雅에 이 시를 수록하고 지조와 절
개가 드높아 노중련魯仲連을 능가한다고 하였다. 노중련은 진秦이 예
의를 버리고 공功만을 숭상하므로 동해로 들어가 은거한 사람이다. 정
몽주의 드높은 기상을 고평한 것이다.

　이 작품과 이어지는 작품 모두 『열조시집』列朝詩集과 『명시종』明詩
綜 등에 실려 있다. 중국에까지 정몽주의 명성을 드러낸 작품이라 하
겠다. 중국과 일본을 두루 여행했으니 평생 남과 북으로 떠돌았다고
할 만하다. 또 일본뿐만 아니라 중국으로 사신 간 것 역시 그의 정적
들이 위험에 빠뜨리려 한 것이니, 심사가 편할 수 없다. 배를 타고 가
노라니 서쪽으로 고국이 보이는데 망망대해에서 작은 배 하나에 몸을
싣고 있다. 일본에 이르니 매화가 피어 봄빛이 고려보다 먼저 드러나
는데, 봄비에 일본 전통 가옥의 나무판자 지붕에 떨어지는 빗소리가
요란하다. 매화를 보고 빗소리를 듣노라니 마음이 스산한데 협상을
하느라 지루한 나날이 이어져 더욱 고향 생각이 간절하다.

　허균은 『성수시화』에 이 시를 들어 사람을 닮아 호방한 기운이 훨

훨 날린다고 고평한 바 있고, 이 시에서 이른 '판잣집의 빗소리'(板屋雨聲)는 하나의 고사가 되었다. 조선 후기 통신사들이 사신 가면서 일본을 소재로 한 죽지사(竹枝詞)를 많이 지었는데, 특히 판자 지붕에 비 떨어지는 소리를 형용한 이 시는 일본 죽지사의 선편으로 평가되었다. 후대 일본으로 사신 간 사람의 일기에는 늘 정몽주의 이 시가 등장하기도 하거니와 조태억, 남용익 등은 일본에서 이 구절을 운자 삼아 시를 짓기도 했다.

4.

정몽주가 변방으로 원유하면서 강개한 정을 호방의 미학으로 발산한 작품들에서는 소식이 '창을 비껴 메고 시를 읊조린다'고 일렀던 대장부의 웅걸찬 기상을 확인할 수 있다. 정몽주는 뛰어난 시인이면서 동시에 걸출한 학자다. 밖으로 나가 호탕한 시를 지었지만, 물러나 방 안에 앉아서는 눈을 감고 사물의 진리를 보려 했다. 정몽주의 시에서는 학자풍의 '잠심'(潛心)의 미학도 맛볼 수 있다. 원유가 시의 스케일을 크게 했다면 잠심은 그 시의 내면을 깊게 했다.

봄비 가늘어 방울을 짓지 못하니
한밤에야 희미한 소리 들린다.
눈 녹아 남쪽 개울물 불어나리니
풀싹은 얼마만큼 돋아나겠나.
春雨細不滴 夜中微有聲

雪盡南溪漲 多少草芽生

_정몽주, 「봄」(春), 『포은집』 권2

정몽주는 『주역』에 뛰어난 학자였다. 관조의 자세로 생생生生의 이치를 이렇게 설파했다. 워낙 봄비가 가늘어 방울도 짓지 못하니, 빗소리가 들릴 리 만무하다. 그러나 모든 사물이 잠든 한밤에 '생생'의 이치에 잠심하는 학자의 귀에는 봄비가 계절을 바꾸는 소리가 들린다. 낮까지도 집 앞의 개울에 눈이 덮여 있었지만, 내일 아침이면 눈이 다 녹아 개울물이 불 것이고, 그러면 물가의 풀들도 파랗게 싹이 돋을 것이라 한다. 마음의 눈으로 세상의 이치를 보는 것이다. 두보가 「봄밤의 기쁜 비」(春夜喜雨)에서 "좋은 비가 절기를 알아서, 봄을 당해 피어나게 하는구나. 바람을 따라 밤에 몰래 와서는, 만물을 가늘게 적셔 소리가 없네"(好雨知時節, 當春乃發生. 隨風潛入夜, 潤物細無聲)라 한 것과 뜻이 크게 다르지 않지만, 관조의 깊이에서는 오히려 정몽주의 시가 한 수 위다.[20]

원유는 시인의 뜻을 높게 하고, 잠심은 시인의 뜻을 깊게 한다. 한편으로 산천을 유람하며 스케일이 큰 시를 쓰고, 다른 한편 서재에서 사색하면서 깊이가 있는 시를 써야 큰 시인이 된다.

풍경
속의
시인

1.

한시에는 순수 서경시가 있다. 감정은 철저하게 배제되고 맑은 산과 물과 나무만 포치된다. 이러한 시에는 인간 세상의 티끌이 없다. 그런 시를 읽노라면 한여름 시원한 우물물을 마신 것처럼 시원해진다. 다음 고려 말의 문인 이숭인의 시가 그러하다.

이 산 저 산 사이로 오솔길 나뉘는데
솔꽃은 비를 머금어 어지러이 떨어지네.
도인은 우물물을 길어 초가로 돌아가는데
한 줄기 푸른 연기가 흰 구름을 물들이네.
山北山南細路分 松花含雨落繽紛
道人汲井歸茅舍 一帶靑煙染白雲

_이숭인, 「절집에 쓰다」(題僧舍), 『도은집』 권3

고려 말의 쟁쟁한 문사 중 가장 후배였던 이숭인이, 문학에 대한 명성이 아직 드러나지 않았을 때 벽에 걸린 그림을 보고 이 시를 지었다. 스승 이색李穡이 이 시를 보고 크게 칭찬하여 이때부터 명성이 높아졌다고 이수광의 『지봉유설』에 기록되어 있으니, 이숭인의 출세작인 셈이다.

　　그림을 보고 지은 것이니, 시의 내용 자체가 그림을 그대로 재현하고 있다. 먼 곳에 높은 산이 솟아 있고 그 사이 오솔길 하나 나 있다. 푸른 솔숲에는 비바람에 떨어진 송홧가루가 노랗다. 검은 옷을 입은 승려 한 사람이 동이에 물을 길어 호젓한 길을 따라 올라가고 그 위에 조촐한 초가가 한 채 서 있다. 그 뒤편 중턱에는 파란 이내가 깔리고 그 곁에 흰 구름이 흘러간다. 푸른 솔, 노란 송홧가루, 누런 초가지붕, 파란 이내, 흰 구름이 어우러진 채색화다. 검은 옷을 입은 승려가 있지만, 사람이 아니라 풍경의 일부로 존재한다. 이렇게 화면을 구성했기에 어디에도 시인의 모습은 보이지 않는다. 시인은 이 그림의 바깥에서 그림 속의 경치를 구경할 뿐이다.

　　서양 그림 중에 화가 자신을 조그맣게 그리는 예가 있기는 하지만, 일반적인 그림에는 화가 자신의 모습을 그려 넣지는 않는다. 그러나 한시로 그린 그림에는 시인을 등장시킬 때가 많다. 다음 정도전의 작품이 그러하다.

　　가을 기운 아득하고 사방 산이 비었는데
　　소리 없이 지는 나뭇잎이 땅 가득 붉구나.
　　시냇가 다리에 말 세우고 갈 길을 묻노라니

이내 몸이 그림 속에 있는 듯하네.

秋陰漠漠四山空 落葉無聲滿地紅

立馬溪橋問歸路 不知身在畵圖中

_정도전,「김거사의 시골집을 찾아가며」(訪金居士野居),『삼봉집』권2

이숭인과 정도전은 모두 학문뿐만 아니라 시에도 뛰어났기에 라이벌 의식이 강했다. 정도전은 스승이 이숭인을 편애한다고 생각했다. 자신의 시가 이숭인보다 낫다는 평가를 스승으로부터 듣고 싶었다. 한나라 개국 초에 유방의 속임수에 의해 살해된 전횡田橫과의 의리를 지켜 전횡의 식객들이 섬에서 자살한 사건을 두고 이숭인이「오호도」嗚呼島라는 고시를 지은 바 있다. 이를 보고 이색은 입이 마르도록 칭찬한다. 정도전도 며칠 뒤「오호도」라는 제목의 시를 짓고는 옛사람의 시집에서 적어 온 것이라 했다. 스승이 자신을 미워한다고 여겼기에 거짓말을 하여 자신의 재주를 인정받아 보려 한 것이다. 그러나 감식안이 높았던 이색은 "이 작품은 정말 가작일세. 그렇지만 이런 것은 자네들도 지을 수 있는 것이지만 이숭인의 시와 같은 것은 많이 얻을 수 없다네"라 한다. 이러한 연유로 정도전은 이숭인을 미워하게 되고, 훗날 권력을 잡자 이숭인을 유배 보낸 다음 자객을 시켜 살해했다는 일화가『동인시화』東人詩話에 전한다.

야사를 그대로 믿기는 어렵지만, 정도전과 이숭인의 시가 나아가고자 한 방향이 달랐다는 점에서 개성의 차이를 확인할 수 있다. 조선 초기의 대표적인 문인 서거정徐居正은『동인시화』에서 이숭인이 청신하면서도 예스러운 시풍을 과시한 데 비하여, 정도전은 호탕하고 분방하여 꾸미지를 않았다고 했다. 위에 든 이숭인과 정도전의 작품은 이러한 개성의 차이를 잘 보여준다. 이숭인의 시는 작은 붓으로 꼼꼼하게 맑고 고운 그림을 그렸지만, 정도전은 큰 붓으로 호탕하게 일필휘지로 감흥을 적었다. 이숭인은 자신의 모습을 전혀 드러내지 않았지만, 정도전은 자신의 모습을 작품 속에 던져 넣었기에 이러한 차이가 생긴 것이기도 하다. 서거정은 『태평한화』太平閑話에 이숭인과 정도전의 차이를 다음과 같이 적고 있다.

정도전, 이숭인, 권근이 평생의 즐거움에 대해 이야기했다. 정도전이 말했다. "북방에 눈이 막 휘날릴 때 가죽옷을 입고 준마에 올라타서 누런 사냥개를 끌고 푸른 사냥매를 팔뚝에 얹은 채 들판을 달리면서 사냥을 하는 것이 가장 즐겁소." 이숭인은 이렇게 말했다. "산속 조용한 방 안 밝은 창가에서 정갈한 탁자에 향을 피우고 스님과 차를 끓이면서 함께 시를 짓는 것이 제일 즐거운 일이라오." 권근은 이렇게 말했다. "흰 구름이 뜰에 가득하고 붉은 햇살이 창에 비칠 때 따스한 온돌방에서 병풍을 두르고 화로를 끼고서 책 한 권을 들고 편안히 누워 있는데, 아름다운 여인이 부드러운 손으로 수를 놓다가 가끔 바느질을 멈추고 밤을 구워서 입에 넣어 주는 것이 최고의 즐거움이겠지요."

정도전은 급진 개혁을 주장한 혁명가답게 호방한 꿈을 말하였고, 절조를 내세워 고려의 유신이 된 이숭인은 맑은 시인의 삶을 지향했으며, 조선으로 뜻을 바꾸어 문물제도의 정비에 앞장선 권근은 부귀영화를 누릴 귀공자의 꿈을 꾸었다. 이런 꿈의 차이가 이들의 시를 다르게 한 것이다.

앞서 본 정도전의 시는, 가을이 깊어 낙엽이 지고 이 때문에 텅 빈 듯한 산의 모습을 먼저 그렸다. 을씨년스러운 분위기가 물씬 풍긴다. 그러나 을씨년스러움은 멀리서 보았을 때의 모습이다. 카메라 줌을 당겨서 자세히 보면 황량한 산 바닥에는 단풍잎이 아직 붉은빛을 잃지 않아 곱다. 늦가을의 풍경을 그림처럼 묘사해 두었다. 1구에서 '추음막막'秋陰漠漠이라 할 때는 스산한 가을바람 소리가 들리지만, 2구에서 '무성'無聲이라 하여 바람을 재운다. 바람이 불지 않고 아직 가을 햇살이 다사로운 한쪽에는 붉은 단풍잎이 곱기만 하다. 을씨년스러운 원경과 산뜻한 근경이 대조를 이루어 절묘한 한 폭의 그림이 완성되었다.

이때까지 시인은 그림 바깥에 서 있었다. 그러다가 3구에 이르면 갑자기 그림 속으로 뛰어든다. 시냇가 다리에 말을 세우는 시인이 등장한다. 그림 밖에서 풍경을 즐기다가 이제 그림 안으로 들어와 말을 세우고 풍경을 즐긴다. 이렇게 시인은 그림의 일부가 된다. 멍하니 아름다운 풍광을 즐기다 저도 모르게 그림 속에 뛰어든 것이다. 이 때문에 그림 속에 들어온 시인은 어리둥절하다. 여기가 도대체 어디인가? 어디서 본 아름다운 산수화 속 같다. 순간 넋을 놓고 풍경을 보다가 정신을 차려 길을 묻는 시인이 풍경의 일부를 이룬 것이다. 대자연을 즐기는 호탕한 풍류가 절로 느껴진다.

그러나 정도전의 시는 말이 좀 많은 편이다. 작품의 마지막에 스스로가 그림 속에 들어가 있는 것 같다고 군더더기를 붙였다. 이 두 구절이 오히려 시적인 여운과 흥감을 감쇄한다. 스스로 풍경, 혹은 그림 속으로 들어갔다는 췌언으로 인해 다시 그림 밖으로 밀려 나온 것이다. 다음 18세기의 대가 이용휴의 작품에서는 시인이 풍경과 완전히 일체를 이룬다.

솔밭을 다 지나니 세 갈래 오솔길
언덕에 말 세우고 이씨 집을 물었네.
농사꾼 호미 들고 동북쪽을 가리키는데
까치둥지 있는 마을에 석류꽃 드러나네.
松林穿盡路三丫 立馬坡邊訪李家
田父擧鋤東北指 鵲巢村裏露榴花

　　　　　　　　_이용휴, 「산촌의 집을 찾아가며」(訪山家), 『시가점등』

이용휴李用休(1708~1782)는 자가 경명景命, 호는 혜환惠寰이다. 여주 이씨로 성호 이익의 조카이며, 이가환이 그의 아들이니, 학자 집안으로서의 위상을 짐작할 수 있다. 벼슬에 나아가지 않았지만, 정약용은 그의 묘비에 포의布衣로 30년 문형을 잡았다고 썼다. 당대 문단에서 그의 지위를 짐작할 수 있다. 이용휴는 참신하고 기발한 시를 쓰는 데 능했는데, 이 작품 역시 참신한 18세기 한시의 한 특징을 잘 보여 준다.[21]

정도전처럼 이용휴도 벗의 시골집을 찾아가면서 이 시를 지었다. 말에 몸을 맡긴 채 푸른 솔숲을 지나니 세 갈래 길이 나온다. 벗의 집이 어딘지 아리송하다. 언덕에 올라 바라보았지만 찾을 수 없다. 그래서 밭을 갈던 농부에게 이씨의 집이 어느 쪽인지 물었다. 농부는 호미를 들어서 동북쪽을 가리킨다. 시인은 호미를 따라 시선을 돌린다. 그쪽에는 까치집이 올려진 느티나무가 서 있고 그 안쪽 마을에 빨간 석류꽃이 보인다. 그곳이 바로 벗의 집이다. 말을 세우고 길을 묻는 시인의 모습이 그림의 일부로 처리된 점에서는 정도전의 시와 다르지 않지만, 시인은 번다한 말 대신 붉게 핀 석류꽃을 보여주었다. 정도전의 시는 여운이 남지 않지만, 이용휴의 시는 붉은 석류꽃이 핀 마을이 객관적 상관물이 되어 독자의 머릿속에 잔상으로 남는다. 시는 끝이 나도 흥은 끝나지 않았다.

2.

정도전의 작품은 시적 여운이라는 측면에서는 이용휴의 것을 따르지 못한다. 그러나 이숭인이 작은 붓으로 섬세하게 그림을 그렸듯이 이용휴가 든 붓 역시 그리 크지 않다. 정도전 한시의 아름다움은 큰 붓으로 그렸다는 점에 있다. 이용휴의 시에서 시인은 풍경의 귀퉁이에 선 존재다. 시인은 석류꽃이나 까치집, 혹은 호미를 든 농부보다 크지 않다. 정도전은 자신을 이렇게 작게 그리고 싶어하지 않는다. 시골에서 은둔 생활을 할 때조차 그러했다. 먼저 작은 붓으로 그린 이숭인의 그림부터 보기로 한다.

붉은 단풍잎 시골길을 밝히고
맑은 시냇물 돌뿌리를 씻는다.

땅이 외져 찾아오는 이 없는데
산 기운 저절로 황혼이어라.
赤葉明村逕 淸泉漱石根
地偏車馬少 山氣自黃昏

_이숭인,「시골집」(村居),『청구풍아』권6

이숭인은 시골에서 사는 맛을 노래했다. 붉은 단풍이 훤한 시골길
이 나 있다. 그 곁에 개울물이 맑게 바위를 치니 바위가 양치질을 하
는 듯하다. 양치질 후의 개운함처럼 절로 마음이 맑아진다. 찾아오는
사람이 없어 적막한데 저녁 안개가 깔리면서 황혼이 된다. 역시 작은
붓으로 자신이 사는 집을 맑고 곱게 그렸다. 물론 시인의 모습은 철저
하게 풍경과 격리되어 있어 보이지 않는다.

정도전이 시골집에서 쓴 시는 이와 다르다. 정도전의 모습은 풍경
의 일부이지만 그 중심에 서 있다.

산중에 병든 몸을 일으키니
아이가 내 수척하다 하는구나.
농사일 흉내 내어 약초밭을 매고
집을 옮겨 손수 소나무를 심었다.
저녁 종소리 어느 절에서 울리나
들불은 숲 너머에 춤을 추네.
숨어 사는 맛을 터득하였으니
요즘 들어 만사가 게으르다.

山中新病起 稚子道衰容

學圃親鋤藥 移家手種松

暮鐘何處寺 野火隔林春

領得幽居味 年來萬事慵

_정도전, 「산중에서」(山中), 『삼봉집』 권2

　　은자의 삶을 살아가는 정도전의 모습이 선하다. 정도전은 불우한
사람이다. 정도전鄭道傳(1342~1398)은 자는 종지宗之이고, 호는 삼봉三
峰이다. 봉화 정씨는 봉화의 토성이다. 그의 선대가 봉화에서 향리의
직을 세습해 오다가 부친 정운경鄭云敬에 이르러 벼슬길에 나아가게
되었다. 정도전 역시 출사하여 개경으로 가기 전에는 봉화에서 가까
운 영주와 안동 일대에서 생활했다. 그러나 그의 묘표墓表에 따르면
집에 쌓아 놓은 재산이 없고 처자는 추위와 굶주림을 면치 못했다고
하니 부유하지는 않았던 듯하다. 게다가 그가 태어나 젊은 시절을 보
낸 단양의 외가는 그의 삶을 더욱 고단하게 했다. 외조부 우연禹淵(延으
로 된 데도 있다)은 사족이었지만, 외조모 김씨가 승려와 사노의 처 사이
에 태어났기에, 정도전은 출세에 신분적 제약을 받을 수밖에 없었다.
정몽주 같은 막역한 벗들로부터도 천출이라 모욕을 당하기도 했다.
또 외조부와 인척 관계에 있던 사람들은 정도전이 관리 임명장인 고
신告身을 받지 못하도록 방해했다. 정도전은 여러 차례 결정적인 순간
가계가 밝지 않다는 이유로 좌절을 맛보아야 했다.
　　게다가 정도전은 천성적으로 허리가 뻣뻣하여 남에게 머리를 숙
이지 않았다. 우왕 원년(1375) 성균관 사예로 있던 정도전은 우왕을 옹

립한 이인임 일파에 반대하다가 전라도 나주 인근의 회진현 거평부곡으로 유배되었다. 3년 후 풀려났지만 개경으로 가지 못하고 고향과 단양 인근에서 살았다. 1382년 무렵 서울로 올라와 삼각산 아래 초막을 짓고 삼봉재三峰齋를 열어 제자들을 가르쳤다. 그러나 이를 시기하던 재상이 집을 헐어 버려, 부득이 부평부사로 있던 정의鄭義라는 사람에게 의탁하여 부평 남촌에 거처했다. 그러나 이곳 역시 한 재상이 별업別業을 만든다 하여 헐어 버렸다. 부득이 정도전은 다시 김포로 이사했다. 이렇듯 계속된 압박과 불우한 생활 끝에 정도전은 모종의 결심을 하고 우왕 9년(1383) 함흥으로 이성계를 찾아간다. 이후 정도전은 혁명가로 일선에 나서, 조선 건국을 주도하기에 이르렀으며, 그 후에도 혁명의 완성을 위하여 노력했다. 그러나 널리 알려진 대로 왕위 계승을 두고 후에 태종이 된 이방원과 갈등을 일으켰고, 끝내 주살되어 혁명가다운 삶을 마쳤다.[22]

위의 작품은 가슴속에 혁명의 불꽃이 일기 전의 작품이다. 그래서 천하를 일으킬 뜻이 어떻게 생겼는지 짐작조차 할 수 없을 정도로, 전형적인 은자의 모습을 보여주고 있다. 병 끝에 수척한 몸을 이끌고 밭으로 나와 약초를 재배하고 또 집 근처에 소나무를 심었다. 그 너머 산속의 절간에서는 저녁 종소리가 은은하게 울려 퍼지고 봄을 맞아 질러 놓은 들불이 춤을 추듯 타오른다. 이어진 작품에서는 "대숲을 보호하려 길을 둘러 내었고, 산을 아껴 누각을 작게 세웠다"(護竹開迂徑, 憐山起小樓)라고 하였다. 숲을 베어 길을 내고 흉물스럽게 스카이라인을 해치면서 고층건물을 세워대는 현대인에게 경종을 울릴 만한 삶을 살았던 것이다. 그리고 그러한 자신의 모습을 풍경의 중심에 놓았다.

은자일 때나 그 처지가 달라졌을 때나 정도전은 자신이 그린 풍경의
주인공이었다.

> 철령의 높은 멧부리는 칼날과도 같은데
> 동쪽으로 바다와 하늘은 아득하기만 하네.
> 가을바람은 유독 귀밑머리에만 불어오는데
> 말을 몰고 오늘 아침 북녘 변방에 왔노라.
> 鐵嶺山高似劍鋩　海天東望正茫茫
> 秋風特地吹雙鬢　驅馬今朝到朔方

_정도전, 「철령에서」(鐵嶺), 『삼봉집』 권2

　　철령은 함경도로 가는 길목이다. 아마도 혁명의 꿈을 꾼 이후의
작품으로 추정된다. 그래서 앞서 본 작품에서처럼 은자로서의 모습이
아니라 긴 창을 든 무장의 모습이 강하다. 칼날처럼 서 있는 고산준
령, 그리고 하늘과 바다가 잇대어 있는 망망대해, 이것이 철령에서 바
라보이는 풍경이다. 그런 다음 풍경 속에 귀밑머리가 허옇게 세어 말
을 치달리는 노장부 자신을 던져 넣었다. 고산준령과 망망대해는 풍
경이면서 정도전의 기상을 드러내는 아우라로 존재한다. 「적벽부」에
서 적벽의 전장에서 긴 창을 메고 시를 읊조린 조조처럼 철령 높은 곳
에 선 자신의 모습이 풍경의 중심에 있다.

3.

정도전은 1392년 이성계를 도와 혁명가로서의 꿈을 이루었다. 그리고 그 해 겨울 문하시랑찬성사라는 높은 직함을 가지고 명나라로 들어갔다. 이듬해 정월 초하룻날 조회에 참석하고 이렇게 노래했다.

봄이 가랑비를 따라 천진교를 건너오니
태액지 물가에는 버들 빛이 새롭네.
사모 가득 궁화 꽂고 잔치를 즐겼더니
금오군은 취해 가는 사람을 묻지도 않네.
春隨細雨渡天津 太液池邊柳色新
滿帽宮花霑錫宴 金吾不問醉歸人

_정도전, 「계유년 설날 봉천전에서」(癸酉正朝奉天殿口號), 『삼봉집』 권2

조선을 대표하는 사신으로 와 명 태조가 내린 잔치에서 거나하게 술을 마셨다. 명의 궁궐을 지키는 서슬 퍼런 금오군의 창칼 앞을 지나면서도 호기가 줄어들지 않았다. 어사화를 모자에 꽂고 거나하게 취하여 궁궐문을 나서는 자신의 모습이 대궐을 소재로 그린 그림의 중심에 서 있다. 산중에 숨어 사는 은자로, 혁명에 나선 무인으로, 성공한 고관대작으로, 그 처지는 달라졌지만, 작품 속에 스스로를 던져 넣어 풍경의 중심이 되도록 했다는 점에서는 다름이 없다.

교외에 가을걷이 이른데
임금님 고운 걸음 하셨네.

물고기 구경한다 간한 일 우습구나

군사 훈련하시는 뜻 이렇게 깊으신데.

풍악 소리에 푸른 강은 일렁이고

늘어선 깃발에 해조차 어둑하구나.

글 하는 신하가 많이 시종하였으니

마침 간언을 올리는 모습 볼 수 있겠네.

郊甸秋成早 君王玉趾臨

觀魚前事陋 講武睿謀深

鼓角蒼江動 旌旗白日陰

詞臣多侍從 會見獻虞箴

_이숭인, 「성남 쪽에서 호종하면서」(扈從城南), 『도은집』권2

이숭인은 정도전보다 관각시館閣詩에 능했다. 하루는 정도전의 조카 황현黃鉉이 이 시를 읽고 있는데, 풋잠을 자다 깨어난 정도전이 시가 맑고 부드러워 당시唐詩처럼 뛰어나다고 칭찬한다. 이에 조카가 이숭인의 작품이라 답하자, 정도전은 어디서 나쁜 시를 가져왔느냐고 호통을 쳤다는 일화가 『동인시화』에 전한다. 지기 싫어하는 정도전이었기에 이숭인의 작품이 뛰어남을 알면서도 라이벌 의식으로 욕을 해댄 것이다.

이러한 시는 정도전의 스타일이 아니다. 풍악 소리가 진동하여 이 때문에 강물조차 일렁이고, 늘어선 깃발이 하늘을 덮어 백주에도 어둑해졌다는 구절은 임금의 사냥 모습을 웅장하게 그려내기는 했으나, 작품 어디에도 이숭인은 보이지 않는다. 글 잘하는 신하들 틈에 이숭인이 빠질 수 없겠지만, 그럼에도 자신의 모습을 전혀 드러내지 않았다. 정도전이 풍경의 주인공으로 거나하게 술에 취해 궁궐문을 나선 것과는 절로 다르다. 이것이 정도전과 이숭인의 차이다.

금강산을
시에 담는
두 방식

1.

그리움의 대상이었던 금강산은 이제 비교적 쉽게 갈 수 있다. 다녀온 사람 중에 어떤 이들은 금강산의 아름다움에 매혹되었다고 하고 어떤 이들은 기대만 못하다고 한다. 조선 시대 사람들도 역시 그러했다. 조선 후기의 문인 화가 강세황은 "산에 다니는 것은 인간으로서 첫째가는 고상한 일이다. 그러나 금강산을 구경하는 것은 가장 저속한 일이다"라 금강산을 폄하하면서 스스로 고상한 척했지만 끝내 금강산 유람을 외면하지는 못했다. 김정희는 권돈인에게 보낸 편지 「여권이재돈인」與權彝齋敦仁에서 "매양 금강산에서 노닐고 돌아온 사람 가운데 본 것이 들은 것만 못하다고도 하는데, 이 말도 괴이할 것이 없소. 옛날 제갈량 밑에 있던 한 늙은 군졸이 진晉나라 때까지 생존했는데, 혹자가 제갈량에 대해서 묻자, 그는 '제갈량이 살았을 때는 보기에 특이한 사람이 아니었는데, 제갈량이 죽은 뒤에는 다시 이와 같은 사람을 보지 못했소'라 답하였소. 이 말을 옮겨다가 이 산의 공안公

案으로 만들 만하오"라 하여 금강산을 폄하하는 자라도 금강산을 뛰어넘는 산을 댈 수는 없다 했다.

이러니 조선 후기의 문인 윤봉조尹鳳朝가 「서응동유록발」瑞膺東遊錄跋에서 "우리나라에 나서 금강산을 구경하지 못하는 것은 사주泗州를 지나면서 대성大聖을 보지 못하는 것과 같으니, 이는 우리나라 선비가 부끄러워하는 바다"라 했던 말을 새겨야 할 것이다. 금강산을 보지 못한 것을 공자의 고향인 사주를 지나면서 공자를 보지 못한 것에 비한 것이다. 그러니 이 땅에 태어난 사람으로 금강산을 가지 않을 수 있겠는가? 다만 직접 찾기 전에 마음속에 금강산을 그려 둘 필요가 있겠다.

금강산은 이른 시기부터 내외에 명산으로 일컬어졌다. 그 명칭부터가 복잡하다. 계절에 따라 금강산金剛山, 봉래산蓬萊山, 풍악楓岳, 개골산皆骨山으로 일컬어진다 하지만 문헌 근거는 알 수 없다. 지달산枳怛山이라는 별칭도 있다. 고려 후기 최해崔瀣의 「금강산으로 놀러 가는 승려 선지를 보내는 글」(送僧禪智游金剛山序)에 따르면 금강산이라는 이름은 주로 승려들이 일컫던 것이고 세속에서는 풍악이라는 명칭을 즐겨 썼다고 한다. 금강산이니 지달산이니 하는 것은 『화엄경』華嚴經에서 나온 것이며, 신라 법흥왕 때부터 그러한 명칭들이 있었다.

금강산과 관련하여 동요에서 "금강산 찾아가자, 일만 이천 봉, 볼수록 아름답고 신기하구나"라 했고 가곡에서도 "누구의 주제런가, 맑고 고운 산, 그리운 만 이천 봉 말은 없어도, 이제야 자유 만민 옷깃 여미며 그 이름 다시 부를 우리 금강산"이라 했다. 여기서 1만 2천 봉이라 한 것은 실제 금강산의 봉우리 수를 말하는 것이 아니다. 조선 후기의 실학자 이익은 『성호사설』에서 『화엄경』에 있는 "동북쪽 바다 가운데 금강산이 있으니 담무갈보살이 1만 2천 보살과 더불어 항상 『반야경』을 설법했다"라는 구절을 들어 1만 2천 보살에서 1만 2천 봉이 나온 것이라 했다.

고려 말 이곡의 「금강산 장안사 중흥비」金剛山長安寺中興碑에 따르면 법흥왕 때 장안사가 산중의 도회를 이룰 정도로 사람들의 발걸음이 잦았다고 하니, 이른 시기부터 사람들이 즐겨 찾았음을 알 수 있다. 고려 후기에도 금강산 유람의 열풍이 매우 거세었다. 이러한 현상이 일어난 것은 금강산의 승려들이 금강산을 보면 죽어서 지옥에 가지 않는다는 말을 퍼뜨려 관원에서부터 서민에 이르기까지 처자들을 이끌고 예불을 드렸기 때문이며, 이 과정에서 과부와 처녀의 추문이 무성했다고 한다. 게다가 이 무렵 고려는 원의 부마국이었는데 불심이 강한 황후가 금강산에 여러 사찰을 세웠고 이에 따라 원의 황제가 사신을 보내어 예불을 드리도록 했으니, 이로 인해 인근의 관리들과 백성들이 고통을 참지 못해 금강산이 그곳에 있는 것을 한탄하기까지 했다 한다.

이렇게 금강산의 명성은 고려의 강역을 넘어서까지 퍼졌다. 고려 말 인도의 고승 지공指空이 금강산을 찾은 바 있고, 드디어 중국 사람들 사이에서 "고려국에 나서 친히 금강산 보기를 원한다"(願生高麗國, 親見金剛山)는 말까지 생겨나게 되었다. 『세종실록』의 「지리지」에 이 말이 민간에 떠돈다고 적혀 있으니 그 말의 유래가 오래되었음을 알 수 있다. 조선 초 중국에서 사신 정동鄭同이 와서 금강산 만폭동에 이르러 "참으로 불세계이니 원컨대 여기서 죽어 조선 사람으로 태어나서 이 부처의 세계를 보련다"(此眞佛境, 願死於此, 作朝鮮人, 長見佛世界)라 하고 드디어 물에 몸을 던져 죽었다는 말이 남효온南孝溫의 「유금강산기」遊金剛山記에서 확인될 정도였다.

중국 사람들에게 금강산은 불세계였기 때문에 중국 사신들은 다투어 금강산을 보고자 했다. 태종 때 사신으로 온 온전溫全과 양녕楊寧은 금강산을 유람하고 중국으로 돌아가면서 태종에게 자신의 팔뚝을 드러내어 불로 지진 곳을 가리키며 "내가 금강산에서 팔뚝을 불로 지져 서천西天의 부처를 부른 것입니다"라고 했다 한다. 중국 사신들의 금강산 유람 열풍이 너무 강하여 조선에서 그 이유를 묻자 산의 외양이 불상과 같기 때문이라 답했다 한다. 중국 사신들은 금강산 그림도 여러 차례 요구했다. 이에 세종 때 화원 안귀생安貴生이 금강산을 그려 중국 사신에게 주었는데, 받지 못한 사람은 불평을 했다. 중국 황제에게 바칠 사계절 금강산 그림 10여 폭을 청한 적도 있었다.

이처럼 사신이 올 때마다 금강산 유람을 원하니 이에 따라 상당한 인원과 비용이 소요되어 민폐가 되는데다 사신들이 금강산을 오가면서 눈에 띄는 물건들을 가져가려 하는 등의 문제가 생겼다. 이 때문에 조정에서는 여러 차례 대책을 논의하고 특히 세조 때는 금강산에 가는 도중에 사신들이 문제를 삼을까 우려하여 경유하는 여러 고을의 모든 문서를 감추도록 하고 창과 벽에 바르는 종이조차 글자가 쓰이지 않은 것으로 바꾸라고까지 했다.[23]

2.

　15세기 금강산은 동아시아에서 조선을 대표하는 명품이었다. 중국 사신뿐만 아니라 일본에서 온 사신 역시 금강산 유람을 간절하게 원했다. 이러한 상황에서 금강산을 소재로 한 대표작이 나오기 시작했다. 금강산을 노래한 우리나라 역대의 한시 중에 금강산의 외양을 가장 잘 묘사한 작품으로는 단연 권근의 것이 꼽힌다.

　　눈 속에 우뚝 솟은 천만 봉우리
　　바다에 구름 걷히자 옥부용처럼 솟아 있네.
　　신령한 빛이 동탕침은 바다에 가까워서요
　　맑은 기운 굼틀거림은 조화가 모인 것이라.
　　우뚝 솟은 봉우리가 험한 길에 임해 있는데
　　그윽한 골짜기에는 신선의 발자국이 숨어 있네.
　　동으로 노닐어 가장 높은 곳에 오르면
　　가물거리는 모습 굽어봄에 가슴이 탁 트이리라.
　　雪立亭亭千萬峰　海雲開出玉芙蓉
　　神光蕩漾滄溟近　淑氣蜿蜒造化鍾
　　突兀崗巒臨鳥道　淸幽洞壑秘仙蹤
　　東遊便欲凌高頂　俯視鴻濛一盪胷

_권근, 「금강산」金剛山, 『양촌집』 권1

　권근權近(1352~1409)은 자가 가원可遠, 혹은 사숙思叔이라고도 하며 호는 양촌陽村이다. 양촌은 충청도 충주에 있던 고향 마을 이름이다. 고려가 기울어 가던 시절에 출생하여 이색의 문생으로 과거에 급제하고, 명나라 과거에까지 응시하려 했으나 나이가 너무 어려 뜻을 이루지 못했다 하니 그 재주를 짐작할 수 있다. 삼십대에 우문관 직제학, 성균관 대사성, 진현관 제학, 예문관 제학 등 문한의 직책을 두루 역임한 고려 말을 대표하는 학자였다. 그러나 1389년 중국에 사신을 다녀온 후 과격하게 국사를 논하다가 유배되어 우봉, 영해, 흥해, 김해 등 원지를 떠돌다가 1391년 고향 양촌에 내려가 학문에 힘을 쏟았다. 우리 학술사에서 이름 높은 『오경천견록』五經淺見錄이 이때의 저술이다.

1392년 조선이 개국될 때 권근은 이렇듯 향리에서 저술에 힘을 쏟고 있었다. 태조가 그의 학문을 높게 평가하여 1393년 예문춘추관 태학사 겸 성균대사성으로 초빙하였다. 관운이 다시 트인 권근은 이후 의정부로 개편되는 도평의사사에서 근무하면서 보문각과 예문춘추관의 학사를 지냈는데 종2품의 높은 직급이었다.

이 무렵 가장 큰 외교적 현안은 정도전이 명 태조에게 올린 표문表文이 불손하다 하여 명에서 그 글을 지은 사람을 소환한 일이었다. 권근은 자신도 표문을 짓는 일에 참여했다면서 스스로 중국에 가겠다고 두 번이나 청했다. 태조는 권근에게 노모가 있고 명 태조가 부르지 않았다 하여 보내려 하지 않았지만 결국 거듭된 청을 허락했다. 사람들은 권근을 아름답게 여겼으나, 정작 정도전은 자신을 대신하여 목숨을 걸고 길을 떠나는 권근을 의심했다.

1396년 7월 권근은 중국으로 가서 9월에 북경으로 들어갔다. 예부에서 명 태조가 표문을 지은 사람들을 억류하기 위해 조선으로 보낼 자문咨文을 보였다. 이에 권근은 조선의 학식이 높지 못해 생긴 오해라 변명을 했다. 이런 변명을 명 태조가 기꺼이 받아들인 것은 아닌 듯하다. 오히려 권근의 뛰어난 학식을 높게 평가하여 화를 누그러뜨린 듯하다. 그래서 권근을 시험하기 위해 시제詩題를 내어 시를 짓도록 명한 것으로 추정된다. 권근이 황제의 명을 따라 조선의 흥망, 중국으로 오면서 경유한 곳, 조선의 지세와 산하의 빼어남, 이웃한 나라에 대해 시를 지었는데 그중 하나가 바로 이 「금강산」이다. 권근은 조선 산하의 빼어남을 보이는 것은 금강산 하나만으로도 충분하다고 여겼을 것이다.

「금강산」은 금강산을 그림으로 그려 보이듯이 묘사되었다. 눈같이 하얀 금강산 만 이천 봉우리가 운무가 걷히자 갑자기 시야에 드러난다. 시야에 드러난 금강산이 백옥으로 깎아 만든 흰 연꽃 같다고 했다. 이어 동해에 가까워 신령한 빛이 동탕치고 조물주가 온 정성을 기울였기에 맑은 기운이 서려 있다 하여 금강산에 신비감을 더했다. 이어서 카메라 줌을 확대하여 깎아지른 봉우리의 험한 산길과 신선이 살다 간 듯한 맑은 골짜기의 모습을 각을 바꾸어 가면서 보여주었다. 그런 다음 이러한 금강산의 정상에 오르면 절로 호연지기가 길러진다 한 것이다. 공자가 동산東山에 올라 노나라를 작게 여긴 기상을 포개었다. 권근은 금강산의 외양을 아름다움에 두지 않고 높은 기상에 두었다. 황제 앞에서도 권근 자신의 웅혼한 기상을 내보이면서 조선 문명의 드높은 기상까지 함께 뿜어내려 한 것이다.

이러니 명 태조가 탄복하지 않을 수 없었으리라. 권근이 시 한 편을 지어 올릴 때마다 명 태조는 칭찬을 그치지 않았다. 관리에게 명하여 술과 안주를 준비하고 기악妓樂을 갖추어 사흘 동안 즐기게 하고, 시를 지어 올리도록 명했다. 또 율시 3편을 친히 지어 하사하는 최상의 은총까지 더했다. 학자라면 누구나 가 보고 싶은 문연각文淵閣으로 가서 그곳의 한림학사 유삼오劉三吾, 허관許觀, 경청景淸, 장신張信, 대덕이戴德彝 등과 더불어 교유하도록 했다. 『논어』(「子路」)에는 "시 삼백 편을 외우고서도 정사를 맡아서 통달하지 못하거나 사방에 사신으로 가 능히 홀로 응대하지 못하면 비록 시를 많이 읽었더라도 무엇에 쓰리오"라 했다. 『논어』에서 이른 시 삼백 편은 곧 한시의 기원을 이루는 『시경』을 이른다. 시는 국내적으로는 백성을 다스리는 데 도움이 되어야 하고 국제적으로는 사신으로 나가 응대를 하기 위한 수단임을 천명한 것이다. 권근의 응제시는 시에 대한 공자의 뜻을 실천한 것이라 할 만하다.

권근이 무사히 일을 마치고 돌아오자 정도전은 다시 사헌부 간관을 사주하여, 표전 문제로 사신 갔던 정총鄭摠 등은 모두 억류당했는데 권근 혼자 방환하고 황금까지 하사한 것이 수상하다고 했다. 물론 태조는 정도전의 말을 듣지 않고 권근을 화산군花山君에 봉하고 원종공신原從功臣의 녹권錄券을 내렸다. 이후 권근은 성은을 깊이 입어 부귀영화를 누리고 편안히 살다 죽었다. 응제시 역시 역대 한시 중 가장 영예로운 대접을 받았다. 1402년 왕명에 의하여 간행되고 중간도 이루어졌다. 여기에 권근의 손자 권람權擥이 주석을 더하여 1462년 무렵 『응제시주』應製詩註를 간행했다.

3.

　권근은 금강산을 가 보지 않고 「금강산」을 지었다. 금강산은 가
보지 않은 사람이 오히려 그 외양을 더 잘 묘사할 수 있다. 다음은 권
근과 비슷한 시기의 문인인 성석린의 작품이다.

일만 이천 봉우리
높낮이가 절로 다르네.
그대 보게나, 해 돋을 때
높은 곳 가장 먼저 붉어짐을.
一萬二千峯 高低自不同
君看日輪上 高處最先紅

　성석린成石璘(1338~1423)은 본관이 창녕, 자가 자수自修, 호는 독곡
獨谷이다. 고려 왕조에 출사하여 고위직을 두루 역임하고 조선을 창건
하는 데 앞장서 공신이 되었다. 벼슬이 영의정에까지 이르렀지만 생
활이 검소했고, 글씨와 시에도 뛰어난 솜씨를 보였다.

　김종직은 성석린의 이 시를 『청구풍아』青丘風雅에 선발하고, 금강
산을 통해 도道를 터득함에 선후先後와 심천深淺이 있으니 이는 사람
의 성품이 높고 낮음에 달려 있다는 비유를 한 작품이라 했다. 곧 금
강산으로 가는 승려에게 자질이 뛰어나니 매진하여 가장 먼저 햇살을
받는 봉우리가 되라 한 것이다. 성석린의 이 작품은 권근의 「금강산」
과 함께 자신의 원대한 기상을 금강산의 외양에 투영한 것이다. 학자

의 흉금을 경유하여 나온 작품은 이처럼 기상이 원대하다. 이이李珥가 「비로봉에 올라서」(登毘盧峯)에서 "지팡이 끌며 정상에 오르니, 긴 바람 사방에서 불어온다. 파란 하늘은 머리 위의 모자요, 푸른 바다는 손 안의 술잔이라"(曳杖陟嵬崔, 長風四面來. 靑天頭上帽, 碧海掌中盃)라 한 데서도 확인할 수 있듯이 학자는 금강산의 아름다움이 아니라 기상을 노래하는 법이다.

장부의 기상이 발현되고 있는 이 작품은, 동해에서 해가 떠서 삐죽삐죽 하늘 높이 솟은 봉우리를 붉게 물들이는데, 그중에서도 가장 높은 봉우리가 가장 붉어지는 모습을 시각적으로 선명하게 보여준다. 권근의 작품이 금강산의 외양을 잘 묘사한 것처럼, 성석린의 작품도 금강산의 일출 장면을 회화적으로 선명하게 전달하면서 금강산의 면모를 압축적으로 제시한다.

그러나 권근도 성석린도 금강산에 간 적이 없다. 상상 속의 금강산을 묘사했을 뿐이다. 직접 가 본 사람은 오히려 외양 묘사를 잘하지 않는다. 금강산의 기기묘묘함을 시로 온전히 전달하기 어려웠을 것이다. 조선 중기의 비평가 이수광은 『지봉유설』에서 금강산의 진면목을 잘 그려 내어 인구에 회자될 만한 시가 없음을 탄식한 바도 있다. 조선 후기 최고의 시인 김창흡金昌翕조차 「유명악과 이몽상의 금강록 뒤에 쓰다」(題兪命岳李夢相金剛錄跋)에서 "금강산은 보기도 어렵고 시로 쓰기도 어렵다고 한 말의 유래가 오래되었다" 하고 자신도 금강산을 두 번 찾았으나 시를 한 편도 쓸 수 없었다고 밝힌 바 있다. 대부분의 시인들은 금강산의 외형 묘사보다는 그 속에 노니는 흥취를 과시하는 것이 더 용이했을 것이다.

다음 김정의 작품 역시 금강산을 소재로 한 명편 중의 하나다. 시의 중심은 금강산의 외양이 아니며, 금강산에 대한 흥을 말할 뿐이다.

비로봉에 해 떨어지니
동해는 먼 하늘에 아득하다.
푸른 바위틈에 불 지펴 자고
나란히 새벽안개 속으로 내려온다.
落日毗盧頂 東溟杳遠天
碧巖敲火宿 連袂下蒼煙

_김정,「스님 도심에게 주다」(贈釋道心),『충암집』권3

김정金淨(1486~1521)은 본관이 경주, 자는 원충元冲, 호는 충암冲菴이다. 학문과 문학이 모두 뛰어났지만 기묘사화에 연루되어 제주도에 유배되었다가 얼마 후 사형당했다. 기묘명현己卯名賢으로 그 절의가 높게 평가되었으며, 특히 시에 뛰어났다. 조선 초기 문단이 대부분 송시풍을 따랐지만 김정은 당시풍의 흥취가 높은 작품을 제작했다는 점에서 문학사적 의의가 크다.

이 작품 역시 흥취가 강한 김정의 대표작이다. 1516년 가을 금강산에 들어갔을 때 이 작품을 지었다. 훗날 윤휴尹鑴가 금강산 유람 후에 지은『풍악록』楓岳錄에서 "이 시야말로 고금의 시인들 작품 중에 빼어나다. 이 시는 우리나라에 전무후무한 것일 뿐만 아니라 그 이상가는 작품인데 애석하게도 우리나라 사람들 가운데 알아보는 자가 없어서 사람들 입에 오르내리지 못했던 것이다"라 높게 평가한 바 있다.

높은 비로봉에 해가 져서 온 사방이 어둠에 잠기니, 동해 바다가 어둠 속에 끝없이 펼쳐진다. 이러한 경물의 묘사는 성석린의 시와 크게 다르지 않지만, 3, 4구에서 스님과 바위틈에서 하룻밤을 자고 나란히 산을 내려온다고 한 대목에서 큰 차이를 보인다. 성석린은 멀리서 관조할 뿐 그 속에 노닐지는 않은 데 비해 김정은 풍경의 일부가 되었다. 성석린의 작품에서 시인은 금강산 밖에서 금강산을 관조하지만, 김정의 작품에서 시인은 금강산 안에서 금강산을 즐긴다. 성석린의 작품에서는 금강산의 외양이 묘사되지 않으면 시가 되지 않으나, 김정의 작품에서는 금강산의 외양 자체는 중요한 것이 아니다. 시인의 흥감을 드러내는 하나의 배경으로만 작용했을 뿐이다.

4.

조선 시대 금강산을 노래한 작품 중에 권근의 시는 금강산의 외양을 가장 잘 묘사한 것으로 평가되었다. 유몽인의 『어우야담』에 다음과 같은 기록이 보인다.

내가 어릴 때 외가인 신씨 집안에서 정지승을 만났을 때 물어보았다. "정사룡이 금강산을 유람하면서도 아름다운 작품이 없고, 오직 짧은 절구 한 작품만이 절창이라 하는데 믿을 만합니까?" 정지승이 말하였다. "예전 사람이 금강산 시를 지을 때 금강산의 진면목을 본뜬 것은 있지 않았다. '만 이천 봉 금강산을 설렁설렁 보고 오니, 어지럽게 누런 잎이 나그네 옷을 치는구나. 정양사 찬 비, 향을 태우는 밤에, 거백옥처럼 마흔에야 잘못 산 것 알겠네'(萬二千峯領略歸, 紛紛黃葉打征衣. 正陽寒雨燒香夜, 蘧瑗方知四十非)가 비록 아름다운 작품이지만, 다만 이 시는 향림사나 정토사에서 지어도 된다. 향림사와 정토사 두 절은 서울에 있는 사찰이다. 다만 권근의 시 두 구 '눈 속에 우뚝 솟은 천만 봉우리, 바다에 구름 걷히자 옥부용처럼 솟아 있네'라 한 것이 금강산의 면목을 잘 형용한 것이다." 지금 생각해 보니 정말 시를 더불어 논할 만한 사람이다.

정지승鄭之升은 문학사에서 특별히 적고 있지 않지만 유몽인이 시를 물었을 정도로 시에 능했던 사람으로 17세기의 뛰어난 시인 정두경鄭斗卿의 조부다. 당시에 정사룡鄭士龍이 금강산에서 제작한 시²⁴⁾가 절창으로 사람들에게 인식되었는데 정지승은 그 시가 금강산의 외양을 잘 묘사하지 못했다고 폄하했다. 정사룡의 시는 금강산의 정양사에서 지은 것이지만, 금강산의 풍광이 전혀 담겨 있지 않다. 금강산만 이천 봉우리를 대충 둘러보고 나니 어느덧 가을이 되어 낙엽이 옷을 친다. 정양사에 하루를 묵으면서 생각하니 문득 지난 삶이 잘못된 것임을 깨닫는다. 거원蘧瑗이 마흔아홉에 지난날 잘못 산 것을 깨달았던 것처럼 정사룡은 금강산을 유람하고 나니 마흔에 지난 삶의 잘못을 깨닫게 되었다고 했다. 시의 내용에 금강산이 들어 있지 않으니, 정지승은 서울 근교의 향림사나 정토사에서도 이러한 시를 지을 수 있다고 한 것이다. 묘하게도 금강산을 가 본 김정이나 정사룡보다 가보지 않은 권근이나 성석린이 금강산의 외양은 더 잘 묘사할 수 있었다. 금강산의 아름다움이 너무 지나쳐서 그러했을까.

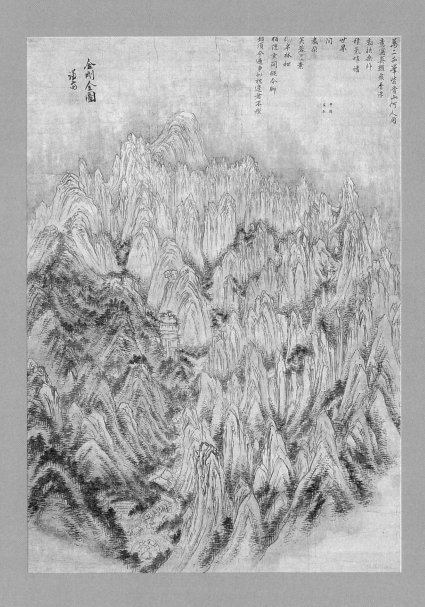

萬二千峯皆骨山何人用
意寫眞顏衆香浮
動扶�
積氣雄
世界
闁
表聞
芙蓉似
半林松
相隨玄問提今脚
蝴須今遍事似枕邊者不悭

甲寅
冬本

金剛全圖
謙齋

금강전도 _ 정선, 삼성미술관 리움 소장.

금강산을 가 보지 못한 사람이 부러움을 형상화한 시가 높은 평가를 받은 예도 많다. 다음 신광한의 시 역시 그러하다.

일만에 다시 이천 봉우리
바다의 구름 다 걷히자 옥빛이 곱다.
젊을 때는 병으로 이제는 늙어서
끝내 이름난 산 저버린 백 년 인생.
一萬峯巒又二千 海雲開盡玉嬋姸
少時多病今傷老 終負名山此百年
_신광한, 「영동의 임소로 가는 당질 원량과 헤어질 때 주다」(贈別堂姪元亮潛之任嶺東郡), 『기재집』별집 권1

신광한申光漢(1484~1555)은 자가 한지漢之 또는 시회時晦, 호는 낙봉駱峰과 기재企齋 등을 사용했다. 본관은 고령으로 신숙주의 손자이며, 대제학에 오른 16세기의 뛰어난 문인이다. 이 작품은 관동으로 벼슬살이를 가는 종질 신잠申潛을 전송하면서 쓴 것이다. 곧 권근의 시 「금강산」에서 표현을 가져와 금강산의 외형을 묘사한 다음, 젊은 시절에는 병으로 금강산을 찾지 못하다가 이제는 늙어 끝내 금강산을 찾지 못한다는 안타까움을 잘 표현하고 있다.

5.

역대 이름난 문인들이라면 금강산을 찾고 또 그곳에서 시를 짓지 않은 사람이 거의 없지만, 특히 떠올리지 않을 수 없는 인물이 봉래蓬萊 양사언楊士彦(1517~1584)이다. 양사언은 신선처럼 살다 간 사람이다. 본관은 청주, 자는 응빙應聘이다. 봉래라는 호가 금강산을 사랑한 그의 이력을 단적으로 말해 주며, 또 다른 호인 해객海客 역시 해금강에 대한 사랑을 드러낸 것이다. 양사언은 금강산 신계사 인근과 휴전선 군사분계선 바로 북쪽, 금강산이 바라다 보이는 감호鑑湖에 집을 짓고 살았다.

그래서 양사언의 자취가 금강산 도처에 있다. 그중 가장 알려진 것이 만폭동에 새겨진 '봉래풍악원화동천'蓬萊楓嶽元化洞天, '봉래도'蓬萊島 등의 바위 글씨다. 이곳에 새겨진 차식車軾, 최호崔顥의 삼오칠언三五七言 시 역시 그들과 함께 금강산을 유람했던 양사언의 글씨다. 차식은 차천로車天輅의 부친으로 고성군수로 있을 때 관아에 그 유명한 해산정海山亭을 만든 인물이기도 하다. 다음은 양사언이 이들과 함께 금강산을 유람할 때 쓴 작품이다.

백옥경 봉래도
아득히 안개와 파도조차 예스러운데
맑고 맑은 바람과 햇살이 좋도다.
벽도화 아래 한가히 오가노라니
한 소리 학 울음에 천지가 늙어 있네.
白玉京 蓬萊島
浩浩烟波古 熙熙風日好
碧桃花下閒來往 笙鶴一聲天地老

　　가장 널리 알려진 금강산 시의 하나다. 이 시에는 금강산의 외양
이 거의 묘사되지 않았다. 금강산을 신비로운 천상의 공간으로 그려
놓고, 그 속에 신선처럼 살아가는 자신을 던져 넣었을 뿐이다.

　　양사언은 금강산에 살던 시절이나 그 이후에도 금강산을 매우 자
주 찾았다. 유산객遊山客이 남여藍輿를 타는 것이 그에게서 비롯되어,
그 후 금강산의 승려들이 양사언을 매우 원망했다는 말이 있었을 정
도다. 그러나 유산의 도구로 남여가 쓰인 것은 고려 시대부터이니 그
말을 곧이곧대로 믿을 것은 아니다.[25]

춘흥과
가진 자의
여유

1.

　봄이 오면 꽃이 피고 새가 운다. 아름다운 봄빛을 보고도 사람들의 마음은 제각기 다르다. 고려의 문호 이규보는 봄빛을 보고 지은 「춘망부」春望賦에서 "둥둥 북소리에 살구꽃이 활짝 필 때 서울의 고운 봄빛을 바라보면서 임금이 즐겁게 술잔을 기울이는 것은 부귀한 자의 봄 구경이요, 왕손과 귀공자가 벗들과 봄놀이를 하여 수레에 노란 저고리 붉은 치마 입은 기생을 싣고 아무 곳에나 머물러 자리를 깔고 피리와 생황을 울리면서 붉은 꽃과 푸른 잎을 거나하게 취한 채 바라보는 것은 화사한 봄 구경이다. 고운 아낙네가 바람난 낭군을 천 리 먼 곳에 떠나보내고 독수공방하면서 소식이 오지 않는 것을 한탄하고 흘러가는 물처럼 마음이 뒤숭숭하여 쌍쌍이 나는 제비를 바라보며 난간에 기대 눈물을 흘리는 것은 애원이 서린 봄 구경이요, 멀리 떠나는 친구를 전송하는데 가랑비 내려 축축하고 버들잎은 푸른데 애잔한 이별가에 말도 함께 슬피 울 때 높은 언덕에 올라서 먼 곳을 바라보며 자욱한 아지랑이에 애간장을 태우는 것은 이별이 한스러운 봄 구경이라 하겠다. 수자리 나간 군사가 멀리 변방에서 두 번째 봄을 맞아 풀이 돋아나는 것을 보거나, 귀양 가는 사람이 남방의 물가에서 어둑어둑한 푸른 단풍나무를 바라볼 때 모두 다 머리를 세우고 넋을 놓고 깊은 한에 잠기는 것은 집 떠난 자의 봄 구경이다"라고 했다.

조선 초기의 문인 서거정徐居正(1420~1488)의 눈에 비친 봄빛은 이규보가 이른 것 중 화사한 봄 구경이었다. 서거정은 자가 강중剛中, 호가 사가四佳 혹은 정정정亭亭亭인데, 대학자 권근의 외손이라는 후광을 입은 데다 자신의 탁월한 재능으로 평생을 호화롭게 산 사람이다. 평생의 벼슬살이에서 그 흔한 유배 한 번 가지 않았고, 임금이 곁에 두고자 하여 외직조차 맡은 바 없었다. 이러한 사람의 눈에 비친 봄빛은 절로 고울 수밖에 없다.

> 금빛은 수양에 들고 옥빛은 매화를 떠나는데
> 작은 못에 봄물은 이끼보다 푸르다.
> 봄 근심과 봄 흥취 어느 것이 깊은가?
> 제비가 오지 않아 꽃이 피지 않았네.
> 金入垂楊玉謝梅 小池春水碧於苔
> 春愁春興誰深淺 燕子未來花未開
>
> _서거정, 「봄날」(春日), 『국조시산』 권3[26]

역대 빼어난 시를 선발한 시 선집에 빠짐없이 수록되었거니와 중국의 전겸익錢謙益이 편찬한 『열조시집』列朝詩集에 수록되어 시명을 해

외까지 떨치게 한 작품이다. 조선 초기 관각館閣의 제일대가 서거정의 솜씨를 잘 보여주는 작품이다.

1구와 2구에서는 황금색과 순백색, 청록색이 화려한 색채 대비를 이룬다. 금빛을 반짝이며 물이 오른 노란 버들과 흰 매화꽃이 지는 모습이 감각적으로 제시되었기에 '첨신'尖新이라는 말로 그 미감이 설명될 만하다. 이어 봄날의 시름과 흥취를 비교하는데 여기서의 시름은 의미가 없다. 나른함과 무료함이 시름이요, 그저 제비가 오지 않아 꽃이 피지 않은 것이 그저 시름일 뿐이다. 그러나 이제 제비가 오면 꽃도 피리니, 그러면 더욱 흥이 일 것이다.

가진 자의 여유를 읽을 수 있는 작품이다. 좋은 작품을 쓰려고 수염을 꼬지도 않았다. 그저 생각나는 대로 지었다. 이 시는 형식적으로 근체시의 여러 금기를 어기고 있다. 우선 '춘'春이라는 글자를 무려 세 번이나 쓰고 있다. '미'未 역시 두 번 반복된다. 오언절구의 경우 상당수가 고풍을 내기 위한 고절구로 제작되어 반복적인 표현을 즐겨 쓰지만 칠언절구는 그렇지 않다. 그런데도 서거정은 괘념치 않았다. 이와 함께 4구의 '래'來는 운자韻字와 같은 운목韻目에 속해 있는데 운자의 위치가 아닌 곳에 동일한 운목의 글자를 사용하면 정상적인 리듬감이 흐트러지기 때문에 피한다. 서거정은 여기에도 괘념치 않았다.

서거정의 파격은 대가로서의 자신감을 드러낸 것이거니와, 오히려 도도한 춘흥을 드러내기 위해 의도한 것이라 할 만하다. 춘흥에 부합하는 리듬감을 살리기 위하여 여러 장치를 사용했다. '춘수춘흥'春愁春興은 '춘'을 반복했거니와 '수'愁와 '흥'興이 상반되는 뜻의 글자여서 더욱 리듬감이 강조된다. '심천'深淺 역시 상반되는 글자를 나란히 두어 그 의미로써 리듬감을 강화하고 있다.[27] 1구에서 '입'入과 '사'謝 역시 상반된 움직임을 나타내는 글자이므로 이 역시 의미를 통해 리듬 감을 형성한다고 보아도 좋다.

특히 이 시는 1구와 4구가 구중대句中對로 되어 있어 더욱 흥겹다. '금입수양'金入垂楊과 '옥사매'玉謝梅가 대를 이루고 '연자미래'燕子未來 와 '화미개'花未開가 대를 이룬다. 반복적인 표현과 구중대를 통해 리 듬감이 형성되어 춘흥이라는 주제와 잘 어우러진 것이다. 일반적으로 한시에서 대는 한 연 안에서 구와 구 단위로 형성되지만, 구중대는 하 나의 구에서 대를 이루는 것을 말한다. 이는 고시에서는 보이지만 근 체시에는 잘 쓰이지 않는 수사 기교다.

그러고 보면 역대의 우리 한시 중 춘흥을 노래한 시에는 반복적인 표현이 매우 자주 나온다. 월산대군月山大君은 「옛 절에서 꽃을 찾아」 (尋花古寺)에서 "나는 꽃을 찾아 왔건만 꽃은 벌써 다 졌으니, 꽃을 찾 아 왔다가 꽃을 아쉬워하며 돌아오네"(我自尋花花已盡, 尋花還作惜花歸) 라 하여 절구에서 '화'花를 무려 네 번이나 사용했다. 남효온南孝溫은 「삼짇날 성남에서」(上巳城南)에서 "성남 성북에 살구꽃은 붉은데, 해가 꽃 서쪽에 있어 꽃 그림자가 동쪽에 있네"(城南城北杏花紅, 日在花西花影 東)라 하여 '성'城과 '화'花을 반복하면서 '남'南과 '북'北, '서'西와 '동' 東이라는 상반된 의미의 글자로 리듬감을 강화했다. 백광훈白光勳은 「봄이 간 뒤」(春後)에서 "가는 봄을 병든 나그네가 어떻게 하랴? 문을 나설 때 적고 문을 닫을 때 많네"(春去無如病客何, 出門時少閉門多)라 하여 '문'門을 반복하며 구중대를 구사했다. 이러한 금기의 파괴는 모두 춘 흥을 위한 것이다.[28]

2.

송의 구양수歐陽脩는 문학을 둘로 나누면서 산림山林의 문학은 그 기운이 고고枯槁하고 관각館閣의 문학은 그 기운이 온윤溫潤하다 했다. 서거정은 이러한 논리를 발전시켜 「계정집서」桂庭集序에서 "시를 읽으면 그 사람을 알 수 있다. 대개 관각의 시는 기상이 호부豪富하고 초야의 시는 신기神氣가 청담淸淡하며 승려의 시는 신神이 마르고 기氣가 결핍되어 있다. 옛날 시를 잘 보는 사람은 대체로 이에서 구분하였다"라 했다. 서거정은 대표적인 관각 문인이니 관각의 시가 가장 아름답다 한 것이다.

관각의 시에는 앞에서 본 대로 나른함과 무료함이 화려하게 묘사된다. 서거정과 같은 관각의 문인에게는 봄빛이 화사했으나, 권력과 거리가 있던 시골 출신의 학자들은 봄빛에도 소외감을 느꼈다.

꽃을 날리고 버들을 가르며 강바람 부는데
돛대는 흔들흔들 저녁 기러기를 등져 있네.
한 조각 향수에 부질없이 기둥에 기대서니
흰 구름은 술 실은 배 위를 날아서 지나네.
吹花擘柳半江風 檣影搖搖背暮鴻
一片鄉心空倚柱 白雲飛度酒船中

_김종직, 「홍겸선이 제천정에서 지중추원사 송처관의 시에 차운한 시에 화답하다」(和洪兼善濟川亭-次宋中樞處寬韻), 『점필재집』 권1

김종직金宗直(1431~1492)은 본관이 선산, 자는 계온季昷, 호는 점필재佔畢齋다. 고려 말 정몽주와 길재의 학통을 이은 부친 김숙자金淑滋를 이어 조선 시대 도학道學의 정맥을 이은 학자로 평가된다. 그러나 이황이 김종직의 평생 사업이 문학에 있었다고 했을 정도로, 김종직은 문학에 뛰어났다. 그가 역대의 우리 한시를 뽑아 엮은『청구풍아』青丘風雅는 가장 엄정한 선발로 평가되고 있다.[29]

김종직은 서거정과 문명을 나란히 했지만 권근, 변계량으로 이어지는 서울 명문가의 라인에서 비껴나 있었다. 서거정이 22년간 문형文衡을 놓지 않았기에, 뛰어난 역량에도 불구하고 끝내 문형은 김종직의 손으로 넘어오지 않았다. 그에게 문형이 넘어갈까 우려하여 서거정이 문형을 놓지 않았다는 이야기까지 있다.

이 시에서는 봄을 맞은 흥취가 전혀 느껴지지 않는다. 서거정의 시에서 보이는 리듬감 있는 운율도 전혀 느낄 수 없다. '취화벽류'吹花擘柳로 시작하는 첫 대목이 억색하여 춘흥과는 절로 거리를 두고 있다. 시원한 봄바람이 버들가지를 가르게 하는데, 멀리 한강에는 호화로운 배들이 떠 있다. 그저 고향으로 돌아가고 싶은 마음이기에 기생과 술을 실은 배에 눈길이 머물지 않는다.

김종직은 그 문하에서 성장한 이들이 사림의 대학자로 성장한 데서 확인할 수 있듯이 문학을 겸비한 큰 학자다. 이에 비하면 서거정은 학문을 겸한 뛰어난 시인이다. 시인의 시와 학자의 시는 절로 다르다. 서거정의 시가 좋은 화장품으로 곱게 단장되어 화려함을 지향한다면, 김종직의 시는 화장기가 전혀 없는 청담함을 지향한다. 김종직이 시에서 이른 '술 실은 배'에는 서거정이 타고 있다. 김종직은 그 배에 타지 않고 담담하게 바라볼 뿐이다. '흰 구름'은 고향을 그리워하는 마음을 상징한 것이면서, 청운青雲에 대비되는 은자의 삶을 상징한 것이기도 하다. 살찐 서거정과 야윈 김종직의 차이가 여기에서 드러난다. 김종직의 시에서 엄정한 학자로서의 기상을 읽을 수 있다면, 서거정의 시에는 흐트러진 시인의 분방함이 보인다. 그런 서거정에게 봄이 간들 어떻겠으며 여름이 온들 나른함과 무료함이 없겠는가?

잠깐 개자 주렴에 햇살 들어 반짝반짝
짧은 모자 홑적삼에 더위가 가시네.
껍질 벗은 죽순은 비를 맞아 자라나고
지는 꽃은 힘없이 바람 따라 날아가네.
오래도록 붓 버리고 이름을 감췄으니
시비를 일으키는 벼슬살이 벌써 싫다네.
고운 향로에 향이 스러질 때 잠이 막 깨니
손님은 오지 않았고 제비만 자주 오네.
小晴簾幕日暉暉　短帽輕衫暑氣微
解籜有心因雨長　落花無力受風飛
久抛翰墨藏名姓　已厭簪纓惹是非
寶鴨香殘初睡覺　客曾來少燕頻歸

_서거정, 「여름날에」(夏日卽事), 『사가집』 권31

초여름 무료함에 잠이 들었다가 깨어나 지은 작품이다. 벼슬이 싫다 했지만 그러한 마음이 본심이라 말하기도 어렵다. 그저 그렇게 세월을 보낼 뿐이다. 비가 오다가 살짝 날이 개자 발 사이로 햇살이 스며 반짝거린다. 관모를 벗고 홑적삼을 걸치고 있으니 더위가 가신다. 정원을 내려다보니 비를 맞은 죽순이 자라나고 마지막으로 남은 꽃잎도 바람에 힘없이 날린다. 글을 쓰는 것도 벼슬살이도 귀찮다. 나른함과 한가함이 좋아 낮잠을 잔다. 한참을 졸다 일어나니 그저 제비만 왔다 갔다 한다. 이럴 때면 벗이 찾아와 술이라도 한잔했으면 좋겠지만, 오지 않은들 어떠랴?

3.

가진 자의 여유와 나른함, 이것을 화려하게 묘사하는 것이 관각에 몸담고 있는 사람들의 장처다. 서거정을 이어 관각의 대가로 평가된 성현의 대표작 역시 이와 유사하다.

병풍 속에 베개 높이고 비단 휘장으로 가리니
별원에 인적 없고 거문고 소리 벌써 끊겼네.
상쾌한 기운이 주렴에 가득해 막 잠에서 깨니
온 뜰에 내린 가랑비에 장미가 촉촉히 젖어 있네.
畵屛高枕掩羅幃 別院無人瑟已希
爽氣滿簾新睡覺 一庭微雨濕薔薇

_성현, 「비를 마주하고 청주의 동헌에 쓰다」(對雨題淸州東軒), 『허백당집』 권6

성현成俔(1439~1504)은 자가 경숙磬叔이고 호는 용재慵齋, 부휴자浮休子, 허백당虛白堂 등을 썼다. 학문과 문학에 뛰어나 『용재총화』慵齋叢

話, 『악학궤범』樂學軌範, 『부휴자담론』浮休子談論 등 우리 문화사를 크게 빛낸 저술을 남겼다. 비록 훗날 무오사화로 죽은 후에 부관참시라는 끔찍한 형벌을 받았지만, 생전에는 벼슬살이에 큰 부침이 없었던 전형적인 관각 문인이다.

한적한 여름날 설핏 낮잠에서 깨어나 비에 젖은 장미를 바라보고 있는 성현에게 세상사에 대한 고민이란 없다. 성현의 집안은 자타가 공인하는 최고의 문벌가였다. 홍문관과 예문관의 여러 벼슬과 사가독서를 거쳐 연산군 4년 대제학에 올랐다. 그의 형 성임成任, 성간成侃과 서거정이 절친하여, 서거정이 확립한 관각문학의 전통을 충실하게 계승했다. 이 작품에서 성현은 화려하게 수놓은 병풍과 비단 휘장 안에서 낮잠을 즐기고 있다. 얼마나 잤는지 시원하기에 깨 보니 그 사이에 소나비가 한바탕 내렸다. 아직 빗방울이 채 떨어지지 않은 붉은 장미꽃이 곱기만 하다.[30]

15세기의 관각 문인 서거정과 성현은 가진 자의 여유를 만끽하고 나른함을 뽐냈지만, 16세기의 관각 문인은 그러한 평화를 얻지 못했다. 잦은 사화에 목숨을 잃기도 하고 먼 절도絶島에 위리안치圍籬安置의 형벌을 받기도 했다. 천신만고 끝에 목숨을 부지하고 서울로 돌아와 다시 관각에 서는 여유를 찾았지만, 세파에 골병이 들어 본 사람에게는 성현과 같은 화려함이 거세되기 마련이다. 다음 이행의 작품에서 이를 확인할 수 있다.

분주한 노인에게 기약한 듯 병마가 찾아드는데
봄 흥취도 많지 않아 시를 짓지 않노라.

놀라워라, 잠 깨니 어느새 봄빛이 저물어

한 차례 보슬비에 장미꽃이 져 버렸네.

衰年奔走病如期 春興無多可到詩

睡起忽驚花事了 一番微雨落薔薇

_이행, 「4월 26일 동궁 이어소의 숙직하는 방 벽에 쓰다」(四月二十六日書東宮移御所
直舍壁), 『용재집』 권1

이행李荇(1478~1534)은 본관이 덕수이며, 자는 택지擇之, 호는 용재
容齋다. 홍문관의 요직을 두루 거치고 독서당의 사가독서에 선발될 정
도로 뛰어난 엘리트였고 비슷한 연배의 젊은 학자들과 함께 개혁을
주도한 신진사류였다. 갑자사화로 목숨을 잃을 뻔했으나, 다행히 목
숨은 건지고 거제도로 끌려가서 염소를 치는 노비가 되었다. 가시나
무를 빽빽하게 둘러친 감옥 같은 집에 살았다. 중종반정 후 복권되어
승승장구하여 판서의 지위에까지 올랐다.

이 작품을 지은 것은 1523년 종1품의 의정부 우찬성에 있을 때
다. 부귀영화를 지극히 맛본 그였지만 노쇠한 데다 병마까지 겹쳐 춘
흥도 시흥도 없다 했다. 서거정이나 성현처럼 낮잠을 잔다는 점에서
나른함과 무료함은 다르지 않지만, 잠에서 깨어났을 때 비에 젖은 산
뜻한 장미가 아니라 비에 져 버린 장미만 보일 뿐이다. 서거정이나 성
현의 화려함 대신 싸늘함이 자리하고 있다. 성현의 시에서 볼 수 있는
화려함은 거세되고 그 자리에 인생의 비애가 들어가 있으니 낙관적
세계관이 거세된 것이다. 사십대 중반의 나이지만 힘이 빠져 축 처진
늙은 이행의 모습이 비에 진 장미에 겹쳐 있다.

이행은 김종직의 제자인 이의무李宜茂의 아들이다. 이의무는 중종 반정 이후 훈구 세력을 대표하면서 뿌리가 다르지 않은 조광조를 제거하는 데 앞장섰지만, 젊은 시절에는 김종직의 다른 제자처럼 신진 사류로서 정치 개혁에 앞장선 바도 있다. 그런 점에서 서거정, 성현으로 이어지는 관각 문인과는 절로 계보가 다르고 장미를 보는 눈빛도 다르다. 화려함보다는 온유돈후溫柔敦厚를 이상으로 하는 학자의 시학을 따랐기에, 김종직의 시에서 볼 수 있는 청담한 맛이 있다. 관각과 초야를 겸했을 때 장미는 이렇게 나타난다.

감당할 수 없을 만큼 재주가 뛰어났던 허균 역시 비에 젖은 장미를 노래한 바 있다. 허균은 성현이나 이행과는 또 다른 눈으로 장미를 본다.

전원이 묵었는데 언제 귀거래하랴?
인간 세상 허연 머리에 벼슬에 뜻이 없다.
적막한 대궐에 봄빛이 다하려 하기에
다시 성긴 비에 젖은 장미를 보노라.
田園蕪沒幾時歸 頭白人間宦念微
寂寞上林春事盡 更看疎雨濕薔薇

_허균, 「초여름 관아에서 짓다」(初夏省中作), 『성소부부고』 권1

허균許筠(1569~1618)은 본관이 양천이며, 자는 단보端甫, 호는 교산蛟山이다. 「홍길동전」의 작가로 널리 알려져 있으며, 조선 최고의 감식안을 자랑하는 『국조시산』國朝詩刪을 편찬하여 조선 전기 한시 가

196

운데 어떠한 작품이 가장 우수한가를 한눈에 보여주었다. 『성수시화』惺叟詩話와 『학산초담』鶴山樵談은 우리 한시에 대한 비평서로 가장 높은 수준을 보여주는 것으로 평가되기도 한다.

허균은 허엽許曄의 아들로 태어나 허성許筬, 허봉許篈, 허난설헌許蘭雪軒과 같은 쟁쟁한 동기를 두었다. 임진왜란이 종식된 후 벼슬길에 올라 병조좌랑을 거쳐 1603년 정3품의 사복시정으로 있을 때 이 작품을 지었으니 세상이 아름답게 보일 때였지만, 허균은 서울에서의 벼슬살이가 지겨웠던 듯하다. 이 시를 지은 지 얼마 되지 않아 파직되어 금강산으로 떠난 그의 행적에서 그 사실을 짐작할 수 있다.

이 작품에서도 나른함과 무료함이 묻어난다. 비록 낮잠을 말하지는 않았지만 도성의 벼슬살이가 지긋지긋하다. 그저 도연명의 「귀거래사」를 배워 벼슬을 버리고 싶은 마음만 든다. 대궐의 온갖 꽃들이 지는 모습을 보니 고향으로 빨리 돌아가 봄빛을 즐기고 싶어 안달이 난다. 그나마 위안이 되는 것은 보슬비에 젖은 채 곱게 핀 장미꽃이다.

사십대의 이행은 장미꽃이 져 버렸다 하여 파리한 자신의 모습을 포개어 보였지만, 삼십대의 허균은 풋풋함을 잃지 않아 보슬비에 젖은 싱싱한 장미에 자신의 모습을 포개었다. 스스로 백발이라 했으나 서른너덧 살의 나이를 생각하면 과장이 심하다. 그의 흰머리는 붉은 장미꽃에 가려져 있다. 성현의 시에서는 가진 자의 화려한 장미를 볼 수 있었고 이행의 시에서는 가진 것조차 지겨워져 파리해진 장미를 볼 수 있었다. 허균의 시에서는 가지려는 의지가 없지만 오히려 해맑은 장미를 보게 된다.

시로 읽는
소설

1.

　시의 다른 이름이 음풍농월吟風弄月이니, 시는 아름다운 자연물을 담아낸 것이 많다. 그러나 그보다 더욱 많은 것은 사람 사는 일에 대한 것이다. 사람 사는 모든 일에 시가 따라다녔다. 벗을 만나면 차를 먹고 술을 마시듯 시를 지었다. 궁중의 행사나 사대부가의 잔치에도 시가 빠지지 않았고, 친한 사람이 죽으면 만시輓詩를 지어 영혼을 달래었다. 혼자 실의에 빠져 있을 때도 시를 지었고 스스로 목숨을 끊으면서도 시를 지었다. 시는 옛사람에게 생활의 일부였다. 시는 교양이요, 의례이며 일상이었던 것이다.

　인간사 모든 것이 시에 담길 수 있지만, 점잖은 양반이라면 조심스러워했던 주제가 있었으니 바로 사랑이다. 누구나 살아가면서 사랑을 하니, 동서양을 막론하고 문학의 소재로 사랑보다 흔한 것이 없다. 양반이라고 사랑을 하지 않을 리 없고 또 뛰어난 문인이라면 사랑을 노래하여 자신의 시재를 과시하고 싶겠지만, 그럼에도 갓을 쓴 양반이 사랑 타령을 해서는 왠지 체통이 서지 않는다.

사랑의 열기가 식지 않은 젊은 양반이 체통을 구기지 않으면서 사랑을 노래하는 방법은 몇 가지가 있다. 가장 흔한 방법이 고대 민간의 노래인 악부樂府를 본뜨는 것이다. 악부는 원래 한나라 때 민간의 노래를 채집하던 관청 이름이었는데 후대에는 그 관청에서 수집된 민간의 가요를 일컫는다. 요즘의 유행가가 거의 사랑 타령이듯이 악부는 민간의 가요이므로 대부분이 사랑 타령이다. 그런데 당나라 무렵에 악부, 곧 유행가 스타일을 본뜬 시가 등장한다. 원래 악부는 악기의 반주에 맞추어 부르는 노래지만, 이 무렵 악부를 본뜬 시는 노래와 결별한다. 그저 옛날 악부의 정조를 흉내 낸 것이다. 이를 의고악부擬古樂府라 한다. 의고악부에서 가장 많이 다루는 주제가 바로 사랑이다.

조선 시대에도 체면을 구기지 않고 사랑을 노래하고 싶은 젊은 문인은 옛날의 악부를 따라 지었다. 남녀의 즐거운 만남과 애잔한 이별을 그리기 위해 옛날의 악부라는 이름을 걸고 재주를 과시했다. 이런 이유로 옛 문인들이 청춘 시절에 지은 시에 의고악부가 많은 것이다. 다음은 조선 시대 여성 중 시재가 가장 뛰어났던 허난설헌의 작품이다.

가을날 긴 강은 벽옥이 흐르는 듯
연꽃 수북한 곳에 고운 배를 매었네.
임을 만나려 강 너머로 연밥을 던졌다가
멀리서 남에게 들켜 종일 부끄러웠네.
秋淨長湖碧玉流　荷花深處繫蘭舟
逢郎隔水投蓮子　遙被人知半日羞

허난설헌許蘭雪軒(1563~1589)은 본명이 초희楚姬이며, 자는 경번景樊이다. 난설헌은 그의 당호다. 허엽許曄의 딸이고, 허균의 누이다. 여덟 살에 지었다는 「광한전백옥루상량문」廣寒殿白玉樓上梁文으로 어려서부터 문명을 날렸으며 허균을 통해 중국의 문인 주지번朱之蕃에 소개되었고, 중국의 문인들에게 널리 전파되어 중국에서 가장 잘 알려진 시인이 되었다.

연밥을 따면서 부르는 노래인 「연밥 따는 노래」는 주로 남녀의 밀애를 다룬다. 으슥한 곳에 배를 대어 놓고 저 멀리 있는 남자 친구에게 연밥을 던져 신호를 보내다가 남에게 들켜 버려 낯이 화끈거렸다는 내용이다. 「연밥 따는 노래」는 주로 이러한 내용을 다루니, 남녀의 사랑을 노래하고 싶은 양반이 있으면 이러한 스타일로 시를 지으면 된다. 게다가 대부분의 「연밥 따는 노래」는 여성 화자라는 가면을 쓰고 있어 남성 작가가 시적 화자와 동일시되는 위험도 피할 수 있다. 당연히 이런 시를 지었다고 해서 양반의 체면이 구겨지는 것은 아니다. 다만 위의 작품은 여성인 허난설헌이 쓴 것이라는 점 때문에 옛날의 악부를 모방해서 쓴 것임에도 불구하고 시적 화자와 동일시되어 허난설헌의 행실을 문제 삼을 수 있었다. 『지봉유설』에는 이 작품이 유탕流蕩하여 문집에 실리지 않았다고 하는데, 바로 시적 화자와 시인이 동일시됨으로써 오해의 소지가 있었기 때문이다. 이에 비하여 남성 작가가 「연밥 따는 노래」를 지었다고 그 행실을 문제 삼았다는 이야기는 들어 본 적이 없다. 그러니 옛 악부를 모방했다는 가면을 쓰면 양반의 체면을 구기지 않을 수 있다.

2.

그러나 이것만으로는 아쉽다. 사랑은 서사다. 시간의 경과에 따라 사건이 진행되고 사건에 따라 사랑의 감정은 다양하다. 상대를 처음 본 순간의 두근거림, 먼발치에서 바라만 볼 뿐 부끄러움에 말을 건네지 못하는 아쉬움, 서로의 감정이 하나로 된 즐거움, 그리고 이별 후의 간절한 그리움, 이러한 사랑의 감정을 두루 시로 적고 싶다. 그러나 옛날의 악부는 하나의 정황만 주어져 있고 또 그 정황 자체가 구체적이지도 않다. 「연밥 따는 노래」를 보더라도 연밥을 따라 가는 여성이라는 기본적인 정황만 있을 뿐, 상대가 어떻게 생겼는지, 만나서 무엇을 했는지, 그 후 어떻게 되었는지, 이런 것은 알 수가 없다.

남녀가 만나고 사랑하고 헤어지는 재미있는 스토리를 설정하고 그러한 정황에 딱 맞는 시를 짓는 일은 무척 재미있는 일일 것이다. 애정을 소재로 한 전기소설傳奇小說이 바로 이러한 욕구를 충족시킬 수 있었다. 여러 사랑의 정황에서 다양한 사랑의 노래를 지어 부를 수 있기에, 애정을 소재로 한 서사물에는 중국이나 한국이나 일찍부터 시가 많이 수용되어 있다. 최치원이 중국으로 가던 도중 두 여인을 만나 정을 나누는 이야기가 『태평통재』太平通載에 실려 있는데, 그 안에 사랑의 시가 여러 편 삽입되어 있다. 그 글이 제작된 것은 신라 말에서 고려 초로 보는 것이 통설이므로, 남녀의 애정을 산문과 시로 엮은 전통이 매우 이른 시기부터 발전했을 것으로 추정된다.

애정을 소재로 한 전기소설의 백미는 김시습의 「이생규장전」李生窺墻傳이다. 김시습金時習(1435~1493)은 본관이 강릉이며, 자는 열경悅卿, 호는 매월당梅月堂과 동봉東峰 등이 주로 알려져 있으며 승려로 살 때는 법명을 설잠雪岑이라 했다. 시에 뛰어났음은 물론 우리나라에서 본격적인 소설로는 첫 작품으로 평가되는 『금오신화』金鰲新話를 남겼다. 「이생규장전」도 그 안에 수록되어 있다.

「이생규장전」은 송도의 낙타교 근처에 사는 18세의 이생과 선죽리에 사는 15, 6세의 처자 최씨의 러브스토리를 담고 있다. 김시습은 심유적불心儒跡佛, 곧 마음은 유자儒者였고 행적은 불자佛者였지만, 남녀의 일을 이야기와 노래로 드러내고 싶었던 것이다. 「이생규장전」은 이생이 책을 끼고 학교에 다니다가 우연히 최씨가 시를 읊조리는 소리를 듣는 것으로 시작된다.

홀로 고운 창가에서 바느질이 더딘데
온갖 꽃 만발하고 꾀꼬리는 꾀꼴꾀꼴.
무단히 봄바람을 원망하는 마음 일기에
말없이 바늘 놓고 임 그리워한다네.
獨倚紗窓刺繡遲　百花叢裏囀黃鸝
無端暗結東風怨　不語停針有所思

길가의 하얀 얼굴 저 사내 누구신가요?
푸른 도포 큰 띠에 수양버들이 어른어른.
어찌하면 처마 위의 제비가 되어서

주렴을 슬쩍 지나 담장 너머 날아가리오?

路上誰家白面郎　靑衿大帶映垂楊

何方可化堂中燕　低掠珠簾斜度墻

봄을 맞은 최씨의 심정을 토로한 작품이다. 양가의 규수로서 자수를 익히지만 손에 잡히지 않는다. 봄바람이 밉다. 무단히 마음을 뒤숭숭하게 하기 때문이다. 바늘을 손에서 놓고 멍하니 앉아 있지도 않은 임을 그려 본다. 내 임은 누구일까? 최씨의 집에는 이름난 꽃들이 만발하고 벌과 나비는 다투어 난다. 최씨는 꽃 사이의 조그만 누각에 주렴을 반쯤 드리운 채 앉아 있다. 보이지는 않지만, 푸른 도포를 걸치고 큼직한 띠를 두른 잘생긴 유생이 수양버들 아래 지나갈 것이다. 보고 싶다. 저 제비처럼 날개가 있다면 담장 너머로 날아가 만나고 싶다.

이러한 노래를 들은 이생의 마음이 흔들린다. 그러나 들어갈 수 없다. 꾀를 내어 종이에 시를 써서 기와에 묶어 던졌다.

서른여섯 무산이 안개에 겹겹 싸였는데
뾰족한 봉우리 울긋불긋 반쯤 보이네.
양왕의 외로운 잠자리 그만 괴롭히고
구름과 비가 되어 양대로 내려오소서.

巫山六六霧重回　半露尖峰紫翠堆

惱却襄王孤枕夢　肯爲雲雨下陽臺

초나라의 양왕이 고당高唐이라는 곳에서 놀다가 낮잠을 자는데 꿈에 한 여인이 와서 동침을 한다. 이튿날 아침 여인이 떠나면서 자신은 무산의 기슭인 양대에 사는데 아침에는 구름이 되어 무산으로 올라갔다가 저녁이면 비가 되어 양대로 내려온다고 했다는 고사가 있다. 운우지정雲雨之情이라는 말이 여기서 생겼다. 이 작품은 운우지정을 맺고 싶다는 뜻을 건넨 것이다. 무산의 서른여섯 봉우리에 안개가 자욱한데 그중 뾰족한 봉우리 하나가 울긋불긋한 모습으로 드러나 있다고 한 것은, 이생이 담장의 틈으로 본 최씨의 모습을 비유한 것이기도 하다. 주렴 속에 아름다운 자태를 감추어 두어 사내의 애간장을 태우지 말고, 자신과 사랑을 나누자고 한 것이다.

최씨는 이생이 던진 편지를 보고 저녁에 만나자고 다시 편지를 써서 담장 밖으로 던졌다. 이생이 이를 보고 저녁에 담장 아래로 갔더니 복숭아 가지 하나가 담장을 넘어와 있었다. 이생은 이를 타고 담을 넘어 들어가 최씨를 만나게 되었다. 이렇게 소설은 시작한다.

이생의 시나 최씨의 시나 모두 고대의 악부를 흉내 낸 것이다. 소설의 문맥에서 이러한 작품을 독립시킨다면 일반적인 의고악부와 다를 바 없다. 김시습 역시 이런 스타일의 시를 지은 바 있다.

내가 백 척 응달의 얼음이라면
그대는 장대처럼 긴 햇살이지요.
장대 같은 아침 햇살 빌려다가
백 척 응달에 맺힌 시름 풀어주소.
儂如百尺陰崖氷　爾似一竿陽曦騰
願借一竿朝陽暉　銷我百尺陰崖凝

죽지사는 변방의 풍물을 칠언절구에 담은 시를 가리키는 말로, 그 스타일이 악부와 유사하다. 자신을 응달의 얼음에 비유하고 상대를 따뜻한 햇살에 비유한 다음, 태양처럼 뜨거운 애정으로 얼음같이 차가운 자신의 시름을 풀어달라 한 것이다. 이 작품을 최씨의 노래로 넣거나 이생의 답시로 넣어도 무방하다. 사랑의 노래는 소설의 스토리 속에 넣어 읽으면 더욱 재미가 있다.

3.

최씨의 집에서 이생은 최씨를 만났다. 그리고 두 사람이 사랑의 노래를 부르고 답한다. 최씨가 "복사꽃 꽃가지에 꽃은 풍요로운데, 원앙베개에 달빛이 곱게 떠오르네"(桃李枝間花富貴, 鴛鴦枕上月嬋娟)라 먼저 시를 짓자, 이생은 "훗날 봄소식이 누설된다면, 무정한 비바람이 또한 가련하리라"(他時漏洩春消息, 風雨無情亦可憐)라 답한다. 최씨는 밝은 달밤 복사꽃 꽃그늘에서 원앙처럼 정다운 부부의 인연을 맺고자 한 것인데, 이에 대해 이생은 무정한 비바람에 복사꽃이 떨어질까 두렵다고 하여 부모님이 알게 되면 어찌하겠는가 하고 몸을 사렸다. 최씨는 이생에게 두려워 말라 하면서 다시 시를 짓고, 이에 이생이 답을 하여 서로의 마음을 확인한다. 김시습이 한번은 최씨가 되고 한번은 이생이 되어 남녀의 정을 화려하게 적었다.

소설의 작가 김시습은 다양하게 자신의 시재를 과시했다. 최씨는 자신의 방으로 이생을 이끌고 들어갔다. 최씨의 방 안에는 아름다운 병풍이 놓여 있는데, 그곳에 적힌 시라 하면서 열여덟 편의 시를 제시한다. 소설에서는 누구의 것인지 알 수 없다고 했으나 물론 김시습이 지은 것이다. 여인의 방에 이런 시가 있는 그림병풍을 두면 좋겠다고 여긴 김시습이 써 본 것이라 하겠다.

「이생규장전」은 이러한 방식으로 진행되는 소설이다. 대체로 시는 소설과 달라 시간이 정지되어 있다. 소설은 시간이 경과되면서 사건이 진행되는 서사체지만, 시는 시간이 정지된 상태에서 시인의 뜻을 말한다. 이 점에서 애정을 다룬 전기소설은 산문으로 시간의 경과를 바탕으로 한 서사를 이끌고, 시를 인용하여 시간을 정지시켰다가, 다시 산문으로 시간을 흘려보내는 구조를 택하고 있다. 사건의 전개를 따라가다 잠시 쉬어 시를 한 수 읊조리고, 다시 사건을 따라가게 되어 있다. 따라서 애정을 소재로 한 전기소설을 읽는 큰 즐거움은 주어진 상황에서 작가가 어떠한 시를 지었는지 감상하는 데 있다.

아무튼 소설의 하회下回 역시 이렇게 진행된다. 만난 그날 두 사람은 최씨의 방에서 정을 통한다. 그곳에서 사흘을 머문 이생은 일단 집으로 돌아갔다가 매일 담장을 넘어 밀회를 한다. 이를 눈치 챈 이생의 부친이 감농監農을 구실 삼아 이생을 울산으로 보낸다. 최씨는 매일 이생을 기다렸으나 오지 않았다. 하녀를 시켜 사정을 알아본 최씨는 이생을 만나기 어렵게 되었음을 알고 상사병에 걸려 식음을 전폐한다. 최씨의 부모가 이생이 쓴 시를 우연히 발견하여 사정을 알게 되었고, 최씨의 단호한 의지에 어쩔 수 없이 이생의 부모에게 청혼을 한다. 여러 번 편지가 오간 끝에 마침내 혼사를 정하게 된다. 이러한 사건의 전개 과정은 오로지 산문으로만 이루어져 있다. 그러다가 혼사가 정해진 것을 알게 된 이생이 그제야 한 편의 시를 지어 즐거움을 말하고 최씨 역시 소식을 듣고 병이 나아 비로소 시를 짓는다.

이어 다시 서사적인 진행이 이루어진다. 길일을 택하여 혼례를 치른 두 사람은 화락하게 잘살았다. 잠시의 즐거움은 얼마 후 일어난 홍건적의 침입으로 비극으로 전환된다. 개성이 함락되자 피란길에 올랐으나, 도적을 만나 최씨가 죽임을 당한 것이다. 이생은 홍건적이 물러난 뒤 개성으로 돌아왔지만 자신이 살던 집이나 최씨의 집은 모두 불타 버렸다. 한밤이 되어 달빛이 훤한데 어디선가 발자국 소리가 들리더니 최씨가 나타났다. 그렇게 하여 귀신이 된 최씨와 이생은 재회를 한다.

이러한 서사적인 전개에 시가 삽입되지 않지만, 산문 자체가 매우 시적이다. 예를 들면, 최씨가 이생을 다시 만나 이렇게 말을 건넨다.

첩은 본디 양가에서 태어나, 어려서부터 부모의 가르침을 받았습니다.
자수와 재봉에 뛰어나고, 시서와 인의의 방도를 배웠습니다.
규방 다스리는 일만 알았지, 집 밖의 일을 할 줄 알았겠나요?
그러나 한번 붉은 살구꽃 핀 담장을 엿보시기에,
스스로 푸른 바다의 구슬을 바쳤습니다.
꽃 앞에서 한 번 웃고, 평생을 의탁하기로 하였지요.
휘장 안에 거듭 만나니, 정이 백 년을 산 것보다 깊었지요.
妾本良族 幼承庭訓
工刺繡裁縫之事 學詩書仁義之方

但識閨門之治 豈解境外之修

然而一窺紅杏之墻 自獻碧海之珠

花前一笑 恩結平生

帳裏重逢 情愈百年

네 글자와 여섯 글자를 기본으로 두 마리 말이 나란히 달리듯이 짝을 이루었다. 이런 글을 병려문騈儷文, 혹은 사륙문四六文이라 한다. 사륙문은 비록 산문으로 분류되기는 하지만 장식성이 매우 뛰어난 글이다. 최씨의 말이 마치 시처럼 읽힌다.

여기서 볼 수 있듯이, 「이생규장전」은 시로 읽는 소설이다. 산문 자체가 서정적인데다 시를 많이 삽입하여 독특한 '서정소설'이라는 양식이 된 것이다. 랠프 프리드먼의 『서정소설론』에 따르면, 서정소설은 소설을 시의 기능에 접근시킨 혼성적인 양식으로, 인과관계와 시간에 근거를 둔 서사의 틀 안에 서정적인 요소를 도입한 것이다. 서구에서 소설이 중심적인 장르가 되기 전에 서정적 서사 양식이 있었던 것처럼, 동아시아에서도 애정을 소재로 한 전기소설이 이러한 틀을 유지하고 있다.

최씨의 말은 계속 이어진다. 사륙문으로 자신이 죽음에 이르는 과정을 비장하게 토로한다. 그리고 살아서 못다 이룬 사랑을 이루게 된다. 또 최씨는 자신의 재산을 묻어 둔 곳과 부모의 유해가 버려진 곳을 일러 주어 이생이 장례를 잘 치를 수 있게 했다. 그 후 이생은 벼슬에 뜻을 잃고 두문불출하면서 최씨와 다정하게 살았다. 그렇게 몇 년을 지내다가 최씨는 시를 남기고 이승을 떠나고, 이생은 최씨의 유해를 수습하고, 몇 달 후 세상을 떠난다. 소설은 이렇게 끝이 났다.

4.

애정을 소재로 한 전기소설은 그 후에도 지속적으로 나왔다. 이러한 양식은 시가 뛰어나지 않으면 읽는 재미가 없다. 그 때문에 전기소설은 뛰어난 시인의 몫이다. 16세기 말에는 권필이라는 당대 최고의 시인이 있어 「주생전」周生傳이 나올 수 있었다. 「주생전」 말미의 기록에 의하면, 권필이 1593년 개성에서 주생周生이라는 사람을 만나 그의 이야기를 듣고 쓴 것으로 되어 있다. 주생의 기구한 사랑 이야기가 당대 최고의 시인 권필의 손을 통해 뛰어난 애정소설로 거듭난 것이다.

「주생전」의 줄거리는 이렇다. 주생이 과거에 실패하자 상인이 되어 배에 화물을 싣고 돌아다니다가 고향인 전당으로 돌아와 예전에 알던 기생 배도俳桃를 만나 사랑을 나눈다. 그러다 주생은 배도와의 사랑에 싫증을 느끼고, 몰래 선화仙花를 새로 사랑하게 된다. 하지만 배도에게 발각되어 선화와 만날 수 없게 된다. 그 후 배도가 죽으면서 선화와의 사랑을 허락한다. 주생은 선화의 남동생 국영國英의 공부를 구실 삼아 선화를 만날 수 있었는데 국영 역시 죽어 버려, 다시 선화를 만날 기회를 잃어버린다. 이에 주생은 전당을 떠나지만, 상사의 정을 이기지 못하여 죽을 즈음에 노부인의 도움으로 선화와 혼인하기로 한다. 이때 임진왜란이 발발하여 주생이 조선으로 원정 오는 바람에 이들은 다시 헤어진다.

이러한 줄거리의 중요한 대목에는 늘 시가 존재한다. 예전에 알기는 했지만 주생의 멋진 사詞를 보고 배도가 몸을 허락한다. 권필의 솜씨를 빌린 주생의 시가 아름답지 못하면 소설의 개연성이 확보되지 못한다. 주생의 시가 시원찮은데 배도가 영락한 주생을 위하여 옷을 벗겠는가? 벗었다 한들 독자들이 이를 믿겠는가? 배도가 옷을 벗게 한 주생의 사는 이러하다.

> 깊숙한 조그만 집 춘정이 요란한데
> 달빛 어린 꽃가지, 고운 향로에 피어나는 가는 연기.
> 창가의 고운 임은 수심에 몸이 삭을 듯,
> 꾸다 만 아득한 꿈이 꽃밭에 어지럽네.
> 小院深深春意鬧 月在花技 寶鴨香烟裊
> 窓裏玉人愁欲老 遙遙斷夢迷花草

사는 음률이 복잡하여 조선 시대에 지을 수 있는 문인이 많지 않았다. 그러니 이런 대목에 멋진 사가 나와야 배도의 결심이 개연성을 얻는 것이다. 선화가 소식의 「하신랑」賀新郎 "주렴 너머 누가 와서 고운 문을 두드리나? 자칫 요대의 꿈을 깨게 하리니, 게다가 바람이 대숲까지 흔드니"(簾外誰來推繡戶, 枉敎人夢斷瑤臺曲, 又却是風敲竹)를 읊조리자, 몰래 듣던 주생이 "바람이 대숲을 흔든다 마소, 바로 고운 임이 가리니"(莫言風動竹, 直是玉人來)라 답을 한다. 이 대목에서 군이 선화를 대신하여 아름다운 시를 지을 필요는 없다. 그저 문맥에 맞는 소식의 사를 넣으면 된다. 다만 주생의 답이 멋이 있어야 한다. 바람에 흔들리는 대숲을 받아 자신이 들어갈 것이라 한 것이다. 그리고 주생은 선화의 방으로 무단침입하고, 선화는 주생을 받아들여 한바탕 운우지락을 즐긴다.

애정을 소재로 한 전기소설은 이런 방식으로 제작된다. 작가가 작중인물을 대신하여 주어진 상황에 맞는 염정艷情을 노래한다. 그리고 독자는 상황에 얼마나 시가 적합한지를 즐긴다. 이것이 시가 있는 소설을 읽는 재미다. 시에 뛰어난 작가가 아니면 시가 있는 소설을 쓸 수가 없다. 이러한 계열의 소설로 가장 뛰어난 것으로 평가되는 「운영전」雲英傳은 작가가 알려져 있지 않지만, 김시습이나 권필에 결코 뒤지지 않는 대시인의 손에서 나온 것으로 추정된다.

시가 시원찮으면 소설이 이루어지지 않는다. 조선 후기에는 시가 있는 걸출한 한문소설은 잘 보이지 않는다. 뛰어난 시인이 흔하지 않았기 때문이다. 대신 줄거리 자체가 흥미를 끄는 소설이 나왔다. 『선언편』選諺篇이라는 책에 재미있는 소설이 하나 실려 있다. 조생趙生이라는 이가 길을 가다가 한 농가의 처녀를 보게 된다. 처녀에게 시를 한 구절 읊조리자 처녀는 이에 답을 하고 동침을 한다. 전기소설적인 구성이다. 그러나 시가 한 편의 작품이 아니라, 딱 한 구절이다. 그리고 그 수준도 유치하다. 시로 읽는 소설의 시대가 아닌 것이다. 서사적 구성으로 소설적인 재미를 대신한다. 그래서 조생이 처녀와 동침하는 것이 현실이 아니라 꿈으로 설정된다. 꿈에서 깨어난 조생은 여관의 노파에게, 오면서 본 처녀를 만나게 해달라고 조른다. 강청에 못이겨 노파는 조생에게 여장을 시켜 처녀의 집으로 데려간다. 여장을 한 조생은 처녀를 만나 의기투합한다. 처녀는 조생에게 자고 갈 것을 청하는데, 하나뿐인 침상에서 자라고 양보를 하다가 결국 같은 침상에서 자기로 한다. 나란히 누운 조생이 남자임이 발각되고 이에 곤혹을 겪지만, 조생이 꿈에서 준 시구를 말하자 처녀도 자신의 꿈에 그 시에 같은 구절로 답했다고 함으로써 천생연분임을 확인하고 운우지락을 나눈다. 이런 식이다. 이야기의 줄거리가 재미를 이끌어 간다. 한 구절뿐인 시의 수준 자체는 아무런 의미가 없다. 그저 하나의 신표 信標로 작용한다. 시로 읽는 소설의 전통이 남긴 잔재일 뿐이다.

진정한
벗을 위한
노래

1.

　벗이란 무엇인가? 박지원은 「회성원집발」繪聲園集跋에서 '제2의
나'(第二吾)라 했다. '제2의 나'를 만나면 얼마나 즐거울까? 이덕무는
「선귤당농소」蟬橘堂濃笑에서 이렇게 적었다. "만약 한 사람의 지기知己
를 얻게 된다면 나는 마땅히 10년간 뽕나무를 심고 1년간 누에를 쳐
서 손수 오색실을 물들이리라. 열흘에 한 가지 빛깔을 이룬다면, 50일
에 다섯 가지 빛깔을 이루게 되리라. 따뜻한 봄볕에 이를 쬐어 말린
다음, 여린 아내를 시켜 백 번 정련한 바늘을 가지고서 지기의 얼굴을
수놓게 하고 귀한 비단으로 싸고 오래된 옥으로 축軸을 만들리라. 높
은 산과 흐르는 강물, 그 사이에다 펼쳐 놓고 서로 마주보며 아무 말
을 하지 않다가 저물녘에 안고 돌아오리라."

　'제2의 나'를 만나는 것은 참으로 어렵다. 상우천고尙友千古라는
말이 그래서 나왔다. 당대에 진정한 벗을 만날 수 없으니, 역사를 거
슬러 올라가 마음에 맞는 벗을 구한다는 말이다. 천년의 역사를 거스

르지 않고 벗을 만난 사람은 참으로 행복한 사람이다. 우리나라 반만 년 역사에 진정한 벗을 만난 사람이 과연 몇이나 되겠는가?

이런 점에서 이행李荇(1478~1534)과 박은朴誾(1479~1504)은 참으로 행복한 사람들이다. 이행은 본관이 덕수이며, 자는 택지擇之, 호는 용재容齋다. 박은은 본관이 고령이며, 자는 중열仲說, 호는 읍취헌挹翠軒이라 했다. 이 두 사람은 우리 역사에서 내세울 만한 진정한 우정을 나누었다. 재주가 비슷하면 사이가 갈라지게 마련이다. 그러나 이 둘의 우정은 각별했다. 두 사람 모두 우리 한시사의 뛰어난 시인이다. 정조는 왕명으로 박은의 시집을 편찬하게 하고 쓴 글「증정읍취헌집」增訂挹翠軒集에서 박은을 동방의 시성詩聖이라 하면서 황정견黃庭堅과 어깨를 나란히 한다고 해도 지나친 것이 아니라 했고, 허균은『성수시화』에서 중종 때의 융성한 시학을 창시한 인물이 이행이라 했다. 이행의 부친 이의무가 김종직의 제자였고 박은의 스승 최부崔溥도 김종직의 제자였으니 학연이 가까웠다. 게다가 이행 집이 남산 아래 청학동에 있었는데 박은의 집 역시 남산에 있었으므로 어린 시절부터 절친했을 것으로 추정된다. 그리고 훗날 서로 사돈을 맺어 우정을 혈연으로 연결시켰다.

이행은 연산군 1년, 박은은 이듬해 문과에 급제하여 나란히 벼슬을 시작한다. 이들은 장래가 촉망되는 신진 엘리트로 승문원과 홍문관에서 나란히 근무했다. 특히 박은은 나이가 한 살 어리고 벼슬에 나아간 것 역시 한 해 늦었지만 신숙주의 손자 신용개가 선뜻 사위로 맞을 만큼 재주가 비상했기에 문과에 급제한 바로 그 해 장인인 신용개 등 연장자와 함께 사가독서賜暇讀書를 받았다. 이행 역시 23세에 질정관質正官이라는 직함을 받아 중국으로 갈 만큼 젊은 시절부터 뛰어난 재주를 과시했다.

이들의 불운은 연산군의 폭정에서 비롯된다. 연산군 7년 나란히 홍문관 수찬으로 있으면서 연산군에 빌붙은 권세가를 비판하는데, 박은은 목소리가 좀 더 커서 하옥되고 이행은 다행히 좌천되는 데 그쳤다. 하지만 그 일 때문에 박은은 3년 후인 연산군 10년 동래로 유배되었다가 한양으로 압송되어 사형을 당했으며, 이행도 이에 연루되어 고문을 받고 충주에서 유배 생활을 하게 되었다.

2.

이행은 시가 원만하거니와 성격도 원만했다. 연산군의 폭정에 피해를 입어 거제도로 위리안치되어, 염소를 치는 노비의 신분으로 떨어졌지만, 중종반정 이후에 출세가도를 달렸다. 또 다른 벗 남곤南袞과 앞뒤로 대제학까지 지냈다. 그러나 박은은 성격이 참으로 강직하여, 죽음을 앞두고도 말을 바꾸지 않아 26세의 젊은 나이에 사형을 당했다. 이러한 개성의 차이에도 이들의 우정은 바뀌지 않았다. 20대 청춘의 시절에 함께 시국을 근심하고, 술을 마시면서 시름을 풀고 또 시를 지어 우정을 확인하였다.

찬비는 국화에 어울리지 않는데
작은 술동이는 사람 가까이할 줄 아네.
문을 닫으니 붉은 잎 떨어지고

시구를 얻으니 흰머리 새롭다.

정다운 벗 생각할 때는 기쁘다가

적막한 새벽 되니 시름이 더하네.

그 언제나 검은 눈동자 마주하고

크게 웃으며 화창한 봄을 보리요?

寒雨不宜菊　小尊知近人

閉門紅葉落　得句白頭新

歡憶情親友　愁添寂寞晨

何當靑眼對　一笑見陽春

_박은, 「빗속에서 택지를 그리워하며」(雨中懷擇之), 『읍취헌유고』 권3

택지는 이행의 자다. 지금 전하는 박은의 시에는 제목 자체에 '택지'가 들어간 것이 많다. 위의 작품은 을씨년스럽게 비가 내리는 날 지기 이행을 그리워하여 지어 보낸 것이다. 박은의 시는 봄이든 가을이든 밝은 햇살을 보기 어렵다. 잔뜩 찌푸린 우울한 풍경을 주로 그렸다. 박은은 황정견과 진사도 등 중국 강서시파江西詩派의 영향을 많이 받았다.

조선 문단에서 황정견, 진사도 시에 대한 관심은 15세기 후반에 이미 일반화된 것으로 보인다. 15세기 말에서 16세기 초반 성현은 조선의 시단을 진단한 「문변」文變이라는 논문에서, 당시 사람들이 이백의 시는 지나치게 호탕하고, 두보의 시는 지나치게 깊고, 소식의 시는 지나치게 웅장하고, 육유의 시는 지나치게 호방하므로 오직 본받을 것은 황정견과 진사도라고 여겼다고 적고 있다. 고려 이래로 소식의 시를 배우고자 했으나 소식과 같은 천부적인 기상을 타고나지 않으면 그 껍질을 모방하는 데 그칠 수밖에 없었다. 소식의 시풍을 넘어서고자 성당盛唐의 표상인 이백과 두보, 그리고 두보를 계승한 육유를 배우고자 했지만 그 역시 쉽지 않았다. 두보나 이백, 육유의 시가 배우기에는 너무 호탕하고 웅장했기 때문이다. 이에 비해 황정견과 진사도 등 강서시파는 천재적인 재능이 아니라 시법의 연마를 통해 좋은 시를 쓸 수 있다는 가능성을 보여주었다. 학습이 가능한 좋은 시가 있다면 시단의 움직임이 그리 쏠릴 것은 자명하다. 그리하여 이 땅에 15세기 후반 무렵부터 강서시파를 통해 시를 배우고자 하는 움직임이 거세게 일어났다. 박은과 절친했던 이행이나 정희량, 16세기 시단을 풍미했던 정사룡, 노수신, 황정욱, 최립 등도 황정견과 진사도의 강서시파의 영향을 깊이 받았다.[31]

강서시파를 배운 조선 전기의 시인들은 창작 방법의 연구를 통해 낡고 익숙한 것을 거부하고, 다소간 난삽하지만 새로운 시어와 의경을 획득하고자 노력했다. 주제의 측면에서는 인생의 비애와 우울한 서정이 주조를 이루고 있다. 특히 박은과 이행은 어두운 시대를 살았기에 이들의 시를 기후로 말하자면 거센 비가 퍼붓지는 않지만 잔뜩 찌푸린 날씨라 하겠다. 국화가 피었건만 이를 시샘이라도 하듯 주룩주룩 찬비가 내리고, 단풍잎은 곱게 물들었지만 이십대 중반 젊은이의 머리는 하얗게 세어 있다. 그저 마음을 즐겁게 하는 것은 정다운 벗이 보내 준 시다. 시를 읽고 있노라면 어느새 밤이 샌다. 아침이 되면 다시 벗을 만나 우울함을 떨치고 싶다고 한다. 다음 두 사람이 주고받은 작품 역시 마찬가지다.

좋은 계절 저무는데 아직 문을 닫아걸고서
어찌하여 외롭게 앉아 남산을 등지고 있나.
한가하니 괴로운 시흥에 억지 시를 짓지만
병든 눈이라 찬 햇살을 겨우 알아보겠네.
술을 끊자니 주령을 다시 어기는 셈이요
꽃을 대하고도 봄 얼굴을 짓기 어렵다네.
백 년 살다 가는 인생살이 지기가 누구인가?
가을바람에 고개 돌리고 홀로 눈물 흘린다.

佳節昏昏尙掩關　不堪孤坐背南山
閑愁剛被詩情惱　病眼微分日影寒
止酒更當嚴舊律　對花難復作春顔
百年生死誰知己　回首西風淚獨潸

_이행, 「중열의 시에 차운하다」(次仲說韻), 『용재집』 권3

깊은 가을 낙엽이 문을 치고 들어오는데
들창문은 산 한쪽을 온통 실어 들인다.
비록 술잔이 있은들 누구와 함께 마주하랴?
이미 비바람 추위를 재촉할까 걱정인 것을.
하늘이 응당 나에게 궁한 팔자 내렸으니
국화 또한 사람에게 고운 얼굴 보이지 않네.
근심을 떨쳐 없애야만 진정한 도사가 아니겠나
병든 눈으로 부질없이 늘 눈물 흘리지 말게나.

深秋木落葉侵關　戶牖全輸一面山

縱有杯尊誰共對 已愁風雨欲催寒

天應於我賦窮相 菊亦與人無好顔

撥棄憂懷眞達士 莫敎病眼讙長湍

_박은, 「택지에게 화답하다」(和擇之), 『읍취헌유고』 권3

    두 사람은 누가 먼저인지 알 수 없을 정도로 끊임없이 시를 주고
받았다. 내용으로 보아 이행의 것이 먼저인 듯싶지만, 이행 역시 박은
의 시에 차운한 것이라 했다. 이 무렵 박은은 파직되어 남산의 푸른빛
을 마주한다는 뜻의 읍취헌에 칩거하고 있었다. 이행은 이렇게 좋은
계절 문을 닫아걸고 있는 박은의 처지를 동정한 다음, 자신도 눈병이
나서 햇살조차 희미하다고 했다. 눈병이 오래 지속되지만 주령酒令을
만들어 술을 마시기로 약조를 했으니 술을 끊을 수 없어 한잔 마셔 본
다. 술을 마시고 고운 국화를 보아도 기분이 밝아지지 않는다. 지기를
만나야만 우울한 마음이 풀릴 것이라 했다.

    이에 박은이 답한 시는 그의 대표작 중 하나다. 가을바람이 불어
낙엽만이 문을 메운다. 창을 열면 훵한 남산이 다 보인다. 기발하면서
도 힘이 있는 표현이다. 특히 이 작품은 3연이 명구로 일컬어졌다. 하
늘이 자신들에게 곤궁한 팔자를 내렸기에 자신들의 눈앞에는 국화조
차 아름답지 못하다 했다. 보통 시에는 '어'於나 '여'與와 같은 어조사
를 잘 쓰지 않는다. '궁상'窮相 역시 우아한 표현이 아니다. 이렇듯 박
은은 잘 쓰이지 않는 시어를 자주 구사했는데, 흔히 강서시파에서 '이
속위아'以俗爲雅, 곧 속된 것을 우아하게 만든다는 이론을 실천한 것이
다. 박은의 시에서는 그런 표현이 자주 보인다. 참신함을 확보하면서

楊花津
謙齋

양화진 _ 정선, 개인 소장.

도 시의 분위기를 우울하게 엮어나가는 것이 황정견과 진사도의 시를 배운 영향이다. 이 시에 앞서 이행에게 보낸 시에서 박은이 "외롭기는 조롱의 새와 같아 늘 벗을 그리는데, 멍청하기는 가을 파리와 같아 다시 추위가 겁이 나네"(孤如籠鳥長思侶, 癡似秋蠅更怯寒)라 한 것도 비슷한 스타일의 예로 들 수 있다.

3.

물론 박은과 이행의 만남이 늘 우수에 차 있었던 것은 아니다. 박은과 이행의 즐거운 우정은 『천마잠두록』天磨蠶頭錄이라는 책에 고스란히 전한다. 이 책은 아름다운 갑인자 활자본으로 인쇄되어 지금까지 전한다. 『천마잠두록』은 개성의 천마산과 한강의 잠두봉을 유람한 시문필첩이다. 1502년 2월 박은과 이행은 승려 혜침惠沈과 함께 질탕하게 개성을 유람하면서, 난정蘭亭의 고사에 의빙하여 술잔을 물에 띄우고 술잔이 돌아올 때까지 시를 짓지 못하면 벌주를 마시는 놀이를 한 바 있다. 이때 또 다른 단짝이었던 남곤이 참석하지 못한지라, 남곤의 청에 의하여 7월 16일 서호의 잠두봉에서 다시 한 번 시회를 가졌다. 그 해가 임술년이었다. 그 유명한 소식의 「적벽부」가 제작된 해와 간지가 같으므로, 그 날짜도 마찬가지로 7월 16일로 잡은 것이다. 이들은 배에 올라 각기 술 한 사발씩을 마셨다. 두 사람은 남곤에게 붓을 주며 「적벽부」赤壁賦를 쓰게 한다.

그러나 이러한 즐거움 속에서도 이들의 시에는 인생의 비애가 서려 있다. 다음은 개성의 천마산을 유람할 때 복령사福靈寺에 들러 지은 박은의 대표작이다.

절간은 문득 신라의 옛것이요
천 개의 불상은 다 서축에서 온 것.
예부터 신인도 대외에서 길을 잃었다더니
지금의 복스러운 땅은 천태산과 같구나.
스산한 봄기운에 비가 오려는지 새가 우는데
늙은 나무 정이 없어 바람이 절로 슬프다.
인간 만사 한바탕 웃음거리도 못 되나니
푸른 산에서 세상을 보니 절로 먼지에 떠 있네.

伽藍却是新羅舊 千佛皆從西竺來
終古神人迷大隗 至今福地似天台
春陰欲雨鳥相語 老樹無情風自哀
萬事不堪供一笑 靑山閱世只浮埃

_박은, 「복령사」福靈寺, 『읍취헌유고』 권3

먼저 1연에서부터 대를 맞추어 복령사가 신라 때 창건되었고 천
개의 불상은 인도에서 온 것임을 밝혔다. 2연에서는 황제黃帝가 구자
산에서 대외大隗(大道를 가리킨다)를 찾으려 하였는데 양성에 이르러 길
을 잃었다는 『장자』의 고사를 끌어들여 복령사를 찾아 올라가는 길이
험준함을 말하고, 한의 유신劉晨과 원조阮肇가 천태산에 약을 캐러 가
서 길을 잃고 굶주리다가 매우 아름다운 두 여인을 만나 사시사철 봄
경치를 즐기며 살았다는 『태평광기』의 고사를 끌어들여 복령사가 별

222

세계임을 말했다. 특히 3연은 하늘의 도움을 받은 구절로 평가되었는데, 이십대 중반 젊은이의 입에서 나온 것이라 믿기 어려울 정도로 죽음의 그림자가 드리워져 있다. 후대 시화에서 이 구절을 들어 박은의 죽음을 예견했다고 하여 시참詩讖이 되었다. 시참대로 박은은 26세의 아까운 나이로 허무하게 죽었다.

4.

박은이 갑자사화에 사형당한 후 2년이 지나 중종반정이 일어났고, 이행은 거제도에서 나와 조정으로 복귀했다. 이듬해 이행은 박은의 시를 수습하여 눈물 속에 『읍취헌유고』를 편찬했다. 박은의 시가 흩어져 버린 상황에서 이행이 가지고 있던 작품을 모아 엮은 것이니, 문집에 이행에게 준 시가 많은 것은 당연한 일이다. 젊은 시절 이행의 작품을 보더라도 박은에게 준 시가 매우 많고, 박은이 죽은 후에도 박은을 회상하는 시를 많이 남겼다는 점에서 이들은 『논어』에서 이른 대로 '문학으로 벗과 사귄다'(以文會友)는 뜻을 이루었다 하겠다.

이행은 남곤과 함께 정승의 반열에까지 올라 영화를 누릴 만큼 누렸지만, 젊은 시절 박은과의 추억은 잊을 수 없었다. 이행의 대표작 중에 죽은 박은의 그림자가 자주 확인된다.

책 속에 천마산 모습이
어렴풋이 아직 눈앞에 열리네.
이 사람 지금 이미 가고 없는데

옛길은 나날이 아득해지네.

가랑비 내리는 영통사

해 저무는 만월대여.

죽고 살고 만나고 헤어짐을 겪고서

센머리로 홀로 배회하노라.

卷裏天磨色 依依尙眼開

斯人今已矣 古道日悠哉

細雨靈通寺 斜陽滿月臺

死生曾契闊 衰白獨徘徊

_이행, 「천마록 뒤에 쓰다」(題天磨錄後), 『용재집』 권2

　　박은이 죽은 지 3년이 지났을 무렵, 함께 천마산을 유람하면서 지은 『천마록』을 꺼내어 읽는다. 보노라니 함께 천마산에서 놀던 일이 아련히 떠오른다. 책을 덮고 탄식을 한다. '이의'已矣라는 표현은 제문에서 흔히 볼 수 있는 것으로 보통 시어로 쓰지 않는다. 감탄사 '재'哉도 마찬가지다. 시어로 잘 쓰지 않는 이러한 어조사를 활용하여, 자신의 통곡 소리를 담았다. 이제 박은의 죽음으로 함께 지향했던 새로운 세상을 만들자는 꿈은 사라져 버렸다. 눈을 감는다. 죽은 벗의 모습이 더 또렷이 떠오른다. 가랑비 내리는 영통사, 석양이 비치는 만월대를 나란히 거닐고 함께 술을 마시고 시를 짓던 일이 낡은 필름처럼 지나간다. 서술어를 두지 않음으로 해서 독자 역시 눈을 감고 긴 생각에 잠긴다. 다시 눈을 뜨면 현실이다. 벗은 죽고 나는 살아남았다. 갓 서른의 나이지만 벗을 잃었기에 노인이 되어 버렸다.

두고두고 박은을 그리워하던 이행은 좌의정에 올라 부귀영화를 누렸지만, 중년의 벗 김안로金安老와 사이가 벌어져 54세에 평안도로 귀양길에 올라, 서울로 돌아오지 못하고 그곳에서 생을 마쳤다. 다음은 유배지로 떠나기 얼마 전인 1531년 무렵에 지은 작품으로 추정된다. 노년이 되어서도 박은이 더 보고 싶었나 보다.

읍취헌 높은 누각 오래도록 주인 없어
지붕 위 밝은 달에 그 모습 생각나네.
이로부터 강산에 풍류가 사라졌으니
인간 세상 어느 곳에 다시 시가 있으랴?
挹翠高軒久無主 屋梁明月想容姿
自從湖海風流盡 何處人間更有詩

_이행, 「읍취헌의 시를 읽고 장호남의 옛 시에 차운하다」(讀翠軒詩用張湖南舊詩韻),
『용재집』 권8

벗이 죽은 지 거의 거의 30년의 세월이 흘렀다. 박은이 살던 남산의 읍취헌은 주인을 잃었다. 읍취헌 위로 뜬 달을 보니 훤한 박은의 모습이 떠오른다. 박은은 재주만 뛰어났던 것이 아니라 외모도 훤칠했다. 박은이 죽고 없으니 인간 세상에서 진정한 의미의 시는 없다고 선언한다. 이 시를 『국조시산』에 선발한 허균은 마음에 맞는 벗이기에 이런 시가 나올 수 있었다고 했다. 지기가 아니었다면 이런 명편을 쓸 수 없었을 것이다.

5.

죽은 벗을 그리워한 작품에 진실한 감정이 없으면 좋은 작품이 될 수 없다. 우리 한시사에서 죽은 벗을 그린 가장 뛰어난 작품 중 하나는 다음 권필의 시일 것이다.

이승과 저승이 이어져 있은들 통할 길 없으니
한바탕 다정한 꿈 깨고 나니 진실은 아니겠지.
눈물 닦으며 산을 나서 왔던 길을 찾노라니
새벽 꾀꼬리가 홀로 가는 나를 울며 보내네.
幽明相接杳無因 一夢慇懃未是眞
掩淚出山尋舊路 曉鶯啼送獨歸人
_권필, 「양주의 산속에서 구김화의 널 앞에 통곡하고 날이 저물어 머물러 잔 뒤 다음날 아침 산을 나서며」(哭具金化喪柩于楊州之山中, 因日暮留宿, 天明出山), 『석주집』 권7

김화현감을 역임했던 구용具容은 권필, 이안눌과 함께 시명을 나란히 하면서도 우정이 지극했다. 김화현감으로 있다가 죽었는데 권필이 양주의 장지까지 따라갔다가 날이 저물어 하루를 유숙하게 되었다. 그날 밤 꿈을 꾸는데 생시와 다름이 없었다. 그러나 꿈에서 깨고 나니 벗의 죽음은 현실로 돌아왔다. 그래서 구용이 죽은 것이 혹 거짓이 아닌가 반문한 것이다. 눈물을 흘리면서 홀로 터벅터벅 길을 돌려 나서니 새벽 꾀꼬리가 구용의 넋인 양 전송하더라 한 것이다. 『호곡시화』에 따르면 이정귀가 선조에게 권필을 추천하면서 이 시를 읊었다.

이에 선조가 "석주石洲(권필의 호)와 죽창竹窓(구용의 호)의 사귐이 얼마나 깊었기에 시어가 이처럼 슬픈가?"라 하고 권필의 시집을 대궐로 들이도록 했던 명편이다.

이행이 먼저 죽은 박은의 시를 모아 『읍취헌유고』를 편찬했던 것처럼, 권필 역시 구용의 시를 모아 『죽창유고』를 편찬했다. 이행이 박은의 옛집을 방문하고 눈물을 흘리면서 시를 지었듯이 권필 역시 구용의 집을 방문하고 통곡한다.

성산의 남쪽에 있는 그대의 집
작은 마을에 희미한 길 하나 뻗어 있었지.
허망한 세상 10년에 세상사는 변하였는데
봄이 와서 산 가득 꽃은 부질없이 피었네.
城山南畔是君家　小巷依依一逕斜
浮世十年人事變　春來空發滿山花

_권필, 「성산에 있는 구용의 옛집을 지나며」(城山過具容故宅), 『석주집』권7

권필은 마포에 살았고 구용은 성산에 살았다. 하도 자주 드나든 길이기에 근처만 가도 그 집이 떠오른다. 구용이 죽은 후 세상사는 변했지만 예전처럼 그 집은 봄날을 맞아 꽃이 만발했다. 꽃은 다시 피었지만 한번 간 사람은 다시 돌아올 수 없기에 비애가 더욱 처절하다. 허균은 『국조시산』에서 이행이 박은의 죽음을 애도하면서 지은 시를 두고 득의得意의 벗이기에 득의의 작품이라 했던 것과 똑같은 평을 했다. 진실한 우정에서 나온 작품이기에 절로 좋은 작품이 되었다는 뜻이다.

풍경에 담은
감정의
변화

1.

　풍경은 사람의 감정과 무관하지만, 한시 속의 풍경은 그렇지 않다. 한시 속의 풍경에는 인간의 감정이 담겨 있다. 풍경 속에 감정이 이입되기도 하고 풍경이 감정과 혼융되기도 한다. 한시의 창작 방법과 관련하여 선경후정先景後情이라는 말이 있다. 경치를 먼저 그린 다음에 감정을 토로한다는 뜻이다. 이때 선경은 시인의 감정을 촉발하는 흥의 효과가 있다. 『시경』에서 창작 방법은 비比, 부賦, 흥興 세 가지로 제시되었다. 비는 다른 사물에 비유하는 방식이요, 부는 자신의 뜻을 직설적으로 적는 방식이다. 흥은 먼저 경물을 말한 다음 그에 대한 흥감을 적는 것인데, 경물이 흥감과 어떠한 관계인지 연결이 쉽지 않다는 점에서 가장 고도의 수사라 할 만하다.

　흥의 수사를 이용한 한시에서, 경물과 흥감의 관련을 지나치게 따지면 자칫 시를 무리하게 해석하는 오류에 빠지기도 하지만, 그려진 경물이 시인의 감정과 어떻게 호응되는지에 대해서는 면밀하게 살필

228

필요가 있다. 한시, 특히 율시는 조직을 중시한다. 네 연으로 구성되는 율시는 각 연을 고도로 안배하여 시상을 조직하므로, 단순하게 경물을 묘사한 것 같지만, 경물 묘사 자체가 시인이 감정을 토로하기에 앞서 일종의 복선 역할을 하기도 한다. 다음 박상의 잘 짜인 작품에서 이를 확인할 수 있다.

강마을에 장맛비가 높은 하늘에서 걷히니
가을 기운 서늘하여 늦더위가 사라졌네.
누렇게 기름진 들판에 나락은 눈에 어지럽게 팼고
푸릇푸릇 성긴 개울의 버들은 술잔을 마주하고 높네.
약속이나 한 듯 바람은 춤추는 옷자락을 따르고
부르지도 않았는데 산은 노래하는 자리에 드네.
부끄러워라, 지금껏 조그만 녹봉을 받느라고
고향의 언덕이 묵어 가도 거닐지 못했음이.
江城積雨捲層霄　秋氣泠泠老火消
黃膩野秔迷眼發　綠疎溪柳對樽高
風隨舞袖如相約　山入歌筵不待招
慙恨至今持斗米　故園蕪絶負逍遙

_박상, 「정한림이 이별하면서 준 시에 화답하다」(酬鄭翰林留別韻), 『눌재집』 권4

박상朴祥(1474~1530)은 본관이 충주이며, 자는 창세昌世, 호는 눌재訥齋라 했다. 조카 박순朴淳과 함께 시명이 높았으며, 특히 16세기 호남시단을 이끈 큰 시인이다. 뛰어난 재주에도 불구하고 사림의 개혁

정치를 지지했기에 훈구화된 사장파詞章派가 득세한 중종 연간에 그리 높은 벼슬을 하지 못하고 외직을 전전했다. 이 때문에 그의 시에는 강개함이 늘 배어 있다. 이 작품 역시 그러하다.

쉰 살이 넘은 나이에 지방관으로 있을 때 인근 고을의 수령이 내직으로 영전되어 가는 것을 전송하면서 지은 작품이다. 강마을에 계속되던 장맛비가 그치자 성큼 가을이 다가왔다. 두 번째 연은 이를 풍경으로 보였다. 누렇게 기름진 들판의 벼는 사람의 눈을 어찔하게 만들고, 무성하던 버들도 가을 기운에 잎이 듬성듬성해져서 휑하기만 하다. 황금들판을 장식하는 밝은 나락은 영전하는 벗의 이미지와 겹쳐지고, 절로 휑한 버들은 외직으로 전전하는 자신의 초췌한 모습과 오버랩된다.

상반된 두 풍경의 묘사는 3연의 강개한 목소리와 연결된다. 3연의 경물 묘사가 이 시의 압권이다. 2연과 3연 사이에는 상당한 시간이 경과되었다. 초췌한 시인을 닮은 버드나무 숲에서 황금들판을 닮아 영전하는 벗을 마주하고 한참 술을 마신 것이다. 영전하는 벗을 축하하면서 자신의 초라한 신세를 돌아보고 거나하게 마셨다. 그러다 보니 어느새 저녁이 되었다. 덩실덩실 춤을 추는 소매에 저녁 바람이 불어오고, 잔치 자리에 산 그림자가 길게 드리워진다. 이제 이별의 잔치를 끝낼 때가 된 것이다. 잔치 자리의 아쉬움을 이렇게 말하였다. 약속한 듯이 불어온 바람과 초대하지 않은 산 그림자는 이제 술자리를 파하도록 재촉하고 있다. 술자리를 파하는 시인의 마음은 처량하다. 이까짓 벼슬자리가 무엇이라고 잡고 있는가? 자신이 밉다. 산 그림자 드리워진 앙상한 버들 숲에서 강개로움에 겨워 너울너울 춤추는 시인의 모습이 긴 여운으로 남는다.

이러한 정밀한 풍경의 묘사가 박상 시의 특징이다. 그러면서도 풍경을 변화시켜 시간이 흘러가는 것을 묘하게 그려 내기도 한다. 밀양의 영남루에 올라 지은 다음 작품 역시 풍경의 묘사에 힘이 있으면서도 시간의 경과가 정치하게 그려졌다.

나그네 이르니 고개에 매화가 막 피었는데
섣달은 지나고 상원날은 되기 전이라네.
봄은 우레 같은 천 가지 북소리에 생겨나고
시흥은 푸른 산으로 지는 해에 모여드네.
고기잡이배는 강을 두른 달빛을 나누어 싣는데
관아의 염소는 언덕을 덮은 아지랑이를 밟아 부수네.
몸은 쇠해도 마음은 건장하여 맑은 하늘로 올라서
천지를 몰아다가 술에 취한 이 자리에 들게 하노라.

客到嶺梅初發天　嘉平之後上元前
春生畵鼓雷千面　詩會靑山日半邊
漁艇載分籠渚月　官羊踏破羃坡烟
形羸心壯凌淸曠　驅使乾坤入醉筵

_박상, 「영남루 시에 차운하다」(次嶺南樓韻), 『눌재집』권5

밀양으로 들어서자 자신을 기다렸다는 듯이 고갯마루의 매화가 꽃망울을 터뜨렸다. 박상의 조카 박순이 「고향으로 돌아가는 퇴계선생을 전송하면서」(送退溪先生還鄕)라는 작품에서 "추위가 고갯마루의 매화를 붙들어 봄에도 피지 않게 한 것은, 꽃을 머물러 두었다가 늙은 신선 돌아오기를 기다린 것이겠지"(寒勒嶺梅春未放, 留花應待老仙還)라 한 것처럼 꽃이 자신을 기다렸다는 말이다. 이어 섣달에 지내는 제사인 가평嘉平, 절기를 가리키는 상원上元이라는 낯선 시어를 구사하고 '지'之와 같이 시에서 잘 쓰이지 않는 어조사를 사용하여 강건한 맛을 내었다.

이 작품은 2연과 3연의 경물 묘사가 탁월하다. 2연은 영남루에서의 시회를 묘사한 것이다. 봄을 맞아 영남루에서 한바탕 잔치가 벌어졌다. 풍악소리가 진동하고 기생들의 노랫가락이 울려 퍼진다. 그 속으로 봄이 온다고 했다. 이런 말을 했으니 대낮이리라. 그러나 바로 이어지는 구절에서는 해가 서산으로 넘어간다 했으니 시간이 상당히 경과했다. 술에 취해 노래하고 춤을 추다 보니 어느새 저녁이다. 아쉬움에 시인들은 시를 짓는다. 이날의 추억을 시에 담기 위해서다. 고심에 차서 시를 짓노라니 다시 밤이 되었다. 밀양을 감싸고 흐르는 낙동강에 달이 막 떴다. 그 달빛을 고기잡이배가 나누어 실었다. 고개를 돌려 야산 쪽을 바라본다. 달빛도 어스름하고 밤안개도 자욱하다. 그 속에 관아에서 풀어놓은 염소들이 하나둘 돌아온다. 안개 속에 나타나는 모습이 마치 안개를 밟아 부수고 나오는 듯하다.

이같이 고운 풍경에 사람들의 마음이 절로 호쾌해진다. 비록 몸은 늙었지만 마음은 청춘이다. 육신은 자리에 앉아 있지만 영혼은 하늘 높이 솟구친다. 그리고 자신의 소매에 온 천지를 담아 내려온다. 술 취한 호기에 온 세상이 자신의 것인 양 느껴진다.

이처럼 한시에서 묘사된 풍경에는 시인의 감정이 투영되어 있다.

특히 율시에서 풍경을 묘사하는 2연이나 3연은 이러한 수법으로 제작된 것이 많다. 18세기의 시인 권엄權儼은 울진현령으로 가 있는 성대중成大中을 그리워하여 지은 「사집을 그리워하면서」(憶士執)라는 시에서 "가는 길에 풍양역에는 꽃이 시들었을 터이지만, 돌아올 때는 광릉의 배에 밝은 달이 비추리라"(去路殘花豐壤驛, 歸時明月廣陵舟)라 했는데, 이별의 시간이기에 꽃이 지는 것이요, 재회의 시간이기에 보름달이 뜬 것이다. 이것이 풍경 속에 투영된 시인의 감정이다.

2.

정사룡은 역대 시인 중에서 율시를 가장 잘 지었던 사람 중 하나다. 정사룡은 일필휘지, 흥이 나는 대로 시를 쓰지 않았다. 시상을 어떻게 전개시켜야 할지 안배를 하고, 시의 뜻을 공교롭게 하기 위하여 단련에 단련을 거듭했다. 그래서 그의 시에서 풍경은 단순하지 않다. 앞서 본 박상의 시처럼 감정의 복선으로 풍경이 제시되고, 풍경의 변화에 따라 감정이 변화한다.[32]

> 계단에 명협초 네 번 지고 달이 또 찼는데
> 쓸쓸하게도 찾아오는 수레 없어 문을 걸었네.
> 시서의 옛일은 버려두어 다시 하기 어려운데
> 농사짓는 새 일은 계획이 아직 서지 않는구나.
> 빗기운이 노을을 눌러 산이 갑자기 어둑하더니
> 강물이 달빛을 받아서 밤인데도 오히려 밝구나.

근심 걱정이 이제는 마음을 괴롭히지 않으니

이 신세 마땅히 낚시와 밭갈이에 부쳐야겠네.

四落階蓂魄又盈　悄無車馬閉柴荊

詩書舊業抛難起　場圃新功策未成

雨氣壓霞山忽暝　川華受月夜猶明

思量不復勞心事　身世端宜付釣耕

_정사룡,「회포를 적다」(紀懷),『호음잡고』권5

정사룡鄭士龍(1491~1570)은 자가 운경雲卿, 호가 호음湖陰이다. 명
문가의 후손으로, 조부 정난종은 판서를 지냈고 숙부 정광필은 영의
정을 지냈다. 이행, 소세양과 함께 중종대와 명종대 관각을 이끌었다.
소식의 시와 함께 황정견의 시를 배웠기에 그의 시는 조직의 아름다
움이 뛰어난 것으로 평가된다.

이 작품은 일흔을 바라보는 노년에 제작한 것이다. 명협초는 15
일까지 하루에 잎이 하나씩 피다가 16일부터 그믐까지 잎이 하나씩
진다는 전설상의 풀이름이다. 명협초가 네 번 떨어졌다고 하여 넉 달
동안의 시간의 경과를 시각화했다. 혼백魂魄은 달이 찼다가 이우는 것
을 이르는 말이기도 한데, 시야에 보이는 달이 혼이요, 검게 보이지
않는 부분이 백이다. 이 용어로 그믐이 되었다가 보름이 되고 다시 그
믐이 되는 시간의 경과를 시각적으로 보여주었다. 비록 전설상의 명
협초지만 잎이 돋았다 지는 모습과 달이 떴다가 지는 모습을 보여준
다음, 아무도 찾지 않는 쓸쓸한 사립문의 모습을 제시한다. 이렇게 하
여 벼슬에서 물러난 지 몇 달이 지났건만 아무도 찾아 주는 이 없는

염량세태炎凉世態를 말했다. 이어 시 짓고 글 쓰는 일은 조정의 시비만 야기하였기에 다시 하고 싶지 않다고 목소리를 높였다.

훗날 사림의 선비들이 그의 청렴하지 못한 면을 많이 거론하는데, 사실은 정사룡이 시 잘 짓는 능력으로 행세한 것을 더욱 미워했기 때문이다. 중국에서 사신이 오면 시를 잘 짓는 신하들을 뽑아 접대하게 해야 외교적인 마찰을 줄일 수 있었다. 이 때문에 엘리트를 선발하고 휴가를 주어 시를 익히게 하거나 또 매달 시를 지어 임금에게 바치게 하는 등 시에 능한 인재를 양성하기 위하여 국가적인 노력을 경주했다. 그러나 시재는 타고나는 것이기에 국가에서는 늘 시에 능한 인재의 부족 때문에 고충을 겪었다. 서얼처럼 온전한 양반이 아니어도 시에 능하면 이문학관吏文學官이니 한문학관漢文學官이니 하는 이름뿐인 벼슬을 주어 사신을 맞게 하거나 중국으로 가는 사신 일행을 따라가도록 했던 것이다.

정사룡은 자주 부정이 적발되어 벼슬에서 물러났는데, 중국에서 사신이 오면 어쩔 수 없이 다시 불러들여 외교의 임무를 맡겼다. 물론 일이 끝나면 다시 탄핵을 받아 물러나야 했다. 정사룡은 이렇게 살았다. 그러했기에 노년의 정사룡은 다시 시를 짓고 글을 쓰는 일을 하고 싶지 않았던 것이다. 그러나 시 짓는 일이 아니라면 달리 살아갈 방도가 없었다. 붓으로만 평생을 산 그가 농사에 매달릴 수는 없는 노릇이다. 답답하다. 마음이 답답하면 눈에 보이는 풍경도 답답하다. 비가 오려는지 저기압이다. 묵직한 빗기운이 저녁노을을 묵직하게 누른다. 노을이 나지막하게 깔리니 골짜기가 절로 어둑해진다. 그리고 어둠 속에 제법 긴 시간이 지나간다. 그동안 시인은 많은 생각을 한다. 사는 것이 무엇인지, 부귀영화가 무엇인지. 지나간 영욕의 세월이 주마등처럼 스쳤으리라. 그리고 다시 눈을 떴을 때는 안분지족의 경지에 이를 수 있었다. 분노에서 체념으로, 다시 안분으로 심경이 변화한 것이다.

『장자』에 허실생백虛室生白이라는 말이 있다. 텅 빈 방이면 밝은 빛이 절로 비친다는 말이다. 그처럼 마음을 비우면 희망의 빛이 보인다. 이에 칠흑 같은 어둠 속에 서서히 빛이 보이기 시작한다. 어느새 날이 개고 달이 떴다. 달이 뜨니 강물이 달빛을 받아 훤해진다. 암흑에서 광명으로 바뀐 것이다. 그러면 사람의 기분도 달라진다. 이 구절을 두고 허균은 『국조시산』에서 옛사람이 이룩하지 못한 경지라고 칭찬했다. 그런데 이 구절은 김부식의 「감로사에서 혜소의 시에 차운하다」에서 "산 모습은 가을에 더욱 좋고, 강물 빛은 밤에 오히려 밝네"(山形秋更好, 江色夜猶明)를 가져온 것이다. 허균이 김부식의 이 시를 몰랐을 리 없지만, 그럼에도 옛사람이 이룩하지 못한 경지라 한 것은, 김부식의 시에서 표현을 빌렸으나 시간의 경과에 따라 풍경이 달라지고, 달라진 풍경에 따라 시인의 감정이 변화한 것을 묘하게 그려 낸 것을 칭찬한 것이라 하겠다.

암흑에서 광명으로 풍경이 변화하고 그에 따라 어둡던 마음이 밝아졌다. 그래서 마지막 연에서 세상사에 대한 근심 걱정이 이제는 마음을 수고롭게 하지 않는다 했다. 농사를 지을 엄두를 내지 못한다고 했지만 마음의 평화가 이루어진 상황에서는 어떠한 일이든 상관이 없다. 되는 대로 밭을 갈고 낚시를 하며 살아가면 되기 때문이다.

정사룡은 풍경을 묘사하는 데 뛰어났다. 위의 시에서 보듯이 감정의 변화에 따라 풍경이 달라지고 달라진 풍경에 맞추어 마음의 자세가 바뀐다. 풍경을 시에 담기 위해 조탁을 거듭한 것이다. 특히 정사룡은 시간의 경과에 따라 바뀌는 풍경을 세밀하게 다루는 데 탁월했다.

> 산을 끼고 이루어진 성곽이 소반과 비슷한데
> 노을이 막 잠기자마자 골짜기는 온통 텅 빈 듯.
> 멧부리에 별빛이 반짝이며 이지러진 달과 다투니
> 나뭇가지 끝에 새가 움직여 깊은 숲으로 숨네.
> 맑은 여울 소리 멀리서 들려 문득 빗발이 뿌리는 듯,
> 병든 나뭇잎 살짝 떨어지자 절로 산들바람 일어나네.
> 이 밤 시 읊조리는 침상 값을 함께 내겠지만
> 내일 아침이면 붉은 흙길에 말방울 소리 울리겠지.
> 擁山爲郭似盤中　暝色初沈洞壑空
> 峯項星搖爭缺月　樹巓禽動竄深叢
> 晴灘遠聽飜疑雨　病葉微零自起風
> 此夜共分吟榻料　明朝珂馬軟塵紅
> _정사룡, 「양근에서 밤에 누워 즉석에서 시를 지어 동료에게 보이다」(楊根夜坐卽事示
> 同事), 『호음잡고』 권4

정사룡은 탄핵을 받으면 양근으로 물러나 있곤 했다. 오늘날 양평은 서쪽의 양근과 동쪽의 지평을 합친 것이다. 양근 관아가 있던 곳은 산성으로 사방을 둘러친 소반 같은 모습이라, 해가 넘어가면 곧바로 칠흑 같은 어둠에 휩싸인다. 정사룡의 시는 범상치 않게 시작된다. 앞서 본 「회포를 적다」가 그러하거니와 이 작품 역시 그러하다.

그리고 어둠을 깔아 놓고 조금씩 조명을 비추기 시작한다. 이지러진 달이라 했으니 조각달인지라, 모습을 드러낼 때까지 어둠에 잠긴 시간은 짧지 않았을 것이다. 거의 새벽이 가까웠을 것이니, 1연과 2연의 사이에 상당한 시간의 경과를 읽을 수 있다. 어둠 속에 눈을 감고 가만히 있다 보니, 산마루에 별이 하나둘 보이고 조각달이 떴다. 달이 밝으면 별이 보이지 않는다. 별빛이 달빛과 경쟁하지만 달빛을 당해 낼 수 없으니 서서히 스러진다. 이제 동산에 오른 조각달이 제법 훤하다. 숲 속에 둥지를 튼 새는 깊이 잠이 들었다가 갑자기 밝아진 달빛에 놀란다. 눈이 부시었나 보다. 더욱 깊은 풀숲으로 새가 숨어든다. 물론 달빛과 별빛은 볼 수 있지만, 새가 숨는 것은 눈에 보이지 않는 풍경이다. 정사룡은 보이지 않는 풍경을 묘사하는 데도 뛰어난 솜씨를 보였다. 어둑한 숲에 달이 비치자 푸드덕 새가 나는 소리가 들리니 이렇게 추정한 것이다.

3연 역시 보이지 않는 풍경이다. 달이 떴으니 비가 올 리 없지만, 제법 멀리 떨어진 곳에서 여울물 소리가 거세다. 어디선가 낙엽이 뒹구는 소리가 들린다. 아마도 바람이 부는가 보다. 정사룡은 방 안에 가만히 앉아서도 밤 풍경을 모두 보고 있다. 정사룡은 이러한 표현을 즐겨 사용했다. 고민이 많았는지 밤에 혼자 앉아 쓴 시가 많다. 「후대야좌」後臺夜坐라는 시에서는 "산속의 나무가 모두 우니 바람이 선뜻 불었나 보다, 강물 소리 갑자기 거세지니 달이 외롭게 걸렸나 보다"(山木俱鳴風乍起, 江聲忽厲月孤懸)라 했다. 깜깜한 밤 방 안에 앉아 있으니 산속의 나무들이 모두 우는 소리를 낸다. 이로써 바람이 분 것이라 짐작한 것이다. 강물 소리가 갑자기 거세어진다. 이로써 달이 높이 걸렸다

238

고 짐작한 것이다. 이처럼 보통 사람이 감지할 수 없는 오묘한 풍경의 변화를 시에 담아내는 것이 정사룡의 특기다.

마지막 연에서, 나란히 잠을 자면서 시를 읊조리지만 아침이면 다시 속세로 떠나야 함이 안타깝다고 한다. 정사룡은 이러한 뜻을 평범하게 말하지 않았다. 그는 진사도陳師道의 시를 즐겨 읽었는데, 진사도는 바깥에서 좋은 구절이 떠오르면 급히 집으로 돌아와 침대에서 머리까지 이불을 뒤집어쓰고 시를 조탁했기에 음탑吟榻이라는 말이 생겼다. 오늘밤 서로가 머리를 쥐어짜고 수염을 뽑으면서 좋은 시를 짓고자 한다는 말을 이렇게 표현했으니, 평범한 것을 싫어한 정사룡의 개성을 읽을 수 있다.

당시와
비슷해지기

1.

율곡 이이는 퇴계 이황과 더불어 조선 성리학을 대표하는 큰 학자이지만, 문학에도 관심이 높았고 또 뛰어난 작품을 많이 남긴 시인이기도 하다. 이이가 중국의 한시 중 뛰어난 작품을 선별하여 『정언묘선』精言妙選이라는 책을 편찬한 것도 시에 대한 높은 관심에서 나온 것이다. 이이는 중국 한시를 선발한 이 책의 서문에서 '충담소산'沖澹蕭散이라는 기준을 먼저 들고 수식에 힘쓰지 않아야 자연스러움 속에 오묘한 멋이 깊어진다고 하였다. 다음으로 '한미청적'閒美清適을 들면서 조용한 가운데 유유자적하며 흥겨움에서 시가 나오므로 사색으로 이를 수 있는 것이 아니요, 이러한 시를 읽으면 작은 수레를 타고 꽃길과 풀밭 길을 마음대로 다니면서 세속의 권세나 이익, 명예에 대해서 눈길을 돌리지 않게 된다고 했다. 특히 '청신쇄락'清新灑落을 들어 매미가 가을바람에 이슬을 맞아 허물을 벗은 것처럼 밥을 지어 먹는 인간의 입에서 나오지 않은 것 같아서, 이러한 시를 읽노라면 위장 속의 비릿한 피를 씻어 내어 영혼과 골격이 맑아져 인간 세상의 냄새가 마음을 더럽히지 못하게 된다고 했다.

인간 세상의 더러움을 이렇게 깨끗이 씻을 수 있는 맑은 시가 있는가? 있다면 어떠한 작품인가? 이이는 '청신쇄락'의 예로 이백의 시를 가장 많이 뽑았는데 다음은 그중 한 편이다.

남헌에 외로운 소나무 한 그루
가지와 잎이 절로 빽빽이 덮였네.
맑은 바람이 쉴 새 없이 불어와
밤이나 낮이나 늘 상큼하다네.
음지에 오래된 이끼가 파랗게 돋아
그 빛이 가을 안개를 푸르게 물들이네.
어찌하면 하늘을 뚫고 자라나
곧바로 수천 길을 뻗어 오르겠는가.
南軒有孤松　柯葉自綿羃
淸風無閒時　瀟灑終日夕
陰生古苔綠　色染秋煙碧
何當凌雲霄　直上數千尺

_이백, 「남헌의 소나무」(南軒松), 『정언묘선』

남헌의 낙락장송을 예찬한 작품이다. 맑은 바람이 늘 불어오니 소나무는 밤낮으로 맑은 기운을 뿜는다. 고색창연한 이끼가 파랗게 끼어 있어 시원한 기운이 이는데, 푸른 솔잎으로 인하여 뿌연 안개조차 푸르게 보인다. 한여름에 이 시를 읽노라면 절로 시원함을 느낄 수 있다. 마치 소나무 아래 앉은 듯 세사의 더러움이 가슴속으로 들어오지 않을 것이다.

그런데 이 시를 청신쇄락하게 한 것은 무엇인가? 시에 이미 답이 있다. 바로 '청풍'淸風과 '소쇄'瀟灑다. 이것만으로도 이 시는 충분히 맑고 시원할 수 있다. 시가 청신쇄락하려면 계절적으로 늦여름이 좋다. 무더위를 식혀 줄 수 있는 시원한 바람과 맑은 샘이 등장한다. 이슬이 내리고 달빛이 비치면 더욱 좋다. 시에 파란빛이 강하게 투사되어야 하고 맑은 개울물 소리가 들려야 한다. 맑은 샘이나 개울가의 대숲과 솔숲이 배경으로는 안성맞춤이다. 이백은 「자모죽」慈姥竹에서 "푸른빛이 물결 깊이 떨어지는데, 속이 비어 나는 소리는 일찍감치 찬 빛을 띠고 있네"(翠色落波深, 虛聲帶寒早)라 했고, 「유태산」遊泰山에서는 "산이 훤하니 달과 이슬이 흰가 보다, 밤이 조용하니 솔바람 소리 그쳤나 보다"(山明月露白, 夜靜松風歇)라 했다.

청신쇄락한 시는 대개 이러하다. 맹호연孟好然도 「업스님의 산방에서 자면서 정공을 기다렸지만 오지 않기에」(宿業師山房待丁公不至)에서 "소나무에 달이 뜨니 한밤에 시원한 기운이 생겨나고, 바람에 샘물 소리가 온통 맑게 들리네"(松月生夜凉, 風泉滿淸聽)라 했고, 「여름날 남쪽 정자에서 신대가 그리워서」(夏日南亭懷辛大)의 앞 대목에서는 "산에 해가 갑자기 서쪽으로 넘어가자, 못 위에 달이 점점 동쪽에서 떠오르네. 머리 풀고 시원한 저녁 바람 쐬고, 창을 열고 한가롭게 누워 있노라. 연꽃의 바람이 향기를 불어오고, 댓잎의 이슬이 맑은 소리를 울리며 맺히네"(山光忽西落, 池月漸東上. 散髮乘夕凉, 開軒臥閑敞. 荷風送香氣, 竹

242

露滴淸響)라 했다. 이러한 시에는 유난히 '청'淸, '량'凉 등의 글자가 자주 쓰였음을 쉽게 확인할 수 있다. 그래야 시가 맑아진다.

2.

　이이는 맑고 시원한 시를 선발하면서 이백, 맹호연, 위응물韋應物 등의 시를 많이 뽑았으니, 중국 한시사에서는 당나라 때 시인들이 주로 맑고 시원한 시를 썼음을 알 수 있다. 사정은 우리나라에서도 마찬가지다. 우리나라 한시는 신라 말에서 고려 초에는 당나라 말기 시가 크게 유행했고, 이후 조선 중기 무렵까지 송나라 스타일의 시를 즐겨 지었다. 특히 조선 전기에는 황정견, 진사도 등 이른바 강서시파가 크게 유행했다. 박은, 이행, 박상, 정사룡, 노수신, 황정욱, 최립 등 이름난 시인들이 모두 강서시파의 세례를 받았다. 김종직, 신광한처럼 당시 스타일의 시를 썼다고 평가되는 문인들에게서조차 강서시파의 흔적이 감지된다.

　송시, 혹은 강서시를 배운 시인들의 작품은 지나치게 신기하고 힘있는 것을 추종하려다 난삽해진 병폐가 있었다. 이러한 시풍이 한 시대를 풍미한 후 부드럽고 맑으면서 흥이 있는 시를 짓고자 하는 시도가 생겨났다. 조선 초기 이주, 유호인, 신종호, 신광한 등이 외롭게 당시를 추종하여 맑고 시원한 시를 짓고자 했는데, 16세기 중반에 이르면 박순, 최경창, 백광훈, 이순인, 이달 등 당시 스타일을 구사하는 대가들이 등장하면서, 문단이 거의 당시 일색으로 변화하게 된다.

　이백, 맹호연, 위응물 등 당시를 대표하는 시인들의 시가 맑고 시

원하기에, 이들을 배운 16세기 후반 조선 시인들의 작품 역시 맑고 시
원한 것을 공통적인 미감으로 하고 있다.

옥을 새긴 난간에 가을이 오니 이슬이 맑은데
수정 주렴은 서늘하고 계수나무 꽃은 흰하네.
난새 끄는 수레 오지 않고 은빛 다리 끊어졌으니
슬프다, 선랑은 흰머리만 자라나네.
玉檻秋來露氣淸　水晶簾冷桂花明
鸞驂不至銀橋斷　悁恨仙郞白髮生

_최경창, 「영월루에서」(映月樓), 『고죽유고』

최경창崔慶昌(1539~1583)은 본관이 해주이며, 자는 가운嘉運, 호는
고죽孤竹이다. 높은 벼슬을 못했지만 시 하나로 이름을 크게 울렸다.
최경창은 백광훈, 이순인, 이달 등과 함께 당시 스타일의 시를 쓰는
데 뛰어난 솜씨를 보인 인물이다. 이들은 당나라 시집에 넣어도 분간
할 수 없을 만큼 비슷한 작품을 쓰고자 했다. 그래서 위의 작품은 기
씨奇氏라는 사람의 소유인 영월루에 올라 쓴 것이지만, 당나라의 시인
왕창령王昌齡이 궁중 여인의 비애를 노래한 작품처럼 보이도록 애썼
다. 물론 영월루의 난간을 옥으로 만들었을 리 없고, 그곳에 드리워진
주렴 역시 그 비싼 수정으로 엮었을 리가 없다. 영월루가 마치 궁궐의
화려한 집인 양 화려하게 치장한 것도 왕창령의 시와 비슷해지고자
표현한 데서 나왔다. 가을이 와서 화려한 난간에 맑은 이슬이 맺히고,
아름다운 주렴을 시원하게 드리운 곳에 계수나무의 꽃, 곧 달빛이 곱

다. 영월루가 달빛이 곱게 어리는 누각이라는 뜻이기에 이렇게 묘사했다.

그런 다음 난새가 끄는 신선의 수레를 타고 달나라에 있는 궁전과 같은 영월루에 가고 싶지만 다리가 없다고 했다. 은교銀橋는 당나라 현종이 도사 나공원羅公遠의 인도를 받아 월궁月宮에 갈 때, 나공원이 짚고 있던 지팡이를 던져 만든 다리다. 그 다리가 없어 월궁에 갈 수 없으니 젊은 신선은 서글프게도 머리만 센다고 했다. 기씨가 아름다운 여인과 영월루에서 사랑을 나누었는데 그 여인이 죽은 듯하다. 그래서 영월루를 달나라에 있는 것으로 그린 다음, 기씨가 달나라의 영월루로 가지 못하는 슬픔을 말한 것이리라. 보통 누각에서 쓴 시는 누각에서 보이는 아름다운 경치를 시인의 흥과 함께 적어 내는 것이 보통이지만, 이 작품은 그러한 틀에서 완전히 벗어나 있다. 신선을 노래하는 유선사遊仙詞처럼 되어 있다. 이 때문에 마치 왕창령의 작품처럼 읽힌다. 허균은 이 작품을 『국조시산』에 선발하면서, "이 사람의 절구는 모든 작품이 다 매우 맑다. 당나라 때에 두더라도 왕창령 등에 양보할 것이 없다"라고 칭찬했다.

신선이 노니는 누각이니 이런 작품은 맑고 시원해야 한다. 읽는 사람조차 신선이 되어 영월루에 노닐 수 있게 해 주어야 하기 때문이다. 이 작품은 앞서 본 이백이나 맹호연의 작품처럼 '청'淸, '냉'冷 등 맑고 시원하게 해 주는 글자를 구사하고 있다. 이 때문에 이 시에서 그려진 경치가 절로 맑고 시원하다. 다음 백광훈의 작품 역시 맑고 시원하다.

손에 한 권의『예주편』을 들고 나가

빈 단에서 읽고 학을 짝해 잠들었네.

한밤중 몸 가득한 솔 그림자에 놀라 깨니

찬 노을이 다 흩어지고 달빛이 하늘에 흐르네.

手持一卷藥珠篇 讀罷空壇伴鶴眠

驚起中宵滿身影 冷霞飛盡月流天

_백광훈,「삼차강의 소나무에 걸린 달」(三叉松月),『옥봉집』상

　　백광훈白光勳(1537~1582)은 본관이 해미이며, 자는 창경彰卿, 호는
옥봉玉峯이라 했다. 최경창과 함께 박순에게 시를 배워, 16세기 후반
당시풍이 호남에 크게 떨치게 한 공이 있는 뛰어난 시인이다. 글씨에
도 능하여 그 아들 백진남白振南과 함께 명성이 높다.

　　이 작품은 노직盧稙이라는 사람의 여주 망포정望浦亭의 팔경八景을
노래한 작품 중 하나다. 제목을 '삼차송월'이라 하여, 남한강이 세 갈
래로 나뉘는데 그 곁에 소나무가 있고 그 위에 달이 떠 있음을 알 수
있다. 강물과 소나무와 달빛, 맑고 시원한 시가 갖추어야 할 기본적인
요소가 제목에 다 갖추어져 있다. 여기에다 신선의 이미지를 더했다.
『예주편』은 도사들이 즐겨 외는 경전이다. 망포정에 올라『예주편』을
읽노라면 절로 신선이 된다. 신선이 되었기에 학과 함께 잠이 든다.
육체는 인간일지언정 꿈속의 혼은 완전히 신선이 된다. 한참 시간이
지났다. 달이 중천에 떠서 온몸을 훤하게 비춘다. 너무 밝은 달빛에
놀라 잠에서 깨어나 보니, 하늘에 낀 구름과 노을도 다 흩어지고 달빛
은 맑다. 달빛이 비친 망포정만 맑은 것이 아니라 사람의 오장육부가

신선의 것으로 환골탈태했다. 이러니 맑고 시원하지 않을 수 있겠는가? 허균은 『국조시산』에서 "얼음을 품은 듯하여 한여름에 서리가 내렸다"라 했다. 홍만종은 『소화시평』에서 시가 맑아서 아무런 찌꺼기가 없다고 평했다. 사람으로 하여금 절로 마음이 맑고 시원해지도록 하는 명편이다.

백광훈, 최경창, 이달 등 삼당시인은 이러한 맑고 시원한 시로 한 시기를 울렸다. 이후에도 당시를 추구한 시인들의 작품은 이러한 스타일이 많다. 조선 중기 한시단을 대표하는 권필은 당시에 흔하지 않은 가행체歌行體를 구사하면서 새로운 지평을 열었지만 그의 칠언절구가 보여주는 맑고 시원함은 사실 삼당시인과 다를 것이 없다.[33]

> 부들자리 적막하고 향 연기는 가물가물
> 홀로 신선의 경전 끼고서 조용히 보노라.
> 강가의 누각에 밤 깊어 솔가지에 달이 밝아서
> 물가의 새가 대나무 난간으로 날아오르네.
> 蒲團岑寂篆香殘 獨抱仙經靜裏看
> 江閣夜深松月白 渚禽飛上竹闌干
>
> _권필, 「창랑정에서」(滄浪亭), 『석주집』 권7

창랑정은 전라도 동복同福에 있던 정자로 그 주인은 임제의 아우 임타林㤼다. 시의 내용이나 미감에서는 백광훈이 올라갔던 망포정과 크게 다를 것이 없다. 부들로 엮은 소박한 자리에 향불을 피우고 조용하게 앉아 도사들이 보는 책을 읽는다. 이것만으로도 맑고 시원하지만, 늘 그렇듯이 강물이 나오고 소나무가 나오고 달이 나온다. 그래야 더 맑고 시원하기 때문이다. 깊은 밤 강가의 누각, 그 곁에 있는 소나무에 달이 휘영청 걸렸다. 훤한 달빛 아래 물가의 새들이 창랑정 위로 훨훨 날아오른다. 참으로 맑고 고운 작품이다. 이런 시를 읽고 마음의 찌꺼기가 사라지지 않을 사람이 있겠는가?

3.
삼당시인과 권필 등은 당시의 청신함을 배워 가슴으로 시를 써, 이전 시기 머리로 시를 쓰던 시단의 분위기를 반전시켰다. 머리로 쓰는 시는 자신의 생각을 주로 말하므로 새로움을 추구해야 한다. 이러한 시를 읽으면 기발한 발상에 감탄을 하게 된다. 이에 비해 가슴으로 쓰는 시는 시인의 흥감을 드러내므로 익숙한 것을 지향한다. 신기하거나 기발한 것을 좋아하지 않아 어디선가 본 듯한 익숙함이 이들 시의 특징이다.

> 춘삼월 광릉에는 꽃이 산에 가득한데
> 맑은 강 따라 가는 길은 구름 속에 있네.
> 배에서 등을 돌려 봉은사를 가리키니
> 소쩍새 몇 소리에 스님은 빗장을 내리네.
> 三月廣陵花滿山 晴江歸路白雲間
> 舟中背指奉恩寺 蜀魂數聲僧掩關
>
> _최경창, 「봉은사 승려의 시축에 쓰다」(奉恩寺僧軸), 『고죽유고』

꽃이 만발한 3월, 한강에서 그리 멀지 않은 봉은사에서 스님과 헤어지면서 준 작품이다. 광릉에는 꽃이 만발했는데, 흰 구름이 떠다니는 강에서 배를 타고 시인은 돌아가고 있다. 멀리 헤어진 스님이 있는 봉은사를 돌아보니 가는 봄을 슬퍼하는듯 소쩍새가 우는데 스님은 절문을 닫는다고 했다. 그런데 이 작품은 당나라 저광희儲光羲가 「손산인에게 주다」(寄孫山人)에서 "신림의 2월에 외로운 배로 돌아가니, 물 가득한 맑은 강에 꽃이 산에 가득하네"(新林二月孤舟還, 水滿淸江花滿山)라고 한 것이나, 혹은 위응물이 「유낭중이 봄날 양주 남곽으로 돌아가면서 준 이별의 시에 답하다」(酬柳郎中春日歸揚州南廓見之作)에 "춘삼월 광릉에 꽃이 정히 지는데, 꽃 속에 그대 보내느라 술에 한번 취하노라"(廣陵三月花正改, 花裏送君醉一廻)라 한 것과 흡사하다. 이 시에서 광릉은 광주를 이른 말이다. 당시 광주 땅을 광릉이라 불러 당시와 비슷하게 하였다. 이러니 당나라 시집에 최경창의 시를 넣어 두면 당나라 때 시로 착각할 사람들이 있을 것이다. 당나라 시를 배운 사람들을 칭찬할 때는 이런 식으로 표현했다.

　　가슴으로 시를 써서 당나라 시처럼 보이고자 하는 시는 그 전고典故를 확인하지 않더라도 시를 이해하는 데 어려움이 없다. 전고 활용의 목적이 새로움을 추구하는 것이 아니라 당시의 익숙한 분위기로 돌아가려 함에 있기 때문이다. 당시를 추구한 작품에서는 당시와 비슷하게 보이기 위해 주로 당시의 구절을 점화하므로 원작과 매우 흡사한 분위기를 연출한다. 최경창의 작품은 위응물의 시나 저광희의 시를 보지 않더라도 이해하는 데 장애가 될 것이 없다. 이들의 시를 나란히 읽으면 서로 무척 닮았다는 느낌을 주게 하려는 목적이 있다.

이러한 창작 방법으로 인하여 당시를 배운 사람들의 시는 청신함을 얻었지만 표절 의혹에서 자유롭지 못할 때가 많으며, 시인의 개성이 잘 드러나지 않는다는 비판을 받기도 했다. 권필이 이달의 「반죽원」斑竹怨이라는 시를 두고 이백의 시집에 넣으면 안목을 갖춘 사람이라도 구분할 수 없을 것이라 칭찬한 것이나, 이수광이 정지승의 시를 당나라의 시집에 넣어 두니 아는 사람이 없었다고 한 것은 칭찬이면서 도리어 욕이기도 하다.

　　이수광은 『지봉유설』에서 삼당시인의 시를 두고 당나라 시의 문자를 자주 훔쳐 쓰고 어떤 경우는 전체 구를 쓰기도 해 시를 읽는 사람으로 하여금 당시를 읽는 것처럼 느끼게 하는데 이 때문에 사람들이 좋아한다고 한 바 있다. 김창협金昌協은 「잡지」雜識에서 "송시를 배우던 선조 이전에는 비록 격조가 부드럽지 못하고 음률이 거칠지만 질박하고 꾸미지 않아 일가를 이루었는데, 선조 이후에는 당시를 배우는 자들이 많아지고, 또 왕세정王世貞, 이반룡李攀龍 등의 복고파 시가 들어오면서 모방을 일삼아 시가 한결같아졌으며, 이 때문에 선조 이전의 시에서는 개성을 볼 수 있지만, 그 이후의 시에서는 개성을 볼 수 없다"라고 했고,[34] 허균도 『국조시산』에 삼당시인의 시를 매우 많이 선발하고서도 한두 편 읽을 때는 좋지만 몇 편 이상 읽어 나가면 지겹다고 한계를 밝힌 바 있다.[35]

짧은
노래에
담은 대화

1.

오언절구는 20자라는 지극히 짧은 시형이므로, 좋은 작품을 짓기가 매우 어렵다. 역대 우리나라 문인의 문집에 실린 근체시는 대체로 칠언절구가 가장 많고, 다음이 칠언율시, 오언율시, 오언절구 순이다. 웬만한 문인의 문집에는 오언절구가 몇 편 실려 있지도 않다. 그만큼 근체시 중에 가장 짓기가 어렵다는 뜻이다. 두보나 한유, 소식 등 중국 한시사에서 삼대가로 일컬어지는 시인조차도 오언절구에 뛰어나지 못했던 것으로 평가된다.

우리나라의 시인 중에도 오언절구에 뛰어난 사람이 많지 않지만, 16세기 후반 호남의 문인들에 의해 오언절구가 집중적으로 제작되었다. 임억령, 백광훈, 최경창, 임제 등이 그러한 인물들이다. 이들은 비교적 짧은 형식의 절구에 당시를 읽는 듯한 흥감을 불어넣은 명편을 많이 제작했다. 정철 역시 절구에 뛰어난 시인인데, 특히 오언절구에 힘을 많이 기울였다. 지금 전하는 정철의 한시 중에 오언절구가 전체

의 30퍼센트를 상회하고 있으며 역대의 시 선집에 정철의 한시가 아홉
수 선발되어 있는데 그중 다섯 수가 오언절구다. 대표작의 절반이 넘는
수가 오언절구이니, 정철의 장처가 오언절구에 있었다고 할 만하다.

정철의 오언절구가 호평을 받은 것은 그의 시에 소리가 들어 있기
때문이다. 그의 시는 당시의 아름다움을 칭송할 때 이르는 '시중유화'
詩中有畵를 지향하면서 더 나아가 '시중유성'詩中有聲을 지향한다. 그림
은 소리가 없지만, 아름다운 시에는 자연의 아름다운 소리가 울려 퍼
진다.

산에 내리는 밤비가 대숲을 울리니
가을날 풀벌레 소리 침상에 다가오네.
흘러가는 세월을 어이 잡으랴?
자라는 백발은 금할 수 없는 것을.
山雨夜鳴竹 草蟲秋近床
流年那可駐 白髮不禁長

_정철, 「가을날의 작품」(秋日作), 『송강집』 권1

정철鄭澈(1536~1593)은 본관이 연일이며, 자는 계함季涵, 호는 송강
松江이다. 서인의 영수로 동인의 미움을 많이 받은 정치가지만, 가사
와 시조뿐 아니라 한시에도 능했던 뛰어난 문학가다.[36] 홍만종의 비평
서인 『시평보유』詩評補遺에 따르면, 정철이 이 시를 중국 종이에 인쇄
하여 성혼에게 보이면서 오래된 벽에 발려 있던 것인데 작자를 알 수
없다고 했다. 성혼이 여러 번 읽더니 만당晚唐의 시라 했다. 이에 정철

은 "내가 공을 시험하고자 하였더니 공이 과연 속았구려" 했다 한다. 3구와 4구가 직설적인 것이 시적인 여운을 감쇄했다는 흠이 있기는 하지만, 밤비가 대숲을 울리는 소리, 침상 곁에 울어대는 가을날의 풀벌레 소리를 들을 수 있다는 점에서 아름다운 작품으로 평가할 수 있다.

위의 작품에는 댓잎에 떨어지는 빗소리, 침상을 메우는 풀벌레 소리 등 자연의 소리를 넣었지만, 다음 작품에서는 목동의 피리소리가 울려 퍼져 절로 흥이 일게 한다.

> 안개 낀 풀밭에서 소를 먹이고
> 지는 햇살 아래 피리를 부네.
> 촌스러워 가락이 맞지 않아도
> 손가락 까닥까닥 맑은 소리라네.
> 飯牛煙草中 弄笛斜陽裏
> 野調不成腔 淸音自應指
> _정철, 「식영정잡영·들판 목동의 피리 소리」(息影亭雜詠·平郊牧笛), 『송강집』 권1

한가하게 누런 소가 풀을 뜯어 먹는데 그 곁에서 목동이 풀피리를 분다. 이러한 풍광을 보고 소리를 듣노라면 절로 흥에 겨워 손가락이 움찔한다. 어깨춤이 절로 나올 듯하다. 이처럼 정철의 시는 그림을 지향하면서도 아름다운 소리까지 울려 퍼지게 되어 있어 흥이 더욱 맑아진다. 정철의 시는 아름다운 향기까지 맡을 수 있게 한다.

산속이라 비 만날까 겁나지만

깨끗한 벗 연꽃이야 요란하겠지.
선가의 풍경을 새어 나가게 해서
맑은 향이 동구에 가득하다네.
山中畏逢雨　淨友也能喧
漏泄仙家景　淸香滿洞門

_정철, 「서하당잡영·연못」(棲霞堂雜詠·蓮池), 『송강집』권1

서하당이 깊은 산중이라 비를 만나면 피하지 못할까 겁이 나지만 그리 걱정할 것은 없다. 커다란 연잎 친구가 우산을 대신할 것이기 때문이다. 깨끗한 벗(淨友)은 연꽃의 별칭으로 자주 쓰이는 시어지만 이를 의인화하여 묘미를 얻었다. 정철의 이 작품은 연잎에 떨어지는 요란한 빗소리만 들려주지 않는다. 연꽃이 피면 동구까지 그 향기가 퍼진다 하여, 소리가 있고 향기도 있는 그림이 되었다. 이러한 표현을 통하여 서하당을 무릉도원에 비겼다. 물결 따라 떠내려온 복사꽃으로 속세 사람들에게 도화원桃花源을 알린 것이 아니라 연꽃 향기로 은자의 거처를 밝힌 것이다.

2.
　정철의 오언절구를 읽는 재미는 이처럼 그림과 어우러져 소리를 듣고 향기를 맡는 데 있다. 다음 작품은 자연의 소리와 인간의 말소리가 잘 섞여 정철의 오언절구가 이룬 최고의 성과를 보여준다.

우수수 떨어지는 낙엽 소리에

성긴 비 내리는 줄 잘못 알았네.

중을 불러 문 밖에 나가 보라니

"시내 앞 숲에 달이 걸렸습디다."

蕭蕭落木聲 錯認爲疏雨

呼僧出門看 月掛溪南樹

_정철, 「산사에서 밤에 읊조리다」(山寺夜吟), 『송강집』 속집 권1

    늦가을 산속에서 바람에 지는 낙엽 소리가 요란하여 비가 오는 줄 착각한다. 이에 중을 불러 비가 얼마나 오는지 보게 했더니 중이 개울 건너 숲에 달이 걸렸다고 답하더라 했다. 빗소리로 착각할 만큼 온 산을 울리는 낙엽 소리라는 청각적인 심상과, 개울 너머 숲 위에 뜬 달이라는 시각적인 심상이 어우러진 명편이다.

    이 구절은 『당시품휘』唐詩品彙에 실린 무가상인無可上人의 「늦가을 가도에게 부치다」(晩秋寄賈島)의 "빗소리 듣노라니 찬 밤이 다 지나고, 문을 열고 보니 낙엽이 수북하네"(聽雨寒更盡, 開門落葉深)와 유사하다. 여기서 빗소리는 낙엽이 바람에 뒹구는 소리다. 밤새 낙엽 뒹구는 소리가 빗소리인 줄 알았는데 아침에 보니 낙엽이 수북하게 쌓였다는 뜻이다. 송나라 혜홍惠洪이 지은 비평서인 『냉재시화』冷齋詩話에서는 이 구절을 두고 상외象外의 구절이라 했다. 시각적인 형상을 넘어선 오묘한 표현을 지적한 것이다. 정철의 시 역시 낙엽을 빗소리에 비유한 것이 묘미를 얻고 있다.

    정철이 지은 위의 작품은 이러한 '상외'의 묘함에다 승려의 말을 직접 인용하여 더욱 운치가 있다. 짧은 오언절구에 남의 말까지 집어넣어 멋진 작품을 만든다는 것은 쉽지 않다. 빗소리인 줄 알고 나가보니 비가 오지 않았다고 하면 멋이 없다. 자신은 아무것도 보지 않는 것이 낫다. "웬걸요, 시내 앞 숲에 달이 걸렸던걸요"라는 말을 던짐으로써, 시각적 형상을 넘어선 오묘함이 창출되었다.

쌍계사에 이르기 전에
먼저 칠보암 중을 만났네.
"스님, 나를 따라 오겠소,
저 짙은 흰 구름 속에 봄이 왔다오."
未到雙溪寺 先逢七寶僧
僧乎從我否 春入白雲層

_정철, 「쌍계사의 설운의 시축에 쓰다」(題雙溪雪雲詩軸), 『송강집』 속집 권1

쌍계사의 승려가 정철에게 시축에 시를 써달라 했다. 이에 정철은 딴청을 부리듯이 쌍계사에 봄 구경을 가자는 말로 대신한다. "스님 나를 따라와 보시오. 쓸데없는 시 타령하지 말고. 저 구름 자욱한 산속에는 눈이 녹고 봄이 왔는데 봄 구경을 가야지 무슨 소리요." 자신의 말을 직접 시에 인용하여 이른 봄의 흥취를 느끼게 한 것이다. 또한 승려의 이름이 설운雪雲이기에 마지막 구절의 백운白雲은 더욱 묘미가 있다. 속세에서의 영달을 상징하는 청운의 삶이 아니라 은자로서 백운의 삶을 살아가는 설운의 마음이 청춘이라는 의미를 깔고 있다.

3.

　오언절구는 근체시지만, 사실 중국이나 우리나라에 전하는 오언절구 중 상당수는 근체시가 아니다. 평측도 맞지 않고 운자도 평성이 아닌 것이 많다. 이러한 시를 고절구古絶句라 한다. 근체시 형성 이전의 고절구는 민가民歌에 근원을 두고 있는데, 근체시로 이행하는 과정에서 칠언절구는 근체시의 율격을 따랐지만, 오언절구는 고졸한 맛을 내기 위해 고의적으로 근체시의 율격을 따르지 않은 것이 많다. 또 근체시의 율격을 따른 오언절구라도 일부러 고졸한 맛을 풍기기도 한다. 정철이 시에서 자신의 말이나 남의 말을 끌어들이는 것도 고졸한 맛을 내기 위한 장치다.[37]

　조선 후기에는 생활 속의 자연스러운 감정을 드러내는 것을 중요하게 생각했다. 이때 정철의 시에서 볼 수 있는 것처럼 대화를 수용하여 질박한 맛을 더한다. 다음은 손필대와 김득신이 나란히 17세기 농촌 풍경을 읊은 작품이다.

　저물녘에 김매고 돌아오니
　아이놈이 문에 맞으면서
　"옆집에서 소를 풀어놓았다가
　개울가 곡식을 다 뜯어 먹었대요."
　日暮罷鋤歸　稺子迎門語
　隣家不愼牛　齕盡溪邊黍

　　　　　　　　　　　　_손필대, 「농가」(田家), 『대동시선』 권4

손필대孫必大(1599~?)은 본관이 평해, 자는 이원而遠, 호는 세한재歲寒齋다. 크게 현달하지 못했고 문집이 따로 전하지 않지만, 민백순閔百順 등이 편찬한 『대동시선』 등 여러 시 선집에 이 작품이 수록되어 작가로서의 명성이 인멸되지 않을 수 있었다. 밭에 나가 김을 매고 돌아오니 아이놈이 그런다. "저는 소 고삐를 잡고 다니면서 풀을 잘 뜯어 먹였어요. 그런데 옆집 애는 딴짓을 하다가 소가 멋대로 곡식을 다 뜯어 먹어 버렸대요. 저 착하지요." 이 작품은 시의 기교라 할 것이 없다. 농촌의 풍경을 그림으로 그려 보여준 것도 아니다. 그럼에도 저물녘 흙 묻은 손에 호미를 들고 돌아오는 중년의 농부, 하루 종일 소와 놀다 아버지 돌아오기를 기다린 아이의 모습이 잘 드러나 있다. 풍경만 그린 것이 아니라 부모에게 칭찬받고 싶은 아이의 마음까지 그렸다.

울타리 해져 늙은이 개를 욕하고
아이에게 외치네, "일찍 문 닫아라,
어젯밤 눈 위의 자국을 보니
분명 범이 마을에 왔다 갔나 보다."
籬弊翁嗔狗 呼童早閉門
昨夜雪中跡 分明虎過村

_김득신, 「농가」(田家), 『백곡집』 1책

김득신도 그다지 높은 벼슬에는 오르지 못했으나 시에는 매우 뛰어났다. 임방은 『수촌만록』水村漫錄에서 손필대와 김득신의 작품을 나란히 들고 매우 뛰어난 작품으로 우열을 가릴 수 없다고 했으며, 대제학을 지낸 이여李畲는 이 작품이 김득신의 대표작이라 하면서 정경情景을 묘사한 것이 핍진하기 때문이라고 했다.

개가 울타리를 비벼대 울타리가 부서졌다. 노인이 개에게 욕설을 퍼붓는다. 그리고 아이에게 문단속을 시킨다. "일찍 문단속 잘하고 자자. 들에 나갔더니 군데군데 범 발자국이 찍혔더라. 밤에 범이 근처에 왔다 간 것 같구나." 손필대와 김득신은 이렇게 아이와 노인의 말로 시의 반 이상을 구성했다. 참으로 질박하다. 이로써 농촌 풍경이 자연스럽게 다가온다.

외양으로 묘사된 풍경은 하나의 장면뿐이다. 그러나 대화를 집어넣음으로써 정지된 필름이 돌아가면서, 정물화가 아닌 살아 숨쉬는 활화活畫가 된 것이다. 손필대의 작품은 아이의 머리를 쓰다듬는 아버지의 모습, 꾸중 듣는 아이의 모습까지 대비되어 이야기가 있는 시가 되었다. 김득신의 작품에서도 카메라가 고정되어 있지 않다. 개가 비벼대어 해진 울타리의 모습이 보였다가, 아버지가 들판으로 나갔다가 눈 위에 범 발자국이 찍힌 것을 보고 걱정하는 모습, 그리고 서둘러 집으로 돌아와 개구멍으로 혹 범이 들어오지 않을까 손질하는 모습 등이 파노라마처럼 드러난다.

다음 이양연의 시는 푸근한 조선 후기 시골의 풍경에 늙은 아낙의 훈훈한 마음까지 담아냈다.

할멈이 밤에 길쌈을 하다가
막 산에 치는 빗소리 먼저 듣고서
"마당의 보리는 내가 치울 테니

영감님은 그리 신경 쓸 것 없소."

老婦夜中績 先聞山雨始

庭麥吾且收 家翁不須記

_이양연, 「시골 할멈」(村老婦), 『임연백시』

이양연李亮淵(1771~1853)은 자는 진숙晉叔, 호는 임연臨淵, 혹은 산운山雲이다. 광평대군의 후손인데 문학과 학문에 모두 뛰어났다.[38] 방에 호롱불을 밝히고 할멈은 길쌈을 한다. 계절이 늦어가니 아마도 영감에게 겨울을 날 따뜻한 옷을 해 주고 싶었나 보다. 영감은 꾸벅꾸벅 졸고 있다. 막 먼 산에 비가 들이치는 소리가 난다. 할멈이 자리에서 일어나면서 이렇게 말한다. "마당에 널어놓은 보리를 치우고 올 터이니, 영감은 그냥 주무시구려." 영감을 향한 할멈의 따뜻한 사랑을 읽을 수 있다. 오언시에 할멈의 말을 직접 인용하여 질박한 노부부의 삶을 압축적으로 보여주었다. 대화를 직접 인용하여 얻은 멋이다.

우리 한시는 한때 당시를 배우고 송시를 배웠다. 당시가 나으니 송시가 나으니 논쟁도 벌였다. 그러나 조선 후기에 이르면, 당시라고 해서 반드시 좋은 것도 아니고 송시 역시 마찬가지이며, 조선의 풍물과 인정을 담은 것이 더욱 소중하다는 인식을 하기에 이른다. 조선의 풍물과 인정을 드러내기 위해, 이양연은 조선에 사는 노부부의 말을 직접 인용했다. 이렇게 하여 조선풍이 유행하기에 이른다.

이양연이 할멈의 말로 시의 일부가 되게 했다면, 이옥은 어린 여종의 말로 시의 반을 구성했다.

어린 종이 창틈으로 와서는

소리 죽여 하는 말 "아기씨,

친정이 사무치게 그립다면

내일 가마를 보내라 할까요?

小婢窓隙來　細喚阿只氏

思家如不禁　明日送轎子

_이옥, 「아조」雅調, 『이언』

이옥李鈺(1760~1812)은 자가 기상其相, 호는 문무자文無子가 가장 널리 알려져 있으나, 청화외사青華外史, 매화외사梅花外史, 도화유수관 주인桃花流水館主人 등 운치 있는 호도 여럿 사용한 바 있다. 본관은 전 주인데 무반의 벼슬을 주로 한 서족庶族이다. 성균관 유생 때 지은 글 이 정조에게 순정하지 못한 소품체라 견책을 받았고 그 후 평생을 불 우하게 지냈다. 그러나 참신한 그의 시와 문장은 조선 후기 문학의 새 로움을 대변한 것으로 높게 평가되었다.[39]

　이옥은 자신의 시집을 비속한 말이라는 뜻에서 『이언』俚言이라 했 지만, 내심으로는 당대의 『시경』이라 여겼다. 어떤 이가 어찌 『이언』 에 분 바르고 연지 찍고 치마 입고 비녀 꽂는 여자의 일만 다루었느냐 고 따졌다. 이옥은 『시경』의 국풍國風에 가장 많이 다루어진 것이 여 성에 대한 일이라 하고, 가장 우아하다는 25편의 주남周南과 소남召南 가운데서 여성의 일을 말하지 않은 것은 5편뿐이요, 특히 위풍衛風에 는 39편 중 37편이 그러하다고 말했다. 그리고 천지만물 중에서 사람 에 대해 살피는 것이 가장 중요하고 사람의 일 중에서는 그 감정을 살피는 것이 가장 중요하며, 감정은 남녀의 정情을 살피는 것이 가장 오묘하므로 『이언』에서 이를 다룬 것이라 했다. 또 『이언』은 조선의 국풍이기에 조선 남녀의 정을 다룰 때 조선에서 쓰이는 말을 그대로 쓰는 것이 옳다고 했다.

이옥은 조선의 국풍이 될 수 있도록 한자를 빌려 아기씨라는 우리말을 사용했거니와, 여종의 목소리를 직접 인용하여 조선풍이 물씬 나게 했다. 여종은 아마 친정에서 데려온 아이인 모양이다. 친정이 그립다고 아기씨가 몰래 우는 모습을 보았다. 그래서 몰래 친정에 기별하여, 부모가 편찮다든가 하는 적당한 핑계를 대고 가마를 보내도록할 것인지 물어본 것이다. 조선의 풍물과 인정이 여종의 목소리에 고스란히 담겨 있다.

점철성금의
시학

1.

  문학은 새로워야 한다. 어떻게 하면 새로움을 얻는가? 송나라의
황정견黃庭堅은 '이속위아'以俗爲雅와 '이고위신'以故爲新을 대안으로
내세웠다. "비속한 것을 이용하여 우아하게 하고 옛것을 사용하여 새
롭게 하는 것은 손자와 오기의 병법처럼 백전백승이다"라 했다. 시를
짓는 사람들은 비속한 단어는 잘 쓰려 하지 않는다. 그 때문에 비속한
단어를 잘 구사하면 새로움을 얻을 수 있다.

  18세기의 문인 성섭成涉이 지은 것으로 추정되는 『필원산어』筆苑
散語에서도 "대개 시인들이 용사用事한 것이 비록 이어俚語라 하더라도
점화點化를 잘하면 점철성금點鐵成金이 될 수 있다"라고 한 바 있다.
'이어'는 우리말을 낮추어 이른 것이다. 점철성금은 고철을 녹여서 금
덩이를 만든다는 뜻으로 도가道家에서 쓴 말인데, 진부한 소재를 이용
하여 참신한 표현을 만든 것을 이른다. '이고위신' 역시 비슷한 의미
다. 낡은 것도 잘 이용하면 새로운 맛을 낸다. 예전에 닭똥 같은 눈물

을 흘린다는 말을 자주 했지만, 지금의 젊은 사람들은 이런 말을 하지 않는다. 닭똥 같은 눈물이라는 낡은 클리셰도 젊은 문인의 시에서는 참신한 비유가 될 수 있다.

옛사람이 시를 쓸 때도 마찬가지였다. 새로움을 얻기 위해 시에서 잘 사용하지 않는 단어를 구사했다. 고려의 큰 시인 이색이 이런 시도를 많이 했다. 이색은 시에 속담을 집어넣는 것을 즐겨했다. "참새가 낮에 한 말을 쥐가 밤에 전하니, 담에도 귀가 붙었다는 말이 예부터 한가지라"(雀晝傳言鼠夜傳, 耳垣相屬古猶然), "더해지는 것은 몰라도 주는 것은 아는 법, 예부터 인간사는 떨어져 나가는 것 겁낸다네"(添不曾知減却知, 由來人事畏分離), "처음에는 가난해도 나중에는 부자 된다 하였으니, 사람들의 이 말이 정말 빈 말이 아니구나"(前若貧居後富居, 人言此語定非虛), "전자 창 앞에 구자 뜰이 있는데, 밥 짓는 연기 아침저녁 빈 마루를 감싸네"(田字窓臨口字庭, 炊烟朝暮鎖虛廳)라 한 것이 그러한 예다. 자신의 일상생활을 드러내는 데 주변에서 흔히 쓰는 말을 사용하는 것이 오히려 당연하거니와 참신함까지 얻을 수 있었다. 이색은 우리말을 한자로 표기하여 시어로 사용하는 시도도 자주 했다. "참새가 동이 위로 날아간다"(雀飛東海上)라 하였을 때 '동해'는 '동이'(銅盆)의 고어 '동히'를 표기한 것이다.[40]

2.

이색은 우리말로 된 단어와 속담을 끌어들여 '이속위아'를 실천했다. 이러한 시도는 자칫하면 시가 비속해질 우려가 있다. 그래서 서거정은 『동인시화』에서 이색의 시가 힘이 있고 범상하지 않지만, 그의 시를 잘못 배우면 자칫 비리하고 조야한 데 떨어질 우려가 있다고 경계한 바 있다. 실제 이색의 시 중에 예술성이 높지 못한 작품이 상당수에 이른다.

속어를 사용하더라도 전체 작품의 예술성이 높지 않으면 성공한 시라 하기 어렵다. 이 때문에 조선 시대 문인들은 속어를 사용하는 것을 매우 꺼렸다. 심지어 조선의 지명조차 시어로 적합하지 못하다고 여겼다. 특히 당나라 시와 비슷해지는 것을 목표로 삼았던 조선 중기에는 이러한 경향이 매우 강했다. 삼당시인의 한 사람인 최경창은 우리 지명이 중국에 미치지 못해 시를 지을 때 우리 지명을 시어로 구사하지 못하는 것을 안타깝게 여겼고, 조금 나중에 시로 명성이 높았고 중국을 동경하여 몰래 가려고까지 했던 조위한趙緯韓 역시 우리 지명이 시에 들어가면 우아하지 못하다고 했다.

그러나 허균은 조선의 지명과 같은 속어도 시어로 가치가 있다고 생각했다. 비평서인 『학산초담』과 『성수시화』에서 노수신의 시를 예로 들면서, 어떻게 쓰느냐가 중요하지 잘 다듬기만 하면 점철성금에 해가 될 것이 없다고 했다. 허균이 예로 든 시는 다음 작품이다.

> 길은 평구역에서 끝나고
> 강은 판사정에 깊구나.
> 올라보니 만고에 탁 트였기에
> 잠자리에 들었더니 새벽이 맑다.
> 서리 내린 물가에는 물고기와 새가 노닐고

금빛 물결에는 달과 별이 일렁이네.

고향을 바라보니 두 줄기 눈물도 말랐지만

북녘 대궐 향한 일편단심은 밝다네.

路盡平丘驛 江深判事亭

登臨萬古豁 枕席五更淸

露渚翻魚鳥 金波動月星

南鄕雙淚盡 北闕寸心明

_노수신, 「신씨의 정자에서 아우 무회를 그리워하며」(愼氏亭懷無悔甫弟),『소재집』
권5

노수신盧守愼(1515~1590)은 본관이 광주이며, 자는 과회寡悔, 호는 소재穌齋다. 과거에 급제한 이래 엘리트 코스를 밟았지만 을사사화에 연루되어 진도에서 19년 동안 유배살이를 했다. 선조가 즉위한 후 유배에서 풀려나와 대제학을 지내고 영의정에까지 이르렀다. 주자학과 함께 양명학에도 일가를 이룬 큰 학자이면서, 시에도 매우 뛰어나 정사룡, 황정욱과 함께 16세기 관각문학을 대표하는 문인으로 평가되었다.

위의 작품은 다시 벼슬길에 나선 오십대의 작품이다. 오늘날 광나루 동쪽에 평구역이 있었고 인근 한강에 판사정 혹은 신씨정이라는 정자가 있었는데 그곳에서 고향의 아우를 그리워하면서 쓴 작품이다. 육로로 평구역에 이르러 말에서 내려 배를 갈아타기 위해 잠시 쉬면서 판사정에 올랐다. 판사정에 올라 바라보니 천고의 세월에 아랑곳하지 않고 풍광이 공활한데, 판사정에 딸린 방에 누워 한숨 자고 나니 더욱 시원하다. 새벽 풍경은 더욱 아름답다. 서리가 하얗게 내린 강가에는 물새가 날아다니고 물고기가 뛰놀고 있으며, 새벽달이 별빛과 어우러져 강물이 금빛으로 일렁인다. 아름다운 풍광을 보니 더욱 고향이 그리워 눈물을 흘리지만, 그렇다고 고향으로 내려갈 수도 없다. 거듭 사직의 상소를 올렸지만 조야에서 명망이 높은 노수신을 임금이 놓아주지 않기 때문이다.[41]

시가 맑고도 힘이 있다. 1연에서 4연까지 모두 정교하게 대를 했으니, 쉽게 볼 수 있는 시가 아닌데도 전체적인 시상의 전개나 표현이 자연스럽다. 평구역과 판사정이라는 우리 지명을 사용했지만 어색하지 않다. 노수신이 우리 지명을 시어로 구사하면서도 아름다운 작품을 지을 수 있다는 전범을 보였지만, 사실 이에 앞서 이색 역시 그러했다. 그의 대표작 「부벽루에서」(浮碧樓)에서 "어제 영명사를 지나다, 잠시 부벽루에 올랐네"(昨過永明寺, 暫登浮碧樓)가 그러한 예다. 중국의 강서시를 배운 박은과 이행의 대표작에서도 우리 지명이 자주 보인다. 박은은 「삼전도에서 잠을 자며」(宿三田渡)에서 "우암에서 막 술에 취하여, 살꽂이에서 느지막이 바람을 쐬노라"(寓庵初被酒, 箭串晚乘風)라 했고, 이행은 「천마록 뒤에 쓰다」(題天磨錄後)에서 "가랑비 내리는 영통사, 해 저무는 만월대"(細雨靈通寺, 斜陽滿月臺)라 한 바 있다.[42]

정치하게 대를 맞추면서 시상을 전개했기 때문에 우리 지명을 사용한 것이 눈에 거슬리지 않지만, 우리 지명을 쓴 예 자체를 찾는 것이 어렵지는 않으므로, 대서특필할 것은 아니다. 노수신은 여기에서 더 나아가 조선의 관명官名도 시어로 적극 구사했으며, 심지어 자신의 이름까지 시어로 활용한 바 있다. 성섭이 『필원산어』에서 김종직의

「복룡 도중에」(伏龍途中)에서 "관아의 개가 사람 보고 짖는데 울타리에
개구멍이 나 있고, 시골의 무당이 귀신을 부르느라 종이돈을 만드네"
(邑犬吠人籬有竇, 野巫迎鬼紙爲錢)라 한 것과 함께 점철성금의 예로 든 시
가 다음 작품이다.

무인년 범띠 해 봄이 완전히 저무는데
오나라 소는 헐떡거림을 멈추지 않네.
막 우의정을 사직하고
바로 판중추에 나아갔네.
영예로운 은택 바다처럼 깊은데
자애로운 은혜는 타락처럼 빛나네.
탁주가 싫어 청주를 즐기지만
노수신을 몇 년이나 머물게 할까?
土虎春全暮　吳牛喘未蘇
初辭右議政　便就判中樞
睿澤深如海　慈恩潤似酥
避賢仍樂聖　能住幾年盧

_노수신, 「우상에서 체직되어」(遞右相), 『소재집』 권6

역대의 시화서에서도 노수신이 속어를 잘 썼다고 지적하면서 예
로 드는 작품이 이것이다. 육십대 중반의 노년인지라 노수신은 사직
을 하고자 하지만 선조는 윤허하지 않았다. 아홉 차례나 상소를 올린
끝에 면직되었지만, 곧바로 다시 판중추부사에 임명되었다. 위의 시

는 참으로 기이한 작품이다. 노수신의 시는 첫 연에서 시간적인 배경을 묘하게 적은 것이 많다. '토호'土虎는 무인戊寅을 다르게 표기한 것이다. 시에서 이러한 말을 쓴 예는 보이지 않으니, 노수신이 낯선 시어를 얼마나 즐겨 구사했는지 짐작할 수 있다. 오우吳牛는 중국 남방에서 생장한 물소가 더위를 무서워하여 달을 보고도 해로 착각하여 헐떡인다는 고사에서 나온 말이다. 노수신은 당뇨가 있어 기침병이 잦았다.[43] 무인년 또 한 해가 지나가는데 당뇨병이 심하여 기침이 잦아진다고 하기 위해 이러한 기이한 말을 쓴 것이다.

이어 '우의정' '판중추'라는 벼슬 이름을 시어로 사용했다. 다섯 글자 중에 세 글자가 고유명사이면 시인의 개성을 불어넣기 어렵기 때문에, 범상한 시인은 이렇게 시를 지을 수 없다. 그러나 노수신의 시에서는 벼슬 이름으로 대를 맞추면서 시상을 자연스럽게 이어, 다음 연에서 임금에 대한 사은의 뜻이 나올 수 있게 했다. 마지막 연 역시 속어를 구사했다. 청주를 성인聖人, 탁주를 현인賢人이라 한 골계적인 말을 끌어들였는데, 이 역시 묘미가 있다. 현을 피하고 성을 즐긴다는 것을 탁주를 피하고 청주를 즐기겠다는 뜻에 더하여, 우의정과 같은 요직을 피해 판중추와 같은 명예만 있고 실권은 없는 청직淸職을 즐기겠다는 뜻이다. 전고를 구사한 것이 묘하다. 그리고 마지막에 자신의 성인 '노'를 시어로 사용하여 속어로 시상을 종결하면서, 청직이지만 오래 있지는 않을 것이라는 뜻을 밝혔다.

노수신의 시는 속어의 구사가 지나칠 정도로 빈번하다. 외부에 있던 선조의 영정을 가묘로 옮겨 봉안하면서 쓴 「의정공의 영정을 모여서 알현하고 집으로 옮기면서」(會謁議政影幀 移安于家)의 2연과 3연에서

"달면복 입을 친척 불러 모아서, 열세 명이 차례를 따라 절을 한다. 버들 짙게 늘어진 청파의 저녁, 날이 화창한 백악의 봄날"(招要袒免服, 序拜十三人. 柳暗靑坡晚, 天晴白嶽春)이라 했다. '달면복'袒免服과 '십삼인'十三人의 대가 기이하다. 달면복은 5대조의 상에 상복을 입지 않고 웃옷을 벗고 머리에 두건만 착용하는 것을 이르는 것이고, 그러한 자손들이 모두 열세 명이라 한 것이다. 청파와 백악이라는 조선의 지명으로 정치하게 대를 하여, 저녁 무렵 청파동 버들 숲에 있던 영정에 제사를 지내고, 이튿날 아침 백악의 집으로 모셨다는 뜻을 말한 것이다. 시어로 잘 쓰이지 않던 특이한 단어를 구사하여 실재한 사실을 묘미 있게 적었다.

「단오날 효릉에 제사 지내며」(端午祭孝陵) 역시 묘한 작품이다. 1연에 "묘호廟號에는 온전한 마음의 덕이 드러나고, 능호陵號에는 모든 행실의 근원을 더하였네"(廟表全心德, 陵加百行源)라 하고 마지막 연에서 "춘방에서 모시던 옛 신하로는, 우사서만이 남아 있다네"(春坊舊僚屬, 只有右司存)라 했다. 마지막 연에서 '춘방'과 '우사서'라는 관직 이름이 거리낌 없이 구사되었다. 1연에 더욱 묘미가 있다. "효와 공경은 인의 근본이다"(孝弟也者, 其爲仁之本與)라 한 『논어』를 바탕으로 이 구절을 만들어 낸 것이다. 이를 보충하여 『근사록』近思錄에서 "인은 하늘의 이치가 공변된 것이요, 마음의 덕이 온전한 것이다"(仁者天理之公, 心德之全也)라 한 것을 끌어들여 시호 인종仁宗의 '인'仁을 말했다. 또 주자는 "효는 백행의 으뜸이다"(孝爲百行之首)라 했고 『예기』에는 "효는 백행의 근원이라"(孝者百行之源也) 했는데, 이를 이용하여 인조의 효릉孝陵에 호응하도록 한 것이다.

노수신은 평생 『논어』를 읽어 그의 시에는 『논어』의 구절이 들어간 것이 많다. "어버이는 어진 마을에 이웃해 있는데, 벗은 먼 곳에서 오는 이 없네"(有親仁里接, 無友遠方來)라 한 것은 『논어』의 "인을 이웃하면 아름답다"(里仁爲美), "벗이 먼 곳에서 오면 또한 즐겁지 아니한가?"(有朋自遠方來, 不亦樂乎)라 한 것을 이용한 것이다.[44] '이고위신'을 이렇게 실천한 것이다. 시에서 경전에 나오는 말을 이용한 전범은 두보의 "먼 곳에 가고 싶지만 막힐까 겁나네"(致遠宜恐泥)라는 구절에 있다. 이 구절은 『논어』의 "비록 작은 도라 하더라도 반드시 볼만한 것이 있지만, 먼 곳에 가려다 얽매여 버릴까 걱정하여 군자가 하지 않는 것이다"(雖小道, 必有可觀者焉, 致遠恐泥, 是以君子不爲也)를 이용한 것이다. 이에 대해 소식과 주자는 모두 반대하여 경전의 말을 시어로 사용하는 것은 잘못이라 했다. 그러나 노수신은 그런 말에 구애받지 않았다. 노수신은 『논어』와 두보의 한시를 2천 번 읽었던 사람이다. 그러기에 『논어』를 '이고위신'의 대상으로 삼았고, 또 두보의 시에서 전범을 찾았다.

3.

　이색이나 노수신은 특이한 시인이다. 이들은 떳떳하게 우리말을 시어로 사용하거나 우리 지명, 우리 관명을 시에 끌어들여 새로움을 창조했다. 그러나 대부분의 문인들은 그러지 않았다. 속어를 사용하여 시를 지었을 때는 반드시 장난삼아 '이어'를 썼다고 밝혔다. 다음 이명한의 시가 그러하다. 장난으로 치부하면서 새로움을 얻었던 것이다.

중양절을 끌어와서

막걸리를 전당 잡혀 샀네.

국화는 너무 늦게 피기에

안전에 피라고 분부하노라.

引用重陽節 村醪典當來

黃花太遲晩 分付眼前開

_이명한, 「중양절 하루 전에 장난삼아 이어를 써서 즉흥적으로 읊다」(重陽前一日, 戲
用俚語口號), 『백주집』 권1

이명한李明漢(1595~1645)은 자가 천장天章, 호는 백주白洲다. 본관
은 연안으로 이정귀李廷龜의 아들이다. 이후로도 이 집안은 뛰어난 인
물을 많이 내었는데 성균관 인근에 세거하여 관동 이씨館洞李氏라 불
렸다. 아버지 이정귀, 아들 이일상李一相과 함께 3대가 대제학을 지낸
것으로 유명하다. 그의 시는 명나라 시풍을 수용하여 조선 후기 참신
한 시풍을 개척한 것으로 평가된다.[45]

중양절이 하루 남았지만 이명한은 그때까지 기다릴 수가 없었다.
그래서 중양절을 끌어들인 것이다. '인용'引用은 자기편으로 끌어들인
다는 뜻인데 시어로 사용된 예를 확인하기 어렵다. 내일 올 중양절을
미리 끌어와 자기편이 되게 했다는 말이다. 중양절에 마실 막걸리도
전당 잡혀 사왔다고 하였다. '전당'典當은 경제에서 쓰는 용어로 문어
로 된 글에서는 거의 쓰이지 않던 말이다. 중양절을 내 편으로 만들어
끌어오고 막걸리도 전당 잡혀 사 왔는데 국화가 피지 않았으니 죄인
이다. 죄를 실토하고 '안전'眼前에서 빨리 꽃을 피우라고 '분부'分付를

내렸다. '지만'遲晚은 죄인이 자복을 하면서 너무 오래 시인하지 않아 미안하다는 뜻으로 이르는 법률 용어다. '분부'나 '안전'은 모두 구어체의 속어다.

이렇게 속어를 구사하여 재미난 시를 지었지만, 이명한은 장난으로 치부했다. 다른 시인도 마찬가지다. 18세기의 문인 이진망李眞望은 도둑이 이부자리를 훔쳐간 것을 두고 시를 지었는데 제목을 「도둑이 이부자리를 훔쳐가서 장난으로 이어로 짓는다」(盜取寢衾戲作俚語)라고 하고 "깊이 숨기고 빗장을 건들 믿을 수 없으니, 도둑 하나에 지키는 사람 열이라도 못 당한다지. 가난한 벗에게 몸 가릴 것 달라 청하면, 제 몸도 춥다고 먼저 말을 하겠지"(深藏無賴鐍扃完, 一手探來十守難. 若使窮交求庇體, 也應先說自家寒)라고 했다. 속담을 쓴 것도 묘미가 있지만, 벗이라고 도움을 청하면 먼저 춥다고 능청을 떠는 세태를 풍자한 것도 재미가 있다.

비슷한 시기에 활동한 이하곤은 광주의 분원에서 20여 일 머물면서 지은 작품에 '이어'를 사용하여 장난으로 시를 지었다고 하면서 "선천의 흙 색깔은 눈처럼 흰데, 임금 쓰실 그릇은 여기 것 제일이라. 감사의 주청이 들어가면 노역이 줄려나, 해마다 진상품에 퇴자가 많은데"(宣川土色白如雪, 御器燔成此第一. 監司奏罷蠲民役, 進上年年多退物)라 했고 또 "임금께 바칠 그릇 서른 종인데, 분원의 뇌물은 사백 바리라. 색과 모양 나쁜 것 따질 것 없지, 돈 없는 것이 바로 죄인 것을"(御供器皿三十種, 本院人情四百馱. 精粗色樣不須論, 直是無錢便罪過)이라 했다. 사용한 시어 하나하나가 시에서 잘 쓰이지 않는 속어다. '감사' '진상' '퇴물' '인정' 등이 모두 당시에 쓰이던 일상어다. '유전무죄, 무전유죄'라

는 속담을 구사하여, 백성들에 대한 착취를 풍자한 것이 더욱 묘미가
있다.

4.

시에서 이어를 사용하는 경향은 18세기 이후 크게 증가한다. 한
시의 형식이지만 조선의 풍물을 핍진하게 담아내기 위해서다. 특히
이옥은 시를 쓰면서 족두리簇頭里, 아가씨阿哥氏, 가리마加里麻, 사나이
似羅海 등 우리말을 한자로 표기하여 시어로 활용했고, '무자식 상팔
자'(無子反喜事)라는 속담으로 한 연을 구성하기도 했다. 그러면서 놓칠
수 없는 맛과 멋이 있는 시를 지었다.

> 어려서 궁체를 배워서
> 이응에 살짝 뿔이 났지요.
> 시부모 보고 기뻐 하신 말
> "언문 여제학 났구나."
> 早習宮體書 異凝微有角
> 舅姑見書喜 諺文女提學
>
> _이옥, 「우아한 곡조」(雅調), 『이언』

막 시집간 새댁이 시부모 앞에서 한글을 쓴다. 궁체를 배워 'ㆁ'
위의 꼭지가 예쁘게 튀어 올라와 있다. 시부모는 한글 쓰는 여자 제학
이 시집왔다 기뻐한다. 훈훈한 백성들의 삶이 운치 있게 그려졌다.

'이응'異凝이 우리말을 한자로 표기한 것이거니와, '궁체' '언문' '제학' 등 시에서 쓰지 않는 단어들을 대거 수용했다. 양반들이 보면 여전히 비속하다 하겠지만, 비속함으로 인하여 조선의 풍경이 더욱 핍진하게 다가온다.

비리하다고 여겨지던 조선의 민물民物과 풍속이 시에 수용되면서 이른바 조선풍이 조선 후기에 크게 유행했다. 변방 풍속을 노래하는 죽지사, 혹은 민간의 노래인 악부의 틀을 채용하되 자신의 시대, 자신의 땅을 두고 시를 짓게 된 것이다. 그 유명한 박지원의 조선풍 선언과 정약용의 조선 시 선언이 그리하여 나온 것이다. 박지원은 이덕무의 문집 『영처고』의 서문에 그가 조선 사람이어서 산천과 언어와 노래가 중국과 다르므로 조선의 노래, 곧 조선풍을 노래했다 하였고, 정약용은 「송파에서 시를 주고받으며」(松坡酬酢)에서 "나는 바로 조선 사람인지라, 즐겨 조선의 시를 짓노라"(我是朝鮮人, 甘作朝鮮詩)라 선언한 바있다. 이렇듯 선언을 하지는 않았지만, 조선 후기에는 중국과 다른 조선의 민물과 풍속이라는 우아하지 못한 소재를 이용하여 참신한 표현을 만들어 낸 작품이 많이 창작되었다.

신광수의 「관서악부」역시 그러한 작품이라 할 수 있다.

양피 배자 꼭꼭 여며 몸이 가뿐한데
서쪽 행랑에 달 져도 샛길이 훤하네.
통인 간 후 책방에 몰래 드니
문 닫는 소리에 촛불이 훅 꺼지네.
羊皮褙子壓身輕 月下西廂細路明

暗入冊房知印退 銀燈吹滅閉門聲

_신광수, 「관서악부」關西樂府, 『석북집』 권10

신광수는 평양감사로 가는 채제공을 위해 평양의 풍속을 소재로
한 108수의 연작시를 지었다. 하나하나에 평양의 풍물을 풍속화첩처
럼 담았다. 배자는 털을 대어 만든 조끼 모양의 옷이다. 배자를 꼭꼭
여며 입은 것은 추위 때문이기도 하지만 몰래 밤길을 가는데 거추장
스럽지 않게 하기 위해서다. 아마 기생이 책방 도령을 몰래 만나러 가
나 보다. 수령의 잔심부름을 하는 통인이 퇴근한 것을 알고 몰래 책방
으로 들어갔다. 문을 닫자 이는 바람에 촛불이 꺼졌다고 했지만, 마음
이 급한 책방 도령이 문을 닫자마자 불을 끈 것으로 보아야 더욱 풍치
가 있겠다. 배자나 통인, 책방과 같은 어울릴 것 같지 않은 시어를 구
사하여 18세기 조선의 풍속을 운치 있게 그려 냈으니, 그야말로 고철
덩어리가 금으로 변한 것 같지 않은가?

길을
나서는
시인

1.

어떤 것에 몰두하는 것을 한자로 벽癖이라 한다. 조선 시대 시인 중에는 산수의 벽이 있었던 사람이 많다. 산과 물에 벽이 있는 사람은 끊임없이 산과 물을 찾아 길을 나선다. 조선의 역사에서 산수의 벽이 가장 깊었던 시인을 들라면 전기에는 김시습이요, 후기에는 김창흡이라 할 수 있다.

김시습은 「어떤 일에 느낌이 있어서 시를 지어 사또께 써서 바치다」(有感觸事書呈明府)라는 시에서 "산수에 벽이 있어 시로 늙었다"(癖於山水老於詩)라고 한 대로 평생을 산수에서 노닐면서 시를 지었다.

아이는 잠자리 잡고 노인은 울타리를 엮는데
작은 개울 봄물에는 가마우지 먹을 감는다.
푸른 산 끝난 곳에 갈 길은 멀지만
등나무 한 가지 꺾어 어깨 위에 둘러매네.

兒捕蜻蜓翁補籬　小溪春水浴鷺鷥

靑山斷處歸程遠　橫擔烏藤一箇枝

_김시습, 「산길을 가다가 흥이 일어」(山行卽事), 『국조시산』[46] 권3

김시습이 계유정란으로 세조가 권력을 잡자 정치 일선을 떠났기
에 세상에서 그를 생육신生六臣의 한 사람으로 절의를 높게 평가했지
만, 방랑벽을 타고난지라 한곳에 정착하지 못했다. 세상이 싫어 산속
에 들어갔지만 가만히 오래 살지 못하고 다시 길을 떠나곤 했다. 위의
시는 그의 방랑벽을 한눈에 보여준다. 가야 할 길이 산모롱이를 돌아
이어지니 보통의 시인이라면 신세타령을 했겠지만, 운명처럼 길을 나
선 김시습은 검은 등나무 가지 하나 꺾어 어깨에 둘러매고 허리를 쭉
편다. 길은 가면 그만이라나.

죽장망혜로 종일 발길 닿는 대로 가노라니
산 하나 다 간 곳에 산 하나가 푸르다.
마음에 생각 없으니 육체의 부림 받으랴
도는 본디 이름 없으니 가짜로 이룰쏜가?
간밤의 서리가 마르지 않아 산새는 우는데
봄바람은 부단히 불어와 들꽃이 훤히 웃네.
짧은 지팡이로 가노라니 산이 다 조용한데
푸른 절벽 자욱한 안개가 저녁 햇살에 피어나네.

終日芒鞋信脚行　一山行盡一山靑

心非有想奚形役　道本無名豈假成

278

宿霧未晞山鳥語 春風不盡野花明

短笻歸去千峯靜 翠壁亂煙生晚晴

_김시습, 「무제」無題, 『국조시산』47) 권5

공문空門의 스승이요, 벗이었던 준상인峻上人에게 준 시다. 자유정
신으로 목적지도 없이 죽장망혜로 발길 닿는 대로 터덜터덜 걸어갈
뿐이다. 산을 다 지나고 나면 또 앞에 산이 나타나지만 그 산이 밉지
않다. 길을 나서는 것이 그의 운명이기 때문이다. 마음에 집착이 없으
니 육신의 부림을 받을 일 없고, 노자가 이른 대로 도는 이름할 수 없
는 것이니 억지로 깨닫고자 하지도 않는다. 이러하니, 맑게 우는 산새
와 곱게 핀 들꽃만 마음을 끌 뿐이다. 짧은 지팡이를 짚고 파란 이내
에 잠긴 산길로 접어드는 자신의 모습으로 시상을 종결한 데서, 운명
적으로 길을 나서는 김시습의 모습을 볼 수 있다. 「죽장암」竹長菴이라
는 작품에서 "참례하러 이름난 산을 두루 다녔으니, 소요하는 곳이 바
로 나의 집이라"(參禮名山遍, 逍遙即我家) 했듯이, 이르는 곳이 그의 집이
다. 자유로운 정신의 소유자 김시습의 시는 형식적인 파탈이 많다. 이
시 역시 근체시의 기본적인 압운법을 준수하지 않았다. 같은 운은 아
니지만 비슷한 음이 나면 구애되지 않고 자유롭게 시를 썼다.48)

2.

김시습만큼이나 길을 나서기를 좋아한 시인이 또 있었다. 바로 김
창흡金昌翕(1653~1722)이다. 김창흡은 자가 자익子益, 호는 삼연三淵이

다. 성리학에 일가를 이루었지만, 조선 후기 가장 영향력이 높은 시인
으로 한시의 새로운 장을 열었다는 높은 평가를 받고 있다.[49] 김창흡
은 김상헌, 김수항으로 이어지는 안동 김씨 명문가 출신이다. 인왕산
아래 장의동에 세거하여 장동 김씨로 일컬어지던 17세기 최고의 명가
에서 태어나 그의 육형제가 육창六昌이라 칭도되었다.

그러나 그는 형제들과는 달리 벼슬길에 들어서지 않았다. 청운靑
雲보다는 백운白雲의 길을 택한 것이다. 훗날 정약용이 『산행일기』汕行
日記에서, 김창흡의 초상화를 보고 온화하면서도 단정하고 엄숙하며
복건에 검은 띠를 두르고 있어 산림처사의 기상이 있었다고 한 대로,
평생을 산림의 처사로 살았다. 젊은 시절 개성의 천마산과 성거산을
유람하고 돌아와 「천태산부」天台山賦라는 글을 읽다가 홀연 산수의 흥
이 일어 금강산으로 떠났다는 일화가 전한다. 비록 모친의 강권을 이
기지 못하여 21세에 진사가 되었지만 과거는 그것으로 끝이었다. 그
리고 평생을 떠돌면서 산수를 즐겼다.

산수를 사랑한 김창흡은 젊은 시절 철원의 삼부연 폭포 곁에 집을
짓고 살았다. 그의 부친은 자식이 산속에 사는 것을 원하지 않았기에,
서울로 아들을 불러올렸다. 아들은 어쩔 수 없이 서울 집으로 왔지만
틈만 나면 홀연 사라져 산으로 들어가 버렸다. 아버지는 편지를 보내
어 꾸짖고 돌아오라고 명한다. 아버지의 질책에 김창흡은 "소자는 천
석고황의 질병이 있어 시끄러운 것을 싫어하고 조용한 곳을 좋아하는
것이 어린 시절부터 심하여, 무엇인가가 그렇게 시키는 것이 있는 것
같기에 곧바로 떠나가곤 하였습니다"라고 변명했을 정도다. 김창흡은
이러한 사람이었다.

강남 간 나그네 돌아올 줄 모르는데
가을바람 부는 옛 절엔 행장이 한가롭다.
웃으며 계룡산 떠나도 흥이 남아 있으니
말 앞에는 다시 속리산이 버티고 있기에.
江南遊子不知還 古寺秋風杖屨閒
笑別鷄龍餘興在 馬前猶有俗離山

_김창흡, 「속리산을 찾아가며」(訪俗離山), 『삼연집』 「습유」

　1673년 스무 살을 갓 넘긴 젊은 시절의 작품이다. 남쪽으로 여행을 떠난 나그네는 가을바람이 불어도 집으로 돌아갈 줄 모른다. 여행이 좋은데 굳이 집으로 돌아가랴. 절로 행장이 한가로울 뿐이다. 산을 사랑하는 그였으니 계룡산과 작별하는 것이 얼마나 아쉬웠겠는가? 그러나 김창흡은 웃으면서 계룡산과 헤어질 수 있었다. 말 앞에 또 다른 아름다운 산 속리산을 찾는 즐거움이 이어질 것이기에. 여행은 돌아갈 것을 생각하지 않는 것이라 하지 않았던가?

　김창흡은 이처럼 길을 나서기를 좋아한 사람이었다. 이름난 산과 물은 찾지 않은 곳이 거의 없었고, 구경하고 지나치는 것이 아니라 평생 아름다운 산과 물이 있는 곳으로 집을 옮겨 정했다. 가까이로는 동호의 저자도와 영평의 백운산, 양근의 벽계에 상당 기간 머물러 살았고, 멀게는 설악산 백곡담에 머물면서 "한 번 누워 백 년을 보낼 계책"(一臥百年之計)을 꿈꾸었고 그곳에서 멀지 않은 인제의 심원사 남쪽에 영시암永矢菴을 짓고 영원히 은거하겠노라 했다.

　김창흡이 영시암에 머물러 산 것은 환갑이 가까운 1711년 무렵이다. 설악산과 금강산 유람을 즐기던 김창흡은 64세 때 다시 함경도로 여행을 나섰다. 그리고 길에서 보고 듣고 느낀 삼라만상을 392수라는 엄청난 규모의 연작시「갈역잡영」에 담았다.

심상하게 밥 먹고 사립문 나서면
그때마다 범나비 나를 따라 나서네.
삼밭 뚫고 보리밭 둑 고불고불 걸어가니
풀과 꽃의 가시가 쉬이 옷에 걸리네.
尋常飯後出荊扉 輒有相隨粉蝶飛
穿過麻田迤麥壟 草花芒刺易胃衣

_김창흡,「갈역잡영」葛驛雜詠,『삼연집』권14

「갈역잡영」의 첫 번째 작품이다. 밥을 먹고 나면 으레 사립문을 나서는 것이 그의 일상이기에 심상尋常이라는 말로 시를 열었다. 산길을 걷노라면 범나비가 자신을 따라 흥을 돋운다. 삼밭이든 보리밭이든 발길 닿는 대로 가노라니, 여기저기 풀에 돋은 가시가 옷에 자꾸 걸린다. 들길을 걸을 때 겪는 일을 너무나도 심상하게 그려 내었다. 길을 나서는 이에게 꾸밀 것이 무엇 있겠는가? 그래서 이렇게 심상하게 시를 쓴 것이다. 이어지는 연작시의 중간 대목에서 김창흡은 자신의 여행벽을 이렇게 다시 노래한 바 있다.

바람 채찍 우레 신발로 조선을 돌았으니
남북으로 달리고 날아 8만 리를 다녔다네.

쇠잔한 몸 이끌고 집으로 와 문을 닫으니
그 무엇이 내 머리에 아직 남아 있는가?
風鞭電屐略靑丘 北走南翔鵬路周
收得衰軀歸掩戶 不知何物在心頭

_김창흡, 「갈역잡영」, 『삼연집』 권14

김창흡은 『장자』에서 봉황새가 한번 날면 8만 리를 날아오른다
했듯, 자신은 바람을 채찍 삼고 우레를 신발 삼아 조선 팔도를 두루
돌아다녔노라 자부했다. 다음은 그의 발길이 평양에 이르렀을 때 지
은 작품이다.

설악산에 숨어 사는 나그네가
관서에서 다시 멋대로 노닌다네.
몸을 따르는 것은 맑은 달빛이요
밤을 택한 것은 높은 누각이기 때문.
칼춤을 추자 물고기가 조용한데
술잔이 돌자 은하수가 흐른다.
닭 우는 새벽 돌아보고 일어나
고운 배에 흥을 머물러 둔다네.
雪岳幽棲客 關河又薄遊
隨身有淸月 卜夜在高樓
劍舞魚龍靜 杯行星漢流
雞鳴相顧起 留興木蘭舟

_김창흡, 「밤에 연광정에 올라 조정이의 시에 차운하다」(夜登練光亭次趙定而韻), 『삼연집』 권8

제일강산으로 일컬어지는 대동강의 연광정에 올라서 벗 조정만趙正萬의 시에 차운하여 지은 작품이다. 역대 연광정에서 지은 작품 중 가장 빼어난 것 중 하나로 평가된다. 박유薄遊는 마음이 내키는 대로 여행을 즐기는 것을 이르는 말이다. 아름다운 설악산에 거처를 정해 놓았지만 그로도 만족하지 못하여 조선 팔도를 두루 유람하다가 발길 닿는 대로 대동강에 이른 것이다. 부귀영화 대신 맑은 달빛을 지니고 다니기에 굳이 밤을 택하여 높은 누각에 올랐다. 기생들의 검무를 즐기노라니 그 황홀함에 물고기조차 숨을 죽이고, 흥겨운 마음에 술잔을 돌리다 보니 새벽이 되어 은하수가 기운다. 닭 울음소리를 듣고 다시 길을 나서지만 그 흥취는 배에 매어둔다고 했다. 신정하申靖夏가 「잡기」雜記에서, 1연은 범상하고 2연에는 선풍仙風이 있고 3연은 호탕하고 4연에는 귀기鬼氣가 있어 한 편의 작품 중에 네 가지 품격이 있다고 칭찬한 작품이다. 범상한 듯하면서도 신선의 풍모가 있고 그러면서도 호탕하고 신비롭기까지 하다.

물론 이러한 여행에는 목적이 없다. 마음에 걸리는 것이 없으니, 여행에서 돌아와도 마음에 아무것도 남지 않는 것이 당연하다. 여행은 김창흡에게 병과 슬픔을 낫게 하는 약이었다. 김창흡은 두 달 동안 산천을 유람하고 돌아와 이징하李徵夏라는 사람에게 보낸 편지에서 "벼랑과 산마루를 두루 다 찾아 구름과 달을 좇아다닐 때면 절로 마음에 맞아 슬픔과 고통이 몸에 있는지 알지 못하게 되었다고 생각했으

284

니, 산천은 나에게 정말 좋은 벗이요, 뛰어난 의사라 하겠소"라 한 바 있다.

3.

산과 물이 좋아 길을 나선 사람은 서두르지 않는다. 가다가 힘이 들면 쉬고, 쉬다가 졸리면 잔다. 그것이 길을 나선 시인의 멋이다. 박제가는 묘향산을 유람하고 쓴 「묘향산소기」妙香山小記에서 여행에 대해 이렇게 적었다.

> 무릇 여행은 멋이 주가 된다. 길을 나섬에 날짜를 헤아리지 않고 아름다운 곳을 만나면 바로 멈춘다. 자신을 알아주는 벗을 이끌고 마음에 맞는 곳을 찾아 나서야 한다. 복잡하고 소란스러운 곳은 나의 뜻이 아니다. 저 속된 사람들은 선방禪房에서 기생을 끼고 시냇가 물소리 곁에서 풍악을 잡는다. 이야말로 꽃 아래서 향을 피우고 차를 마시면서 과자를 내어놓는 꼴이다.[50]

이러한 사람이 여행의 맛을 아는 사람이다. 살풍경殺風景이라는 말이 있다. 당나라의 시인 이상은이 맑은 샘에 발을 씻는 일, 꽃 위에 속옷을 말리는 일, 산을 등지고 누각을 짓는 일, 거문고를 태워서 학鶴을 삶는 일, 꽃을 마주하고 차를 마시는 일, 솔 숲 사이에서 길잡이가 벽제하는 일을 살풍경의 예로 든 바 있다. 여행을 하는 이가 풍경을 죽이는 '살풍경'을 해서는 아니 된다. 날짜의 제약을 받지 않고 아름

다운 곳을 만나면 멈출 줄 알아야 한다. 여행을 좋아하는 시인의 여행
은 이러하다.

이서구 역시 뛰어난 시인이기에 이러한 멋을 알았다.

솔뿌리에서 책을 읽노라니
책 속에 솔방울이 떨어지네.
지팡이 짚고 길을 나서니
고갯마루에 구름이 뿌옇다.
讀書松根上　卷中松子落
支筇欲歸去　半嶺雲氣白
_이서구, 「저녁에 백운계에서 다시 서강의 입구에 이르러 잠시 누웠다가 솔 그늘에서 짓
다」(晚自白雲溪, 復至西岡口, 少臥松陰下作), 『강산초집』 권2

이서구李書九(1754~1825)는 자가 낙서洛瑞, 호는 척재惕齋 혹은 강
산薑山, 소완정素玩亭, 석모산인席帽山人 등이다. 시에 뛰어나 이덕무,
유득공, 박제가 등 서얼 시인과 함께 조선 후기 사가시인四家詩人으로
일컬어지지만, 이서구는 전주 이씨 왕족의 후손이며 벼슬은 판서에까
지 올랐다. 그러나 평생 벼슬을 싫어하여 숨어 살고자 했다.[51]

이 작품의 백운계는 오늘날 포천에서 화천으로 넘어가는 개울로,
이서구가 한때 은거한 곳이다. 길을 가다가 솔뿌리 위에 앉아 잠시 책
을 읽었다. 책을 읽으면 졸음이 오는 법, 시원한 솔 그늘에서 시인은
짧지만 단잠을 잤다. 잠을 깨운 것은 책으로 떨어진 솔방울 소리다.
1구와 2구가 동시 상황인 것처럼 나란히 제시되어 있지만, 그 사이 제

법 시간이 흐른 것이다. 벌써 이렇게 시간이 지났는가, 순간 당황스럽다. 지팡이를 짚고 나서니, 어느새 저녁이 가까워 산마루에 구름이 뽀얗게 일어난다.

이서구는 왕사정王士禎의 신운설神韻說을 잘 배운 사람으로 흔히 조선의 왕사정으로까지 평가된 문인이다. 신운은 한마디로 정의하기는 어렵지만, 이른바 염화시중拈花示衆의 미소에 비유된다. 곧 불가에서 이르는 선의 경지에 들어 있는 느낌을 주는 시를 신운이 있다고 한다. 위의 작품은 속세의 티끌에서 완전히 벗어난 선취를 느낄 수 있기에 신운이 있다고 평가할 수 있으며, 그 신운은 문면에 드러나지 않은 잠을 자는 동안의 한적함을 집약적으로 보여주었기 때문에 확보된 것이다. 한적에서 화려함을 벗겨내고 맑음만 남겨두었기에 신운이 생긴 것이라 하겠다. 이 시의 신운은 어디에서 오는가? 길을 나선 이의 한가한 마음에서 찾아야 할 것이다.

눈물과
통곡이 없는
만사

1.

　예나 지금이나 죽음은 슬픈 것이다. 그렇지만 무작정 죽은 자를 잡고 있을 수는 없으니, 잠시 통곡을 멈추고 예의를 다하여 죽은 이를 보낸다. 죽은 이를 보내는 풍속은 예전과 크게 달라졌다. 굴건에 삼베옷을 입은 상주를 보기가 쉽지 않거니와 조문객이 빈소를 찾아도 곡하는 소리가 들리지 않는다. 변한 것이 어디 그뿐이겠는가만, 지성사나 문화사에서 가장 애석한 것이 만사挽詞나 제문이 사라졌다는 점이다. 부모님이 돌아가시면 딸이 한글로 정성껏 제문을 지어 영전에 읽으면서 애도하던 풍속도 찾기 어렵거니와, 지식인이라도 만사나 제문을 짓는 일은 거의 없다.

　만사는 통곡을 하기 위한 것이 아니라 죽은 자의 영혼을 위로하여 저세상으로 잘 가라는 인사의 편지다. 그러면서 죽은 자의 생애를 돌아보고 추모의 마음을 갖기 위한 것이다. 만사에 과장이 있어서는 안 된다. 만사의 핵심은 죽은 자의 생애를 얼마나 시에 잘 압축했는가에 있다. 다음 노수신의 작품을 보면서 이러한 사실을 확인해 보도록 한다.

진도는 남해와 통해 있고
단양은 시안에 가까웠지.
이십 년 풍상을 겪다가
두 임금께 은총을 입었네.
백발에 저무는 시절이 놀라운데
청운에 올라서 절조를 지켰네.
평생을 함께한 장부의 눈물을
한번 교동의 무덤에 뿌리노라.
珍島通南海　丹陽近始安
風霜廿載外　雨露兩朝間
白首驚時晚　靑雲保歲寒
平生壯夫淚　一灑在桐山

_노수신, 「대사간 김난상을 애도하며」(挽金大諫鸞祥), 『소재집』 권6

　　김난상金鸞祥은 노수신과 함께 을사사화에 연루되어 오랜 유배 생활을 했다. 1547년 노수신은 진도에 유배되고 김난상은 남해에 유배되어 19년의 세월을 보냈다. 그리고 1565년 노수신은 시안始安(괴산의 옛 이름)으로, 김난상은 단양으로 옮겨졌다. 첫 연은 이러한 풍상을 적은 것이다. 윤원형 등의 권신에 반대하여 동지로서 함께 고통을 겪은 사실을 적실하게 나타냈다. 2연에서 20년 풍상風霜의 세월을 보낸 것을 적었다. 노수신과 김난상은 모두 중종 때 벼슬을 시작하여 명종 때

고초를 겪다가 선조 때 다시 조정으로 복귀하여 나란히 벼슬을 했다. 그래서 두 임금의 은총을 받았다고 한 것이다. 김난상은 박점朴漸이라는 사람이 정언正言의 벼슬에 오르자 그의 행실이 바르지 못하다고 탄핵하려 했으나 사간원의 동료들이 반대하자 자신을 탄핵하고 벼슬에서 물러나 있다가 64세의 나이로 세상을 떴다. 그래서 백발이 되어 물러날 때가 되었음을 알고 청운의 높은 관직에 있었지만 절개를 지켰음을 높게 평가했다. 김난상은 교동의 대우동에 묻혔다. 노수신은 시를 종결하면서 평생을 고락을 함께 한 정을 들고 동산桐山, 곧 강화도에 딸린 교동도에 묻힌 그의 영혼을 위로한 것이다.

노수신은 묘비에 새길 김난상의 행적과 자신과의 교분을 이렇게 40자의 시에 모두 담았다. 만사는 죽은 이에 대한 감정에 거짓이 있어서는 안 되고, 또 죽은 이의 행적이 사실과 달라서도 안 된다. 노수신의 이 만사는 감정이 참되고 행적이 사실에 부합한다. 만사는 지나친 칭송을 담기 쉽지만, 죽은 이의 행적을 대표할 만한 사실을 뽑아 그의 삶을 요약했다. 허균은 이 시를 『국조시산』에 선발하고 "감정이 극도로 슬프고 시어가 극도로 간절하여, 이를 읊조리노라면 사람으로 하여금 절로 눈물이 흐르게 한다"라 평가했다.

노수신의 만사에서 볼 수 있듯이, 만사는 짧은 시이기 때문에 죽은 이의 행적을 정확하면서도 압축적으로 제시해야 한다. 노수신은 이러한 만사에 뛰어난 시인이었다. 홍섬洪暹의 모친에 대한 만사에서도 "일관된 덕으로 삼종이 영의정에 올랐고, 백 년에 여섯이 모자란 장수를 하였다네"(一德從三上台峻, 百年除六老星尊)라 했다. 홍섬의 모친은 영의정을 지낸 송철의 딸로, 남편 홍언필과 아들 홍섬이 모두 영의

정을 지냈다. 삼종지도三從之道로 영의정에 오른 친정 부친과 남편, 아들을 잘 받들었음 말하고, 여기에 대를 맞추어 94세로 장수했으니 장수를 상징하는 별 노인성老人星이 높다랗다고 한 것이다.

2.

만사에는 죽은 이의 삶을 압축적으로 형상화해야 하는데, 짧은 내용에 기나긴 삶의 전체를 담아내기는 쉽지 않다. 그래서 삶의 가장 특징적인 국면을 부각하는 방법도 자주 사용된다. 다음 성혼의 작품은 박순의 삶을 총체적으로 드러내기보다는 박순이 지향했던 삶의 방향을 지적했다는 점에서 높은 평가를 받았다.

> 세상 너머 구름 덮인 산은 깊고 또 깊어
> 개울가의 초가집은 벌써 찾기 어렵구나.
> 한밤에 배견와 위에 뜬 저 달은
> 응당 선생의 일편단심을 비추어 주리.
> 世外雲山深復深 溪邊草屋已難尋
> 拜鵑窩上三更月 應照先生一片心
>
> _성혼, 「사암 상공 박순의 만사」(挽思菴朴相公淳), 『우계집』 권1

성혼成渾(1535~1598)은 본관이 창녕이며, 자는 호원浩原, 호는 우계牛溪가 가장 널리 알려져 있다. 성리학에 뛰어난 학자로 율곡 이이와 사단칠정四端七情을 토론한 것으로 유명하다. 시에도 일가를 이루었다. 성혼의 선배 박순朴淳은 뛰어난 재상이었다. 대제학과 판서 등 누구나 선망하는 벼슬을 두루 역임하고 우의정, 좌의정을 거쳐 영의정에 올랐다. 15년 동안 영의정을 지냈는데 뜻을 같이하던 이이가 탄핵을 받자 벼슬을 그만두고 포천 북쪽 창옥병蒼玉屛에 배견와拜鵑窩라 이름한 초당을 짓고 은거했다. 세상과 절연했다는 뜻에서 세상 너머 구름 덮인 산이라 하고, 다시 그 산이 깊고 깊다 했다. 그리고 영의정까지 지낸 사람이 조그만 초가에 살았고 죽은 지 얼마 되지 않아 이미 퇴락했다고 하여 그의 청빈한 삶을 말했다. 배견와는 두견새에게 절을 하는 움집이라는 뜻이다. 두견새에게 절을 한다는 말은 임금에 대한 일편단심이 변함없다는 뜻이다. 비록 속세에서 물러나 청빈하게 살지만 그럼에도 임금에 대한 충성심은 하늘의 달처럼 또렷하다고 한 것이다.

성혼은 영의정까지 오른 박순의 이력을 전혀 거론하지 않았다. 허균은 이 시를 『국조시산』에 선발하고 "사암의 만사는 이 정도로 그쳐야만 한다. 만약 재상의 사업에 착안하였다면 알맞지 않다"라고 하고, "무한한 감상의 뜻을 말 밖에 드러내지 않았으니 서로 잘 아는 사이가 아니라면 이러한 시를 어찌 지을 수 있으랴?"라고 평했다. 곧 성혼이 박순의 뜻을 잘 알았기에 외형적인 재상으로서의 삶에 주목하지 않고 오히려 은자로서의 삶을 강조한 것을 높게 평가한 것이다. 또 절친한 벗의 죽음을 두고 드러내어 통곡하지 않았지만, 벗에 대한 그리움이 이면에 가득하기에 허균이 이 작품을 극찬한 것이다.

이와 비슷한 방식은 17세기 의고풍의 시문으로 당대 최고의 반열에 올랐던 정두경鄭斗卿이 죽었을 때 남용익이 쓴 만사에서도 확인된다.

> "두보의 시에다 사마천의 문장을
> 한 사람이 겸한 것 예전에 없던 일.
> 우레와 벼락이 치듯 놀랍구나."
> 계곡 선생이 예전에 하시던 말씀.
> 工部之詩太史文 一人兼二古無聞
> 雷霆霹靂來驚總 谿谷先生昔所云

_남용익, 「정동명의 만사」(鄭東溟挽), 『호곡집』권7

남용익南龍翼(1628~1692)은 본관이 의령이며, 자는 운경雲卿, 호는 호곡壺谷이다. 시에 대한 감식안이 높아 신라 시대부터 조선 인조 때까지의 뛰어난 한시를 선발하여 『기아』箕雅를 엮은 바 있다. 남용익의 만사는 장유張維의 말을 그대로 인용한 것에 불과하다. 그의 글은 우레가 치듯 드세다는 장유의 평가가 정두경 삶의 핵심을 지적한 것이다. 정두경은 두보의 시와 사마천의 문장을 잘 활용하여, 강건한 맛이 부족한 16세기 한시의 약점을 극복한 바 있다. 정두경의 삶은 이 점에서 의미가 있는 것이지, 벼슬이나 그가 견지했던 명에 대한 의리는 후대에 그리 큰 의미가 없다. 그러니 그의 만사로 이것이 가장 적합하다 할 만하다.

차천로車天輅가 죽었을 때 유근柳根도 이와 유사한 만사를 지었다. "노장과 사마천만 많이 읽었고, 이백과 두보, 한유의 시를 가장 정독하였네"(老莊馬史偏多讀, 李杜韓詩最熟精)라 칭송하는데, 이에 대해 이수광은 차천로가 노자와 장자, 사마천의 문장, 그리고 이백과 두보, 한유의 시를 정독한 것은 사실이지만, 차천로 문학의 핵심이 정독이 아니라 박학에 있었으므로, 유근이 차천로를 잘 안 것이 아니라 했다. 이수광은 "문학의 숲은 활기가 봄날에 다하였는데, 학문의 바다 긴 파도가 하루아침에 말라 버렸네"(詞林活氣三春盡, 學海長波一夕乾)라 했다. 차천로가 당대 문단의 최고였기에 그의 죽음으로 인해 문단은 활기를 잃었고 학문도 사라져 버렸다고 한 것이다. 이수광의 만사는 차천로의 삶 전체를 아울렀고, 유근은 부분으로 전체를 대신하고자 했다. 이수광은 유근이 부분을 말했다 하여 문제 삼았지만 어느 것이 더 낫다고는 할 수 없다. 하지만 짧은 시의 형식으로 드러내기는 후자에 더욱 묘미가 있다고 하겠다.

3.

　조선 전기만 하더라도 대부분의 만사에는 율시가 중심에 있었다. 율시는 그 용어 자체가 말해 주듯 법이 있는 시다. 그래서 격식을 갖춘 만사의 중심에는 율시가 있었다. 노수신의 만사는 격식을 갖추어, 죽은 이의 생애와 자신과의 관계, 상대에 대한 칭송 등을 압축적으로 제시했다. 한편 절구는 노래와 가깝기 때문에 격식을 갖춘 애도보다 목 놓아 통곡을 하거나, 은근한 정을 담아내기에 적합하다. 앞서 본 성혼의 시가 바로 그러하다.

　그런데 조선 후기에는 신기함과 참신함을 추종하는 문단의 분위기로 인해 만사 역시 파격적인 것이 성행한다. 앞서 본 남용익의 만사에는 죽은 이에 대한 애도가 전혀 나타나지 않았다. 역사가의 냉정한 눈으로 죽은 사람이 이생에서 남긴 의미를 집약적으로 제시하고 있다. 나아가 죽은 이의 삶의 이력이나 특징적인 국면 자체를 드러내지도 않았다. 다음 홍세태의 만사도 그러하다.

> 씨를 꼭 좋은 것 뿌릴 것 있나
> 좋아도 자주 결실 맺지 못하는데.
> 재주 있는 사람 낳을 것 있나
> 재주 있는 사람은 요절하는데.
> 種穀不須嘉 嘉者多不實
> 作人不須才 才者輒夭折

_홍세태, 「이숙장의 만사」(李叔章挽), 『유하집』 권7

홍세태洪世泰(1653~1725)는 자가 도장道長, 호는 창랑滄浪 혹은 유하柳下라 했다. 본관이 남양인데 무관 집안으로 그 자신은 역과에 응시하여 통역하는 일을 맡은 이문학관吏文學官의 벼슬을 지냈다. 양반이 아니어서 신분적인 제약이 있었지만, 시로 일세를 풍미했고 중국 사신이 우리나라의 시를 보고자 했을 때 최석정崔錫鼎이 숙종에게 그의 시를 추천한 바 있다. 자신처럼 버려진 진주에 비유되는 중인층의 한시를 모아 『육가잡영』六家雜詠과 『해동유주』海東遺珠라는 시 선집을 간행했다. 이러한 공로로 중인 문학사에서 가장 윗자리에 오르는 시인으로 평가되고 있다.

오언절구의 형태를 취했지만, 측성 글자로 압운을 하고 또 평측도 맞추지 않았다. 같은 글자를 반복하지 않는다는 근체시의 기본적인 규칙도 신경 쓰지 않았다. 예스러운 고절구의 맛을 풍기기 위해서다. 17세기 오언절구 중에는 이처럼 독특한 것이 자주 보인다. 요절한 벗의 죽음을 두고 홍세태는 통곡했다. 그래서 좋은 씨를 뿌려 보았자 결실을 맺지 못할 때가 많듯이, 사람도 아름다운 자질을 타고나더라도 대개 요절하는 것이 조물주의 장난이라 한 것이다. 작품에 죽은 사람이 어떠한 삶을 살았고 어떤 의미를 지닌 존재인지조차 밝히지 않았다. 그저 뛰어난 사람이 요절한 것에 대한 애도의 뜻을 표한 것이다. 홍세태보다 한 시대를 먼저 살았던 이안눌이 평생의 벗 권필의 죽음을 애도한 다음 작품이 그러하다.

내 태어난 것 늦었다 한할 것 없고
그저 내게 귀가 달린 것 한할 뿐.
첩첩 산에 비바람 칠 때
시옹이 죽었다는 부고가 왔네.
不恨吾生晚　只恨吾有耳
萬山風雨時　聞着詩翁死

_이안눌, 「석주를 통곡하다」(哭石洲), 『동악집』 권10

　　권필은 파란만장한 삶을 살았다. 벗 임숙영任叔英이 광해군의 뜻을 거슬러, 과거에 합격했다가 취소된 사실을 듣고 분함을 참지 못하여 「궁류시」宮柳詩를 지어서 풍자했다. 이 때문에 광해군의 분노를 사서 몽둥이 찜질을 당하고 귀양길에 오르던 중 동대문 바깥에서 술을 마시다 객사했다. 그러한 삶의 이력은 이 시에 전혀 적지 않았다. 이안눌은 권필보다 두 살 아래다. 권필보다 늦게 태어났기에 늦게 죽게 되었다는 자탄의 말을, 태어난 것이 늦었다고 한할 것 없다고 바꾸어 말한 것이다. 비록 두 살 아래지만 가장 친하다고 자부한 자신이 정작 권필이 죽었다는 사실조차 뒤늦게 알게 된 것을 안타까워하면서 귀머거리가 아닌 것이 분하다고 한 것이다. 그리고 권필의 삶을 '시옹'詩翁이라는 두 글자에 다 담았다. 권필은 조선 중기 한시사에서 가장 높은 봉우리를 차지한 시인이기에 그에 대한 다른 평가는 필요 없다고 본 것이다.

이 작품 역시 평측과 압운이 근체시의 규칙에 맞지 않는 고절구다. 고절구라는 비교적 자유로운 형식을 통하여 이야기를 하듯, 통곡을 하듯 자연스럽게 시를 지었다. 다만 통곡을 하더라도 그 소리가 밖으로 나와서는 좋은 시가 아니다. 이안눌이나 홍세태는 벗의 죽음을 두고 통곡을 하면서도 딴소리를 했다는 공통점이 있다. 다만 홍세태는 벗의 뛰어난 점을 뒤집어 말했지만, 이안눌은 죽은 벗에 대해 그러한 위로의 말조차 건네지 않았다. 죽은 이보다 살아남은 자신이 더 슬프다고 한 것이다.

이러한 변격의 만사가 조선 후기 크게 유행했다. 조선 후기에도 격식을 갖춘 율시로 죽은 이를 애도하는 것이 일반적이었지만, 짧은 절구를 연작으로 하여 죽은 이의 삶을 몇 개의 나뉜 사진을 보여주듯 제시하는 것도 자주 나타난다. 이안눌과 홍세태의 시도 연작이다. 홍세태와 함께 조선 후기 한시의 새로운 방향을 제시한 이병연은 아예 고절구의 형식에 10수의 연작으로 만사를 지었다. 그중 몇 수를 보인다.

자네는 이일원을 얻고
나는 장필문을 얻었으니
서로 얻었다 잃어버린 지
이제까지 서른여섯 해라.
君得李一源 我得張弼文
相得而相失 于玆三紀云

내게 장필문이 있었고
자네에게 이일원이 있었지.
서로 천만 리 떨어져도
마음에는 내 벗이 있었지.
我有張弼文 君有李一源
相去千萬里 心焉吾友存

일원은 백악 아래 살고
필문은 여강에서 살았지.
내 병들어 노새를 묶어 두면
자네는 어찌 배가 없었겠나?
一源白嶽下 弼文驪水頭
我病縶騾子 君來豈無舟

시가 완성된들 어디에 부치랴?
얼굴 보고 다시 의논도 못하겠네.

장필문은 지하에 있고
이일원은 지상에 있으니.

詩成何所寄 顔面不復論
地下張弼文 地上李一源

_이병연, 「장필문의 만사」(張弼文挽), 『사천시초』

이병연李秉淵(1671~1751)은 본관이 한산이며, 자는 일원一源, 호는 사천槎川이다. 백악 아래 세거하면서 가까운 곳에 살던 김창흡의 영향을 크게 받았고, 같은 동네에 살던 정선鄭歚과도 매우 절친했다. 특히 금강산을 소재로 한 시에 뛰어나 이병연의 시와 정선의 그림을 나란히 보면 금강산 여행을 대신할 수 있다는 평가를 받은 바 있다. 문인 김익겸金益謙이 그의 시집을 가지고 중국에 갔을 때 강남의 문사들이 명나라 이후의 시와 비교할 수 없다고 극찬한 바도 있다. 김창흡과 함께 조선 후기 새로운 시풍을 개척한 것으로 평가할 수 있거니와, 이 작품 역시 이전의 시풍과는 다른 새로운 미감을 창출했다.[52]

첫째 수에서는 서로 만난 지 36년 되었다는 것을, 둘째 수에서는 천리 멀리 떨어져 있어도 마음으로 늘 그리워하던 벗이었고, 또 사는 곳이 여주와 백악으로 서로 달랐지만 자주 오갔다는 사실을 적었다. 이때까지는 만사라 할 수 없다. 네 번째 수에 이르러야 비로소 만사임이 드러난다. 그러나 장필문의 이력은 적지 않는다. 그가 죽어 시를 서로 논할 수 없다는 사실만 적었다. 작품마다 장필문과 이일원이라는 고유명사를 반복적으로 나열하면서 죽은 벗에게 말을 건네듯이 자연스럽게 시를 이어 나갔다. 눈물이나 통곡 소리는 어디에도 찾아볼

수 없다. 이러한 만사는 비록 당색과 처지가 달랐지만 18세기의 뛰어
난 시인 이용휴에게로 계승되었다.

이하는 스물일곱에 죽어
뜻한 바를 반만 이루고서
다시 이씨 성으로 태어나서
스물일곱 해를 다시 이었네.
賀年二七死 志業僅成半
再爲李姓氏 又續二七算

오색이 빛나는 신기한 새가
우연히 지붕마루에 모였기에
사람들이 다투어 보노라니
놀라 날아가 자취가 없네.
五色非常鳥 偶集屋之脊
衆人爭來看 驚起忽無跡

_이용휴, 「이우상의 만사」(李虞裳挽), 『탄만집』

이용휴의 만사 역시 10수의 연작시다. 이병연의 시처럼 말을 하
듯 쉽게 썼지만 그 뜻은 깊다. 이우상李虞裳은 뛰어난 시인이었다. 역
관의 신분으로 일본에 통신사를 따라갔는데 그때 지은 한시로 일본을
떠들썩하게 한 바 있다. 박지원은 한문소설 「우상전」虞裳傳에 이러한
사실을 특기했다. 이용휴는 그의 시를 두고 "벽을 어떻게 걷거나 건널

수 있겠는가? 이우상은 벽과 같다"라고 극찬한 바 있으니 그의 대단
한 시재를 짐작할 수 있다.

이하李賀는 당나라의 시인으로 난삽한 시를 썼던 기인이다. 그가
27세에 죽은 후 이우상으로 다시 태어나 다시 27년을 살다 죽었다고
했다. 이렇게 하여 이우상의 시적 재능을 이하에 비겼다. 두 번째 작
품에서는 이우상의 시가 범상치 않고 오색찬란하여 사람들의 눈길을
끄는가 했더니 알아주는 것조차 싫어해서 훌쩍 이승을 떠나 버렸다고
했다. 『논어』에 '승당'升堂과 '입실'入室이라는 말이 나온다. 학문은 마
루에 오른 단계와 방 안으로 들어간 단계가 있는데 이우상은 지붕마
루에까지 올랐다 하여 그의 높은 시학을 은근하게 말했다.

이 작품에서도 통곡은 물론 눈물 자국조차 보이지 않는다. 이병연
은 시를 주고받을 사람이 없다 하여 눈물 자국을 보였지만, 이용휴는
이우상이 뛰어난 자질을 갖추고도 요절한 것을 신비하게 처리했다.
이용휴는 이어지는 연작에서 "조그마한 일개 필부였건만, 죽고 나니
사람 수가 준 걸 알겠네"(渺然一匹夫, 死覺人數減)라고도 하고, 또 "그 사
람 쓸개는 박처럼 크고, 그 사람 눈빛은 달같이 밝았지. 그 사람은 팔
목에 귀신이 붙었고, 그 사람은 붓끝에 혀가 달렸지"(其人膽如瓠, 其人眼
如月. 其人腕有鬼, 其人筆有舌)라 했다. 참신하면서도 파격적인 표현이 극
에 달했다 할 만하다. 만사가 이쯤 되면 가슴은 없고 머리만 있다. 이
것이 18세기 한시의 새로움이기도 하다.[53]

시에
담은
풍속화

1.

산수화에는 사람을 잘 그리지 않는다. 혹 사람이 있다 한들 대부분 신선의 풍모를 지녔다. 소나무 아래에서 도사나 은자가 흘러가는 강물을 바라보는 그런 그림을 보라. 도사가 조선의 옷을 입었을 리 만무하다. 역으로 조선의 옷을 입히지 않았으니 이 땅에서 살아간 사람이 아니라는 뜻이다. 그렇게 하여 세상을 등진 은자거나 속세의 이욕에서 벗어난 도사임을 드러낸 것이다. 우리 회화사에서 조선의 산수에 조선 옷과 갓을 쓴 조선 사람이 등장하기 시작한 것은 대략 18세기 무렵부터다. 정선이 조선의 산수를 화폭에 담아내고 또 그 안에 조선에 사는 사람들을 그린 것이다.

정선이 조선 사람이 사는 조선의 산수를 그린 것은 김창협과 김창흡 형제가 진경眞景과 진정眞情을 드러낸 진시眞詩를 써야 한다고 주장한 것을 계승한 것이다. 김창협 형제가 시에서 진眞을 강조한 것은 그 이전 시기의 시가 참되지 못하다고 보았기 때문이다. 우리 한시사에서는 16세기 후반부터 당시를 배우고자 하는 움직임이 크게 일어나고, 그중 뛰어난 작품은 당나라 시인의 시집에 넣어도 부족함이 없을 것이라 호평을 받았다. 이어 17세기 무렵에는 명 복고풍復古風이 일면서 질박한 고대의 시를 배우고자 했다. 그러나 당나라 시를 배우려 한 사람들은 당나라 시와 비슷해지기를 추구했기에 개성을 잃었고, 명나라의 복고풍을 배우려 한 사람들 역시 고대의 시가 갖는 자연스럽고 질박한 맛은 배우지 못하고 그 허울만 배웠다. 그래서 김창협 형제는 자연스러움과 질박함이라는 고대 시의 정신을 배우되, 시인이 보고 느낀 진경과 진정을 시에 담아내야 한다고 주장한 것이다.

이러한 한시사의 흐름에서 이규상의 존재는 이채롭다. 이규상李奎象(1727~1799)은 자가 상지像之, 호가 유유재悠悠齋다. 나중에 호를 일몽一夢이라 했는데, 쉰 살에 부인을 잃고 곤궁하게 오직 시와 문에 마음을 붙이면서 살았기 때문이었다. 이규상은 문학이 여기餘技라는 입에 발린 말을 하지 않았다. 자신이 가장 잘하는 것이 문학이고 또 평생 공을 들인 것이 시라 했다. 평생 시만큼 좋아하는 것이 없었기에 시를 보면 배 큰 사내가 음식을 마주하고 있는 것과 같고 목마른 천리마가 샘으로 달려가는 형상이라 했다. 그것이 불가에서 이른 삼생三生의 결습結習이라 했다. 자신의 시집 『일몽고』一夢稿의 앞에서 이렇게 밝힌 것이다.

『병세재언록』幷世才彦錄으로 조선 후기 문화사를 증언하여 세상의 주목을 받았지만,[54] 이규상은 스스로를 '시인'으로 여겼다. 시나 쓰는 사람이라는 뜻의 시인은 그리 좋은 말이 아닐 수 있지만, 18세기에는 다른 무엇보다 시를 우선하는 시인을 자처하는 사람들이 나타났다.

김창흡의 제자인 홍세태와 이병연이 자타가 공인하는 시인이었고, 이규상 역시 시인이었다.

이규상이 이룩한 시의 성과는 조선적인 당풍에 있다. 주지하듯이 경景을 위주로 하는 당풍은 그림을 지향한다. 당풍은 한 폭의 아름다운 산수화를 보는 듯한 홍감이 있어야 한다. 이규상은 「농가의 노래」에서 시골 풍경을 멋지게 담아냈다.

맨드라미 오똑 서고 봉선화 늘어져 있는데
파란 박 넝쿨과 자줏빛 가지가 얽혀 있네.
한 무리 고추잠자리 왔다가 가고 나니
높은 하늘 마른 햇살에 가을이 생겨나네.
鷄冠迥立鳳仙橫　瓠蔓筇莖紫翠繁
一陣朱蜻來又去　雲高日燥見秋生

_이규상, 「농가의 노래」(田家行·四), 『일몽고』

이규상은 이렇게 노래한다. 마당에 맨드라미와 봉선화가 피어 있고 텃밭에는 파란 박 넝쿨 늘어져 자줏빛 가지와 엉켜 있다. 그 위로 빨간 고추잠자리가 지나간다. 장마가 그치자 하늘이 높고 햇살이 곱다. 가을은 이렇게 이르는가 보다. 이 시를 읽고 바로 붓을 들면 고운 그림이 하나 나올 것 같다.

그런데 이 그림은 사람이 보이지 않지만 보통의 산수화와는 조금 다르다. 먼 배경에 산을 그리고 한쪽에 개울을 그려 넣을 수도 있지만, 굳이 그러한 산과 물이 없어도 무방하다. 이런 것을 산수화라 할 수 있는가? 화훼와 초충을 그린 그림에 가깝다. 화훼와 초충을 그린 그림에 고운 색채가 없으면 멋이 덜하다. 이규상이 그린 그림은 색감이 산뜻하다. 맨드라미도 붉고 봉선화도 붉으며 고추잠자리도 붉다. 가지는 자줏빛이요, 박 줄기는 파란색이어서 색감이 선명하다. 이전에 보던 담채색 위주의 산수화와는 색감이 절로 다르다.

이 작품은 경景을 위주로 하고 정情은 전혀 드러내지 않았다. 그럼에도 시골살이의 흥이 절로 인다. 그러한 점에서 당시를 닮았다. 그러나 당시에서 찾을 수 없는 아름다운 색채가 있고 그 색채에는 조선의 빛깔이 있다. 이러한 시를 조선적인 당풍이라 부르고 싶다.

위의 시로 그린 그림에는 사람이 보이지 않지만, 이규상이 그린 대부분의 아름다운 그림에는 조선에서 살아가는 조선 사람의 숨결이 느껴진다. 다음은 위의 시와 같은 시리즈다.

언 모래 녹고 개울 따스하고 억새 순이 고운데
파란 이내 막 걷히자 흰 해오라기 날아오르네.
시골 아낙도 또한 봄빛을 사랑할 줄 아나 보다
진달래꽃 한 가지를 비녀에 꽂아서 돌아오니.
沙融溪暖荻芽微　靑靄初收白鷺飛
田婦亦知春色愛　鵑花一朶揷釵歸

_이규상, 「농가의 노래」(田家行·一), 『일몽고』

이 작품 역시 앞의 시처럼 강하지는 않지만 비교적 선명하게 색채가 더해져 있다. 강가의 모래는 희게 칠하고 개울은 파랗게 칠하고 억새 순은 파랗게 칠했다. 강을 덮고 있는 이내는 푸르스름하고 그 속에 날아오르는 해오라기는 하얗다. 그러나 이 그림에서 가장 선명한 색깔은 시골 아낙이 비녀 곁에 꽂은 진홍빛 진달래꽃이다. 시골 아낙이라 춘심이 없겠는가? 흥에 겨워 콧노래를 부르는 아낙의 모습이 청순하다.

이규상이 시로 그린 그림은 훈훈하다. 조선 시대 문인들은 파리하게 굳은 얼굴의 노동자를 그리는 걸개그림과 같은 시를 짓기도 했다. 유리걸식하는 백성들의 모습을 현실주의적인 시각으로 그려 낸 것이 그리 드물지 않다. 그렇게 시로 그린 그림은 위정자의 뼈를 찌를 정도로 날카롭다. 그러나 이규상은 그런 아픈 현실을 그림으로 그리지는 않았다. 목소리를 높여 고통을 겪는 하층민의 애환을 노래했지만, 그것이 이규상의 장기는 아니다. 이규상은 훈훈하고 건강한 백성들을 낭만적으로 그렸다.

아침에 들에 나갔다가 저물녘에 돌아와
저녁밥을 짓고 나니 달이 산에 오르네.
방아 찧어 이른 아침을 준비하자니
그저 조각 잠에 쉴 틈을 찾는다네.
朝出平田薄暮還 夕炊纔了月升山
鳴春更備明晨飮 休息惟於片夢間

_이규상, 「농가의 노래」(田家行·三), 『일몽고』

초가는 사방 대울타리로 둘러쳐

한 줄기 등불이 비스듬히 새어나네.
젊은 며늘아기 방아 찧고 먼저 잠들었는데
늙은 할멈 한가하게 앉아 물레질을 하네.
茅簷四面竹籬遮 射出燈光一道斜
少婦罷舂先倦睡 老姑閒坐運繅車

_이규상, 「시골의 노래」(村謠·五), 『일몽고』

고달픈 시골 새댁을 소재로 한 작품이다. 아침에 들판에 나가 농사를 거들고 저물녘에 들어오면 쉬지 못하고 바로 저녁을 준비한다. 설거지를 하러 나와 보면 긴긴 여름 낮이 벌써 저물어 달이 중천에 걸렸다. 그래도 쉬지 못한다. 아침에 밥을 짓자니 방아를 찧어야 한다. 고된 일을 하는 틈틈이 저도 모르게 졸음이 온다. 졸면서 부엌일을 마치고 들어오면 겨울옷을 짓기 위해 길쌈을 해야 한다. 그렇지만 몇 근이나 되는 눈꺼풀의 무게를 어찌 견디겠는가? 길쌈을 한다고 솜을 만지작거리다 저도 모르게 잠이 들었다. 그 곁에 늙은 시어머니가 물레질을 한다. '쯧쯧' 혀 차는 소리를 낼 것 같지만 그렇게 하지 않는다. 할멈인들 예전에 그런 고생을 하지 않았으랴? 쓰러져 자는 며느리에게 이불을 덮어 줄 듯하다. 이렇게 살아도 시골 아낙이나 할멈은 푸념하지 않는다. 그렇게 살아도 즐겁다는 표정이다. 따뜻하다. 호롱불이 새어 나오는 한적한 시골의 모습이 훈훈하게 다가온다. 이규상은 농촌의 풍광을 이러한 방식으로 다양하게 그려 냈다.

콩밥에 뜨물국 봄처럼 따스한데

여리고 허연 무로 김치 새로 담갔네.

시골살이 늦은 저녁밥 꿀처럼 달기에

인간 세상 산해진미 알 것 없다네.

豆飯泔漿暖似春 菁根軟白作葅新

田家晚食甘如蜜 不識人間有八珍

_이규상, 「시골의 노래」(村謠·七), 『일몽고』

짚신 삼는 곳에 칡 껍질 널렸는데

짚신 한 켤레면 돈이 한 푼이라네.

어깨에 수북 메고 장터로 나간 노인

좋은 쌀과 건어물로 바꾸어 오네.

藁莝織處葛皮連 一對鞋成直一錢

累累擔肩翁出市 換來精粲與乾鯿

_이규상, 「시골의 노래」(村謠·七), 『일몽고』

밥그릇 솥에 넣어 살짝 불을 지피고

등불 아래 시골 아낙 팔을 괴고 졸고 있네.

서방님 새벽닭 울 때 먼 장터 나갔으니

돌아와서 그러겠지, 달이 높이 걸렸다나.

食簞納鼎竈微煙 燈下村娘枕手眠

夫壻鷄鳴趁遠市 歸時說在月高懸

_이규상, 「시골 아낙」(村娘), 『일몽고』

허연 무로 새로 담근 김치를 베어 먹는 소리가 들릴 듯하다. 낮에 있었던 일을 이야기하느라 밥알도 튀어나올 것 같다. 시골의 남정네들은 겨울이면 밤늦게까지 짚신도 삼고 멍석도 짰다. 돈을 만질 수 있는 것이기 때문이다. 한 푼 하는 짚신을 어깨가 보이지 않을 정도로 둘러멘다. 그 정도가 되어야 쌀도 사고 조기라도 몇 마리 사오지 않겠는가? 행여 돈이 남았으면 처자에게 줄 것도 하나 샀을 것이다. 아낙은 집에서 남편을 기다린다. 십 리 넘는 먼 장으로 갔으니 집으로 돌아오려면 시간이 한참 더 있어야 하겠지만, 아낙은 일찌감치 광주리에 담아 두었던 밥을 솥에 넣고 불을 지펴 데우기 시작한다. 그리고 방으로 들어와 호롱불을 밝히고 남편 생각을 한다. 그러다가 꾸벅꾸벅 존다. 남편이 돌아왔다. "행여 밤길에 다치지나 않았나요?" 하는 아내의 말이 생략되어 있다. 남편은 한마디로 다 한다. 달이 훤하다더라고. 부부의 훈훈한 정을 느낄 수 있다.

2.

이규상이 시로 그린 이런 그림은 이전의 전통적인 산수화가 아니다. 조선의 땅에서 농사를 짓고 조선의 옷을 입고 조선의 음식을 먹고 사는 조선 사람의 모습이다. 그런 점에서 이규상이 시로 그린 그림은 정선의 그림이라기보다, 김홍도金弘道의 속화俗畵를 닮았다. 강세황은 「단원기」檀園記에서 "우리나라의 인물과 풍속을 특별히 잘 묘사하여 선비가 공부하는 모습, 장사꾼이 시장으로 가는 모습, 나그네와 규방의 여인네, 농부와 누에 치는 여인, 첩첩 깊은 산과 늘어선 집, 황량한 산하와 들판의 나무에 이르기까지 물태를 곡진하게 그려 내어 참모습과 어긋나지 않았으니, 이는 과거에 일찍이 없던 솜씨다"라 칭찬한 바 있다. 이규상은 『병세재언록』에서 18세 연하인 김홍도의 그림를 두고 시속의 모습을 잘 그려 세상에 속화체俗畵體라 일컬었다고 했는데, 김홍도가 그림으로 그린 것을 이규상은 앞질러 시로 그려 낸 것이다.

이규상은 젊은 시절 인천에서 살았다. 부친이 인천부사를 지냈기 때문이다. 그래서 훈훈한 농촌 사람의 삶뿐만 아니라 싱싱한 생선처럼 활력에 넘치는 18세기 어촌의 모습도 풍속화로 그려 낼 수 있었다. 「인천의 노래」가 그러한 작품이다.

> 인천의 풍속은 깡촌과 같아서
> 청운의 옥당이 있는 줄 모른다네.
> 광주리 인 아낙과 벙거지 쓴 사내가
> 해 뜨자 조개 캐러 갯벌로 급히 나서네.
> 仁州風俗似窮鄕　不識靑雲有玉堂
> 女戴草囊男戭笠　日生忙出蛤魚場(一)

> 발을 엮고 말뚝 쳐서 물길을 막아 놓아
> 겹겹 가둔 그 안쪽은 성안과 같다네.
> 조수가 왔다 가고 얼마 안 있어
> 조개, 게, 생선, 대하가 가득하다네.
> 編箔排椽截海橫　重重圈作內中城
> 潮來潮去須臾後　螺蟹魚蝦戭戭盈(三)

고기잡이 _ 김홍도, 국립중앙박물관 소장(허가번호: 중박 200901-41).

얕은 곳 깊은 곳에 크고 작은 조개 묻혔는데
낙지가 숨은 굴은 어둑하여 찾기 어렵네.
포구의 아낙네들 다투어 갈고리를 들고서
바느질하듯 세세히 갯벌을 파고 있네.
童蛤淺埋大蛤深 絡蹄巢穴杳難尋
浦娘競把尖鉤鐵 細掘融泥似捻針(五)

_이규상, 「인천의 노래」(仁州謠), 『일몽고』

　　우리나라에서 최초로 개항된 곳이 인천인지라 인천은 늘 개화기
의 모습부터 떠오른다. 그러나 개항 이전 인천은 오늘날 서해에서 쉽
게 볼 수 있는 조그마한 포구와 다를 것이 없었다. 사내는 벙거지를
쓰고 아낙은 광주리를 이고 개펄로 나가 조개를 캔다. 숨구멍을 찾아
갈고리로 파서 조개를 캐고 낙지를 잡아낸다. 또 나무 말뚝을 박아 두
어 썰물 때 갇힌 생선과 조개, 새우, 게 등을 잡는다. 김홍도의 풍속화
에 보이는 그대로의 모습이다.

3.
　　조선의 시인이 조선의 풍광을 직접 보고, 이에 대한 흥감을 적는
것이 18세기 한시사의 중요한 흐름이었다. 김창흡을 위시하여 그 제
자뿐만 아니라 18세기 한시단에서 우뚝한 존재들은 학통이나 당색을
불문하고 대부분 이러한 흐름을 따랐다. 이규상은 세상에 알려지지
않은 사람이지만 앞에서 본 것처럼 조선의 풍광에 조선적인 정감을

담았다. 이규상보다 세상에 이름을 남기지 못했던 유동양柳東陽 역시
그러했으니 다음 작품이 이를 잘 말해 준다.

> 소 몰고 오는 맨발의 아이놈
> 소 등에 가을 산빛을 가득 실었네.
> 이랴 이랴 더벅머리 긁적긁적
> 달 뜬 밤에 노래 부르며 돌아오네.
> 驅牛赤脚童 滿載秋山色
> 叱叱搔蓬頭 長歌歸月夕
>
> _유동양, 「목동」(牧童), 『대동시선』 권6

유동양은 자가 무백茂伯이고 본관이 문화文化라는 것 외에는 전혀
알려져 있지 않다. 영조 연간의 유생으로 생을 마친 무명의 인물이지
만, 그럼에도 『대동시선』에 아름다운 이 시 한 편이 수록됨으로써 후
세에 이름을 남길 수 있었다.

이 작품을 그리는 데 산과 개울은 필요가 없다. 누런 소 한 마리,
맨발의 더벅머리 소년 하나가 작품의 대부분을 구성하고 있다. 이런
시는 풍경화가 아니라 사람을 담은 풍속화라 할 만하다. 물론 그림보
다 시가 깊은 뜻이 있으니, 더벅머리 긁적이는 소년의 표정을 어찌 그
림으로 그리겠으며, 희뿌연 달빛 아래 울려 퍼지는 목동의 노랫가락
을 어찌 그림에 담아낼 수 있겠는가?

조선 후기의 한시에 담긴 풍경에는 산과 물보다 사람이 중심에 있
다. 사람도 가만히 있지 않고 먹고살려고 끊임없이 뛰어다닌다. 점잖

은 갓과 도포는 보이지 않는다. 일상에 바쁜 백성들의 살아가는 모습을 풍속화처럼 담게 된 것이다. 가난한 이규상이나 정내교만 그러한 것이 아니라 명문가로 현달한 이미 역시 시대를 함께 살아가면서 비슷한 풍의 시를 남겼다.

> 다리 끊어진 곳 양쪽에 소용돌이 이는데
> 버들 언덕 위의 사립문은 반쯤 열어 두었네.
> 콩잎에 소금 싸 들고 오는 사내 누구인가?
> 저물녘 장터에서 오이 팔고 돌아온다네.
> 溪橋中斷兩成洄 柳岸荊扉爲半開
> 包藿裏鹽何漢子 暮從都市賣瓜廻
>
> _이미, 「시골집의 노래」(村家雜詠), 『병세집』 권1

이미李瀰(1725~1779)는 자가 중호仲浩, 본관은 덕수로 이행과 이안눌 등 문한가의 후손이며 판서를 지낸 이주진李周鎭의 아들이다. 문집을 남기지 못해 인명사전이나 문학사에 이름이 오르지 못했지만 남용익이 자신을 이어 대제학을 지낼 만하다고 칭찬했을 만큼 문학이 뛰어났고, 당시 명사들의 묘지墓誌를 여러 편 제작한 바 있다.

　개울과 버들 언덕이 작품의 배경으로 나오지만 중심에는 열심히 가꾼 참외를 따다가 장터에 가서 소금으로 바꾸어 이를 콩잎에 소중히 싸서 돌아오는 백성의 모습이 연속적인 장면으로 그려져 있다. 이것이 조선 후기 한시의 새로운 경향이다. 당시를 배웠지만 조선인의 정감으로 연결하여 새로운 경지를 열었다고 하겠다.

조선 후기 첨신尖新의 시풍을 이끈 이용휴 역시 농촌을 소재로 한 시에서는 참으로 훈훈한 한 편의 풍속화를 보여준다.

아낙은 앉아 아이 머리 땋는데
구부정한 노인은 외양간을 쓴다.
뜰에는 우렁이 껍질 수북하고
부엌에는 마늘 대궁 널려 있네.
婦坐搯兒頭 翁僂掃牛圈
庭堆田螺殼 廚遺野蒜本

_이용휴, 「농부의 집」(田家), 『탄만집』

며느리는 쭈그리고 앉아서 딸아이 머리를 땋고, 허리가 구부정한 시아버지는 외양간을 쓴다. 아들은 아마 들일을 나갔을 것이다. 뜰에는 논에서 잡아 먹고 버린 우렁이 껍질이 쌓여 있고, 부엌에는 마늘을 까고 남은 대궁이 수북하다. 어느 하나 버리는 것이 없다. 우렁이 껍질은 잘게 부수어 논밭에 뿌리면 좋은 거름이 될 터이고, 마늘 대궁은 불쏘시개로 쓰면 좋기 때문이다. 가난한 살림이지만 근실한 농촌의 모습을 훈훈하게 그렸다. 이것이 조선 후기 풍속화를 그린 사람의 뜻이요, 이를 시로 쓴 사람의 뜻일 것이다.

생활의 발견과
일상의 시

1.

　전통 시대 지식인에게 시는 교양이며 생활의 일부였다. 좋은 일로
축하할 일이 있으면 시를 지었고 벗이나 친지가 죽는 슬픔을 맞으면
시를 지어 애도했다. 벗이 찾아와도 시를 짓고 벗이 떠나갈 때도 시를
지어 전송했다. 사람이 모이는 자리에는 늘 시가 존재했던 것이다. 그
때문에 전통 시대의 시는 평범한 일상을 소재로 한 것이 많을 수밖에
없다.

　조선 초기의 대가 서거정은 참으로 시를 쉽게 썼던 사람이다. 시
를 짓는 일을 소일거리로 삼아 하루에 10수 넘게 지은 적도 있었다.
늘 함께 시를 주고받는 벗들이 있어 그들이 아들을 낳아도 시를 짓고,
만나려다 병으로 만나지 못해도 시를 지었으며, 꽃이나 약재 등 선물
을 받아도 시로 답했다. 이러한 사소한 일상이 늘 시의 재료가 되었
다. 다음은 서거정의 『사가집』(권9)에 실린 시의 제목이다.

어제 한성시漢城試 과거를 치르고 베푼 잔치에서 매우 취하여 돌아와 큰 대자로 누워 깊이 잠들었소. 날이 밝았을 때 갑자기 눈을 뜨니 여종이 와서 "홍중추께서 사내종을 보내어 시 두 편을 보내왔습니다" 하였소. 일어나 한번 보고 다시 잠자리에 드니 코 고는 소리가 우레 같았지요. 여종이 깨워 일어나니, 필묵을 내어놓고 화답을 재촉하더이다. 내가 "너무 취했다고 아뢰라" 하니, 여종이 "하인이 이르기를 '이번에 화답한 시를 받아서 가지 못하면 나으리의 심한 견책을 받습니다. 다시 온 것이 이와 같으니, 죽어도 못 가겠습니다' 하며 머뭇거리고 선 자리에서 재촉합니다" 합디다. 내가 크게 웃으며 "예전에 주령酒令이 군령보다 엄하다더니 이제 시령詩令이 주령보다 또 엄함을 알겠구나" 하고, 급히 명하여 등을 켜고 한 장을 써 나가면서 하인이 어디 있는지 물어보니, 하인은 벌써 시를 받지 못해 울며 돌아갔다고 합디다. 부인이 힐난하여 "당신은 시도 못하면서 책임을 하인에게 미치게 했구려. 당신이 술을 못할 것 같으면, 술을 취하지 않게 마셔야지요. 당신이 시도 못할 것 같으면 시를 지어서는 아니 되지요. 매번 당신을 보면 술에 빠져 지나치게 취하고 수염만 비비 꼬며 괴롭게 읊조리네요. 내 보기에 참 괴롭구려, 내 보기에 참 괴롭구려. 한 가지 이익도 보지 못하면서 도리어 하인의 책망을 받으니 속이 좀 상합니다. 적은 주량에 술을 마시지 않는 것이 좋겠네요. 나쁜 시를 지으니 아예 짓지 않는 것이 낫겠지요" 하였소. 내가 "그렇구려" 하고 서로 보고 박수 치고 웃었소이다. 이에 절구 한 수를 지어 공의 좌우에게 바치니 보고 임자심任子深과 한번 웃으시구려.

서거정은 절친한 벗 홍일동洪逸童과 거의 매일 만나다시피 했는데 일이 있어 3년간 만나지 못한 적이 있었다. 그래서 다시 만나게 되자 다시 대화를 나누듯 시를 주고받았는데, 홍일동이 서거정의 답시를 받지 못하자 새벽같이 종을 보내어 시를 받아오라 채근한 것이다. 서거정이 시를 짓느라 끙끙대는 사이에 하인은 주인의 불호령이 겁이 나 울면서 제 집으로 돌아갔다. 마누라는 술에 약하면서 과음을 하고 시를 잘 쓰지 못하면서 끙끙대니, 술도 끊고 시도 짓지 않는 것이 낫겠다고 핀잔을 한다. 주저리주저리 이러한 사연을 적어 편지를 대신했다. 서거정이 채근을 받아 지어 보낸 시는 다음과 같다.

뉘 알아주랴, 술 창자 작은 것을
절로 시 재료가 빈약함을 알겠네.
술에 대취하여 마누라 잔소리를 들었고
괴롭게 읊조리다 종에게 꾸지람 들었네.
수염 꼬아도 시구를 얻기 어려운데
토한 것 닦아 줄 수건도 필요 없다네.
맹광이 있는 곳 바라보니
깔깔대는 웃음소리 새롭다오.
誰識酒腸淺　自知詩料貧
大醉逢妻諫　苦吟被僕嗔
撚鬚難得句　拭吐不須巾
相對孟光處　呵呵一笑新

홍일동이 자신이 술 약한 것을 헤아려 주지 않고 시를 채근하지만 자신은 시를 잘 지을 재주가 없다고 너스레를 떨었다. 이어 과음한 것 때문에 아내의 잔소리를 들었고 시를 빨리 짓지 못하여 하인의 책망을 받았다고 했다. 수염을 꼰다고 한 것은 당나라 노연양盧延讓이라는 시인이 「괴롭게 읊조린다」(苦吟)라는 시에서 "시 읊어 한 글자를 안배하느라, 두어 가닥 수염을 비비 꼬아 끊었네"(吟安一個字, 撚斷數莖鬚)라 한 고사를 취한 것이다. 그리고 당나라 이백이 장안의 저잣거리에서 술에 취해 자다가 갑자기 현종玄宗의 부름을 받아 궁중에 들어가 침향정沈香亭에서 모란을 읊은 「청평사」清平詞를 짓게 되었는데, 현종이 그가 취한 것을 깨우려고 친히 수건으로 입가에 토한 것을 훔쳐 주었다는 고사가 있다. 이러한 고사를 사용하여, 자신의 일상을 시로 적었다. 시와 술을 못하기에 마지막 연에서 아내가 깔깔대고 비웃는다고 하여 시상을 맺었다. 맹광孟光은 양홍梁鴻의 부인으로 고사성어인 거안제미擧案齊眉의 주인공이다. 잔소리하는 아내를 맹광에 비겨 그 입을 닫게 만들려는 속셈이기도 하다.

2.

사람의 일상에서 가장 중요한 것은 먹는 문제다. 우리 한시사에서도 음식이 시의 소재로 일찍부터 등장했다. 특히 이색은 일상을 시의 중요한 소재로 다루었거니와, 그의 시를 읽어 보면 당시의 먹을거리와 관련한 풍속을 볼 수 있다. "잔치 자리에 평계가 산처럼 쌓였네"(筵前平桂積如山. 「從東亭求梨」)라 하였는데, '평계'平桂는 꿀떡이다. 밀가루와 꿀을 섞어 납작하고 길쭉하게 만든 다음 기름에 구운 것으로, 조선 시대에는 이를 과자果子라고도 불렀는데 제사상이나 잔칫상, 손님상에 한 자 정도 수북하게 쌓아 놓았다. 『소문쇄록』謏聞瑣錄은 평계를 이렇게 설명하고 고려 시대부터 전해진 음식이라 했다. 또 "대를 잘라 면채자를 꿰어, 간장 발라 불에 구웠네"(削竹串穿蕎麥饆, 仍塗醬汁火邊燒. 「遣家童索茶於懶殘子去後吟成」)라 했는데, 면채자麪菜炙는 메밀가루를 여러 나물과 섞어서 대나무에 꿰어 꼬치를 만들고 간장을 발라 구운 음식으로, 동지에 콩죽과 함께 이웃에 돌렸다고 한다. 이처럼 이색은 다양한 고려의 음식을 소재로 하여 시를 지었다.

시가 생활의 일부였기에 평범한 일상을 시에 담는 것은 당연한 일이었다. 그러나 이렇게 하여 제작된 시가 과연 뛰어난 작품이 될 수 있는가? 그냥 생각이 나면 붓을 들어 써 나갔을 뿐 좋은 시를 짓겠다는 의지가 있었던 것은 아니다. 그 때문에 시학의 모범을 당시唐詩에 둔 조선 중기 무렵에는 이러한 시가 환영받지 못했다.

조선 후기에도 시의 정통을 주장하는 문인들은 이전처럼 시의 법식과 격조를 따지면서 당시의 높은 수준에 도달하고자 했고 일부는 그러한 성과에 이른 것으로 평가되기도 한다. 그러나 개성을 중시하는 일군의 문인들로부터 한시가 생활의 일부라면 자신의 범상한 일상을 드러내 보이는 것이 바로 시의 본질이라는 인식이 생겨나게 되었다. 이 무렵부터 연작시 형태로 먹을거리가 시의 소재로 등장하게 된다.

서양의 역사에서 17세기는 계몽의 시대라 한다. 이성에 바탕을 둔 지식의 욕구가 백과사전을 탄생시켰다. 조선에서도 이 시기 먹을거리에 관한 주목할 만한 서적들이 편찬된다. 이수광이 1624년 탈고한

『지봉유설』芝峯類說이 바로 조선에서 백과사전식 저술의 출발을 알린 책임은 널리 알려져 있거니와 그중에 음식에 대한 기록이 상당량에 이른다. 이보다 앞서 허균이 1611년에 저술한 『도문대작』屠門大嚼 역시 떡, 과일, 날짐승, 바다 동물, 채소 등 다양한 먹을거리에 대한 정보를 종합적으로 기술하고 있다는 점에서 음식 전문 사전이라 할 만하다.

이러한 사전의 출발과 비슷한 시기에 시로 쓴 백과사전이 등장한다. 경기도 산본의 수리산 아래 살던 세상에 전혀 알려지지 않은 이응희라는 사람이 「만물편」萬物篇이라는 시로 작은 백과사전을 만들었다. 이응희李應禧(1579~1651)는 자가 자수子綏, 호가 옥담玉潭이며 본관은 전주로 성종대왕의 후손이다. 산본의 수리산 아래 살면서 평생 벼슬길에 나아가지도 않고 서울의 이름난 문인들과 교유한 바도 없다.[55] 지극히 평범했기에 당대에는 물론 현재까지 그 후손을 제외하면 그 이름을 아는 사람이 거의 없다. 「만물편」은 세상 만물을 25종의 유형으로 나누고 다시 그 아래 280개의 사물을 나열한 다음, 각각의 사물에 대해 오언율시를 지은 것이다. 여기에는 꽃과 과일, 곡물, 채소, 어류, 의복, 기물, 문방구, 가축, 새, 곤충, 음식, 약초 등 매우 다양한 사물이 두루 포괄되어 있다.

이응희는 먹을거리에 대한 관심이 높았던지 「만물편」에는 특히 물고기와 채소, 과일 등에 대한 자료가 풍부하다. 고래 자라 대구 방어 청어 문어 전복 가자미 은어 홍합 해삼 홍어 민어 준치 조기 밴댕이 새우 농어 숭어 웅어 뱅어 잉어 쏘가리 붕어 게 등의 어물, 수박 참외 오이 토란 상추 파 마늘 가지 아욱 생강 겨자 부추 차조기 동아 고사리 삽주 계목 순채 등의 채소, 그리고 복숭아 오얏 살구 앵두 능금

포도 석류 모과 배 밤 대추 감 호두 은행 잣 개암 팥배 왕머루 유자 귤 잣 등에 이르기까지 오늘날에도 식탁에 오르는 다양한 먹을거리를 두루 시로 읊었다. 여기서는 참외를 예로 보인다.

이름에 있는 '참'의 의미는
그 이치를 내 알 수 있다네.
짧은 놈은 당종이라 부르고
긴 놈은 물통이라 부른다지.
베어 놓으면 금가루가 흩어지고
깎아 놓으면 살이 꿀처럼 달지.
품격이 전부 이와 같으니
꼭 수박 함께 말한다네.
名眞意有在　其理我能窮
短體稱唐種　長身號水筒
刳分金子散　條折蜜肌濃
品格渾如此　西瓜語必同

_이응희, 「참외」(眞瓜), 『옥담사고』

참외는 고려에 사신 온 송의 서긍徐兢이 지은 『고려도경』에 그 이름이 보이니, 이른 시기부터 우리나라에 있던 과일이다. 『지봉유설』에는 감과ᴌ瓜와 같다고만 했고, 『도문대작』에는 "의주에서 나는 것이 좋다. 작으면서도 씨가 작은데 매우 달다"라고만 적었다. 그러나 「만물편」에는 길이가 짧은 품종이 있어 당종唐種이라 하고 긴 품종이 있어 물통(水筒)이라 한다는 알려지지 않은 정보를 수록하고, 참외의 외형과 맛을 자세히 묘사한 다음 당시 서과西瓜, 곧 수박과 함께 이 시기 가장 맛난 과일로 대접받았음을 밝히고 있다.

이응희가 「만물편」에서 읊은 곡물이나 과일, 채소 등은 우리 문학사에서 거의 시로 읊은 적이 없었던 것들이다. 이응희는 「만물편」에서 이들 생활 주변의 사물을 하나하나 오언율시에 담아 사전의 기능까지 겸할 수 있게 했다. 일상생활에서 쉽게 접할 수 있는 사물에 대한 지식을 연작 형태의 시로 적어 사전적인 구실을 하게 한 것이다. 만두를 소재로 한 시는 이러하다.

우리집 솜씨 좋은 며늘아기
물만두 예쁘게 잘 만든다네.
옥가루에 금빛 조를 소로 만들어
은빛 피에 싸서 쇠 냄비에 띄우네.
생강을 넣으면 매운 맛이 좋고
짭짤하게 하려 장을 듬뿍 부었네.
한 사발 새벽녘에 먹고 나면
아침이 지나도록 밥 생각 없다네.
吾家巧媳婦　能作水饅嘉
玉屑韜金粟　銀包泛鐵鍋
苦添薑味勝　醎助豆漿多
一椀吞淸曉　崇朝飯不加

_이응희, 「만두」饅頭, 『옥담사고』

제갈공명이 만들었다는 만두는 이른 시기 중국에서 들어와 고려시대에 이미 우리 식단에 널리 오르던 것이다. 이색이 "둥그스름한 외면에 눈빛이 희게 엉겼는데, 안에 기름을 넣어 새벽에 두 번 쪘다네"(外面團圓雪色凝, 流膏內結曉重蒸.「二郎家朝餉饅頭」)라 한 것으로 보면 흰 피 속에 고소한 기름을 넣어 만들었음을 알 수 있다. 이응희의 시를 보면 조선 중기에는 만두가 더욱 발전하여 좁쌀을 소로 하고 생강과 간장을 넣어 물만두를 만들어 먹었음을 알 수 있다. 이응희는 이처럼 일상에서 만나는 다양한 사물을 시의 소재로 삼았다.

3.

이름이 알려지지 않은 이응희가 자신의 일상에서 접하는 사물을 모아 지은 이러한 작품이 후세에 널리 읽혔을 가능성은 거의 없다. 그러나 18세기에 들어 시가 지식을 담는 그릇으로 널리 유행하면서 유사한 작품이 많이 나타났다.

특히 안동 김씨 벌열가의 후손 김창업이 이응희처럼 자신의 집과 밭에 있는 70종의 식물을 대상으로 방대한 규모의 시를 제작한 바 있다. 갖은 꽃과 나무를 두고 두루 시를 지었거니와, 특히 이응희처럼 34종의 채소를 두고 시를 지었다. 마늘 부추 파 자총 당총 가지 토란 시금치 상추 배추 겨자 감로자 순무 무 생강 고추 박 미나리 오이 아욱 당아욱 순채 쑥갓 동아 호박 노야기 차조기 정가 궁궁이 박하 소태나물 도라지 백도라지 여뀌 등 이름조차 잊힌 다양한 채소류들이 등장한다. 그중 시금치를 대상으로 한 것을 아래에 보인다.

시금치는 전하는 이름이 여럿인데

그 시작은 페르시아에서 나온 것.

우리나라에도 속칭이 있는데

아마도 적근의 와전인 듯싶네.

菠蔆傳數名 其始出波羅

我國有俗稱 恐是赤根訛

_김창업, 「시금치」(菠蔆), 『노가재집』 권2

김창업金昌業(1658~1721)은 자가 대유大有, 호가 노가재老稼齋다. 본관이 안동으로 김수항金壽恒의 아들이며, 김창집, 김창협, 김창흡 등이 그의 형이다. 벼슬길에 나아가지 않았지만 김창집을 따라 1712년 중국을 여행하고 돌아와 『노가재연행록』老稼齋燕行錄을 저술했는데, 가장 주목되는 연행록 중의 하나로 평가된다. 시에 뛰어났고 그림에도 능했다.

김창업은 제목 아래에 파릉菠蔆이 시근채時根菜, 곧 시금치라 적었다. 시금치는 페르시아에서 들어온 것이라 파사초, 파사채, 파채라고도 했다. 조선 후기에는 우리말로 '시근치'라 표기했다. 뿌리가 붉어 적근채赤根菜라고도 하는데, 김창업은 '적근채'가 와전되어 '시근채'가 되었다고 한 것이다. 김창흡 이전에는 시금치에 대해 적은 기록을 찾기 어렵거니와, 나머지 채소류 역시 이응희의 「만물편」을 제외하면 마찬가지다. 이응희의 「만물편」과 마찬가지로 김창업이 70종의 식물을 두고 지은 시는 작은 식물 사전의 기능을 할 수 있을 정도다. 곧 시가 지식을 담는 그릇이요, 이를 연작으로 지어 놓으니 지식을 두루 모은

사전이 되는 것이다.

실학자 이익의 제자인 신후담愼後聃 역시 식물에 관심이 높아 채소와 과일에 대한 정보를 정리했거니와 「소식십팔영」蔬食十八詠이라는 연작시로 다양한 채소류에 대한 시를 지은 바 있으니, 18세기에 이르러 이러한 시로 지은 사전이 유행했다 할 만하다.

소품가로 알려져 있는 김려 역시 비슷한 시를 지었다. 김려는 「여러 과일」(衆果五古十韻)에서 30종의 과일, 「여러 채소」(衆蔬五古十韻)에서 19종의 채소, 「여러 꽃」(衆花五古十韻)에서 10종의 꽃, 「여러 기물」(衆器五絶)에서 42종의 기물을 시로 읊조렸다. 그가 시로 읊은 채소에는 아욱 무 시금치 상추 파 호박 고추 순무 마늘 배추 염교 박 차조기 동아 오이 곰취 부추 가지 쑥갓 등이 있는데 상추를 읊은 시를 보인다.

상추 씨 뿌린 지 삼십 일
날이 몹시도 가물었기에
응달 밭이 거뭇거뭇 묵어가
여린 싹이 다투어 말라갔네.
단비가 문득 부슬부슬 내리고
남풍이 어지러이 불어오더니
온 밭에 윤기가 반들반들
햇살에 꽃처럼 반짝반짝하네.
큰 잎이 울긋불긋 주름이 잡혀
치마를 펼친 듯 널따랗다네.
병든 아내 손수 따다가

아침 밥상에 맛보라 올렸네.

겨자즙에 생선 토막 다져 넣고

고추장에 생강초를 곁들이면

보리밥이 거칠다지만

꿀맛 같아 비길 데 없다네.

척척 포개어 쌈을 싸서

활처럼 크게 입을 벌려 먹고서

북쪽 창가에 배불러 쓰러지면

태평 시절 백성이 아니겠는가?

種苣三十日　天氣苦亢暘

幽畦黯蓁蕪　穉甲競焦黃

好雨忽霡霂　凱風紛飄揚

乳膏周原圃　芳蕪爛輝光

巨葉紫綠皺　襃然殿錦裳

病妻親手摘　朝飡爲我嘗

芥汁糝蠡軒　椒醬夾糟薑

麥飯雖麤糲　甛滑美無方

搖疊以裹之　大嚼吻弦張

飽頹北窓下　是民眞義皇

_김려, 「상추」(萵苣), 『담정유고』권4

　　김려金鑢(1766~1822)는 본관이 연안이며, 자는 사정士精, 호는 담정
薄庭이다. 벗 이옥과 함께 조선 후기 대표적인 소품 작가로 평가된다.

진해의 어족에 대한 저술 『우해이어보』牛海異魚譜, 역대의 야사를 정리한 『한고관외사』寒皐觀外史는 그의 박학다식한 학풍을 잘 보여준다. 그런 인물답게 자신의 생활 주변에서 만난 먹을거리를 시에 담았다.

상추는 『지봉유설』에 천금채千金菜라고도 했는데 와국倭國에서 공물로 가져왔으며, 수나라 사람들이 비싼 값에 들여와 심었다고 한다. 우리말로는 부로(부루)라고도 한다. 병든 아내가 상추를 뜯어와 겨자를 친 다진 생선, 고추장에 생강초를 넣은 쌈장에 곁들이니, 거친 보리밥일망정 꿀맛 같다 한다. 이러한 시에 이르면 시는 사대부에게 생활의 일부요, 사대부의 생활이 곧 시의 일부가 되기에 이른다.[56]

4.

먹을거리 등 사람이 매일 겪는 일상에서 시의 중요한 소재가 나왔음을 볼 수 있었다. 나아가 조선 후기에는 자신의 평범한 일상을 풍속화처럼 보여줌으로써 일상생활의 담박함이 한시의 중요한 미학이 되었다.[57] 위항시인 정민교의 시도 그러하다.

구월에 찬 서리 내리자
남으로 기러기 날아오네.
나는 논에 나락을 걷고
아내는 목면옷을 짓는다.
막걸리는 많이 빚어야겠지
국화는 절로 많이 피리니.

328

이 한 몸 숨어 살 만하니
백 년 인생 돌아가리라.
九月寒霜至 南鴻稍稍飛
我收水田稻 妻織木綿衣
白酒須多釀 黃花自不稀
於焉聊可隱 且作百年歸

_정민교, 「나락을 걷고 돌아오면서」(穫歸), 『한천유고』 권1

정민교는 시로 이름이 높았지만 가난하여 호남의 한천寒泉으로 내려가 농사를 짓고 살았다. 이 작품에는 그러한 삶이 진솔하게 담겼다. 자신은 들에 나가 나락을 거두고 아내는 목화솜을 자아 옷을 짓는다. 가난한 살림이지만 중양절의 풍류는 잊지 않아 국화 곁에서 술을 한잔 마시고자 거친 막걸리일망정 푸짐하게 빚어 둔다고 했다. 조선 후기 위항문학의 성과가 바로 이러한 일상적 삶을 진솔하게 드러낸 데 있으며, 이 시기 시단을 영도했던 김창협과 김창흡 형제가 이른 참된 시, 곧 진시眞詩라 하겠다. 정민교처럼 신분이 낮았던 장혼의 다음 시에서도 참된 모습을 읽을 수 있다.

담 모퉁이에서 아내는 절구질하고
나무 아래서 아이는 책을 읽는다.
사는 곳 잃어버릴 근심 없으니
바로 이곳이 내 집이라네.
籬角妻舂粟 樹根兒讀書

不愁迷處所 卽此是吾廬

_장혼, 「손님에게 답하다」(答賓), 『이이엄집』 권4

장혼張混(1759~1828) 역시 정민교를 이은 중인 출신의 학자요, 시인이다. 본관은 결성, 자는 원일元一, 호는 이이엄而已广 혹은 공공자空空子다. 장혼은 인왕산 옥류동 골짜기에 대대로 살았는데 그 집의 이름이 이이엄이었기에 호가 되었다. 마당 한구석에서 아내는 절구질을 하고 나무 그늘 아래에서 아이는 책을 읽는다. 특별한 것이 없는 일상을 담아내어 참된 시가 되었다. 일상생활을 시의 재료로 끌어들여 담박의 미학을 발휘한 것이라 하겠다.[58]

목민관이
시로 그린
유민도

1.

　민주화 운동이 한창 진행될 때 대학가에는 고통 받는 민중을 그린 걸개그림이 걸려 있곤 했다. 전통 시대에는 이런 그림을 〈유민도〉流民圖라 했다. 〈유민도〉의 연원은 중국 송나라 정협鄭俠이라는 사람에게서 찾는다. 정협은 여러 차례 왕안석王安石에게 서찰을 보내어 신법이 백성들에게 해를 입힌다고 말했으나 받아들여지지 않았다. 얼마 후 안상문의 수문장이 되는데 이때 큰 가뭄이 들어 유리걸식하는 백성들이 많았다. 정협은 이들의 모습을 그려 상소문과 함께 신종神宗에게 바쳤다. 신종은 이 〈유민도〉를 보고 왕안석의 신법을 혁파했다.

　조선에서도 드물기는 하지만 〈유민도〉가 그려진 바 있다. 임진왜란이 발발한 지 1년 남짓 된 1593년 5월 9일의 『선조실록』에는 죽은 어미의 젖을 물고 있는 아이, 상처를 입고 쓰러져 있는 자, 구걸하는 남녀, 자식을 버려 나무뿌리에 묶어 놓은 어미, 말을 할 수가 없어서 손으로 입을 가리키는 자, 나뭇잎을 따서 배를 채우는 자, 남의 하인이 되기를 구걸하는 사대부, 마른 해골을 씹어 먹는 자, 부자간에 함께 누워 뒹구는 모습, 아이를 업고 비틀거리는 어미 등이 그려져 있는 〈유민도〉가 있었다고 한다. 임진왜란의 참상이 이 한 장의 〈유민도〉에 다 그려져 있었다고 해도 과언이 아닐 것이다. 역대 임금이 〈유민도〉를 그려 병풍으로 만들어 곁에 두게 하여 백성의 고통을 잊지 않고자 하는 뜻을 표방하기도 하고, 또 관리들에게 '유민도'라는 제목으로 글을 지어 바치게 한 것 역시 비슷한 뜻에서 나온 것이다.

〈유민도〉는 그림으로만 그리는가? 조선 시대 관리들은 그림이 아닌 시로 〈유민도〉를 그렸다. 정약용은 기아에 허덕이는 백성의 모습을 사실적으로 그린 「기민시」飢民詩를 지었는데 당대인들은 이를 두고 정협의 〈유민도〉라 했다.

> 시냇가 찌그러진 집 사발처럼 생겼는데
> 북풍에 이엉 날려 서까래만 앙상하다.
> 묵은 재에 눈이 덮여 아궁이는 싸늘한데
> 구멍 난 체처럼 뚫린 벽에 별빛이 비쳐드네.
> 집안에 가진 것들 너무나 삭막하여
> 팔아 보았자 예닐곱 푼도 되지 않는다네.
> 개꼬리 같은 조 이삭 세 가닥만 늘어져 있고
> 닭 염통처럼 작은 한 꿰미 고추 맵기만 하다네.
> 구멍 난 항아리 헝겊으로 새는 곳 발랐고
> 찌그러진 시렁은 떨어질까 새끼줄로 매었네.
> 놋수저는 지난번 이장에게 빼앗기고

무쇠솥은 다시 인근 양반에게 빼앗겼다네.
닳아빠진 푸른 이불 오직 한 채 남았으니
부부유별 그 말 따져 보았자 무엇 하겠나.
아이들 해진 저고리는 어깨 팔뚝 다 나왔으니
태어나서 바지나 버선 한번 걸쳐 보았겠나.
큰아이 다섯 살에 기병으로 등록되고
작은아이 세 살에 군적에 올라 있어
두 아들 세공으로 오백 푼을 물고 나니
어서 죽길 원할 판에 옷이 다 무엇이랴.
강아지 세 마리 아이들과 함께 잠자는데
범은 밤마다 울타리 곁에서 으르렁거리네.
사내는 나무하러 아내는 방아품 팔러 나가
대낮에도 사립문이 닫혀 참담할 뿐이라네.
아침 점심 다 굶다가 밤 되어서 밥을 짓고
여름에는 솜 누더기 겨울에는 삼베 적삼뿐.
냉이를 캐려도 땅 녹을 때 기다려야 하고
옆집에서 술지게미 구하려도 술이 어디 익어야지.
지난봄에 꾸어 먹은 환자가 닷 말이라
이러하니 금년은 정말 넘길 수 있으랴.
나졸이 문밖에 들이닥칠까 겁이 날 뿐
관아의 몽둥이질은 걱정조차 되지 않네.
아, 이런 집들 온 천하에 가득하건만
바다처럼 깊은 구중궁궐 어찌 다 살펴보랴.

암행어사 벼슬은 한나라 때 벼슬인데
마음대로 높은 지방관도 내쫓고 죽였다지.
폐해의 근원이 어지러워 바로잡기 어려우니
뛰어난 관리가 살아나도 뿌리 뽑지 못하리.
그 옛날 정협의 〈유민도〉를 본받아서
시 한 편에 새로 그려 대궐에 바치노라.

臨溪破屋如瓷鉢　北風捲茅榱齾齾
舊灰和雪竈口冷　壞壁透星篩眼豁
室中所有太蕭條　變賣不抵錢七八
尨尾三條山粟穎　鷄心一串番椒辣
破甖布糊塗穿漏　庋架索縛防墜脫
銅匙舊遭里正攘　鐵鍋新被隣豪奪
靑錦敝衾只一領　夫婦有別論非達
兒稚穿襦露肩肘　生來不著袴與襪
大兒五歲騎兵簽　小兒三歲軍官括
兩兒歲貢錢五百　願渠速死況衣褐
狗生三子兒共宿　豹虎夜夜籬邊喝
郞去山樵婦傭舂　白晝掩門氣慘怛
晝闕再食夜還炊　夏每一裘冬必葛
野薺苗沈待地融　村篘糟出須酒醱
餉米前春食五斗　此事今年定未活
只怕邏卒到門扉　不愁縣閣受笞撻
嗚呼此屋滿天地　九重如海那盡察

334

直指使者漢時官 吏二千石專黜殺

樊源亂本莽未正 糞黃復起難自拔

遠摹鄭俠流民圖 聊寫新詩歸紫闥

_정약용, 「왕명을 받들고 염찰사로 적성 시골 마을에 이르러 짓다」(奉旨廉察到積城村舍作), 『여유당전서』 권2

조선을 대표하는 학자 정약용丁若鏞(1762~1836)은 자가 미용美庸, 호는 다산茶山이 널리 알려져 있지만 사암俟菴, 여유당與猶堂 등의 호도 사용했다. 정조의 지우를 입어 경세제민經世濟民의 뜻을 펼치던 1794년 11월 암행어사가 되어 경기 북부 지역의 민정을 살피다가 적성에 이르러 지은 작품이다. 정약용은 『시경』을 재해석하면서 이를 현실 비판의 한 논리로 삼았다. 『시경』의 풍風의 개념을 대인大人이 군주의 마음을 바로잡는 것으로 파악하면서 국풍國風이 민요라는 전통적인 견해를 부정한다. 「모시서」毛詩序에서 풍자風刺와 풍화風化를 합친 개념으로 풍을 해석하는데, 정약용은 주자가 이 중 풍자를 제거하고 풍화만 남겼다고 비판하면서 「모시서」의 '옛일을 진술하여 지금 일을 풍자한다'(陳古刺今)는 정신을 적극적으로 인정했다.[59] 이러한 논리에서 정약용은 사대부가 군왕의 잘못을 적극적으로 풍간해야 함을 주장하고 실제 시 창작에서도 이를 실천했다. 이 작품 역시 이러한 의식에서 나온 것이다.

정약용은 작품의 말미에서 정협의 〈유민도〉를 시로 옮겨 임금께 보고하겠다고 한다. 비유를 통해 그림을 그린 것처럼 묘사하여 자칫 거칠어지기 쉬운 병폐가 잘 극복되었다. 사발처럼 부서진 집, 체의 눈

처럼 숭숭 뚫린 벽의 구멍으로 보이는 별빛 등의 참신한 표현으로 참
담한 농촌 가옥이 선명하게 제시될 수 있었다. 이어 처마 밑으로 시선
을 옮겨 먹을 것이 없는 처참한 살림살이를 보인다. 개꼬리처럼 늘어
진 몇 가닥의 조, 닭 염통만 한 버썩 마른 고추가 백성들이 먹을 수 있
는 모든 것이라 말한다. 다시 부엌과 방 안으로 시선을 옮겨 헝겊으로
기운 항아리, 새끼로 엉성하게 지탱하고 있는 시렁을 보인다. 그런 다
음, 가난하여 부부유별이라는 윤리강상을 실천할 방을 따로 가질 수
없고, 어린아이에게까지 갖은 명목으로 세가 부과되는 현실에 대한
풍자의 강도를 높인 다음, 여름에는 핫옷, 겨울에는 갈옷을 입는다는
데 이르러서는 비판의 수법을 희화한다. 나물죽을 끓여 먹으려 해도
겨울이라 캘 수가 없고 부잣집에서 술지게미를 얻어먹으려 해도 그나
마 시간이 걸린다고 한 다음, 세금으로 인하여 도저히 겨울을 날 수
없다고 한 데서 비판과 풍자는 절정에 달한다. 자신이 암행어사이지
만, 자신보다 뛰어난 공수龔遂와 황패黃覇 같은 전설적인 목민관이라
도 이러한 폐해를 발본색원할 수 없다는 것을 잘 알기에, 결국 임금에
게 이러한 사실을 알려 근본적인 대책을 마련할 수 있기를 바라며 〈유
민도〉를 시로 쓰게 되었다고 하는 말로 시상을 종결한다.[60]

2.

정협의 〈유민도〉에 빗대어 현실을 풍자하고 비판하는 전통은 한
국 한시사에서 이른 시기부터 있어 온 하나의 틀이다. 조선 초기의 문
인 성현은 1483년 강원도 관찰사로 나가 있을 때 쓴 「벌목행」伐木行에

서 겨울철 산속으로 들어가 목재를 채취하는 백성들의 참상을 시로
그린 바 있다. 한겨울인데도 정강이가 나온 옷을 걸치고 나무를 찍느
라 손등은 얼어터지고 손가락은 아예 떨어져 나가기까지 했다고 참상
을 밝혔다. 그리고 마지막 대목에서 자신은 목민관으로서 참상을 차
마 보지 못하여 오색구름으로 덮인 구중궁궐의 임금께 이를 알리고
싶지만 정협처럼 〈유민도〉를 그릴 재주가 없어 정협의 죄인이라 하면
서 시상을 종결했다.[61]

   현실의 참상을 알리기 위한 방편으로 〈유민도〉를 끌어들인 시는
다양하다. 조선 중기에 시인 조위한趙緯韓이 지은 우리말 가사 「유민
탄」流民歎이 세상에 널리 유통되었고, 이를 듣는 자들은 모두 눈물을
흘렸다고 한다. 비록 지금은 전하지 않지만 광해군에게까지 들어가
사람을 시켜 이 노래를 지은 자를 물색하게까지 했으니, 그 비판의 정
도를 짐작할 수 있다.

   〈유민도〉를 시로 그린 이는 대체로 목민관이 많지만 목민의 처지
가 아닌 유민의 처지에서 지은 작품도 전한다. 부계는 어엿한 사족이
지만 모계가 천한 노비의 신분이라 천민이었던 어무적의 「유민의 탄
식」이 그러한 작품이다.

   백성들 어렵구나, 백성들 어렵구나.
   흉년이 들어 너희들 먹을 것 없구나.
   나에게 너희를 구제할 마음이 있건만
   너희를 구제할 힘이 없구나.
   백성들 고달파라, 백성들 고달파라.

날이 찬데도 너희들 입을 것 없구나.
저들에게 너희를 구할 힘이 있건만
너희를 구할 마음이 없구나.
내 바라는 것, 소인의 배를 뒤집어
잠시 군자의 마음으로 바꾸고
잠시 군자의 귀를 빌려다가
백성의 말을 듣게 하는 것.
백성은 할 말이 있어도 임금이 알지 못해
올해 백성들 모두 집을 잃어버렸네.
대궐에서 백성을 근심하는 조칙을 내려도
고을로 전해지면 한 장의 빈 종이뿐.
특별히 서울 관리 보내 고통을 물어보려
천리마로 매일 삼백 리를 달리지만
우리 백성 문지방 나설 힘조차 없으니
어찌 마음에 둔 생각을 직접 말하랴?
한 군에 서울 관리 한 명씩 둔다 해도
서울 관리 귀가 없고 백성은 입이 없으니
급장유를 살려 일으켜서
살아남은 고아라도 구하는 게 낫겠네.

蒼生難 蒼生難 年貧爾無食

我有濟爾心 而無濟爾力

蒼生苦 蒼生苦 天寒爾無衾

彼有濟爾力 而無濟爾心

願回小人腹 暫爲君子慮

暫借君子耳 試聽小民語

小民有語君不知 今歲蒼生皆失所

北闕雖下憂民詔 州縣傳看一虛紙

特遣京官問民瘼 馹騎日馳三百里

吾民無力出門限 何暇面陳心內思

縱使一郡一京官 京官無耳民無口

不如喚起汲淮陽 未死孑遺猶可救

_어무적, 「유민의 탄식」(流民歎), 『국조시산』 권8

　　어무적魚無迹(생몰년 미상)은 자가 잠부潛夫, 호는 낭선浪仙이다. 본관
이 함종으로 양반가의 후손이지만 모친이 관비여서 천민의 신분으로
태어났다. 언제 태어나고 언제 죽었는지에 대한 기록이 없어 자세한
것은 알 수 없지만 연산군 때 주로 활동한 것으로 알려져 있다.[62] 『패
관잡기』稗官雜記에 따르면 어무적이 살던 김해 고을의 사또가 백성의
매실을 장부에 올려 놓고 매실이 잘 열리지 않았어도 정해진 숫자만
큼 거두어들이는 탐학을 저질렀는데, 백성들이 이를 고통스럽게 생각
하여 그 나무를 베어 버렸다. 어무적이 이를 풍자하는 시를 지었는데
사또가 크게 노하여 그 죄를 다스리려 체포하게 했다. 어무적은 다른
지방으로 도망을 다니다가 객지에서 병사하고 말았다. 비록 천한 신
분이지만 이러한 최후를 맞은 비판적인 지식인이었기에 「유민의 탄
식」에서 보여준 풍자는 참으로 신랄하다.

　　백성을 구제할 마음이 있는 사람은 구제할 능력이 없고, 구제할

능력이 있는 사람은 구제할 마음이 없다. 그러니 제 구복만을 채우고자 하는 소인을 변화시켜 백성들의 의견을 기꺼이 듣고자 하는 귀를 달아 주고 싶다고 한다. 어무적은 여기서 한 걸음 더 나아갔다. 성현이나 정약용은 구중궁궐의 임금에게 백성의 참상을 알게 하는 것이 목민관의 임무라 했으나, 천민인 어무적은 임금이 알아 보았자 소용이 없으니, 각 고을에 내려진 임금의 교지가 빽빽하게 백성을 구휼하고자 하는 뜻을 적어 놓았지만 이를 실천하는 목민관이 없으니 빈 종이나 다름없다. 또 암행어사를 파견하고 아예 상주시켜 보았자, 백성 위에 군림하는 양반이 백성의 말을 들을 리 없으니, 전설적인 목민관 급암汲黯을 다시 살려서 채 죽지 못한 사람이나 구제하는 것이 낫겠다고 통렬하게 풍자한다.

조선 제일의 감식안을 자랑하는 허균은 이 시를 『국조시산』에 가려 뽑고 시의 기교가 뛰어날 뿐만 아니라 목민관이 거울이나 숫돌로 삼을 만한 내용을 담고 있다고 했다. 또 그의 비평을 담은 『성수시화』에서는 조선 최고의 고시라고 칭송했다.

3.

〈유민도〉의 예에서 보는 것과 같이 고통 받는 민중의 생활상을 고시에 담는 것은 고려 시대 이래 한시의 지속적인 관습이었다. 특히 조선 후기에 이러한 경향의 시가 더욱 양산되었는데, 지나친 세금으로 인하여 양물을 잘라 버렸다는 내용이 담긴 정약용의 「애절양」哀絶陽 (『여유당전서』 권4)이 가장 단적인 예다. 이 작품은 정약용이 1803년 강진에 유배되었을 때 지은 것이다. 당시 노씨 성을 가진 농부의 아이가 태어난 지 사흘 만에 군적에 들고 마을의 이장은 소를 빼앗아 갔다. 그 백성은 스스로 양물을 잘라 버리고, "나는 이 물건 때문에 이러한 고통을 받게 되었구나"라 했다. 그 처가 잘린 양물을 들고 관아로 갔는데 피가 여전히 뚝뚝 떨어졌다. 통곡을 하면서 하소연하는데 문을 지키는 이가 내쫓았다. 정약용이 이를 보고 지은 시가 「애절양」이다.

처절한 민중의 삶이 장편 고시에만 담긴 것은 아니다. 특히 조선 후기에는 절구 연작시에 핍박받던 민중의 삶을 짧지만 인상적으로 담아냈다. 18세기 이하곤은 광주 분원에서 궁중의 도자기를 만들어 진상하는 하층민의 고통을 이렇게 그렸다.

> 선천의 흙 색깔은 눈처럼 흰데
> 임금 쓰실 그릇은 여기 것 제일이라.
> 감사의 주청이 들어가면 노역이 줄려나
> 해마다 진상품에 퇴자가 많은데.
> 宣川土色白如雪 御器燔成此第一
> 監司奏罷蠲民役 進上年年多退物
>
> 임금께 바칠 그릇 서른 종인데
> 분원의 뇌물은 사백 바리라.
> 색과 모양 나쁜 것 따질 것 없지
> 돈 없는 것이 바로 죄인 것을.
> 御供器皿三十種 本院人情四百駄

精粗色樣不須論 直是無錢便罪過

_이하곤, 「20여 일 분원에 머물면서 무료하여 두보의 기주가를 모방하고 잡된 말을 섞어서 장난으로 절구를 짓다」(住分院二十餘日無聊中效杜子美夔州歌體雜用俚語戲成絶句), 『두타초』 책3

이하곤李夏坤(1677~1724)은 자가 재대載大, 호가 담헌澹軒이다. 본관이 경주로 좌의정을 지낸 이경억의 손자이며, 대제학을 지낸 이인엽의 아들이다. 벼슬에 나아가지 않고 고향 진천에 내려가 학문과 서화에 힘썼으며 수많은 책을 소장하여 그의 서재 완위각宛委閣은 만권루萬卷樓라 일컬어졌다. 여행을 좋아하여 조선 팔도를 두루 여행하고 수많은 기행문을 남겼다.[63] 서화 비평에도 일가를 이루었거니와, 다양한 사물에 관심이 많아 광주 도요에 대한 주목할 만한 시를 남겼다.

조선 시대 궁중에서 쓰는 그릇은 광주의 도요에서 만든 것이 제일 품질이 뛰어났다. 박씨 성을 가진 노인이 당대 최고의 도공으로 그가 만든 두꺼비 모양의 연적이나 팔각형의 그릇은 절묘한 것으로 명성을 날린 바 있다. 그러나 도공이나 험한 일을 도와야 하는 백성은 참으로 힘든 삶을 살았다. 백성들은 그릇을 굽는 데 쓸 백토를 경상도 진주나 평안도 선천에서 고생스럽게 실어 와야 했고, 도공이 힘들여 만들어 진상해도 관리들이 퇴짜를 놓는 일이 점점 많아졌다. 서른 종의 그릇을 만들어 보내지만 중간에 뇌물로 바쳐야 할 '인정'人情까지 합치면 무려 400바리나 되어야 했다. 그래서 무전유죄無錢有罪라는 말까지 나왔다.

더욱 주목되는 것은 짧은 오언절구 연작에 이러한 묵직한 내용이 담기기 시작했다는 점이다. 『북학의』를 저술한 박제가 역시 「종성의 나그네 노래」라는 제목의 오언절구 연작시 79수를 제작했다. 그는 함 경도 종성 지역의 민물과 풍속을 담은 것이 주를 이룬 이 연작시에 당 시 핍박받던 민중의 삶을 짧지만 인상적으로 담아냈다. 그중 몇 수를 보이면 이러하다.

언 발에 오줌 누어 무엇하나?
금방 곱절이나 추워질 터인데.
금년에 환곡을 갚지 못했는데
명년은 그 얼마나 어려울는지.
足凍姑撤尿 須臾必倍寒
今年糴不了 明年知大難

환곡 받아도 흔적 없고
환곡 갚아도 그림자 없네.
백성의 물 한 통도 세금 매겨
관아에서 우물까지 독점한다네.
日糶亦無痕 日糴亦無影
賦民一桶水 官自榷官井

세금 재촉에도 찍소리 못하지만
얼굴 보면 마음이 먼저 놀라지.
베 값이 오르내리는 것이야

관아에서 사기 나름 아니던가?

催租未發聲 見面心先駭

布直姑低昂 一任官門買

_박제가, 「종성의 나그네 노래」(愁州客詞), 『정유각초집』

박제가는 오언절구 연작시에 백성에게 부과되는 과다한 세금 문제를 담았다. '언 발에 오줌누기'라는 속담을 활용하여 임시로 꾸어먹는 환곡이 실질적인 빈민 대책이 되지 못함을 꼬집었다. 또 환곡을 받아 보았자 생계에 보탬이 되지 않고 갚으려 해 보았자 워낙 많아 갚은 표시도 나지 않는다. 게다가 관아의 우물에까지 세금을 매긴다. 베를 열심히 짜서 관아에 세금으로 바치지만 관아에서는 헐값을 매기니 하소연할 데가 없다. 작품에서 시인은 자신의 강개한 목소리를 내지 않는다. 냉담하게 풍속화를 그리듯이 그려 놓았으니, 그로 인해 더욱 시니컬한 목소리를 들을 수 있다.[64]

4.

민중의 참상을 걸개그림처럼 그려 놓은 것을 읽으면 소름이 끼친다. 시를 읽는 이로 하여금 백성의 처참함을 실감할 수 있게 했기 때문이다. 목민관은 마땅히 이런 시를 읽어야 할 것이다. 그래서 정약용은 목민관의 지침서인 『목민심서』牧民心書에 자신이 지은 〈유민도〉 계열의 시를 함께 실었다. 조선 시대 평민 남자는 모두 군적에 편입되고 이에 따라 베로 세금을 내야 했는데, 정약용은 백성의 뼈를 깎는 병이 되고 있다고 지적한 바 있다. 암행어사로 적성을 지나면서 지은 시나 강진에 유배되었을 때 양물을 자른 남성을 노래한 시가 『목민심서』에 실려 있는 것이 이 때문이다.

이러한 처절한 백성의 모습 외에도 목민관에게 보여주어야 할 시가 있다. 정약용이 그 묘지명에서 "몸은 포의의 반열에 있었지만 손으로 문형文衡을 잡은 것이 이십여 년이다"라 한 이용휴는 목민관을 위한 새로운 시를 지었다.

어린아이 재잘거리는 소리
그 어미는 다 알아듣는 법.
지극 정성이 정말 이와 같다면
흉년의 정치가 어렵겠는가?
嬰兒喃喃語 其母皆能知
至誠苟如此 荒政豈難爲

시골 아낙 두 마리 개를 좇아
광주리에 점심밥 담아 가는데
벌레가 혹 국에 빠질까
호박잎으로 덮어 두었네.
村婦從兩犬 栳栳盛午饁
或恐蟲投羹 覆之以瓠葉

_이용휴,「신광수를 연천 사또로 보내면서」(送申使君之任漣川),『혜환시집』

연천 사또로 가는 신광수를 보내면서 아이들이 재잘거리는 소리를 제 어미라면 잘 알아듣듯이 목민관이 백성들의 마음을 잘 헤아린다면, 흉년을 다스리는 정사가 어려울 것이 없을 것이라 했다. 이어지는 연작시는 엉뚱하기까지 하다. 후대의 시 선집에 시골집의 풍경을 묘사한 것으로 제목이 된 것이 있을 정도로, 농촌의 풍경을 담담하게 그려 냈을 뿐이다. 그러면서 이용휴는 백성의 도타운 풍속을 이끌어 내라는 당부를 덧붙였다. 아낙이 개를 데리고 나들이를 하는 것은 조신한 몸가짐을 이른 것이다. 그런 여인이기에 근실하게 남편의 들밥을 내가는데 혹 벌레가 국에 빠질까 호박잎으로 국을 덮었다. 훈훈한 부부의 정이 느껴진다. 이런 훈훈한 여인의 마음으로 백성을 다스리라는 말이다. 이렇게 이용휴는 정약용과 다른 방식으로 목민관을 지도했다.

실수로 가시에 찔리면
저도 모르게 소리를 치지.
유념하게나 재판받는 자리는
나체로 가시에 찔리는 것임을.
失手誤觸刺 不覺發痛聲
須念訟庭下 露體受黃荊

꿀벌이 메밀꽃에 윙윙거리고
물새가 논 이삭에서 나오면
마부에게 천천히 말 몰라 하시게

논밭의 곡식을 상하게 할까 봐.

蜜蜂喧蕎花 菨雞出穉稑

謂御且徐驅 恐傷田畔稼

_이용휴, 「김조윤이 문주 사또로 가는 것을 전송하며」(送金擢卿朝潤之任文州), 『탄만집』

이 역시 목민관으로 가는 사람을 전송하면서 준 시다. 가시에 찔리면 저도 모르게 '아얏' 비명을 지르는 것이 사람이다. 재판장에 선 백성은 나체로 가시밭을 뒹굴 듯 약한 존재다. 목민관이 어떤 마음가짐으로 재판에 임해야 할지 이렇게 말한 것이다. 이어지는 시에서도 목민관의 자세를 말한다. 메밀밭에 꿀벌이 있거나 벼 이삭 사이에 물새가 있으면, 말을 천천히 몰아서 벌과 새가 놀라지 않게 해야 한다고 했다. 혹 갑자기 날아오르다 꽃이나 이삭이 다칠까 걱정해서다. 이러한 미세한 부분에까지 신경을 쓸 때 백성은 절로 편안해진다고 한 것이다. 이용휴의 시는 사람을 전송하는 작품이 주를 이룬다. 그의 그런 시는 포의의 문형답게 목민관의 자세를 짧지만 인상적인 방식으로 담아내어 조선 후기 새로운 시풍을 열었다.

에필로그:
우리 한시의 특질

1.

　한시는 중국의 시다. 중국 고대부터 발달해 온 한시는 시대에 따라 유행이 바뀌었고, 또 일정한 간격을 두고 우리나라에서도 비슷한 시풍이 유행했다. 이런 사정 때문에 우리 한시를 연구하는 사람들은 한국 한시가 과연 중국 한시와 무엇이 다른지 질문을 많이 받게 된다.

　물론 이에 대한 답은 참으로 어렵다. 한국 한시는 중국의 한시를 배우던 시절부터 늘 중국 한시를 닮으려고 노력했다. 중국 한시와 조금이라도 다르면 누추하다, 비리하다 비난을 퍼부었다. 어떤 이들은 시가 뛰어나다는 뜻으로 압록강 동쪽의 구기가 나지 않는다고 말한 바도 있다. 이러한 문학사적인 현실에서 한국 한시의 독창성을 찾는다는 것은 쉽지 않은 일이다. 그럼에도 우리 한시의 특질에 대한 답을 하지 않을 수 없다.

　중국 시가 아닌 우리 시에 대한 인식은 조선 후기에 분명하게 드러나기 시작했다. 박지원은 이덕무의 시집 『영처고』의 서문에 붙인 글에서 조선의 자연과 언어가 중국과 다르므로 중국을 본뜰수록 뜻은 더욱 낮아지고 체는 더욱 거짓이 된다고 하고, 이덕무가 조선 사람으로 조선의 인물과 풍속, 산천, 초목, 조수鳥獸를 시에 담았으므로, 『시경』의 국풍에 실려 있는 패풍邶風이나 회풍檜風에 비견하여 그의 시를 조선풍朝鮮風이라 불러도 될 것이라 했다. 정약용은 여기서 더 나아가 스스로 조선 시를 쓰겠노라 선언했다. 다음은 그러한 뜻을 적은 시의 한 대목이다.

늙은이의 한 가지 통쾌한 일은
붓 가는 대로 시를 마구 쓰는 것.
압운에 꼭 매일 것 없고
퇴고를 꼭 오래할 것도 없다네.
흥이 나면 곧바로 뜻을 실어 내고
뜻이 이르면 곧바로 쓰면 그뿐.
나는 바로 조선 사람인지라
즐겨 조선의 시를 짓노라.
당신은 당신의 법을 따르라
시원찮다 따질 자 누구이겠나?
구구한 격이니 법이니 하는 것을
먼 데 사람이 어찌 알 수 있으랴?
(하략)
老人一快事 縱筆寫狂詞

350

競病不必拘 推敲不必遲

興到卽運意 意到卽寫之

我是朝鮮人 甘作朝鮮詩

卿當用卿法 迂哉議者誰

區區格與律 遠人何得知

_정약용, 「송파에서 시를 주고받으며」(松坡酬酢), 『여유당전서』 권6

정약용은 한시의 압운이나 평측과 같은 형식적인 요건은 중국에서 먼 조선에서는 알기 어려우므로 굳이 따질 것이 없고, 흥과 뜻이 이르면 그대로 써 나가면 된다고 했다. 조선 후기 학문과 문학을 대표하는 박지원과 정약용이 나란히 조선풍과 조선 시를 이렇게 말했다. 이에 따르면 이덕무와 정약용의 시가 곧 조선풍, 혹은 조선 시라 할 수 있겠지만, 이덕무나 정약용의 시를 읽어 보더라도 조선풍이나 조선 시를 딱 잡아 말하기는 어렵다. 그저 근체시의 까다로운 형식에 매이지 말고 조선의 산천과 풍물을 자연스럽게 써 나가면 그것이 바로 조선풍이요 조선 시라 할 수 있을 정도다. 이러니 이것으로도 우리 한시의 특질을 말하기는 쉽지 않다.

2.

우리 한시는 과연 중국의 시와 무엇이 다른가? 중국과 다른 조선의 산천과 풍물을 다루었다는 소재적인 측면만으로는 우리 한시의 특질을 말할 수 없다. 결국 시를 짓는 방법이나 그에 따라 창작된 작품의 미학에서 중국의 한시와 다른 무엇인가를 찾아야 할 것이다.

창작 방법과 미학의 측면에서 중국의 한시는 시대에 따라 다르지만, 크게 보면 당풍과 송풍이 시대에 따라 교체해 왔다고 할 수 있다. 물론 이때의 당과 송은 왕조의 이름을 말하는 것이 아니라, 서양에서 고전주의니 낭만주의니 하는 문학의 유파를 가리키는 것으로 볼 필요가 있다.[65]

거칠게 말하자면, 당풍은 가슴으로 정을 느끼게 하는 스타일이고, 송풍은 머리로 뜻을 따지게 하는 스타일이다. 똑같은 풍광을 소재로 하더라도 당풍은 그림을 지향하고 소리의 울림을 중시하며 감정이 자연스럽게 유로하는 것을 중시하는 데 비하여, 송풍은 인위적인 것이 중심에 있어 생각이나 감정을 구도에 의해 안배하고 한 글자 한 글자 다듬어 가면서 경치의 묘사를 정밀하게 한다. 인위를 중시하는 송풍은 당풍과 달리 작가의 개성을 매우 중시한다.

우리 한시사에서도 당풍과 송풍이 시대에 따라 교체해 왔다. 고려 중엽 무신란 전까지는 대체로 당풍을 구현하려 했고, 그 후부터 16세기 중반 무렵까지는 송풍이 문단을 지배했다. 16세기 후반부터 당풍이 크게 일지만 17세기 이후 유행이 퇴조할 무렵에는 당풍과 송풍이 독점적인 지위를 누리지 않고 작가에 따라 그 선호를 달리하게 된다.

이미 한두 차례 송풍과 당풍을 두루 경험한 조선 후기 시단에서는 다시 예전의 당풍과 송풍으로 돌아가려 하지 않았다. 게다가 박지원과 정약용의 글에서 확인할 수 있듯이 조선이 중국과 같지 않다는 인식이 대두되면서 새로운 길을 모색한 듯하다. 물론 중국의 한시는 이미 당대와 송대를 거치면서 시가 나아갈 두 전형이 확립되었고 그 후에는 자신의 시대에 맞게 조금씩 변화를 주었을 뿐이었다. 중국과 다른 조선 사람이라 하더라도 당풍과 송풍이 아닌 제3의 시풍을 찾을 수는 없었다. 결국은 당풍과 송풍을 조선의 풍토에 체화하는 것으로 나아갔다. 특히 조선 중기의 주도적인 스타일이던 당풍의 경우 창작 방법과 미학에서는 당시의 전범을 따랐지만 소재나 정감 자체는 조선인의 것으로 채워 중국 당시와 다른 길을 찾았다. 이러한 시는 가히 조선적 당풍이라 할 만하다.

황혼이 되어서야 일이 비로소 한가해져
남편을 앞세우고 부인이 호미 메고 돌아오네.
흰 삽살이 검둥이가 나란히 꼬리를 흔들며
어둑한 성근 울타리에서 마중을 나왔네.
事到黃昏始方閒　男前婦後荷鋤還
白尨蒼犬齊搖尾　迎在疎籬暝色間

_이미, 「시골집의 노래」(村家雜詠), 『병세집』 권1

푸른 치마 입은 여자 목화밭을 나와
객을 보고 몸을 돌려 길가에 서 있네.
흰 개는 멀리 누런 개 따라가다가
짝지어 다시 주인 앞으로 달려오네.
青裙女出木花田　見客回身立路邊
白犬遠隨黃犬去　雙還更走主人前

_신광수, 「협곡에서 본 것」(峽口所見), 『석북집』 권5

신광수나 이미의 작품 모두 중국이 아닌 18세기 조선의 농촌을 묘사한 것이 분명하다. 이미의 작품에서 남편이 앞서고 그 뒤에 부인이 따르고, 들일을 마치고 어둑어둑할 때 집으로 돌아오니 종일 집을 지키던 삽살이와 검둥이가 반갑다 꼬리를 흔든다. 신광수의 작품도 마찬가지다. 목화를 따던 새댁이 내외를 하느라 나그네가 지나가기를 기다리며 몸을 돌리고 있는데 짝과 놀던 누렁이가 주인을 보호하기 위하여 재빨리 주인 곁으로 돌아오는 풍광은 지극히 조선적이다. 당풍의 시에서 그려 볼 수 있던 산수화 대신 순박한 사람이 중심에 있는 풍속화가 자리하긴 했지만, 그림을 지향하는 당시의 특징이 잘 구현되어 있다.

전형적인 당풍과 송풍을 결합하여 당풍의 흥취를 느끼게 하면서도 송풍의 정교한 꾸밈까지 더한 시가 조선 후기에 유행했다. 다음은 박지원이 조선의 시를 썼다고 칭찬한 이덕무의 작품이다.

> 콩깍지 더미 곁으로 오솔길 나뉘어 있는데
> 붉은 아침 햇살 살짝 퍼지자 소떼들이 흩어지네.
> 푸른 하늘은 가을 든 산봉우리를 물들이려는 듯
> 맑은 기운에 비 갠 뒤의 구름은 먹음직스럽네.
> 갈대에 햇살이 반짝반짝, 기러기가 놀라서 일어나고
> 벼 잎에 쏴 하는 소리, 붕어가 야단스러운가 보다.
> 산 양지바른 곳에 집을 짓고 살고 싶으니
> 농부에게 반만이라도 빌려달라 졸라 봐야지.
> 豆殼堆邊細逕分 紅暾稍遍散牛群

娟青欲染秋來岫　秀潔堪餐霽後雲

葦景幡幡奴雁駭　禾聲瑟瑟婢魚紛

山南欲遂誅茅計　願向田翁許半分

_이덕무, 「농부의 집에 쓰다」(題田舍), 『청장관전서』권9

　　이덕무는 회화적 심상이 매우 강한 감각적인 시를 제작했던 시인
이다. 이 시에는 수북하게 쌓아 놓은 콩깍지 더미 곁으로 오솔길이 나
있고 그 너머로 붉은 햇살이 퍼져 나가는데 소떼가 푸른 풀밭으로 흩
어진다. 하늘이 얼마나 푸른지 단풍으로 물든 봉우리조차 다시 푸른
빛으로 물들일 듯하고, 가을날의 맑은 기운에 어우러진 흰 구름은 하
얀 떡처럼 맛있게 보인다. 갈대가 바람에 소리를 내자 기러기가 놀라
서 날아오르고 붕어가 논에서 퍼덕거리니 나락 흔들리는 소리가 난
다. 직접적으로 드러냈든 그렇지 않든 붉은 햇살, 푸른 풀밭, 파란 하
늘, 붉은 단풍 등 선명한 색채의 나열을 볼 수 있다. 또 흔들리는 갈대
와 벼에서 나는 작은 소리가 음향효과처럼 들린다. 당시가 지향하는
회화적 심상에 소리의 울림을 함께 즐길 수 있다. 그러면서 이 시는
정교한 송시의 특징을 겸하고 있다. '비어'婢魚는 붕어를 일컫는 말인
데 여기에 대를 맞추어 기러기를 '노안'奴雁이라 했다. 기러기는 잠을
잘 때 보초를 세우기에 이런 말이 생겼는데, 정교한 꾸밈이 엿보인다.
2연의 정밀한 풍경 묘사 역시 송풍에서 흔히 볼 수 있는 것이기도 하
다. 당풍의 향響과 송풍의 이理를 겸하여 조선의 풍광을 담아냈으니,
가히 조선풍이라 할 만하다.

3.

조선적인 색채를 가미했다고는 하지만 당풍은 기본적으로 '낯섦'보다는 '익숙함'을 지향한다. 특히 16세기 후반부터 거의 대부분의 시인이 목표로 삼았던 당풍의 구현은 대체로 당시와 비슷하게 보이려는 시도였다. 이 때문에 이 시기의 당풍이 전대의 난삽하고 작위적인 송풍을 극복했다는 점에서는 높은 의의를 부여할 수 있지만, 한편으로는 중국 한시와 다른 우리 한시의 특질을 보여주는 데까지는 나아가지 못했다.

이에 비하여 개성을 중시하는 송풍을 추구한 일군의 시인들은 중국의 한시와 확연히 구별되는 특질을 보여주었다. 소재의 측면에서 보더라도 조선의 풍물과 세태를 구체적으로 담아낸 것은 대부분 송풍으로 제작된 한시였다. 고려 말 이색은 고려의 언어와 풍속을 수용하여 중국인들이 의미를 정확하게 파악하기 어려운 시를 제작한 바 있으며, 조선 전기 노수신 역시 조선의 지명과 관명 등을 적극 시어로 끌어들여 중국 시와 다른 면모를 보여주었다.

그러나 송풍으로 제작된 일부 작품에서 조선적인 소재나 시어를 사용하여 조선적인 특질을 구현한 것은 의미가 있기는 하지만, 그것만으로 중국의 한시보다 더 나은 무엇이 있는가에 대한 답은 되지 못한다. 중요한 것은 시의 수준이다. 당풍으로 제작된 우리 한시 중에 많은 작품은 중국 한시와 견주어 손색이 없는 것은 사실이지만, 모국어가 아닌 외국어인 한문을 사용해야 한다는 전제를 생각한다면, 소리의 울림을 중시하는 당풍으로 중국 한시와 승부를 한다는 것은 시합에서 출발점이 다른 매우 불리한 상황일 수밖에 없다. 결국 자연스러운 감정의 유로와 아름다운 소리의 울림을 지향하는 당풍이 아닌, 머리를 짜내어 기발한 표현을 만드는 것이 우리 시인이 잘할 수 있는 것이라 하겠다. 이덕무가 풍광을 묘사하면서 기발한 발상으로 시를 엮고 정교하게 말을 다듬어 나갔기 때문에 그 작품이 뛰어날 수 있었다고 하겠다. 우리 한시사에서 수작으로 평가되는 작품이 중국 문인에게 옳은 평가를 받지 못한 예가 제법 있다. 우리로서는 그 기발한 아이디어를 높게 평가한 것인데 저들로서는 소리의 울림이 부족하다 하여 폄하한 것이다.

최치원이 만년에 가야산에 은거하면서 지은 「가야산 독서당에 쓰다」(題伽耶山讀書堂)에서 이른 "늘 시비하는 소리가 귀에 이를까 꺼려서, 짐짓 흐르는 물로 산을 다 두르게 하였다네"(常恐是非聲到耳, 故教流水盡籠山)라는 표현은 오랜 세월을 두고 인구에 회자되었다. 조선 시대 정자 중에 농수籠水라는 이름이 많았던 것은 바로 이 시구의 영향이다. 이 기발한 발상을 두고 나쁜 평가를 한 비평가도 있었지만, 굽이굽이 도는 홍류동 계곡의 물소리로 세상의 시비 소리를 차단했다는 아이디어는 분명 한국 한시가 나아가야 할 방향을 제시한 것이라 보아도 좋을 것이다.

이규보에 대한 역대의 비평은 크게 두 가닥으로 나뉜다. 당풍의 보편적인 익숙함을 선호하는 평자들은 이규보를 혹평하지만, 개성적인 송시 스타일을 선호하는 사람들은 이규보를 최고의 시인으로 꼽았다. 이규보는 스스로가 천명했듯이 새로운 뜻, 곧 신의新意를 가장 뛰어난 시의 조건으로 꼽았다.

산승이 달빛을 탐내어

물병 속에 함께 길었네.

절에 이르면 응당 깨닫겠지

병을 기울이면 달도 빌 것을.

山僧貪月色 幷汲一甁中

到寺方應覺 甁傾月亦空

_이규보, 「산중의 저녁 우물에 비친 달을 읊조리다」(山夕詠井中月), 『동국이상국집』

후집 권1

『반야심경』에 나오는 색즉시공色卽是空, 공즉시색空卽是色의 이치를 이렇게 참신하게 노래했다. 우물에 비친 달을 보고 진리를 발견한 듯 말을 만든 것이다. 이 시를 낭송할 때 소리의 울림은 기대하기 어렵다. 흔히 좋은 시를 말할 때 "글자는 끝이 났지만 뜻은 끊임이 없다" 하는 것처럼 시적 여운이나 흥감이 있는 것도 아니다. 그런데도 이 작품이 우리에게 다가오는 것은 기발한 아이디어 때문이다. 우리 한시의 특질로 '개념의 시', 혹은 '정신의 시'라 한 바 있다.[66] 조선 문인들이 가장 좋아했던 매화를 두고 지은 다음 시에서 머리로 짓는 시의 아름다움을 확인할 수 있다.

고향 생각 가락지처럼 끊이지 않기에

한 필 말로 오늘 아침 도성문을 나섰네.

추위가 고갯마루의 매화를 붙들어 봄에도 피지 않게 한 것은

꽃을 머물러 두었다가 늙은 신선 돌아오기를 기다린 것이겠지.

매화초옥도 _ 전기, 국립중앙박물관 소장(허가번호: 중박 200901-41).

鄕心未斷若連環 一騎今朝出漢關

寒勒嶺梅春未放 留花應待老仙還

_박순, 「고향으로 돌아가는 퇴계선생을 전송하면서」(送退溪先生還鄕), 『사암집』 권1

박순朴淳(1523~1589)은 자가 화숙和叔, 호가 사암思菴이며 본관은 충주다. 박상의 조카로 16세기 한시의 흐름을 당시풍으로 바꾸는 데 큰 역할을 한 뛰어난 시인이다. 가슴으로 흥취를 느끼는 당시에 능했지만, 대표작으로 평가되는 이 작품은 기발한 아이디어를 바탕으로 했다.

문경새재에 봄인데도 매화가 꽃을 피우지 않은 것은 매화를 사랑한 이황을 기다린 것이라 했다. 이황의 고결한 인품을 매화와 동일시한 것이다. 기발한 아이디어로 자연 현상을 이렇게 비틀어 해석했기 때문에 이 시가 명편이 된 것이다. 다음 작품 역시 매화를 노래하되 참신한 발상이 돋보인다.

문 가득 그림자 긴 댓가지에 어른어른
한밤에 남쪽 누각에 달이 막 돋았네.
이 몸이 향기에 완전히 동화되었기에
매화에 코를 대어도 감감 무소식일세.
滿戶影交脩竹枝 夜分南閣月生時
此身定與香全化 嗅逼梅花寂不知

_이광려, 「매화」(梅), 『이참봉집』 권1

이광려李匡呂(1720~1783)는 자가 성재聖載, 호는 월암月巖이라 한다. 전주 이씨 왕족의 후손으로 당대 시의 일인자로 평가되었다.[67] 역대 매화를 두고 쓴 시 가운데 가장 뛰어나다는 평가를 받은 이 시 역시 전형적인 정신의 시다. 한밤에 달이 훤하게 떴는데 울타리에 심어 놓은 매화가 꽃을 피워 그 그림자가 문에 어른거린다. 매화를 얼마나 사랑했던지 시인은 매화와 한몸이 되었기에, 매화꽃에 아무리 코를 들이대어도 그 향기를 맡지 못한다. 코에 병이 난 것이 아니라, 매화가 매화 향기를 맡지 못하는 것이니 당연하다. 매화에 대한 사랑을 이렇게 기발하게 말한 것이다.

4.

구한말의 뛰어난 역사가이며 작가인 김택영金澤榮은 신위申緯의 시집에 서문을 쓰면서 18세기 가장 뛰어난 시인이었던 이용휴와 이가환 부자, 이덕무, 유득공, 박제가, 이서구 등의 시 세계를 포괄하여, 어떤 이는 기궤奇詭를 주로 하고 어떤 이는 첨신尖新을 주로 한다고 말했다. 기궤나 첨신은 그 어감이 다소 다르기는 하지만 뭉뚱그려 말한다면 기발한 아이디어를 바탕으로 참신한 느낌이 드는 시를 지었다는 뜻이다. 이러한 특징은 당풍이나 송풍 어느 한 면만을 지칭한 것은 아니지만, 대체로 송시적인 창작 방법에 의하여 발생한 미감이라 할 수 있다. 한국 한시가 종장終章을 향해 치달을 무렵 중국과 다른 우리 시의 장점이 이렇게 나타났다고도 할 수 있다. 공안파公安派 등 중국 문학 이론을 수용한 결과로 설명될 수 있지만,[68] 한시를 모국어가 아닌 외국어로, 가슴이 아닌 머리로 써야 하는 처지에서 가장 잘 지을 수 있는 방편이 바로 이런 점으로 나타났다고 보는 것이 온당하다.

복고풍의 당풍이 퇴조한 18세기 첨신과 기궤의 시풍으로 대표되는 시기, 이름난 시인의 작품 중에는 이처럼 기발한 아이디어를 바탕으로 한 것이 많다. 박지원의 다음 작품 역시 오직 기발함이 작품의 아름다움을 구성하는 요소다.

> 내 형의 외모는 누구를 닮았던가?
> 선친 그리울 때마다 형을 보았지.
> 이제 형이 그리운데 어디서 보랴?
> 의관을 갖추어 시냇물에 비추어 보네.
> 我兄顔髮曾誰似 每憶先君看我兄
> 今日思兄何處見 自將巾袂映溪行
>
> _박지원,「연암에서 돌아가신 형을 그리며」(燕巖憶先兄),『연암집』권4

박지원朴趾源(1737~1805)은 본관이 반남이며, 자는 미중美仲 또는 중미仲美, 호는 연암燕巖이다. 조선을 대표하는 대문호라 할 만하다. 비록 시는 많이 남기지 않았지만 몇 편의 작품을 통해서도 참신한 개성을 맛볼 수 있다. 박지원이 홍국영洪國榮의 핍박을 견디지 못하여 개성 외곽에 있는 연암골이라는 곳에 숨어 살 때 지은 작품이다. 부친이 일찍 세상을 떠났기에 그리우면 부친을 닮은 형을 보면 되었는데, 형이 가고 없으니 어찌해야 하는가? 형처럼 의관을 단정히 하고 개울물에 스스로를 비추어 보면 곧바로 형의 모습이 된다. 부자와 형제가 서로 닮은 것에 착안하여 형에 대한 그리움을 이렇게 표현한 것이다. 이런 시에서 여운이나 흥을 찾을 것은 없다. 기발한 아이디어가 반짝이는 것을 즐기는 것이다.

비슷한 시기, 가난했지만 문학으로 후세에 이름을 전한 노긍의 시에서도 이러한 아이디어를 확인할 수 있다.

> 남들은 모두 손자가 있지만
> 나에게는 아마도 없는 것 같네.
> 애비도 되고 어미도 되고
> 할아비도 되고 할미도 되니.
> 人皆孫子有 如我思應無
> 爲父亦爲母 作翁兼作姑
>
> _노긍, 「어린 손자」(穉孫), 『한원문집』

노긍盧兢(1738~1790)은 본관이 교하이며, 자는 신중愼仲 혹은 여림如林이고, 호는 한원漢源이다. 부친은 야담집 『동패락송』東稗洛誦을 저술한 노명흠盧命欽이다. 새로운 문학의 유행을 흡수하여 집권층의 눈에는 점잖지 못한 것으로 보이는 문체를 구사하다가 과거에 오르지 못하고 생계를 위하여 홍봉한洪鳳漢 집안에서 숙사塾師를 하기도 하고 또 과거장을 서성대면서 대리 시험을 치러 주기도 했는데 이 때문에 유배의 고통을 맛본 바도 있다. 일찍 부인이 죽었고 노년에는 자식과 며느리도 먼저 보내는 아픔을 겪었다.[69]

이 작품은 혼자 남은 손자를 두고 지은 것으로, 시적 여운이나 흥을 전혀 느낄 수 없다. 자신이 손자에게 부모도 되고 조부모도 되니, 아예 남들처럼 평범한 손자를 두지 못했다고 한 아이디어만 존재한다. 그의 시는 첨신과 기궤로 대표되는 18세기 한시의 특징을 잘 보여주거니와 이 작품 역시 아이디어로 승부를 하는 우리 한시의 장점을 잘 알게 해 준다.

이런 기발한 아이디어로 시를 쓰는 솜씨에 있어서는 당대 최고의 학자 김정희도 빠지지 않는다.

> 월하노인을 데리고 명부에 하소연하여
> 내세에는 부부가 처지를 바꾸어서
> 내가 죽고 자네는 천리 밖에 살아남아
> 자네로 하여금 나의 이 슬픔을 알게 하리라.
> 聊將月姥訴冥府 來世夫妻易地爲
> 我死君生千里外 使君知我此心悲
> _김정희, 「유배지에서 처의 죽음을 슬퍼하면서」(配所挽妻喪), 『완당집』 권10

김정희金正喜(1786~1856)는 1840년 정쟁의 와중에 제주도로 유배되었고 그 2년 후인 1842년 고향에 있던 부인이 숨을 거두었다. 부인과 금슬이 좋아 부부간에 주고받은 많은 서신들이 지금도 전하고 있다. 김정희는 제주도의 음식이 입에 맞지 않아 여러 번 불평하는 편지를 보냈다. 젓갈이며 옷가지를 보내달라고 투정을 하는 편지를 아내에게 보냈는데 나중에 부인이 죽었다는 부고가 왔다. 날짜를 헤아려 보니 자신은 부인이 죽은 줄도 모르고 반찬 투정을 했다는 사실을 알고 대성통곡했다. 그래서 이러한 시를 지었다. 너무나 큰 슬픔을 만났으니 시상을 배열하거나 글자를 다듬을 마음을 가지지 못했겠지만, 이 시가 명편으로 회자될 수 있었던 것은 바로 혼인을 관장하는 신인 월하노인月下老人을 데리고 저승에 가서 하소연하여 내세에는 처지를 바꾸게 하겠다고 한 아이디어가 빛을 발하기 때문이다.

『시경』에서 시 정신의 연원으로 든 '시언지'詩言志, 곧 시는 뜻을 말한다는 정신을 따라 떠오르는 생각을 다듬어 개성을 발휘하는 것, 이것이 우리 한시의 정신이다. 우리 한문학이 종착역에 이른 대한제국 시절 기상이 높은 시로 대미를 장식한 황현은 또 다른 방식으로 '시언지'의 전통을 따르면서 우리 한시의 나아갈 바가 '음향'이 아닌 '정신'에 있음을 보여주었다.

> 새 짐승 슬피 울고 산하도 찡그리니
> 무궁화 이 강산이 속절없이 망했구나.
> 가을 등불 아래 책 덮고 천고의 역사 돌아보니
> 글을 아는 선비의 구실이 참으로 어렵구나.
> 鳥獸哀鳴海嶽嚬 槿花世界已沈淪
> 秋燈掩卷懷千古 難作人間識字人
>
> _황현, 「목숨을 끊으면서」(絶命詩), 『매천집』 권5

황현黃玹(1855~1910)은 자가 운경雲卿, 호가 매천梅泉이며 본관은 장수다. 강위姜瑋, 이건창李建昌, 김택영金澤榮 등과 함께 한말 사대가四大家로 불리는 뛰어난 작가다. 자신이 살던 시대를 증언한 『매천야록』梅泉野錄은 당시 역사의 세부를 보는 데 필수적인 사료로 평가된다. 과거에 급제했지만 벼슬에 나아가지 않고 평생 향리에 은거했으니, 나라에 빚을 진 것은 없다. 그러나 경술국치를 당하자 지식인으로서의 책임을 통감하고 스스로 목숨을 끊으면서 이 시를 지었다.

　나라가 망하니 날짐승이나 길짐승도 슬피 운다. 이런 마당에 무슨 책이 필요하겠는가? 책을 덮는다. 평생을 읽어 온 공자와 맹자로 대표되는 학문도 나라를 잃은 마당에는 아무런 의미가 없다. 황현과 비슷한 연배로 상해 임시정부의 국무령을 지낸 이상용李相龍이 독립자금을 마련하기 위하여 고향 땅의 종가 임청각臨淸閣을 팔아 만주로 떠나면서 공맹孔孟은 나라를 찾은 연후에 읽어도 된다고 선언한 것과 다르지 않다. 다만 지식인으로서의 책임에 대한 대처 방식은 달랐다. 황현은 스스로 목숨을 끊어 나라 안의 지식인의 책임을 묻고자 했고, 이상용은 무장 투쟁을 위해 나라를 떠났다. 그리고 절친한 벗 김택영은 중국 상해로 망명하여 해외에서 우리 문화사를 정리했다. 선택한 길은 달라도 이 모두가 소중한 일이다. 황현은 스스로 택한 길의 의미를 이렇게 시를 지어 밝혔다. 그리고 '난작인간식자인'難作人間識字人이라는 명언을 후세에 남겼다.

　김득신은 「증구곡시서」贈龜谷詩序(『백곡집』 책5)에서 시는 이치(理)와 음향(響)이 중요한데 이 둘을 구비하면 좋지만 이치가 있되 음향이 없는 것이 이치는 없고 음향만 있는 것보다는 훨씬 낫다고 했다. 우리 한시는 중국 한시의 아름다운 음향을 따르지 못할 바에야 진리를 드러내는 것을 따랐다고 할 수 있다. 소리의 울림보다 높은 정신을 선택한 것이 우리 한시의 특질이다.

1) 한시의 형식에 대해서는 심경호, 『한학 연구 입문』(이회문화사, 2007)에 쉽게 잘 설명되어 있다.

2) 다만 고운이라는 호를 최치원 스스로 쓴 적은 없다. 이규보의 문집에서부터 고운이라는 호가 보인다.

3) 일반인이 최치원의 문학을 이해하는 데는 김수영(편역), 『새벽에 홀로 깨어: 최치원 선집』(돌베개, 2008)을 권할 만하다.

4) 유영표, 「정법사의 영고석 시고」(『동양한문학연구』 제26집, 2008).

5) 이규보의 저작으로 알려진 『백운소설』은 후대의 위작일 가능성이 높은데, 위의 기사가 이 문집에는 보이지 않으니 기사의 진위를 알기 어렵다. 다만 송의 왕벽지王闢之가 편찬한 『승수연담록』繩水燕談錄에서 박인량의 시 「송나라로 사신 가면서 사주 구산사에 들러」(使宋過泗州龜山寺)를 들고 중국인들도 칭송했다고 한 것으로 보아 근거가 전혀 없는 것은 아닌 듯하다.

6) 고려 시대까지 사찰에서 제작한 이름난 한시의 문예 미학에 대해서는 졸저, 『한국 한시의 전통과 문예미』(태학사, 2002)에 수록된 「사찰제영시의 작법과 문예미」를 참고하기 바란다.

7) 백광홍의 문집에는 이렇게 되어 있으나 최경창의 시로 보아 煙花는 煙霞가 옳은 듯하다.

8) 한시와 노래의 관련성에 대한 좀 더 자세한 논의는 졸고, 「한시 속에 삽입된 옛 노래」(『고전시가 엮어 읽기』, 태학사, 2003)를 참고하기 바란다.

9) 정지상의 시에 대해 더 알고자 한다면 안대회의 『한국 한시의 분석과 시각』(연세대 출판부, 2000)에 실린 「고려인의 서정과 정지상의 한시」를 권하고 싶다.

10) 김부식의 생애와 문학에 대해서는 김성언의 「김부식의 삶과 시」(『한국한시작가연구』 1집, 1995)를 참고하는 것이 좋다.

11) 이에 대해서는 성범중의 『동국사영 연구』(월인, 2006)에 자세하다.

12) 이인로와 이규보의 차이에 대해서는 졸저, 『한국 한시의 전통과 문예미』(태학사,

2002)의 「이인로의 한시 작법과 문예미」에서 자세히 다루었다.

13) 민병수, 『한국한시사』(태학사, 1996).

14) 이 작품들은 이수광의 『지봉유설』(권14)에 소개되어 있다.

15) 한시와 시인의 궁달에 대해서는 졸저, 『한국 한시의 전통과 문예미』(태학사, 2002) 의 「궁달과 한시의 미감」에서 자세하게 다루었다.

16) 『조선채풍록』은 청의 문인 손개사孫愷似가 1678년 조선에 사신으로 와서 조선의 한시를 모아 간행한 책인데, 지금 전하지 않는다. 왕사정의 『지북우담』에 이 책에 수록되었던 조선 한시가 상세하게 소개되어 있다.

17) 이색의 시문학에 대해서는 여운필, 『이색의 시문학 연구』(태학사, 1995)가 크게 참 조할 만하다.

18) 제화시의 틀에 대해서는 민병수, 『한국한문학개론』(태학사, 1996)을 참조할 만하 다. 우리나라 제화시에 대한 종합적 고찰로는 박상환 외, 『제화시: 인문정신의 문 화적 가치』(오스코월드, 2007)가 철학 전공자의 연구 성과로 주목할 만하다.

19) 두 작품은 홍만종의 『소화시평』에 수록되어 있다.

20) 정몽주 등 고려 후기 문인의 문학에 대해서는 박성규, 『고려 후기 사대부 문학 연 구』(고려대출판부, 2003)가 크게 참조가 된다.

21) 이용휴의 시문이 온전하게 전하지 않는다. 조남권·박동욱의 『혜환 이용휴 시전 집』(소명출판, 2002)과 『이용휴 산문 전집』(소명출판, 2007)에서 자료를 두루 수집 하고 번역해 놓아 큰 참고가 된다.

22) 정도전의 삶과 학문에 대해서는 한영우, 『정도전: 왕조의 설계자』(지식산업사, 1999)가 크게 참조가 된다.

23) 『한국한시연구』 6집(1998)에서 「한국 한시와 금강산」을 기획으로 다루었는데, 고 려시대부터 조선 후기까지 금강산의 문화사에 대해 비교적 자세히 볼 수 있다.

24) 이 작품은 정사룡의 문집인 『호음잡고』에는 실려 있지 않고 『기아』에 실려 전한다.

25) 양사언과 금강산에 대해서는 필자의 『조선의 문화공간 2』(휴머니스트, 2006)의 「신선의 땅 감호와 양사언」에서 자세히 다룬 바 있다.

26) 서거정의 문집 『사가집』에는 원문이 "金入垂楊玉謝梅, 小池新水碧於苔. 春愁春興 誰深淺, 燕子不來花未開"로 되어 있어 몇 글자가 다르다. 『국조시산』에서 수정된 것이 좀 더 리듬감이 있어 『국조시산』의 것을 인용한다.

27) 서거정은 '春愁春興誰深淺'이라는 표현을 매우 좋아하여 「춘일서회」春日書懷에

서는 "봄 시름과 봄 흥취 어느 것이 깊은가? 붉은 살구꽃 가지에 붙었는데 달은 허
공에 떠 있네"(春愁春興誰深淺, 紅杏粘枝月半霄)라 했다.

28) 서거정의 삶과 문학에 대해서는 필자 등이 함께 쓴 『서거정 문학의 종합적 검토』
(한국정신문화연구원, 1998)에서 자세히 다룬 바 있다.

29) 김종직의 문학에 대해서는 김영봉, 『김종직 시문학 연구』(이회문화사, 2000)에 자
세하다.

30) 이슬이나 비에 젖은 장미는 맑음을 지향한 시인들이 애용한 이미지다. 최경창은
「우연히 읊조리다」(偶吟, 『고죽유고』)라는 작품에서 "동산에 구름과 안개가 아침
햇살을 덮었는데, 깊은 숲에 깃들인 새는 저녁에도 날지 않네. 오래된 지붕에는 이
끼가 돋고 문은 홀로 닫혔는데, 뜰 가득 맑은 이슬에 장미가 젖어 있네"(東峯雲霧
掩朝暉, 深樹棲禽晚不飛. 古屋苔生門獨閉, 滿庭淸露濕薔薇)라 했는데, 성현의 시
에서 영향을 받은 듯하다. 임제 역시 「용천에서의 나그네 생각」(龍川客思)에서
"작은 뜰 으슥한 곳에 비에 젖은 장미꽃, 고요한 가운데 무한한 나그네의 떠도는
마음"(雨濕薔薇小院深, 靜中無限客遊心)이라 했다.

31) 이에 대해서는 필자의 『해동강서시파 연구』(태학사, 1995)에서 자세히 다루었다.

32) 박상과 정사룡의 한시 창작 방법에 대해서는 필자의 『해동강서시파 연구』에서 자
세히 다루었다.

33) 권필과 그 시대의 문학에 대해서는 정민, 『목릉문단과 석주 권필』(태학사, 1999)에
자세하게 다루었다.

34) 김창협의 「잡지」는 강명관의 『농암잡지평석』(소명출판, 2007)에 번역과 해설이
잘 이루어져 있다.

35) 당시의 이러한 특질에 대해서는 필자의 『한국 한시의 전통과 문예미』에 수록된
「조선 전기 한시의 당풍과 송풍」에서 자세히 다루었다. 삼당시인의 한시에 대해
서는 김종서의 「16세기 호남시단과 당풍」(성균관대 박사논문, 2004)을 참고할 만
하다.

36) 정철의 삶과 문학에 대해서는 박영주, 『송강 정철 평전』(중앙M&B, 1999)이 참조
할 만하다. 정철의 오언절구에 대해서는 필자의 「송강의 오언절구에 대하여」(『한
국시가연구』 22, 2007)에서 자세히 다루었다.

37) 오언절구의 이러한 성격에 대해서는 장유승, 「17세기 고절구 창작 양상에 대하여」
(『한국한시연구』 10, 2002)가 참조할 만하다.

38) 이양연의 생애와 문학에 대해서는 박동욱, 「산운 이양연의 시세계 연구」(한양대 석사논문, 2000)에 가장 잘 정리되어 있다.

39) 이옥의 작품은 실시학사에서 번역한 『이옥 전집』(소명출판, 2001)이 있어 쉽게 접근할 수 있다.

40) 이러한 예에 대해서는 여운필, 『이색의 시문학 연구』(태학사, 1995)에 잘 정리되어 있다.

41) 이춘영李春英의 「철령에서」(鐵嶺) "저녁에 은계역에서 자고, 아침에 철령에 올랐네. 어버이 생각에 양 귀밑머리 희어지고, 대궐을 그리워하여 작은 마음이 붉다네. 나그네 길은 세 물길로 이어지는데, 고향은 만 겹의 산에 막혀 있네. 충과 효의 뜻을 다하지 못하였는데, 길가에서 이렇게 시들어 가는구나"(暮宿銀溪驛, 朝登鐵嶺關. 思親雙鬢白, 戀闕寸心丹. 客路連三水, 家鄉隔萬山. 未應忠孝志, 蕪沒半道間. 『體素集』)가 노수신의 시를 응용한 것임을 쉽게 알 수 있다. 노수신의 시가 그만큼 후대에 널리 알려졌다는 것을 보여준다.

42) 노수신 등의 이러한 한시 창작 방법에 대해서는, 필자의 『해동강서시파연구』에서 자세히 다룬 바 있다.

43) 이 무렵 노수신의 병상일기라 할 수 있는 『정청일기』政廳日記가 문중에 전한다. 16세기 중반의 의약이나 음식에 대한 매우 자세한 기록이지만 본격적인 연구가 이루어지지 못하고 있어 참으로 아쉽다.

44) 『국조시산』에 「용탄 선생의 시에 답하다」(和龍灘先生韻)라는 제목으로 이렇게 되어 있다. 『소재집』에는 이 구절이 "猶從比隣訪, 不叫九原來"로 다르게 되어 있다.

45) 이명한의 생애와 문학에 대해서는 조양원, 「백주 이명한의 한시 연구」(한국학중앙연구원 한국학대학원 석사논문, 2006)에 자세하다.

46) 김시습의 문집에는 제목이 「그릇 굽는 집」(陶店)으로 되어 있는데 『국조시산』의 제목이 시의 뜻과 더욱 잘 어울려, 여기서는 『국조시산』의 것을 따랐다.

47) 김시습의 문집에는 같은 제목으로 20수 연작시가 실려 있다. 2연이 "心非有像奚形役"으로 되어 있는데 뜻이 잘 통하지 않아, 여기서는 『국조시산』의 것을 이용했다.

48) 김시습의 삶과 시에 대해서는 심경호, 『김시습 평전』(돌베개, 2003)에 잘 정리되어 있다.

49) 김창흡의 시에 대해서는 안대회, 『18세기 한국 한시사 연구』(소명출판, 1999)에 잘 정리되어 있다. 이승수의 『삼연 김창흡 연구』(이화문화출판사, 1998)와 김남기의

「삼연 김창흡의 시문학 연구」(서울대 박사논문, 2001)도 크게 참고할 만하다.

50) 북한에만 전하는 문집에 이 글이 수록되어 있다고 한다. 이 글은 안대회 옮김, 『궁 펍한 날의 벗』(태학사, 2000)에 소개되어 있다.

51) 이서구의 삶과 문학에 대해서는, 남재철의 『강산 이서구의 삶과 문학세계』(소명출판사, 2005)가 참조할 만하다. 이서구의 시문집은 『강산전서』(성균관대 출판부, 2005)에 잘 정리되어 있다.

52) 이병연의 문학에 대해서는 김형술, 「사천 이병연 시문학 연구」(서울대 석사논문, 2006)가 참조가 된다.

53) 홍세태, 이병연, 이용휴 등 18세기 뛰어난 시인과 시풍에 대해서는 안대회, 『18세기 한국 한시사 연구』(소명, 1999)에 자세하다.

54) 『병세재언록』은 민족문학사연구소에서 번역하여 『18세기 조선 인물지』(창작과비평사, 1997)로 간행되었다. 여기에 붙인 임형택의 해제에서 이규상의 삶과 학문에 대해 자세히 밝혀 놓았다. 이규상의 시에 대해서는 필자의 「이규상이 시로 그린 풍속화」(『문헌과해석』 통권 33호, 문헌과해석사, 2005. 12)에서 다룬 바 있다.

55) 이응희의 삶과 시에 대해서는 필자가 「이응희가 시로 쓴 백과사전 「만물편」에 대하여」(『국문학 연구』 16호, 2007)에서 처음으로 다룬 바 있다.

56) 김창업과 김려 등이 먹을거리를 두고 쓴 시는 강혜선, 「삼청동 만선와의 주인 김려」(『문헌과해석』 제39호, 2007년 여름)와 「조선 후기 한시 속의 일상의 양태와 의미: 김려의 한시를 대상으로」(『한국한시연구』 15, 2007)에서 다룬 바 있다.

57) 한시에서 일상의 문제는 김동준, 「한시에 나타난 일상의 의의와 역할」(『국문학연구』 14, 2006)에서 다룬 바 있다.

58) 장혼의 시에 대해서는 강혜선, 「장혼이 인왕산에 그린 집 이이엄」(『문헌과 해석』 제30호, 문헌과해석사, 2005)에서 다룬 바 있다.

59) 심경호, 『조선시대 한문학과 시경론』(일지사, 1999)에 실린 「정약용의 국풍론」에서 이에 대한 자세한 논의를 참고할 수 있다.

60) 정약용의 이러한 현실주의적 경향의 한시는 송재소, 『다산시 연구』(창작과비평사, 1981)에 자세하다. 또 송재소의 『다산시선』(창작과비평사, 1981)에서는 정약용의 대표작을 뽑아 번역하여 크게 참고가 된다.

61) 이 작품에 대해서는 필자가 『한국 한시의 전통과 문예미』(태학사, 2002)의 「성현 의고시의 형식미와 주제의 표출양상」에서 자세히 다루었다.

62) 어무적의 신분과 생애, 「유민의 탄식」의 성격에 대해서는 임형택, 『한국문학사의 시각』(창작과비평사, 1984)의 「어무적의 시세계와 홍길동전」에 자세하다.

63) 이하곤의 삶과 문학에 대해서는 이상주, 『담헌 이하곤 문학의 연구』(이회, 2003)에 자세하다.

64) 박제가의 문학에 대해서는 김경미, 『박제가의 시문학 연구』(태학사, 2007)에 잘 정리되어 있다.

65) 중국 근대의 학자 전종서錢宗書가 「시분당송」詩分唐宋(『談藝錄』, 中華書局: 香港, 1986)에서 그렇게 말한 바 있다.

66) 민병수, 『한국한시사』(태학사, 1996).

67) 이광려의 삶과 문학에 대해서는 정양완의 「월암 이광려론」(『강화학파의 문학과 사상』, 한국정신문화연구원, 1993)에 자세하다.

68) 조선 시대 공안파의 영향에 대해서는 강명관, 『공안파와 조선 후기 한문학』(소명출판, 2007)에 자세하다.

69) 노긍의 한시에 대해서는 김지영, 「한원 노긍 한시 연구」(한국학중앙연구원 한국학대학원 석사논문, 2008)에 자세하다.

찾아보기